謹以此書獻給

走過幽微歲月的長輩與家屬

在闇夜裡渴望真相的人們

以及

我的寶貝　王芃

# 光的闇影

因爲相信光明，
這條苦難的路必有盡頭。

施又熙——著

【推薦序】

# 光之追尋與凝視的所在

國立虎尾科技大學通識中心教授　王文仁

腦海裡還記得，才剛讀完又熙姐精彩的長篇小說《寒淵》，而且很不好意思的寫了篇爆雷的讀後感〈那些悲劇告訴我們的事〉。才一年多，她又要出版《向著光飛去》二部曲《光的闇影》了。中秋連續假期，趁著收到書稿前，趕緊把上下兩冊、厚達七百多頁的《向著光飛去》又找出來好好翻讀過一遍。小說中柳絮與周慕夏曲折的愛情，以及時代悲劇所衍生扭曲的生命故事，也讓我想稍事休息的腦袋，一直轉個不停。

散文、小說的書寫皆相當專擅的又熙姐，這幾年把她的精力都放在長篇小說的經營上，而且一出手，便是二十幾萬字的巨構。二〇一七出版的《向著光飛去》有二十七萬字，二〇一九年完成的《寒淵》有二十一萬字，如今《光的闇影》則有二十三萬字，讀來都是要人不斷聚精會神、思想撞擊的佳作。根據我的了解，《向著光飛去》一開始在寫作上，便是三部曲的規劃。首部曲寫的是白色恐怖的受難者家屬，二部曲著墨的是加害者的後代，尚未起筆的三部曲則是要回推到當事人那代，作為整個故事的終結。從整體的規劃來看，儼然是台灣白色恐怖的大河小說書寫了。

另外，從文學史價值的角度來看，《向著光飛去》是台灣首部受害者二代女性寫作的長篇小說，《光的闇影》以白色恐怖的加害者後代作為書寫對象也可說是首開先例。這兩部曲在創作的時序上，中間夾雜了一部探討家暴、PTSD、死刑等議題的《寒淵》。不過，若是把這單純當作是作者對其他議題興趣的轉移，那也就太小看《寒淵》，在其創作思想與脈絡上的重要性了。作為一個文學研究者與又熙姐創作上的長期觀察者，在這裡我想從一個比較不一樣的角度，談談似乎是「亂入」的《寒淵》，如何恰恰表現了她在政治小說的寫作上，迥異於一九七、八〇年代書寫者的用心與企圖。

《寒淵》最早在取名時，原定名為《死刑犯》，後來改為《寒淵》，對應著的是扉頁上這句尼采的名言：「當你凝視著深淵，深淵也在凝視著你。」這句話出自尼采的名著《善惡的彼岸》，前面還有一句「與怪物戰鬥的人，應當小心自己不要成為怪物」。尼采提醒我們，當我們與某種根源性的「苦痛」交戰時，我們凝視著它，它也會像深淵一樣凝視著我們。這樣的想法，不但貫穿這整部小說，事實上它也是又熙姐整體小說創作裡最核心的概念。

用更白話一點的方式來說：「不是解決了問題，問題就解決了。」現實社會中諸多磨人的議題，往往牽涉很多複雜的層面，包含人性、扭曲與結構上的問題。這也是為何，「惡」的本身從來就不單純。我們必須從這樣的角度出發，才能真正理解《向著光飛去》兩部曲中，對受害者、加害者乃至於家屬等不同角度的理解，不管在政治、司法或社會面向上，都是需要且重要的。

另外，在《寒淵》裡頭可以看到大量心理治療的鋪陳，在兩部曲中也有不少類似情節的描繪，此等也加深了這幾部小說的思想層面。又熙姐本身就具備心理輔導的背景，也開設相關書寫療癒的課程。她的白色恐怖小說書寫最與眾不同之處，即在於書寫創傷與悲痛之餘，也加載了大量深刻的對話與療癒。她曾明白的指出，大家已聽過太多恐怖的故事了，而她真正想要的，是多一些對話跟理解在裡面。報復、清算不該是一切的解答，而是要正面的去凝視悲劇，在轉型正義啟動之際，帶領台灣走出幽微時代下的黑暗，真真正正的「向著光飛去」。從這樣的角度，我們也才可以理解，《光的闇影》其最大的價值，是給予了無辜的白色恐怖加害者後代，一個正視問題的機會與救贖。

《向著光飛去》的首部曲以女性的視角，寫出四個白色恐怖家庭裡的女兒，在被橫生剝奪走父愛後，生命的跌宕苦痛與安全感的始終闕如。故事的主軸，主要圍繞在年幼因政治恫嚇遇刺的柳絮，以及大學教授兼戲劇治療師周慕夏的愛情故事上。因為柳絮心中的陰影，兩人花了五年的時間才終於修成正果，卻在結婚前夕因周慕夏父母意外雙亡，以及隨之發現的影片，和柳絮年幼被刺時遺失的緞帶，一度讓周慕夏誤以為自己是加害者後代，幾近崩潰、入院手術。所幸，最後真相大白，兩人也順利步入了婚姻的殿堂。

接續著首部曲留下的線索，《光的闇影》則從兩人決定公開影帶、查清楚真相開始。其預設的時代背景，是二〇一七年台灣終於通過《促進轉型正義條例》，針對過去的威權主義統治時期，規劃和推動還原歷史真相、開放政治檔案、平復司法不公、追討黨產等。周慕夏父親留下的影片，在小說裡頭成了關鍵的臨門一腳。在二部曲中，聚焦的人物換成了張玟文與楊怡二人。前者因為發現父親曾經是白色恐怖時期的軍醫，而以為自己是加害者的後代，從小便遭受排擠且自責不已。後者一方面以覺青的角色，參與著衝撞舊體制的活動；另一方面也發現，自己爺爺身上藏著血腥、巨大的秘密。

小說中最精彩的部分，是關於加害者的後代，是不是也該連帶負起責任的爭執與對話。這樣的議題，即便是在被害者的群體裡，仍有不同的歧見和看法。像是作為受害者的蔡火木，就極度悲憤的要求加害者連同其家人都要一併付出代價，而作者則藉由周慕夏之口告訴我們：「做為家屬跟後代，他們都承受了不應該承受的傷害跟壓力」，「如果我們都是這種態度，還有哪個加害者後代願意出來說話？」甚而到故事的最後，周慕夏為了阻止楊怡做傻事，也跟著受了重傷。此外，柳絮在相應的對話裡頭也說到，促轉條例確實「有提到要究責，但那個究責指的是歷史責任跟道德責任，並不是法律責任」，其目的是要「還給台灣一個公道跟正義。」

《光的闇影》以周慕夏接到一通關鍵性的電話做為結束。這個留下的伏筆也在暗示著我們，更切近於白色恐怖時期的歷史真相，即將呼之欲出。雖然二部曲才剛要出版上市，但我已期待第三部曲的到來。我想，這書寫苦難、凝視現實的《向著光飛去》三部曲，終究會在台灣文學史上留下一個重要的位置。一如又熙姐在《光的闇影》扉頁上所寫的這句：「因為相信光明，這條苦難的路必有盡頭。」我始終深信，台灣是我們最珍愛的母土，也是光之追尋與凝視的所在。

【推薦序】

# 血緣的背反、政治受難與加害經驗的和解

國家人權博物館館長　陳俊宏

轉型正義，是目前台灣社會正在進行中的改革工程，也是民主深化的重要任務。如何讓白色恐怖斲傷人權的歷史成為社會的集體記憶，讓過去所發生的「永遠不再」發生，我們除了體認威權統治時期國家暴力對人性尊嚴的侵害，同情受難者的遭遇之外，更需反省體制性暴力的本質，藉由對過去錯誤的理解，以及基於理解而來的反省，或許是防止暴政在未來再度發生的重要機制。因此，轉型正義的工作不能止於加害者和被害者的咎責與賠償，也不只是法律與制度改革，而是台灣社會必須互相對話學習、共同嚴肅面對的一場文化反省運動，藉助對過去的反省來建立民主文化。

然而要開啟不同立場者之間的思辨與對話，在有限的歷史真相與當前社會對立的環境中，實屬不易，而文學與藝術確實以其自身的力量提供新的提問跟想像。

舉例而言，在對咎責議題的討論中，「誰」應該為了「做什麼」而負起「哪種責任」？台灣白色恐怖是一個高度體制化的暴力統治，也因此在台灣的經驗中我們可以透過知識系統建構加害體制，然而概念的建立卻不能幫助我們辨識出誰是加害者及其責任。我們可以輕易

地說出當時的三軍統帥蔣介石總統需要負起最大的責任，因為從政治檔案資料我們可以看到在軍事審判覆核的過程中，蔣介石多次更改當事人的刑期，然而每一層經手案件的人要承擔多少責任？

又熙的《光的闇影》適時地豐富我們對此議題的提問，同時打破長期以來社會對於受害者、加害者，扁平且單一的想像。楊怡的爺爺過去是情治人員，負責逮捕、訊問他們口中的叛亂犯，他說自己是執行國家的法律，後面的審判與自己無關，然而這樣真的可以脫免責任嗎？張玟文的父親擔任警總保安處的軍醫，接觸大量受到刑求的政治受難人，是否也是加害者？又或者沒有勇氣揭發政治暗殺的周慕夏父親，他明知他的逃避會讓真相石沉大海，但最終仍選擇對生活衝擊最小的方式。在歷史中沉默的人，是否默許暴力的發生？

《光的闇影》同時也豐富受難者的面孔，我們提到白色恐怖的受難者，幾乎只重視當事人，卻忘記家屬、後代也同樣經歷白色恐怖的傷痛，甚至我們對於政治受難者的認識，也停留在他們與白色恐怖的關係，卻忘記他們首先是一個人，之後才是一個因為政治受到國家暴力對待的被害人。因此我們談論白色恐怖的受難經驗，除了悲情，難以再往前進。柳絮的父親是政治犯，幼年直接的暴力衝擊，伴隨著她成人後仍須在家裡設置保全系統才能安心，誰能說她不是暴力的直接受害者？政治受難者二代與受難者的衝突，在在反映了政治暴力後的創傷需要被妥善清理。也就是在這個層次上，我們看到了與以往談論白色恐怖很不一樣的地方，家屬、後代的心理狀態在小說中被立體呈現，他們不再只是附屬於政治受難者，他們有自己的掙扎、想法，成為另一個有主體性的「政治受難者」。

除了立體化加害者及被害者，賦予多元的面貌，另一個重要的，是加害者與被害者之間身份的模糊，對於事件當事人，我們或許可以很清楚的區分加害者與被害者的標籤，但是家屬及後代的身份卻相當程度地模糊了彼此的界線。楊怡出生在高級外省人家庭，為自己的血緣感到不堪，希望透過贖罪為自己家庭在轉型正義的浪潮中被社會所原諒。被原罪所驅動使他成為另一種意義下的白色恐怖受難者。贖罪的心態或許不是加害者後代普遍的心態，然而擔心害怕自己家裡的長輩參與其中，應該是過去相關機關人員家屬的真實反應，張玟文選擇與楊怡完全不同的處理方式，也是極為自然的情緒反應。事實上，這群人不僅不是轉型正義的敵人，更可能是轉型正義重要的當事人，在台灣遲來的轉型正義工程經驗下，所謂的和解共生，可能成為以家屬、後代為主體的工作，因此真相公開、咎責的機制，如何與這樣的心理狀態相互調和，是我們不能逃避的工作。

長期以來，受難者家屬與後代的心理狀態，幾乎排不上台灣轉型正義的議程，遑論圍繞加害者及其家屬後代的討論，除了咎責外，我們幾乎看不到相關的討論。二〇一八年促進轉型正義委員會成立，清理政治受難的暴力始成為台灣轉型正義的重要工作，我們期待平復創傷不只停留在個人的層次，而是被國家系統地接住，針對白色恐怖的集體療育，可以勾勒我們對於台灣未來的美好想像，讓白色恐怖受苦受難的經歷，成為我們民主深化的養分。

【推薦序】

# 風雨之後依然挺立——序施又熙新書《光的闇影》

國史館館長　陳儀深

二〇一四年我為施又熙的書《媽咪，我們會這樣幸福多久？》寫推薦序的時候，她已經在我們士林社區開設「書寫療癒」課程一段時日，當時我說：「據我所知，她確實能夠幫助一些女性朋友面對自己、建立自信、進而改善人際關係。」古人說的己立立人、己達達人，大概是這個意思吧。當時我內人也揪朋友參加這個課程，正逢岳父去世不久而岳母身心低潮的時刻，施又熙建議她在我們社區舉辦母女祖孫三代畫展，也就是展出我內人、岳母以及我女兒的畫作，小冊子則是由我編輯，雖然都是素人，但是街坊鄰居親朋好友雲集，讓岳母恢復自信開朗，這難得的經驗值得記上一筆，也是要感謝又熙的提點。

又熙是單親媽媽，沒有固定的收入，開設「書寫療癒」的課程不是做功德而是為了賺取生活費用，然而在必須收費的情況下還能維持這麼多年，當然有她的兩把刷子。不論她還住在汐止時期，或是現在搬到林口社會住宅，都有遠地來的學員到家裡來上課。上個月我們一家三口到林口去探望她們一家兩口，新家位在高樓、雖然略嫌侷促，但是她工作的角落有很好的視野，愛貓經常來磨蹭。祝她文思泉湧、不斷有好作品問世。

這本《光的闇影》的小說創作，是《向著光飛去》的二部曲，二〇一七年出版的首部曲《向著光飛去》表達的是成長在白色恐怖受難者家庭下的女性，對於愛情與婚姻的經歷及看法，是藉著愛情故事描述白色恐怖對人的影響，尤其要討論受難第二代女性的人生際遇，包括「父親長期缺席對女兒產生的影響」，故事中的放棄出國夢想、學貸、離婚、憂鬱症……很像在寫她自己，至少是她最熟悉的題材。比較特別的是，馬上就要出版的二部曲新書《光的闇影》，施又熙把大家不談、避談的加害者第二代、三代的角色放在故事裡相當重要的位置，而在今天的台灣社會，不是正在上演這方面的難解之題嗎？這不是轉型正義的深水區嗎？所以施又熙說：「我希望藉由這本小說可以開啟一個面向，引起大家的關注與討論。」

我是台灣政治史的研究者，為了探知真相除了透過檔案和文獻，長期以來我運用口述歷史的方式，獲得許多寶貴的資料；我利用訪談拆開了許多政治受難者一層層的記憶，但是對於作為「獄外之囚」的受難者家屬、受難者第二代，所知實在不多。現在應該感謝施又熙不但願意說出她的親身經驗，甚至以文學的方式做了生動的表達。要之，不只受害者（及其二代）需要創傷治療，加害者（及其二代）也需要反省和救贖，才能成就一個健康的社會。

又熙透過不斷的書寫創作，檢視自己的成長、品嘗人生的味道，也爬梳對台灣歷史的認識。對她而言，寫作過程可能艱辛困難，但也是在治療內在的傷口，尋找靈魂的出口，這個重建的過程紀錄必定可以給他人帶來陽光和希望。讓我們支持她和她所關切的事業，從而對於歷經苦難的台灣社會而言，就是完成社會的集體治療。

【推薦序】

# 在光與影之中，持續抗鬥前行

促進轉型正義委員會主任委員　楊　翠

展讀施又熙《向著光飛去》系列小說，最深刻的感受，是故事中的人物不斷在說話，相互說話，也對自己說話。這可以說是一部「說話」、「聆聽」與「見證」進行式的小說，更是一則關於轉型正義中的創傷療癒與主體救贖的寓言。

首部曲《向著光飛去》，以四個白色恐怖政治受難家庭二代女兒為主角，主題朝向兩個方向。一個是主體自我救贖的可能；四個女兒逃避了半輩子，人生終於來到必須面對的時刻，來到必須以創作來扣問傷痛的源頭、檢視傷痛的紋理，並且回應傷痛與自身的關係，以及尋求自我和解、主體療癒的關鍵時刻。

事件，可能會隨著時間而被世人遺忘，但傷痛，只會隨著時間，不斷層疊纏繞，無限積累，一如異形。二代政治暴力創傷者，從童年開始，甚至從還沒出生前，就因為國家暴力，而在心靈深處被植入異形，社會更以拒絕和歧視來餵養這個異形，終致創傷與他們的生命本體緊緊纏繞，即使主體解離出另一個自我，來試圖承受這種傷痛，也無法真正擺脫。

《向著光飛去》中，每個角色都有許多自我內心小劇場，透過傷痛主體的不斷自問、自答，展現主體內在的拉扯、對話，並且彰顯自我和解的艱困。

小說的另一個主題，是集體救贖的進行式。我覺得《向著光飛去》中最動人的，是四個白恐二代女兒的深摯情感，他們相互撫慰，相互聆聽，相互支持，並且與受難者長輩形成緊密的連帶關係，透過能量的濟養與加持，獲得某種意義上的療癒。

這是最不容易被理解的區塊。一般總以為，受難者家屬之間，因為彼此經驗的類同性，應該能夠很快地形成共同體，經由同感、共傷、共痛，從而讓痛苦得到消解，讓生命脫困，向光昇華。然而，在現實中，白色恐怖受難家屬們，其實都是一座座孤島，他們長期被拒絕的、惡意的漫漫海域包裹，與世界隔絕，各自吞忍傷痛，匍匐走過各自的人生。

傷痛加傷痛，不會等於無痛。即使來自同樣的暴力源，即使受害形式相似，個體的傷痛也難以互換，更別說可以相互抹除。不是因為傷痛者無法打開心胸，不是因為他們不願跨出腳步，而是在漫長的威權統治時期，國家體制以各種惡意在他們心中築起一個個強固牢籠，讓他們被迫綑縛自身，被迫畫地自限。在那樣的時代氛圍中，也唯有畫地自限，才能卑微地擁有一個喘息的角落縫隙。

我的姑媽曾經說過一句話，「我很害怕別人害怕我們」。很簡單的一句話，但很寫實，刻骨般地寫實，完全寫實了她作為受難者二代的生命姿態。她一生都不敢交朋友，寧可孤獨自處，因為，不交朋友，就不必經歷被拒絕、或者朋友知曉她的身世後冷然離去的失落之苦。

施又熙身為受難者家屬二代女兒，在《向著光飛去》這部巨構中，花了非常大的篇幅，深沉鏤刻受難者二代的心靈圖像與生命處境，並且清楚指陳，受害者家屬，也就是受害者。國家以體制性的力量，塗抹在一個政治受害者身上的污名，也同時緊緊黏貼在他的家人身上。在那樣的年代，社會集體都相信，國家不會做錯，家屬除了接受汙名之外，根本無從抗辯，黑暗遂逐漸寫入他們的生命底層，成為難以被置換的底色。

即使黑暗讓人絕望，但他們也不敢仰望光明。因為光明在另一個世界，因為那個燦亮的光明世界，就是拒絕他們的那個世界。他們渴望，但不敢仰望，也不敢向那個光明的世界伸出雙手。

但是，這些年，現實有了改變，在一些受難前輩與家屬們的努力下，受害者與創傷者們開始伸出雙手，彼此溫暖，相互聆聽。施又熙《向著光飛去》中所體現的，就是這樣的現實情景，小說中的女性二代受難家屬們，成為彼此心靈上的信靠，她們交換著自我的心靈苦痛，以及對世界的不信任，甚至是對「家」的複雜情感。

這部作品充滿了「說話」，正體現了敘事治療的意涵。說出口、反覆說、對別人說、向自己說，形成敘事文本，讓主體可以從敘事中辨識傷痛的樣態，指認傷痛的來源，了解傷痛與自己的關係，從而尋找出口。

但是，這不表示個體的創痛可以就此得到療癒。個體與集體的療癒，都是一個艱困的旅程，必須在不斷地聆聽與相互見證中，持續前行。《向著光飛去》第一部曲，便是聚焦於四個二代女子，如何尋找與自己、與世界和解的方法，因為每個人的生命都充滿了破洞、缺口，都築起一層一層圍籬，因此，即使是家族成員之間，也必須面對內部糾葛，無論愛情有多深，仍然可能在最後一刻，關上心門。

施又熙在《向著光飛去》系列小說中，另一個精彩的刻畫，是二代受難者家屬的「自責」心理。自責，是為了向自己解釋痛苦。當傷痛者無法指認傷痛源，或者傷痛源的權力過於龐大，大到社會與傷痛者都只能選擇不承認它是源頭時，傷痛者，尤其是自幼即被捲入漩渦中的二代，就可能會以深沉的、持續的自責，來面對傷痛這件事；他們會這麼想：持續有不好的事情發生在我身上，都是我的錯，我就是不祥者，是我讓身邊的人都受到牽連。

受難者家屬的自責，形成一個難以脫出的迴圈，它暫時解釋了當下的痛苦，卻讓自己陷入更深的黑洞之中。然而，因為沒有其他解釋痛苦的方法與路徑，此種自責，有時甚至成為一種慣性，一種執念，一種生命的體質。

這種傷痛者以自責想要解釋痛苦，尋求脫困，卻更陷入困局的生命狀態，在第二部《光的闇影》中，刻劃更加深入。《光的闇影》除了持續處理個體與集體的創痛與療癒之外，更將創傷與救贖的主題，延伸到加害者，以及加害者後代。

《光的闇影》聚焦兩大要點，其一是國家轉型正義工程所引動的集體救贖之可能。小說花了不少篇幅，書寫政治受難者團體與民間社會如何努力推動《促進轉型正義條例》完成立法的過程，同時也通過故事各個角色的對話，思辨關於「轉型正義」這個艱難課題的理念面與實踐面。

小說另一個重點，是在思考如何面對「加害者」及其後代。施又熙更將這個難題推到一個比較極致的情境：如果當年的加害者與被害者，他們的二代或三代，在命運的擺弄下，在現實時空中產生交集，產生各種情感連帶關係（情人、師生、友人），他們該如何自處？該如何看待彼此？

事實上，在《向著光飛去》的後段，施又熙就以懸疑的筆法，書寫男女主角柳絮和周慕夏的「歷史糾葛」。周慕夏父母知道柳絮身世後的心理波動與遲疑，他們欲言又止，最後又因車禍雙亡，留下謎團，讓一直給予柳絮無條件支持的周慕夏，必須不斷自問，父親為什麼會保留柳絮被刺殺時戴在頭上的緞帶？他究竟在柳絮被刺殺的案件中扮演什麼角色？他該如何看待自己的父親？又該如何重新看待自己，以及自己與柳絮的關係？

小說安排周慕夏在父母死後，懷著困惑與忐忑，四處尋找答案，最後，他找到父親留下的錄影帶，答案揭曉，這個答案，也成為二部曲《光的闇影》的開場，同時是推動小說進行的重要裝置。《向著光飛去》小說末尾，以「疑似加害者」的疑團，迫使情感深摯的柳絮與周慕夏，必須面對嚴酷的挑戰，最後謎團揭曉，兩人結成連理；在《光的闇影》中，周慕夏以記者會的形式，公布父親的錄影光碟，承繼了父親一直想做卻沒有勇氣做，而只能遠遠逃離家鄉的遺志——揭露歷史真相。

所以，還有一個關鍵問題，是施又熙在處理二代的生命課題時不斷思考辯證的：關於痛與罪，由痛與罪或其延伸所產生的「恥感」，以及痛與罪的承繼與脫出。

痛，與其說是承繼，不如說是它早已成為二代的生命土壤，你在痛裡面成長，痛，就自然鐫入你的生命底色，這不是主體願意不願意的問題。但是，脫出，是主體可以努力尋求的一種生命路徑。至於罪，從二代三代來觀察，就更複雜了。《光的闇影》中，好幾個新出場角色，他們的長輩都曾經是加害體制（警總，情治單位）的一員，是曾經見證、甚至參與抓捕、刑求、暗殺等行動的「疑似加害者」。

「疑似加害者」的二代或三代，那種來自「罪」的延伸而形成的「恥感」，是施又熙特別想透過小說探討的一種心理狀態，這是非常有意思的一個課題。周慕夏在追索父親留下的謎團時，出現了恥感，周慕夏的助理張玟文也是。張玟文的父親張龍飛，外省人，原任職警備總部，上校軍醫，似乎曾經參與或見證了什麼，他所認識的歷史與領袖的真面目，與黨國教化詮釋系統所給予的不同，他彷彿懷抱著一個秘密，以及一種共犯結構的「恥感」，一生痛苦，張玟文曾經聽見父親夜半的哭聲與喘息聲。張玟文自己也是，高中時，有個同班同學，爺爺即是受害者，當年被槍決，面對她，張玟文因為自己父親在警總工作，背負「加害者」後代的重荷，甚至一度想自殺，是周慕夏拯救了她。

張玟文的男友楊怡的角色設計，更加典型，把痛與罪的衝突上昇到一個高點。楊怡出生外省家庭，祖父是調查局退休的幹員，楊怡和父親楊東興，都是後代揹負「罪」的恥感的典型；楊東興以酗酒與頹廢生活等等放棄自我的方式來逃避，楊怡則以熱衷參與社會運動、關懷轉型正義等作為來面對。

痛與罪，都會產生「恥感」，都會代間傳遞，單獨存在，已經是一個難題，如果兩者遭遇了，將會形成更大更複雜的難題。然而，轉型正義要尋求社會和解，就無法迴避這個難題。除了面對，別無他法。

所以，施又熙《向著光飛去》系列小說，應該視為一個轉型正義難題的寓言小說，關於創傷主體如何與自己和解，與世界和解。而這個寓言，是我們正在面對的現實。

如果單從小說的題名來看，似乎呈現一種矛盾：既已向光飛去，為何迎來光的闇影？然而，如果從這部小說作為一則轉型正義寓言來看，卻是十分貼切寫實的。向光飛去的路程，是一條漫長而複雜的行旅，要想抵達光的位置，無論是個人或整個國家，都必須歷經千迴百折。

整個轉型正義的個人／國家工程，就是一個光與影的搏鬥、對話、協商的過程。要趨光，先要驅影；要能驅影，先要飽滿趨光的意志；想要提煉趨光的意志，又必須具備直面暗影的能量。

施又熙《向著光飛去》系列小說，最動人的地方，就是寫出了主體（包含個人主體與國家主體）在光與影之中的持續辯證、努力追索。因為，最動人的，永遠都不是「光」本身，而是勇敢與暗影抗鬥的向光靈魂。

因為相信光明，這條苦難的路必有盡頭。

# 前情提要

《向著光飛去》的首部曲以女性的視角，寫出四個白色恐怖家庭裡的女兒，在被橫生剝奪走父愛後，生命的跌宕苦痛與安全感的始終闕如。

故事的主軸，主要圍繞在年幼因政治恫嚇遇刺的柳絮，以及身兼大學教授、戲劇治療師與演員的周慕夏之間的愛情故事上。因為柳絮心中的陰影，兩人花了五年的時間才終於要修成正果，卻在結婚前夕因周慕夏父母意外雙亡，以及隨之發現父親竟握有柳絮年幼被刺時遺失的緞帶，一度讓周慕夏誤以為自己是加害者後代，幾近崩潰、入院手術。

所幸，最後在父親的遺物中找到一支影片得以真相大白，兩人也順利步入了婚姻的殿堂。回到台灣後，周慕夏告訴柳絮，他想要公開父親的影片……

# 楔子

『報告副處長，一切都安排好了。』

『好，幾時行動？』

『後天中午。』

『這次要利索些。』

『是，副處長，這次是外頭的。』

『可靠？』

『可靠。』

『好。』

掛斷電話後，他站在窗邊看著外頭不遠處的山稜線，台灣長年都溫暖，即便在冬末初春時分，這山景大多都還稱得上是黃綠色的。離開北方老家那麼久了，怎樣都還是不習慣這小島上的悶熱潮濕，只有冬天的台北勉強舒爽些。

轉身從桌上拿起菸點了一根，瞥了一眼牆上的日曆，『後天……』，瞇著眼看著逐漸燒盡的火柴，隨手甩進早已堆滿菸頭的菸灰缸裡，深深地吸進一口菸。

幾分鐘後捻熄香菸走到斜對面的處長辦公室，門口的衛兵立刻起身行禮，「副處長好！」

「處長在嗎？」

「報告副處長，處長在裡面！」

他只是點點頭，拉了拉衣角，敲了兩下，便開門走進去。

# 第一章

「你真的確定自己可以上課了嗎？」柳絮將車子停進靠近戲劇學院的停車場問道。

「別擔心，沒事的。」周慕夏解開安全帶，轉身拿起後座的電腦包，「我也可以自己開車來，是妳不放心，非得跑這一趟。」

「反正我也要去跟導演開會。」柳絮笑著，她當然知道丈夫可以自己開車來，只不過剛經歷了生離死別的關頭，她再也不想發生意外。

周慕夏點點頭，下車後轉身跟她說，「下山小心點，這裡常有年輕人飆車，我五點下課，妳忙完再過來接我。」

柳絮微笑點頭，卻在他關上車門後，又忍不住打開車窗交代著，「夏，你……」

周慕夏笑著回頭，「我知道，我會請助教幫我在教室準備好椅子，真的，妳不要擔心成這樣。」

柳絮本想再說點什麼，終究還是忍住了，只是笑著揮揮手，「好，我可能五點前就會到了。」

「如果提早到了，先去研究室等我。」

柳絮目送他轉身走向系館，看著他清減許多的身形，臉上的笑容轉為眼底一抹深深的憂慮，她很清楚，此刻煩心的不只是他的身體，還有那支影片所帶來的震撼與傷害。

那支影片解開了周慕夏少年時期被父母單獨留在台灣的秘密，卻也同時讓一直表現冷靜與自持的丈夫了解到他與父母之間的誤會有多深，更難以面對的傷痛是這個秘密的揭露，竟然是因為父母的意外車禍離世才出現的契機，就算知道了真相，卻再也沒有機會跟父母重建關係了，他三十多年來刻意迴避與雙親的相處，在這一刻更顯嘲諷與淒涼。

而他們一家離散卻都是因為她的緣故，他們兩人之間到底是一種怎樣的緣份？她的存在與悲劇造成了他與父母的分離，可是她與周慕夏卻又因為彼此的愛才獲得救贖，這一切真的是被命運所注定的嗎？

在紐約住院期間看過影片之後（註1），周慕夏沒有特別說過什麼與父母相關的話題，卻反過來勸慰她不要把責任又攬在自己身上，即便回到台灣這幾天，他也仍然只是把這些激動的情緒緊緊地鎖在心裡，這才是柳絮最擔心的部分。她也不相信有人可以面對這樣戲劇性的結果卻還能平靜若此，就算那個人是周慕夏，大名鼎鼎的戲劇治療師，她也不相信他真的可以這般平淡冷靜，更何況他還打算把影片公開，可是這幾天，針對這些事情，他卻什麼都不說。

周慕夏走進系館時回頭望了一眼，看見妻子的車還停在原處，便抬手跟她揮了揮，露出一個讓她安心的笑容才走向電梯。

---

註1：參見《向著光飛去》，遠足文化出版，二〇一七年。

過去這兩個月發生的事情實在太多了，他知道柳絮本來就是個缺乏安全感的人，童年時被黨國設計刺殺重傷未遂的傷害是怎樣都難以抹滅的，就跟她身上那些永遠都不會消失的疤痕一樣，即便在過去五年的交往中，他一直努力給柳絮安全感，但兩個月前他的父母來台參加婚禮途中意外車禍身亡，他們趕往舊金山處理後事時引發出一連串的誤會，柳絮七歲被刺殺當天便遺失的紅色緞帶莫名地出現在父母主臥室的床底暗格保險箱裡，打開保險箱看見這條緞帶所帶來的震撼，即便到此時他仍然會不由自主地全身起寒顫。

一度，他以為父親周永然是當年的兇手，不然沒有道理明知道當年他才國一，未服兵役不能離境，而父母偏偏突然堅決地帶著妹妹移民美國，把他留給了祖父母，直到他大學畢業這十年中只在祖父母喪禮上見過兩回，這種種的不合理讓他無法將父親可能是兇手的猜疑撇去，在找到答案前無法面對深愛的未婚妻，於是丟下了柳絮在舊金山，自己逃去紐約找擔任法醫的老同學檢驗那條緞帶。儘管早就知道那一定是當年失蹤的紅緞帶，但得知鑑定結果無誤後，他的沮喪與徬徨也來到高點，加上無法找到證明父親清白的任何證據，一整個月的高壓與失落讓他的胃潰瘍猛烈地爆發，最終胃穿孔感染，導致腹膜炎高燒昏倒在路上被送回母校紐約大學所附設的朗格尼醫院急救。

術後醒來看見柳絮的憔悴，那種痛與不捨，他知道自己再也不能丟下她了，不管未來如何，都得要一起去面對。當時，柳絮比他更相信父親周永然不會是兇手，但是，直至看到影片，他才真正相信這一切，然而，一切都來不及了，他與父母之間的誤會再也無法面對面說清楚了。

只是這種傷痛，要說與何人知？發現影片後，柳絮一直自責是因為她的緣故才導致他一生不幸，如何還能跟她說及這些遺憾？

「老師，您來了！」打開研究室的門就看到助教小棠一臉憂慮來回上下掃視著他，「天啊，老師，您瘦好多啊，身體真的好了嗎？」

「難道是我太太打過電話給妳嗎？」周慕夏放下電腦背包，望一眼手錶，脫掉大衣，拿出自己的隨身碟與簡報筆，端起裝好水的馬克杯準備去教室上課。

小棠吐吐舌頭開門跟著他後面一起出去，「沒有啦，師母就只是打電話來交代要記得幫老師在教室準備椅子跟水，這樣而已啦。」

周慕夏側頭看了她一眼，這孩子大學是念社工的，兩年前考進藝術大學的碩士班，說想要學習戲劇治療，也成為他的指導學生，是個認真的研究生跟助教，但其實她若願意，姣好的外型與氣質想要跟其他同學一樣進入演藝圈也非難事，只不過她真的心不在此。

看到指導教授審視的眼神，小棠連連搖手，「真的啦，師母真的只有說這樣啦，只不過老師您剛才開門進來時嚇到我了，這兩個月老師瘦了幾公斤啊？看起來比您演杜文時還要瘦。」剛才打開門時，看到老師身上的大衣簡直像掛在竹竿上空蕩蕩的，的確嚇了一大跳，從未見過老師消瘦到這種地步，比去年贏得金鐘獎影帝飾演政治犯臨終前的模樣更憔悴。

周慕夏只是笑笑沒有說什麼，研究室距離教室並不遠，他踏進教室時，刻意不去回應大家驚訝的眼光，只是如常地開始先準備電腦叫出上課檔案，等到一切準備妥當後才面對這群大三、大四的同學們，「大家早，不好意思，這兩個月因為我家裡出了點事情，加上我又開刀，所以請了長假。」

「還有結婚！」同學笑鬧著大叫，「幾時要去渡蜜月？要去哪裡渡蜜月？就這樣死會了怎麼可以?!」年屆五十卻始終單身的周慕夏一直是學生眼中的鑽石單身漢，愛慕他的學生不在少數，有些是衝著他兩屆影帝的明星光環來的，沒想到他授課嚴謹，當掉學生毫不手軟，對於一般以為在戲劇系唸書不重視學科成績的學生來說是結實踢到大鐵板。

周慕夏笑了，「我已經麻煩柯老師代課兩個月了，再請婚假還得了，所以最後這個月我回來上課了，蜜月的事情等暑假再說了。」

「欸呦，老師，先說想去哪裡渡蜜月啦。」

「不知道，我還沒跟太太討論好。」

「哇，太太耶～～」台下的同學不斷起鬨，鬧得一時間好像難以開始好好上課，突然瞥見張玟文靜悄悄溜進教室後面坐下。

「今天有學姊來旁聽，大家如果對劇場工作有興趣的，等等下課可以請教她一下，玟文學姊畢業前就在劇場工作了，現在也相當資深了。」

同學們立刻轉頭看向坐在教室後門邊的眼生女子，張玟文有點尷尬地對大家搖搖手笑了笑。

「玟文學姊以前也是我的助教，今天這門課她很強，你們可以多去請教，特別是去年大三被我當掉，現在又來重修的大四同學，沒有拿到這門課的學分，應該會畢不了業。」周慕夏瞥了一眼來重修的同學，順勢把話題帶開，終於開始上課了。雖然演戲帶給他很多成就感，也讓他得以有經濟能力去紐約大學完成碩博士學業，並且取得戲劇治療師的執照，但是在大學裡教書跟帶著團隊去偏鄉服務青少年進行戲劇治療才是讓他最滿足的工作。

只不過課程進行約35分鐘後，透過麥克風隱約聽見他有點喘，原本周慕夏聲線就低沉，音量也不大，是個除了演戲需求外不會大聲講話的人，坐在第一排的小棠聞聲立刻抬頭看見老師臉色有些發白，正猶豫著要不要起身幫老師把椅子拉近。

講課一直都是費力的工作，周慕夏並沒有錯誤樂觀地自以為可以站著上一整天的課，為了不想讓大家擔心，原想下半堂再坐著上課，沒想到還未及40分鐘，講話就開始有點喘，只好放下麥克風，走到講台中央把小棠預先準備好的高椅子拉到講台左側的電腦控制台旁，可以順勢背靠在控制台邊，讓他更省力些。

坐在後面的張玟文不解地看著老師，多年前還在這裡上課時，跟著周慕夏擔任助教好多年，就算連熬兩夜拍完戲回來緊接著教課，也從未見過他坐著上課，剛才進到教室看見他還是多年來的老模樣，梳著帥氣的油頭，穿著襯衫與牛仔褲，只不過毛衣下看得出他瘦了，臉上還難掩一絲蒼白病容讓她深感詫異，昨天打電話給小棠約時間時，她並沒有提起老師的近況。

「抱歉，」周慕夏喝了點水，緩了口氣才又拿起麥克風，「雖然開完刀已經三個星期，但還是不太能久站，講話也有點費力，所以我下半場得要坐著上課了，抱歉。」

張玟文訝異地看著台上的老師，『竟然才剛開過刀嗎？是老毛病胃潰瘍嗎？』

「沒關係。」台下紛紛傳來同學的安慰聲音，他們以為老師就是健康了才回來，沒想到第一堂都還沒結束，老師臉上就明顯出現了病容，讓他們大感意外，教室氛圍有點凝重與擔憂，學習態度突然振作了起來。

「沒想到我病了反而可以讓你們看起來更專心，」又講了幾分鐘的課，突然發現原先愛滑手機的一些同學竟然不滑手機了，便戲謔地笑著，「早知道我剛才一上課就應該坐下來。」

台下同學聽到這話笑了起來，一度緊繃的氣氛又緩和了些。

狀似平安結束兩小時的課之後，張玟文跟著周慕夏與小棠一起走回研究室一邊說著，「老師，我有點事情想要請您幫忙，昨天問過小棠知道您今天有課就直接過來了，沒有先跟您約，對不起喔，剛才上課時您說剛開過刀？是胃潰瘍的問題嗎？還好嗎？」張玟文機關槍似地提出一連串的問題。

周慕夏只是淡淡地笑了笑，沒有開口說話也沒看她，張玟文跟小棠對望一眼，不太理解他此刻有點冷淡的態度，只能跟在他身後，感覺他的步伐也比平時緩了些。

進到研究室，周慕夏只是指指辦公桌對面的椅子，便自顧自坐了下來，彎身從背包裡拿出藥吞了，半晌才緩過氣來看著坐在對面的兩名前後任助教，或許是看到他這一連串的反應，此刻她們的憂慮全寫在臉上了。

「不許跟妳師母說。」周慕夏終於開口了，聲音聽起來又虛又啞，沒有剛才在課堂後半段強撐的精力，胃部隱隱然地痛起來。

「老師的傷口還沒好嗎？」張玟文訥訥地問著，過去擔任助理時也有看過他在學校胃痛發作的樣子，但他總可以撐著，曾幾何時會出現這種氣虛模樣，在她的腦海裡一直只有意氣風發的老師身影。

「我老了，」周慕夏笑笑，「現在生病沒那麼容易好。」

張玟文轉頭看了小棠一眼，不確定這句話是戲謔還是真的，小棠一時間也無法回應，這是老師請了兩個月長假回來後第一次見面，她過去也不曾見過老師這樣，不禁懷疑是不是跟老師的父母意外離世有關。說起來，老師的私生活一直都是個謎，只知道他與柳絮老師交往，但其他的生活都極低調，也沒有過什麼緋聞，在學校也是大家很喜愛又很怕的老師，連他父母同時意外身亡的消息也沒傳出來，是因為他必須請長假去舊金山處理後事，她跟代課的柯教授才會知道這件事。

「我在紐約的時候胃穿孔了，引發腹膜炎受到感染，所以在紐約做了手術，胃潰瘍是老毛病了，只不過因為腹膜炎的關係，肚子裡被人清洗了一番，術後恢復的有點慢，講課費力，站不住，只是這樣，妳們別擔心，也不許跟我太太說，」他看著張玟文，「妳也是。」

張玟文有點哭笑不得，「我在劇場工作，沒機會遇到柳老師啊，除非她要來寫舞台劇劇本。」

周慕夏只是笑笑，「今天來找我什麼事情？」

「您現在有力氣講話？」

他點點頭，忍住去按胃部的衝動，「說吧，怎麼突然跑來了？工作上有事嗎？」

張玟文搖搖頭，「沒，工作沒什麼，但我想請老師幫我寫推薦函。」

「嗯？」

「我想要申請紐約大學的碩士班。」

周慕夏挑挑眉，「去攻讀戲劇治療？確定了？」

「嗯。」張玟文堅定地點頭。

他記得當年助教畢業的時候，曾經說過存好錢就要追隨他的腳步去紐約大學，一晃眼也這麼多年過去了，只不過如果他沒記錯的話，張玟文也已經三十幾了吧，突然轉頭跟小棠說道，「我要跟學姊聊一下，等等我會休息一下準備下午的課，麻煩妳一樣幫我在講台上放張椅子，靠著電腦控制台對我比較方便，我可以靠著。」

小棠看看老師再看看學姊，意會到周慕夏的意思，立刻點頭離開研究室。

「幫妳寫推薦函當然沒問題，」周慕夏確定小棠關上研究室的門之後才又看著張玟文說道，「我以為妳早幾年就會去了，妳今年幾歲了？」

「33。」張玟文有點憂慮地看著他，「老師，這樣去念碩士會太老嗎？」

「幾歲去唸書都不會太老，有一些生活歷練之後再去唸書也很好，」周慕夏凝視著她，「只是我一直以為妳畢業後很快就會去了，我等著要幫妳寫推薦函已經好多年了，以為妳放棄了。」

「我沒有放棄，我一直都想去，」張玟文有點沮喪的說道，「不過我得要先存錢。」

「嗯，辛苦了，家裡不能支援妳嗎？紐約的生活開銷很高。」其實周慕夏對她的背景也並不清楚，只記得她曾經參加過自己帶的戲劇治療工作坊，那是他第一次看見她，當時張玟文才高二，而且在那次的團體中，她突然嚎啕大哭，隨後表現出來的是一種抵抗巨大秘密的高壓反應，怎麼都不肯再繼續往前，兩年後考進藝術大學，只要是他開的課都會來修，大一下學期便申請成為他的助教。

張玟文搖搖頭，「母親會給我一部分的錢，但沒辦法全額，我父親很早就不在了，母親年紀也大了，總要留著一些退休金在身邊才行。」

周慕夏拿起馬克杯喝了一點水，聽出她的輕描淡寫，「妳回去之後把履歷電子檔寄給我，包含妳這幾年的經歷，還有妳對未來的打算，給我一週的時間，妳再過來拿。」

「謝謝老師。」張玟文鬆口氣地笑著說道。

周慕夏放下馬克杯，看著她的笑臉，「玟文，去念戲劇治療，年紀不是問題。」

張玟文看著他，感覺到老師有弦外之音，臉上一緊，心裡有點忐忑。

「只不過，妳可能需要先處理好自己的問題。」周慕夏溫柔地說著。

張玟文屏住了呼吸，『老師記得！』追隨他的那幾年，她一直以為老師不記得她了，不記得她曾在團體中大崩潰並且抗拒往前。

周慕夏也知道張玟文一直誤以為自己不記得這位學員，多年來他也無意解釋，他一直相信等張玟文準備好了，就會再繼續前進，時間未到之前，多說也無益，只是一直允許她擔任自己的助教，讓她一直參與其他戲劇治療團體的工作與安排，讓她持續性地一直接觸到刺激，希望有一天對她有幫助。

「我當然記得妳。」他像是看穿了她的心思地說著。

「但是……」她訥訥地不知道應該說什麼，覺得自己那幾年豈不是都被觀察著？

「我想妳準備好了就會繼續前進，所以我也沒有必要特別在學校裡指認出妳來，這麼多年過去了，妳現在終於要去紐約了，我能夠提醒妳的就是這個。紐約大學在戲劇治療領域首屈一指，我的老師也還在授課，我會幫妳寫推薦函，也會跟他提一下，請他考慮做妳的指導教授，妳加油，看能不能爭取到全額獎學金，這樣會輕鬆一點。」

張玟文感激地看著他，眼眶忍不住地紅了，她知道周慕夏在戲劇治療領域是系出名門的，他的指導教授是世界頂尖的戲劇治療大師，如果不是他的引薦，恐怕自己也無法引起老教授的注意。

「但是，有一些事情旁人是幫不上的，」周慕夏繼續說道，語調是一貫的低而輕，然而每句話敲在張玟文心頭卻是無比的重，「我不知道當時妳在團體裡面表現出來的是什麼事情，但是，準備做為一位戲劇治療師，跟其他領域的心理師一樣，妳都需要先整頓好自己，妳是去紐約學習如何成為頂尖的戲劇治療師，不是去那裡為自己的人生尋求答案，」他停下來看著她，真心誠意的，「妳明白我的意思嗎？」

張玟文點點頭，眼淚就快要掉下來，咬著嘴唇不敢鬆開，怕一放開就會像當年一樣嚎啕大哭起來。

『她咬嘴唇的樣子真像柳絮。』周慕夏心裡想著，『都是受苦的人吧，或許理由不同，但可能都有個受苦的人生吧。』他壓壓自己的胃部，「好了，妳過些天再過來拿推薦函吧，我想要休息一下，下午還有三堂課。」

張玟文點點頭，「謝謝老師。」淚眼迷濛中也看得出老師臉上有著明顯的倦色與病容，便默默地擦乾眼淚走出研究室。

目送張玟文出去後，周慕夏拿出手機發了LINE給柳絮，『只是跟妳說一聲，早上的課結束了，我很好，不要擔心，等等我吃點東西會休息一下，準備下午的課，傍晚再見。』

『好，下午見，我還在跟陳導開會。』

周慕夏讀完訊息將手機擺在桌上，整個人深深地靠進椅子裡，開完刀之後其實胃潰瘍的狀況似乎好了很多，已經好一陣子都不痛了，只有頭兩週傷口還會有點痛，或是體力有點不濟，但是像剛才又開始有點隱隱地痛，是術後第一次，他揉揉胃部，原本投機地希望這次的手術可以正好根治多年的老毛病，顯然老天不從人願。

閉上眼睛休息的他，其實心裡也很清楚，不管是美國還是台灣的醫師都跟他說過，高壓的生活會讓胃潰瘍越來越嚴重，憂鬱的心情也同樣會導致疾病惡化，他自己知道，即便過去這二、三十年來已經習慣了自己一個人，最苦最鬱悶的日子早已過去也克服了，但那些隱藏在內心深處的，思及還是會難掩哀傷的過往是讓他始終無法擺脫胃病的主因，而如今，得知了自己與父母之間的誤解，這個難解的痛，恐怕才是導致手術後卻無法根治的復發原因。

只是，他能怎麼辦呢？

錯過的一切，再也來不及了。

＊　＊　＊

東區的咖啡館裡，張玟文坐在面對門口的角落，拿著鉛筆埋首在她的畫本裡，咖啡館開門時的鈴鐺晃動，她也不曾抬眼。

楊怡走近了，看見她戴著藍芽耳機，本想伸手拍她，卻瞥見她本子裡畫的並不是慣常在設計的舞台場景，而是一具具支離破碎的人體，他把手收了回來，這不是他第一次看見這些殘敗卻沒有臉的人體，逕自坐到她對面的椅子裡，不小心撞到桌子，水杯溢出了一些水，差那麼一點就弄濕了張玟文的畫本。

這個突如其來的動靜驚嚇到張玟文，她迅速抬起頭看見是男友來了，很快地把畫本蓋起來，她知道楊怡一直覺得她畫這些圖案很奇怪，但她又不想講明，「你來了！」

楊怡抽出桌上的衛生紙，把弄濕的桌面擦了，睨了她一眼，「吃了嗎？」自己因為開會又大遲到，比預定的遲到了快一小時。

張玟文搖搖頭把畫本收進背包裡，「還沒，想說等你一起，你應該還有時間可以吃飯吧？」她看了一眼手機上的時間。

「可以，下午我沒有特別的事情，就是要為下個月的活動處理一下招生。」楊怡裝作若無其事地說道。

服務生把菜單送過來，楊怡看著菜單研究了老半天，最便宜的簡餐也要二百元，最近很想吃的燉牛肉要二七〇元，眼睛掃來掃去的，終究還是又回到最便宜的簡餐上面。有時候不是因為菜色難選，而是每個月支付房租生活開銷，還要償還學貸跟存點錢，月底了，又到了非得撙節度日的時候了，兩人這一餐吃掉了他兩天的伙食費，幸好大學跟碩士的學貸也終於到尾聲了，再撐半年就可以了。

「你這幾天不是一直說想要吃燉牛肉嗎？怎麼點了咖哩飯？」她記得這件事，所以才約了這家咖啡店等他一起吃午餐，結果他卻點了別的，心底知道大概又是為了要省錢吧。

「突然想吃。」楊怡笑笑地說道，張玟文運氣比他好點，念大學時不用揹學貸，但是這幾年她為了想要去紐約唸書也是拼著命在存錢，不過她住在家裡，開銷多少還是比較節省的。

張玟文點了燉肉套餐，知道楊怡也不會說什麼，一直以來他都是對自己節儉，對她倒是大方的。

服務生收走菜單後，楊怡看著她，「周老師答應了嗎？」見她剛才這樣憂鬱地塗鴉著那些殘破的人體，心想不會是被周慕夏給拒絕了吧？

張玟文點頭。

「喔，我還以為……」

「以為老師拒絕我嗎？」張玟文看著他，楊怡有時候脾氣一上來很激烈，但對她的關心也是貨真價實的，她都知道，所以有些事情也不想讓他煩惱。

楊怡猶豫了一下，「嗯。」終究還是沒問她，如果周老師答應了，到底為何又畫了那些看來怵目驚心的人體，剛交往時曾經問過，但她不想講，之後他也就不問了，不問，也是他的習慣，很多事情不問會簡單些，因為已經有太多非問不可的事情了，「看妳好像沒有很開心的樣子。」

「周老師一口就答應了。」張玟文說道。

「那不是很好嗎？妳幹嘛看起來好像被拒絕的樣子？」

張玟文看著自己的指尖，剛才沾到很多鉛筆碳粉，自己的手好像總是這樣髒髒的，像她的出身嗎？「沒什麼，有點擔心周老師，他今天狀況不好。」

「狀況不好？」跟張玟文交往也三年了，前幾個月《長夜將盡》上檔時，她每天都在說以前跟著周慕夏當助教時有多開心，周慕夏多麼博學人又好，十足十是個鐵粉，他在頒獎典禮上公開對柳絮求婚時，張玟文興奮得像是自己被求婚了一樣，儘管沒有實際見過這位周老師，但是拜女友之賜，對他也算耳熟能詳了。事實上，因為看了《長夜將盡》這套白色恐怖的影集，楊怡其實也蠻想跟周慕夏還有柳絮見上一面，但是見了面他能說什麼呢？

「老師好像兩三週前去紐約的時候不知道是太累還是怎樣，竟然在那裡胃穿孔，緊急做了手術，今天去了才知道是他請長假回來後第一天上課，結果他站大概半小時吧，講話就喘了，還得要拉著椅子坐在台上，我看他背都靠在電腦控制台才能上完兩小時的課，也不知道他下午三小時的課有沒有辦法上完。」

「這麼嚴重？」想到自己念碩班時，除了靠學貸，也是接了學校的助教工作又打工才有辦法生活，深知教書沒有大家想的那麼輕鬆容易。

「是啊。」

「但他還是答應幫妳寫推薦函了？」

張玟文突然沉默了一下才點頭，「是啊，一口就答應了，還說會幫我跟他的老師說一聲，看能不能做我的指導教授。」

「他的老師……很出名嗎？」大學跟碩班念的都是社會學，戲劇治療這個領域對他實在太陌生。

「幾乎可以說是這行的始祖之一啊。」張玟文露出崇拜的神情，是楊怡從剛才進來到現在看到她最明亮的表情，她真的很渴望去紐約啊。

言語間兩個人的餐點也送了上來，張玟文若無其事地撈了幾塊自己盤子裡的燉牛肉到楊怡的餐盤上。

「妳真的要去紐約了。」楊怡真誠地說著，知道這是她的夢想，也真心替她開心，又把燉牛肉放回女友盤子上，只留下一塊，嚐到就好了。

「只是周老師答應要幫我寫推薦函而已，能不能錄取還不知道。」張玟文語氣一轉，「如果我真的申請到了，你真的不要一起去嗎？」忍不住地還是問了。

楊怡笑笑，「我現在沒辦法去念博班。」

張玟文沉默了下來，這是不是意味著如果她順利申請到紐約大學的碩班，她跟楊怡也就走到盡頭了？兩個人都三十幾歲了，沒有不切實際到以為如此遠距離的愛情是行得通的。

「妳先去吧，我學貸還剩半年，還完再存點生活費就過去找妳，如果我可以申請到那邊的博班的話。」這個問題其實他們之前是討論過的。

「但是學貸不是還完就可以再申請留學貸款嗎？」

「總是還要再存點生活費比較安心，如果我爭取不到全額獎學金，總要有所準備才行，紐約是個開銷超高的地方。」楊怡安慰地說著，「我想順利的話，也許一年後就可以再見了吧。」

「如果不順利呢？」張玟文問道，這段對話在過去兩個月內也出現過幾次了。

楊怡看著她沒有回話，每次談到這邊都是如此沈默下來，是啊，如果不順利呢？現在沒有靠山的他，是沒有辦法任性做人生決定的，因為最任性的決定，他已經做過了，直到現在，即便生活辛苦，每天縮衣節食也從不後悔那年任性的決定，那年，他大二，才二十歲。

「如果不順利呢？」張玟文又問道，這次她不想就這樣沉默地敷衍過去，托福她也考了，周老師也願意幫她推薦了，她知道拿到這張猶如保證書的推薦函，自己申請非常有望，但她的愛情呢？

「玟文，我有現實考量，妳知道的。」楊怡無奈地說道，他在出國留學這件事情上面沒有本錢可以任性，他自己很明白，一切都要盤算清楚。他計算過，可能相差一到兩年就可以在紐約一起讀書了，只是他不願意隨便做出承諾，因為一旦承諾了就不能違背，這是他的原則。

張玟文還想說什麼，楊怡只是淡淡地說著，「先吃飯吧。」

張玟文默默地拿起餐具繼續低頭吃飯，半晌，眼淚卻一滴一滴落進餐盤裡。

「妳不要這樣。」楊怡抬起頭看見她的淚眼，心裡一股無名火與無奈猛然燒起，仍然按耐著說道，「我只是需要多一些時間準備，妳不要用眼淚逼我。」

誰知他壓抑的語氣讓張玟文更是難受地停不下淚水。

楊怡放下湯匙，繃著臉凝視著她，「我一切都只能靠自己，我沒有家人可以幫我，我們只是相隔一年就有可能見面了，現在科技這麼進步，視訊這麼方便，妳不要這樣。」

「我的家人也幫不了多少啊，你為什麼又這樣講？」張玟文反駁地說著，儘管她知道她母親願意幫她出一部分的錢已經好過楊怡全然只能靠自己，但是她的家人也正是她的弱點，是說不清，理還亂的糾結。

「總好過我完全只能靠自己。」

「是你不願意被他們幫助的，他們又不是幫不了。」張玟文情緒失控地說著，話一出口，就看到男友大變的臉色。

楊怡忍耐著沒有立刻起身走人，但是他知道自己臉色極端難看，只是拿起湯匙低頭繼續吃飯，他當然知道是自己不願意被家人幫助的，他家的環境不差，壓根沒有生活與出國留學的困難，張玟文也知道原因，但此刻聽到這句話讓他覺得非常刺耳，也或許，刺到的是他一直偽裝強悍的心。

再怎麼心情不舒服，看見男友的樣子，她很清楚不能再往下說了，她也知道自己今天硬是追問，是因為周老師那番話，那番直接戳中核心的話擾動了她的情緒，她一直以為自己在老師面前掩飾的很好，但是她畢竟小看了周慕夏，對於戲劇治療那麼熟捻的周老師，怎會錯過她多年前在他眼皮底下的情緒失控？

楊怡沉默著很快把自己的餐點吃完，悶著聲音說道，「我要先回去開會了。」說罷就拿起帳單，丟下還在吃飯的張玟文，走去櫃台結帳後頭也不回地走出咖啡店。

張玟文瞪著他離去的背影，他們經常吵架，但從沒有像今天這樣讓她自己留在餐廳裡，一點面子都不給，而且他剛才明明說過下午只是要處理一個活動招生。

『紐約跟台北這麼遠，我們怎麼維持遠距離的關係？你這麼要強，不願意接受你家人的幫助，難道你寧可我們分手嗎?!』張玟文賭氣地 LINE 了他。

張玟文放下手機抹去湧出的淚水，不管旁人的眼光，用眼淚配著她的飯，她知道楊怡不會回應這句話的，而且可能還會讓他暴跳如雷，但是她只想說出真心話，她不想失去他，不想因為沒有說出來而讓彼此未來真的走上分手一途，她知道楊怡是個很好的男人，負責任，有衝勁，但是他的火爆脾氣也讓她經常被灼傷，唯一不知道的是，為何楊怡對她像是火一般的吸引力，有他在的地方，就像野火燒遍，氧氣也常常都被一把燃盡。

走回辦公室路上，緊緊握著手機的楊怡感覺到手裡的震動，他知道八九不離十是女友發來的訊息，過去再怎麼吵架，有時候他會摔門而去都是在家裡，起碼他確定女友會安全在家裡，在餐廳丟下她是第一次，但是他實在太惱怒了，張玟文明明知道的，為何還要用這種眼淚攻勢？像他的母親，那個可憐的母親！

剛回到辦公室就聽到會議室裡砲聲隆隆，「裡面在吵什麼？」

「楊怡，怎麼這麼快就回來？」接電話的實習生抬頭看見是他有點意外。

「吃完飯就回來啦，是要去多久？事情都做不完了。」他輕描淡寫地說完就走向會議室。

說是會議室，其實也不過就是一間有個白板的小房間，社運團體大抵都窮，台灣企業不會支持這類的團體，成天與中央或各地政府抗爭，也不願意拿政府的案子來做，因為他們相信只有這樣才能心安理得跟政府抗議所有的不公義，因此也只能靠一般募款來維持運作，每年的募款活動是很沉重的壓力。

楊怡走進小會議室的時候，大石跟阿凱正吵的不可開交，不過一聽就知道正在為一個多月後的活動爭論，這活動當初是他提議要辦的，利用即將到來的寒假領著學生辦理政治與人權營隊，要給年輕學子來一場深度教育，「現在在吵什麼？」他問道。

「大石說要把學生年齡提高到大學。」阿凱說道，「我們明明就說過這場是高中以上都可以參加。」

「我們這次預算有限，三天兩夜的營隊，我們只跟學生收一五〇〇，請了這麼多重量級的老師來開講，還要帶他們去參訪那麼多不義遺址，一定要包遊覽車去，第二晚還要住宿費，每個學生我們都是賠錢在做，錢也只能花在刀口上，不然年底又到了，財報一結算，我們也是要跟捐錢給我們的人交代的。」

「做高中生哪裡不是刀口上？不從高中生開始讓他們看清國民黨的真面目，還要等到大學？有沒有搞錯？等到三年後大選他們已經都是首投族了，現在不開始要等到幾時？學生是有機會回去影響父母的，要讓他們開始參與一系列的政治開講，讓他們有脈絡地學習。」

「拜託，你覺得高中生的父母會願意幫他出這一五〇〇嗎？還是要他們自己出？更何況要他們三天兩夜參加這個活動就有學業上的顧慮，他們的父母怎麼會同意？就算是在寒假期間，高三的馬上就要學測了，現實一點好嗎？」大石生氣地說著，「我也想一次扳倒國民黨，我也想這次選舉要大勝，但問題是我們就沒錢辦這麼大的營隊。」

「錢再來想辦法，」楊怡插嘴說道，「等報名人數出來，再來想辦法，如果真的有那麼多高中生想參加，這不是我們要開心的事情嗎？錢的事大家再來想辦法就好了，這有什麼好吵的？」

大石瞪著他，「大家都顧著理想就好了。」

「沒有理想，我們還能活嗎？」楊怡看回去，「你覺得再給國民黨拿回政權，台灣還有未來嗎？」

「我們就是一次又一次抗爭過來的，台灣也是，我們如果只是灌輸給年輕人威脅式的未來，這樣真是好事嗎？萬一下次大選就是輸了呢？不給大家信心繼續抗爭嗎？」

楊怡看著他，覺得他好天真，其實他身邊好多天真的人，「不是威脅式的未來，是真實可能發生的未來，台灣人總是心軟又健忘，都不記得國民黨有多壞了嗎？不知道中共有多壞嗎？」

「我知道他們有多壞，我也很討厭他們，我更不想下次大選車輪牌又執政，只是現在辦公室就沒這麼多錢，為什麼不要明年再大搞。」

楊怡直直地看著他，「明年，又明年，我們永遠都在跟現實妥協！不，大石，你不明白，我們一定要徹底扳倒國民黨跟那些高級外省人，我們不能再等了！我們不能讓他們有東山再起的機會！」

「你不要一副就你懂的樣子，你也跟我差不多年紀，總是用這種口氣跟我們說教，算什麼？」大石一臉怒氣，他不明白為何楊怡老是說大家都不知道國民黨有多壞，他又不是白癡，他怎麼會不知道?!這種態度實在是小看人了！「二二八、白色恐怖我都很清楚，台灣歷史我也很清楚，你不要每次都這種態度！」

楊怡只是盯著他，「你以為只有檯面上這些事情嗎？他們……」

「他們什麼？你又要講什麼？你想講什麼就一次講清楚，你老是這麼自以為是，你到底知道什麼是我們不知道的，你今天就講出來，不要老是這樣一副老大的樣子！阿凱他是政治受難者後代都沒有你講話這麼霸道！」

楊怡看著他，雙手緊握著拳頭，這句話讓他像被人狠狠地打了一拳，他很想講，很想全都講，但他能講什麼？

「大石，你講這個幹嘛？」阿凱覺得這句話太重了，跳出來緩頰，「這跟我是不是受難者後代有什麼關係？」

「怎麼沒有關係?!會有人比你們更清楚國民黨有多壞嗎？你們是有切身之痛的人，你都沒有這樣鬼吼鬼叫了，他是在這裡強調什麼?!」

楊怡緊咬著牙根不讓自己說出其他尖銳的話，只是憤怒地瞪著大石，怎麼能夠如此天真？只有受難者才知道國民黨的狠跟壞嗎？只有受難者才感受到那種痛苦嗎？

「我知道因為你還要管財務，所以壓力很大，但是我也認為一定要從高中生開始辦起，而且我覺得楊怡也說得沒錯，等報名人數出來再來煩惱，錢一定會有辦法解決的，我們還有一些固定捐款的人可以去找。」阿凱說道，覺得再吵下去就過火了，因為楊怡突然燒起來的怒火，反倒讓他的火氣削減了。

「隨便你們啦！」大石憤怒地拍了一下桌子轉頭就走了出去。

「你也別這麼生氣。」阿凱轉頭看見楊怡在桌子下握緊的拳頭，推了一下他的肩膀。

楊怡頓了頓才鬆開牙根跟雙手，半晌才嘟囔著說道，「也不知道是誰剛才先開始跟大石吵起來的。」

阿凱撇撇嘴無奈地笑了笑，「你怎麼這麼快就回來？不是說要跟張玟文吃個飯？」

「吃飽就回來啦。」

阿凱瞥了他一眼也沒多問，「那麼招生公告要出了吧？」

楊怡點點頭，「我再看一遍文案，沒問題的話我就貼上粉絲團。」

阿凱走出會議室前轉頭說道，「錢的事，大家再來想辦法。」

楊怡點點頭，沒有馬上離開會議室，只是仍然坐在那裡想著剛才跟大石的對話，他知道自己把大家逼得很緊，大石那句話也貨真價實地刺中了他的心，面對阿凱的身份，他總是有著一股難以直視的痛跟愧疚，這也是他在這裡工作多年卻無法坦承言明的部分。

揉了揉疲憊的臉，正要起身時，手機正好亮起，通知窗裡仍然留著張玟文的 LINE，『紐約跟台北這麼遠，我們怎麼維持遠距離的關係？你這麼要強，不願意接受你家人的幫助，難道你寧可我們分手嗎?!』

這段話在眼前放大地閃爍著，每個字都像是張玟文的聲音正在對著他吶喊，滑掉螢幕，閉上眼坐在原處好一會兒，直到心裡那股痛逐漸平復才起身走出會議室。

＊＊＊

『我在停車場等你。』下午結束三堂課已經五點了，周慕夏走出教室時看到手機裡柳絮的留言。

『好。』只是簡單地回了個字，下午從頭到尾都坐著上課，即便如此仍然感到非常疲憊，回研究室拿了大衣跟背包就走了，走出系館迎面而來的冷風讓他覺得有點凍，拉了拉大衣的衣領，知道是自己今天太過疲憊的緣故。

「今天還好嗎？」周慕夏上車後，柳絮看著他微白的臉色擔心地問道。

他笑了笑，「就是有點累。」

柳絮見他一臉倦容，好像熬夜拍完戲的感覺，「想吃什麼？還是我們直接回家，我煮點東西來吃？」

「吃了再回去吧，這時間會塞車，到家都晚了，妳別折騰了。」

「那你想吃什麼？」聽見他氣虛的聲音實在很擔心。

「妳拿主意吧，我睡一下，到餐廳叫我。」周慕夏伸手握了一下她放在自己腿上的手，對她笑了笑就安心地窩進座椅裡。

離開校門轉進大馬路前，柳絮轉頭看了他一眼，才這麼短的一段路，周慕夏就已經睡著了，趁著等紅燈的時候，拿起毯子幫他蓋好，滿是病容讓她很不捨，為什麼會出院三週了，體力還這麼差呢？他一向高頭大馬，雖然有胃潰瘍的宿疾，總還是看起來健健康康的，這回病倒卻全然不是這麼回事。

一個半小時後，車子緩緩開進了基隆小洋房的車庫，柳絮握了握他略顯冰冷的手，「夏，到家了喔。」

「嗯？」周慕夏從睡夢中緩緩張開眼睛，看見是自家車庫有點驚訝，眨眨眼睛，其實還是覺得疲憊，「為什麼是家裡？」鼻子裡卻又聞到烤魚的味道，轉頭看見後座地板上擺著他倆常去的日本料理店的袋子，知道自己剛才真的睡到不省人事，「妳剛才叫不醒我嗎？」

柳絮笑了，「沒有啦，剛才我沒叫你，還沒出學校大門你就睡著了，我想就外帶回家好了，讓你多睡一會兒，不過呢，你真的睡很熟，因為我在車上打電話訂餐的時候你完全沒醒過來。」

周慕夏笑笑開門下車，開了後座的門拿起食物跟電腦背包，刷了車庫側門保全卡進屋，烤魚的香味立刻引來菠菜跟豆芽的注意，兩貓一直圍著他倆的腳邊打轉。

「你先坐著休息，我弄一下貓罐頭就可以了。」進屋之後，柳絮搶著把周慕夏手中的袋子接過來要張羅。

「已經睡一路了，妳去弄他們的罐頭，晚餐我來擺就好了，也不過就是拿出來而已，能有多累？」周慕夏笑著說道。

柳絮瞥了他一眼也不跟他爭了，快手快腳地處理好兩貓的罐頭，回到餐桌加入正在等她的丈夫。

「今天學校還好嗎？」半晌，柳絮看見周慕夏有一口沒一口地吃著，每個舉動都在她眼裡，知道他沒什麼食慾便輕描淡寫地問著。

周慕夏點點頭，「還好。」

柳絮只是看著他，沒有說什麼，這短暫的沉默讓周慕夏從自己的食物中抬起頭來看著她，「怎麼了？真的還好，妳別擔心，就是有點累。」心裡一邊想著，助教應該沒有打電話跟她通風報信吧。

「你的樣子看起來真的不是有點累而已，你真的可以這麼快回去教課嗎？」忍不住又問了這句話。

「我是累了點，但是今天也順利下課了，妳真的不要一直想這些事，從爸媽的事情到開刀，我已經請了兩個月的假，加上有位副教授也請年假，我這突如其來的意外已經增加同事很多麻煩了，都回來了還不去上課，怎麼都說不過去吧？」周慕夏安撫地說著，「放心吧，會越來越好的，我是休息太久了，才會今天回去教課這麼累，也可能是時差的關係，還沒調整回來。」

柳絮聽著，沒有再說什麼，這些話在過去兩三天已經討論過幾次了，他堅持要回學校，她知道是勸不下來的，只是他還想開記者會的那件事，才更是讓她憂心，一定要在這時候增加那麼大的壓力嗎？

周慕夏夾了一塊魚肉到她碟子裡，「約好文武叔跟朱懷哲了嗎？」淡淡地問道。

柳絮心裡嘆了口氣地點點頭，果然還是這件事。

「約來這裡嗎？」

「後天下午兩點，文武叔跟懷哲叔會過來家裡。」

周慕夏凝視著她憂慮的眼神，放下筷子問道，「妳改變主意了嗎？」三天前從紐約回到台灣當晚，他就跟柳絮提到想要公開父親生前的最後影片，因為他知道這件事對台灣社會很重要，可能也對《促進轉型正義條例》的立法時程推進有些許助益，當時柳絮勉強答應了，但是經過深思熟慮之後又反悔也是有可能的，雖然他知道這件事一定要做，但他也不想逼迫心愛的妻子，畢竟她是事件的主角，如果公開了影片，不免又會被推到鎂光燈前，這是多年來她一直避免的事情。

柳絮搖搖頭。

周慕夏沉吟了一會兒，看著她撥弄盤子裡的魚肉，「妳是擔心我嗎？」

柳絮握著筷子的左手頓了頓才放下來，抬起頭看著他，經歷過生死關頭的他們，她真的好怕再次失去他，「一定要現在嗎？」

周慕夏望進她深邃的眼神，「是因為我的身體嗎？」

柳絮咬著嘴唇，就跟以往一樣，周慕夏抬手點了點她緊咬的雙唇提醒她，「我的身體在逐漸復原中了，妳真的不需要擔心，況且，後天跟文武叔他們見面也是先商議，不見得這幾天就可以公開影片，妳不要這麼擔心，好嗎？」

「我怎麼能不擔心？爸媽突然車禍過世，你已經很難過了，結果又在爸媽那裡發現我當年的緞帶，你硬是拋下了我去找答案，任誰都找不到你，沒有人知道你躲在紐約，結果是因為你胃穿孔昏倒在路上送醫，醫院打電話給我，我才能再次見到你，開完刀都三週了，我問過我的醫生朋友，他們都說三週應該會體力差不多恢復了，可是你……你有看到自己現在臉色多蒼白嗎？進來這麼久了，你還穿著大衣，你哪裡是這麼怕冷的人？明明就是身體還很虛，我怎麼能不擔心……」講著講著，忍不住激動哽咽起來。

周慕夏難過地坐到她身邊，把她擁進懷裡，從一個月前在紐約朗格尼醫院再見到面，兩個人都很有默契地不提這件事，他知道這樣不好，卻也沒有跟她好好談談，「對不起，以後不會了，我不會再丟下妳了。」以為自己也曾在醫院裡講過這句話就夠了，原來是不夠的。

「你知道那時候我是過著怎樣的日子嗎？你知道我每天都在等你回來嗎？可是你總是已讀不回，你把我丟在舊金山的時候，我就知道你不會回來了，就像當年你發現錢娜背叛你一樣，遇到太痛苦的事情你就會轉身走開，你以為爸爸是殺我的兇手，你受不了這個痛就轉身走了，我每天都在等你，你知道那種感受嗎？那時候我才知道，原來你也可以是個很絕情的人，這個世界這麼大，你任性地躲起來，我要去哪裡找你?!」柳絮終於發洩出這兩個月的委屈，她當然知道周慕夏過去這五年來對她的呵護與愛是無庸置疑的，只不過一個這麼自持穩重又溫柔的男人，在面對痛苦時的決絕也讓她心驚。

周慕夏心痛地聽著她的指責，抱著她哭泣顫抖的身體，輕撫著她的背，「我在紐約就說過不管再發生什麼事情，我們都要一起去面對，對不起，讓妳受委屈了。」

「受委屈的不是我，」柳絮從他懷裡抬起頭張著淚眼望著他，「受委屈的一直都是你，你還不明白嗎？如果不是因為我，你又怎會從小就被迫跟你爸媽分開？」

「我說過了，這跟妳沒關係。」周慕夏最擔心的事情又發生了，柳絮又開始陷入自責的輪迴之中。

「如果沒有我……」

「如果沒有妳，也會是別人。」周慕夏打斷她的話，不讓她繼續陷入自怨自艾的輪迴，「如果這就是我的命運，是我父親的命運，當年被殺的人不是妳也會是別人，我父親一樣會遇到這件事，我也一樣會被丟在台灣獨自長大，妳懂嗎？這跟妳沒關係。」說著又感覺到自己開始隱隱胃痛起來，正是因為她慣於自責的個性，讓周慕夏更加不敢表現出跟父母之間無法挽回的遺憾。

半晌，柳絮顫抖的身體慢慢地平復下來，周慕夏的指尖抹去了她頰上的淚水，「如果妳擔心的是我的身體，我真的沒事。如果這是我跟父親的命運，公開這段影片才會讓這段命運有受苦的意義，好嗎？」

聽著他讓人安心的輕而低沉的聲音，柳絮才緩緩點了頭，知道他是堅持會做這件事了，自己能做的就是支持他了，這也是她欠他的，這五年來都是他無怨無悔地支持著自己，而自己虧欠他的是他從國中以來到現在三十幾年的苦難，國家也需要還他們家一個公道。

# 第二章

年近八十的周永然端坐在一間書房裡面，焦慮地看著錄影機，半晌才像是下定了決心努力地直視著錄影鏡頭：

『慕夏，明天我跟你媽媽就要去台灣，跟你們還有柳絮的媽媽見面了，我們終於等到你要結婚了，我們其實非常非常開心，』周永然即便下定決心，對著攝影機仍然有些不自在，他深呼吸了幾次才又繼續往下說，『因為對你一直都有虧欠，我們很擔心你這輩子都會不快樂，但是上次看到你跟柳絮在一起的樣子，我們知道你們真的相愛，也放心了。現在你們要結婚了，我們真心的祝福你們，希望你們一生都可以牽著彼此的手克服一切的困難，我也很想跟柳絮道謝，因為她讓你這麼幸福快樂。』

聽起來明明該是很開心的祝福，可是他卻一臉憂色，停頓了好一會兒才又繼續往下說，『但是有一件事情如果可能，我希望你一輩子都不需要知道。』

即便已經看過好幾次，但每回到此處，周慕夏還是會覺得心裡像是突然被掏空了，柳絮也總是不由自主地起雞皮疙瘩。

『這件事我跟你媽媽隱瞞了你一輩子，但是你現在要跟柳絮結婚了，我不知道未來會發生什麼事情，我跟你媽媽也老了，所以我還是決定錄下影片，我不知道你在幾時或在什麼情況下會看到這張光碟。』鏡頭裡的老人猶豫著才繼續往下說，『我想告訴你為何當年會把你留在台灣，而我們突然移民美國的原因，慕夏，我們不是想要丟下你，雖然我知道你一直都是這樣認為的，是我們對不起你，但我們有逼不得已的苦衷，而這一切都是從柳絮開始的。』

坐在長沙發上的謝文武跟朱懷哲看到這裡忍不住對看了一眼，朱懷哲來基隆之前，助理跟他提過眼前這位俊美男子是知名的演員跟大學教授，前陣子還主演過白色恐怖的電視影集《長夜將盡》並且第二度獲得金鐘獎戲劇類最佳男演員獎，但助理並沒有說到影片中這些事，而且他說這一切與柳絮相關又是怎麼回事？

『我的床底下有個暗格，裡面藏有一個小保險箱，鑰匙我跟你媽媽一人一把，密碼是22、07、19、0，你如果打開會看到裡面有一條很舊的紅色緞帶，』周永然頓了頓，『那是柳絮的。那個密碼的意思是19800227，我想你一定知道這個日期，那是柳絮當年被刺殺的日子。』他歎了好長的一口氣。

謝文武驚訝地看了一眼坐在單人沙發上的周慕夏，他的表情此刻看來毫無變化，剛才一開門卻被他憔悴許多的神態給嚇了一跳，雖然表面上看來跟之前一樣沉穩冷靜，但是眉宇間那股鬱色卻瞞不了他，是因為這支影片嗎？是那條遺失的緞帶嗎？

『如果當年知道你最後會跟柳絮走在一起，我不知道那時候我會選擇怎麼做，但其實，我也沒有得選擇，一切就這樣發生了。』他深深地坐進椅子裡，眼神飄到遙遠的回憶裡，『你可能聽祖父說過，全家族裡面只有我跟他沒有加入國民黨，其他家族成員包含祖父的兄弟姊妹跟我的兄弟都加入了，所以他們都有很好的發展。大學畢業之後，我原本找了其他工作，你叔公堅持要幫我進入省政府做事，就算我沒有加入國民黨也沒關係，他們或許以為我只要在政府機關工作，嚐到甜頭跟方便之後就會跟他們一樣願意入黨。只不過，我跟你的祖父一樣，一直都不是很貪心，夠用就好，能夠讓你跟慕雪，還有你媽媽安穩過日子就好了。最後雖然我接受了他們的推薦，進入省政府作個小職員，日子也算簡單穩定，但始終沒有加入國民黨。對我來說，接受他們的推薦還有一個重要的原因，在省政府工作好像也是買個保障，比較不會隨便被人誣陷抓走，但我們後來知道其實也不是這麼回事。那是個很瘋狂的年代，我並沒有太多的朋友，因為那時候說太多話或參加太多活動都很不安全，會往來的只有一、兩個大學時代的老同學。』

說到這裡他又停頓了好久。

『那段時間發生很多逮捕事件，以前一直都覺得那些事情離我們有點遠，因為我一直安分守己，』說到這裡他苦笑了一下，『但其實被抓走的人，絕大多數也都是安分守己的人。

有一天，新聞報出了柳絮被進屋搶劫的盜匪殺害未遂的案件，當時我覺得這實在太過荒謬跟可怕，怎麼會有人對這麼小的孩子下手呢？而且如果是一般的案件，真有必要這樣大肆報導嗎？新聞中也提到她的父親是叛亂犯正在接受審判，這一切都很可疑，也讓人心驚。』

謝文武瞥見柳絮忍不住抬手摸了摸自己左邊肩胛骨下方，他知道那是當年被兇器刺傷之處。

『唸書時我偶爾會跟一位大學同學一起胡言亂語，我們都曾經熱血過，對那個時代跟政府不滿，只不過我後來因為有了美好的家庭而終於向現實低頭，但我的同學則一直憂國憂民。柳絮的事件爆發沒多久，一天晚上，我的同學把我找去喝酒，去到現場我才知道他已經去過那家酒店一、兩次了，為的是那裡常有一群黑社會份子出入，他的熱血個性一直都沒變，你媽媽就很不喜歡我跟他往來，一直很擔心會被他連累。那天，我們的座位附近坐了幾個流氓，其中一個人正在對小姐吹噓，說他到南部幫政府幹了票買賣收了不少錢，未來都不用煩惱之類的話，酒小姐問他是什麼買賣，他倒是清楚地說出是個姓柳的孩子，我才意會到他講的是柳絮。但我起先仍然懷疑他只是在吹噓，怎麼會有人做了這種事還敢四處講的呢？我的同學告訴我，稍後這個人就會拿出一個袋子，開始炫耀他從那票買賣的小女孩身上拿走的東西，表示他有得手，接著又繼續吹噓為了混淆視聽，他叫人弄了雙軍靴，一些必要的配備，讓人搞不清楚到底是怎麼回事，最後抱怨因為那天用的不是自己的刀，所以才會功虧一簣，不過政府還是很滿意這次的效果，大家都乖多了。由於他總是會對不同的酒小姐吹噓同一件事，這才引起了我同學的注意。』

周永然嘆了口氣，『我當時聽到那個地方就離開了，因為我不想惹事，一旦牽涉到政府，那都是高度危險的事情，就當我膽小怕事，但我同學還留在那裡，我管不了他就先走了。沒想到我剛回到家沒多久，我同學就神色慌張地跑來家裡按電鈴，把一個紙袋子塞給我，叫我要先好好保管，隔天再打電話跟我說明，交給我之後就迅速跑掉了，等我進到房間打開一看，竟然是一條弄髒了的紅色緞帶。』

坐在長沙發上的兩位長輩不安地動了動身體，這支影片完全超乎他們的想像，周慕夏望著坐在對面的柳絮，那條一度失蹤數十年又出現的紅色緞帶幾乎讓他走入鬼門關，也差點失去了心愛的妻子。

『隔天一早我要上班前就接到他的電話，他說前一晚我離開之後，有幾個人戴著頭套衝進酒店，二話不說就開槍打死了那桌的幾個流氓，其他酒客跟他嚇得趕快趴在地上，幾個人開完槍之後搶走幾個流氓身上的隨身物品就迅速地離開，他看見這個袋子掉在其他桌子底下，他偷拿過來塞進衣服裡就跟著其他酒客一起跑掉，一路跑來家裡請我先藏起來，他猜測是因為兇手太過張揚，所以政府派人來清理他，這些都是猜測而已，當時我一心只想把這個燙手山芋送出去，我不想被連累，所以叫他趕快來拿走，不然我就會丟掉。他在電話中跟我說，這是暴政的證據，無論如何都不能丟，他會來拿走。』

『結果那是我最後一次跟他的聯繫，』周永然停頓了一下，『後來過了兩、三天他都沒有出現，我覺得很不安，第四天帶著那個紙袋想去他家交給他就沒我的事了，沒想到去到他家巷子口，遠遠就看到他家在辦喪事，巷道對面還疑似站著幾個便衣，我轉身想走的時候，注意到巷子裡其實還有一些形跡可疑的人，我只好硬著頭皮往前走，經過他家門口時，我偷瞄了一眼，靈堂上竟然是他的照片，我嚇得只能繼續低頭往前走，從巷子的另一頭走出去，回家前我把紙袋丟在草叢裡，一晚上都無法成眠。我不知道同學為何會突然過世，但那個時代這樣的事情太多了，連柳絮那樣無辜的孩子都會為了要警告政治犯而慘遭毒手，還有什麼事情不會發生？我一方面很擔心自己會不會被找到，被找到會不會連累你們，又想到這一切實在太可怕也太可惡。』他再次陷入沉默好一會兒才又繼續說道，『那時候，我的確天人交戰，那天晚上我又回去草叢裡把紙袋撿回來藏著。你媽媽對這件事很不諒解，我不知道為何我會想要把這件證物藏起來，這是會連累一家老小的事情，隔了幾天我才打電話故意去同學家找他，他的家人告訴我，他是出門上班時，剛出巷子就被一輛車子撞上拖行了幾十公尺，死的很慘。我說過我其實並不勇敢，也很膽小怕事，聽見同學的死法讓我很害怕，當時我不確定是否丟掉這條緞帶就安全了，我只能決定馬上帶著你們大家遠遠離開台灣。』

他深深地嘆口氣，『可是因為兵役的問題，不管我怎麼請你叔公幫忙，你都沒有辦法一起走，因為他不懂為何我會突然這麼想到國外去發展，當然他不知道我手上有這個證物，而事實上你的祖父母是知道的，我有坦白告訴他們，所以我最後才能把你託付給你的祖父母。我想，如果我帶著你媽媽跟慕雪先走，帶著證物離開，或許對你也算安全，把你交託給祖父，表面上也等於是交託給你叔公，因為他沒辦法幫上忙讓你一起走，為著一點歉疚與面子問題，總是可能會多看顧你一點，他跟軍方一直關係良好，雖然我知道你祖父從來都不喜歡這個弟弟也不往來，但還算得上是對你多一層的保障吧。』他直直地盯著鏡頭，『慕夏，我真的對你很虧欠，如果當年我沒有赴約，沒有牽涉到這件事情，我們就不至於這樣一家離散，你也不會受傷這麼重，一直堅信我們為了追求自己的夢想遺棄了你。那麼多年來，我跟你媽媽一直都擔心政府會發現有證據在我們手上，因為我們始終不知道情治系統知道多少。一步錯，步步錯，當年知情的人陸續被殺害或是製造成意外死亡，讓我很害怕我們全家也會遭逢毒手，我不得不這樣做，希望你有一天會理解，我們從來都不是想要遺棄你，你跟慕雪都是我們最重要的人，是我對不起你。政府始終是無法撼動的，不管換成誰執政，那些勢力永遠都存在，請原諒我始終沒有勇氣出來指證這一切，我不知道那條緞帶到底有沒有意義，我希望有一天可以有用。留你在台灣獨自成長是我們這輩子最大的遺憾，雖然你現在有很好的成就，但每次看著你跟我們的生份，看著你總是沉默不語，永遠都是我跟你媽媽心中最深的痛，慕夏，對不起，希望你可以原諒我們。』

影片停止在周永然對兒子沉重的道歉，客廳裡一片沉靜，靜到似乎連彼此的呼吸都可以聽見，謝文武跟朱懷哲半晌都講不出話來，只是盯著電視螢幕上停格的身影，在他們來這裡之前完全不知道自己要看的是什麼影片，過了好一會兒，像是都整頓好情緒了，周慕夏跟柳絮才轉身看著兩位長輩。

謝文武是六〇年代跟七〇年代的白色恐怖受難者，前後入獄兩次，總計十五年，朱懷哲則是六〇年代的受難者，受同事牽連被逮捕，服刑五年期滿後又延訓三年，兩位長輩都是柳絮父親柳敏實的難友，一起坐牢的老同志。儘管謝文武第二度出獄之後幾乎沒有參與政治事務，一心為家人打拼，但他在政治受難者圈子還是有一定的地位與話語權，甚至與受難者相關的許多政策跟法條，政府相關單位也常常會派人來請益。朱懷哲出獄之後，帶著很好的聲望在政壇有了一席之地，或許也是這樣的緣故，他的行為漸漸地失序，緋聞一件接著一件，鬧了不少事情出來，對於難友的照顧不增反減，甚至常常覺得他們是揮之不去的陰影，引來不少老同志的憤怒。儘管如此，面對著柳絮這個黨國劫後餘生的晚輩，朱懷哲仍是帶著一絲的疼惜，因為他很清楚，大家都虧欠了柳絮，有時候不小心看到她手臂跟手掌的疤痕仍然覺得怵目驚心，看得見的疤痕尚且如此，那些在胸口上幾乎要走她一條命的傷痕又該長成什麼樣子？

雖然近年來受難者圈子裡很多長輩對於朱懷哲常嗤之以鼻，甚至這一年他的妻子王萍也因為他的外遇鬧到自殺未遂，柳絮的好姊妹朱文心也被父親傷害極深，但是，柳絮很清楚知道周慕夏是對的，要公開這支影片，他們需要朱懷哲。

「慕夏，辛苦你了。」謝文武語重心長地說出這句話，自從柳絮這一年把周慕夏介紹給他們認識之後，他一直很喜愛這位晚輩，不單是因為他謙遜有禮而且事業有成，更重要的是他清楚地感受到周慕夏對柳絮的愛護，有過一次失敗婚姻的柳絮加上她童年的遭遇一直是這些老兄弟們心裡放不下的牽掛，周慕夏的出現讓他們安心地把柳絮交給他，但是怎樣都沒想到這個大明星竟然有過這麼悲劇的童年，而且還跟他們疼愛的柳絮有關，這到底是怎樣的一段命運？

周慕夏只是搖了搖頭沒有說什麼。

「這是你們最近才知道的嗎？」朱懷哲問道，他對周慕夏不熟悉，從助理那裡知道他有很好的社會地位，但是剛才看到的影片內容實在太驚人，這件幾十年來的懸案終於有了關鍵性的證據，知道這件事將會掀起政壇一陣風暴，甚至有機會讓《促進轉型正義條例》加速通過，這是一個很好的機會。

「是，我們這次回美國處理我父母的後事才知道的。」周慕夏平淡地說著，不想引起其他討論。

「有找到小絮那條紅緞帶？」

「有。」周慕夏從桌上的一個牛皮紙袋裡拿出夾鏈證物袋放在桌上。

謝文武跟朱懷哲靠向前去，看見裝在透明證物袋裡的紅緞帶，即便已經年代久遠，上面仍然有著深色的血漬，謝文武轉頭看著坐在另一邊的柳絮，她的臉色略顯蒼白，雙眼則是避開桌上的證物袋，此景看在謝文武眼中，心裡不單不捨，還有著一股怒火逐漸地燃起。

「確定這是小絮的緞帶嗎？」朱懷哲問道。

周慕夏點點頭，拿起另外一份文件放在長輩面前，「我委託了我在紐約擔任法醫的朋友將這條緞帶送往鑑證實驗室，這是證明文件，是柳絮當年那條紅緞帶沒錯。」

朱懷哲點點頭，背靠在沙發裡思考著這件事，『周慕夏的父親說的是真的嗎？確定他不是當年行凶的人嗎？他說的是片面之詞，反過來也可以說是他刺殺失敗，為了脫罪而編了這一套故事，我們要怎麼證明兇手真的不是他父親？怎麼證明他說的是真的？』

客廳裡陷入了一陣的沉默，各懷心思。

「剛才你說這是你這次去美國辦父母的後事才發現的影片？」半晌之後，朱懷哲又繼續問道。

「是的。」

「你父母怎麼過世的？」

「他們要來台灣參加我跟柳絮的婚禮途中被聯結車失速撞上，兩人當場……」周慕夏頓了頓，「就離開了。」

柳絮擔心地看著周慕夏，不明白朱懷哲為何會像是審犯人一樣地問著這些事情，她向謝文武望去，發現他也皺著眉頭。

「所以之前你是跟祖父母住在台灣，你的父母在你國中的時候就去了美國？」

「對。」

「然後你一直不知道父母為何要移民去美國？把你一個人丟在台灣？」

「對。」

「你就這樣自己在台灣長大？」

「算是吧，祖父母分別在高中的時候過世，之後我就自己住了。」周慕夏恢復平靜地回應著。

「你從來都沒有懷疑過你父母嗎？」朱懷哲問道。

謝文武迅速地看了朱懷哲一眼，「阿哲，你這話……」謝文武忍不住出了聲，覺得這問題實在太無禮，剛才那影片情感真摯，不應該提出這樣的問題。

周慕夏皺了一下眉頭，突然明白了他問這些話的用意，雖然心裡有些不舒服，但還是可以控制住自己的表情跟情緒，正要開口就聽見坐在對面一直迴避看桌上物品的柳絮突然說話，「懷哲叔，我知道當年殺我的人不是慕夏的爸爸。」

所有的人都轉頭看她，周慕夏從她的表情知道她此刻非常憤怒，可能也正在後悔答應公開這支影片。

「小絮，妳確定嗎？」朱懷哲似乎不怕惹眾怒地繼續問道，「當時妳才七歲，身受重傷，後來幾次的詢問妳都說不記得對方的長相，每次都說只記得對方戴著黑色的頭罩不是嗎？那妳怎麼能夠確定不是周先生呢？」

「阿哲！」謝文武開口制止他繼續往下說。

「小絮，妳怎麼確定不是周先生？」朱懷哲仍然繼續逼問著。

「對，我是說過我只記得殺我的那個人戴著黑色頭套，只有露出眼睛，但是我跟慕夏的爸爸相處過，他的身形沒有那麼高大，眼神也不同，他……」柳絮激動地說著，全身忍不住地顫抖著，當年種種從未離開她的腦海，這樣翻覆的記憶折磨得她好苦。

「當年妳才七歲，對方不管多高多矮，對妳而言都是高大的男人，不是嗎？眼神就可以代表證據嗎？」朱懷哲無情地說著，彷彿沒看見她眼眶裡的淚水正在瘋狂打轉。

「阿哲！」謝文武拉住了他的手臂，不讓他繼續往下講。

「你不要再逼她了。」周慕夏突然站起來走到柳絮身邊，將手擺在她的肩膀上，但是他看著朱懷哲的眼神卻沒有憤恨。

朱懷哲凝視著這個冷靜的晚輩，再看看因為他的靠近，似乎也很快就穩定下來的柳絮，覺得這是很有意思的一對晚輩，「你們覺得很受不了嗎？」

「朱委員是想要告訴我們，一旦影片公開了，我們就會遭受這些質問，對吧？」周慕夏靜靜地說著。

雖然對周慕夏完全不了解，但起碼這一刻他知道這個人頭腦很清楚，「如果這些問題你們都受不了或回答不了，那這支影片怎麼公開？」

謝文武輕輕呼了口氣，儘管他剛才看完影片也知道周慕夏一旦決定要公開，那他免不了會遇到一些質疑，只不過他畢竟不是朱懷哲，做不出這種逼問受苦晚輩的事情。

周慕夏拉過一張餐桌椅坐到妻子身邊，「我決定要公開這支影片，我可以自己開記者會，我知道就算是以我私人身份邀請，記者也會來，」堅定地看著兩位長輩，「但如果我們希望這支影片可以對轉型正義有點幫助，那麼我會需要文武叔跟朱委員的協助，我也知道公開之後我會面對什麼挑戰，我已經做好心理準備了。」

朱懷哲凝視著他良久，把自己剛才心裡的懷疑提出來，現場又陷入另一場沉默。

「的確，我們沒有證據可以證明我父親說的是真的，極有可能國民黨看到這支影片之後會立刻將罪名推到我父親身上，這是可想而知的，他們不可能會乖乖坐著接受這個刺殺柳絮的罪名，畢竟這是白色恐怖最知名的懸案之一，」周慕夏說道，「但也就是因為這麼多的疑點，所以更需要《促轉條例》來處理這些事情，不是嗎？唯有進入調查，把政治檔案公開，真相才能大白，如果我的父親說謊，那麼，我也需要知道真相到底是什麼。」

朱懷哲點點頭。

「國民黨肯定知道那個證物還在外面，只是不知道在誰手上，」周慕夏說道，「如同我父親說的，當年他們在酒店槍殺了真正的行凶者，搶走他們身上的東西，但是，他們只要離開酒店就會發現他們搶走的並不是兇手不斷在吹噓炫耀的那個證物，那個證物必定是被人拿走了，因此我父親的同學也死了，但是仍然沒有找到證物，所以我知道當我們公布這支影片跟緞帶的時候，各方攻擊也會隨之而來。」

「你們有心理準備就好，《促轉條例》已經在立院裡面了，現在的確是緊要關頭，國民黨還一直想要談條件，想要卡住不在這個會期通過，你這支影片會有幫助的，操作得當就能增加輿論的壓力，可能成為重要的臨門一腳。」朱懷哲看著兩個晚輩，「只是，小絮，如果被記者或國民黨那邊的人追問了，妳最好不要像剛才那麼激動，那樣的回應會被媒體跟對方斷章取義，對這件事的公開不利。」

柳絮咬咬嘴唇地點頭，「對不起。」

「不需要對不起，」謝文武說道，怎麼忍心讓受苦的孩子道歉呢？「妳很真性情，看得出來剛才是想要維護慕夏，只不過妳懷哲叔說得沒錯，那個回應幫不了慕夏，但是妳也不必道歉，妳跟慕夏都辛苦了。」

「這支影片還有誰看過？」朱懷哲將話題再次帶回公開影片這件事情上面。

「除了我們四個人，還有我妹妹跟妹夫。」

朱懷哲點點頭，轉頭看著謝文武，「我想就把記者會辦在立法院吧，有象徵意義。」

謝文武頷首同意，「下週五關懷協會的老兄弟們要去立法院前開記者會，要求加速通過《促轉條例》。」

「下週五早上嗎？」

謝文武點點頭，「早上九點半，我昨天有收到通知。」

朱懷哲的表情似笑非笑，他跟這些老兄弟早就越走越遠了，很久以前就不會再收到這些通知，他知道自己在老兄弟面前也不受歡迎，「通常這種宣示性的記者會不會太久，我請助理借一下院內的場地，十一點召開這支影片的記者會，這樣連著舉行效果更好，記者也很集中。」說完轉頭看著周慕夏跟柳絮，「可以嗎？下週五？你們可以準備好？」

周慕夏低頭看了柳絮一眼，抬起頭跟兩位長輩點頭，「可以。」

四個人細細地討論了當天的事宜，兩位長輩準備離開時，周慕夏跟柳絮送他們走到門口。

「謝謝兩位叔叔的幫忙。」周慕夏說道。

「是你幫了我們，」謝文武站在門口看著他，心口很堵，討論完如何公開影片來達到效果後，心裡的情緒逐漸滿起來，想到影片裡講的內容，真的很捨不得這兩個孩子，語重心長地感嘆著，「是你幫了我們。」

周慕夏搖搖頭，聽見謝文武這麼說，心裡有種苦苦的感覺，或許是因為兩位長輩都比他的父母年長些的關係吧，恍然間覺得像是他的父親在對他說話。

「慕夏，委屈你了，沒想到你竟然從小就跟我們這群人有這麼深的牽連，」謝文武伸手捏捏他寬闊的肩膀，「聽說你前陣子剛開完刀，要照顧好身體，接下來這件事還有硬仗要打，」轉頭跟柳絮說道，「小絮，要照顧好慕夏。」

「我知道。」柳絮握著丈夫的手說道。

「文武叔，別擔心，我身體沒事。」周慕夏安慰老人家說道，不想讓大家為他操心，誠如謝文武說的，接下來還有硬仗要打，「叔叔也要照顧好身體，這件事情還需要大家的幫忙。」

謝文武凝視著他，自己是政治受難者遭遇過不少的苦難，那其中有許多是自己願意承受的，然而眼前的周慕夏卻是硬生生被牽連，直到中年才知道自己被遺棄的真相，父母也以那種方式突然離世，可是他看起來卻還是這麼沉穩自持，以前謝文武總覺得柳絮太過壓抑，此刻他更驚懼於周慕夏的反應，不禁憂慮起來，自己比高大的周慕夏矮上許多，即便站在眼前的人有很好的社會地位，也已經中年，但是此刻在他眼中跟自己的孩子沒有兩樣，彷彿看到一個國中生孑然一身獨立在自己面前，再次抬起手用力地握了一下他的肩膀，「孩子，你要保重。」說完怕自己紅了眼眶被看見，自顧自地轉身走出屋子。

這一句低喃似的呼喚讓周慕夏整個鼻酸起來，目送謝文武轉頭離去的背影，看著大門緩緩地關上，心裡有一塊一直被他強壓著的角落痠痛著，眼前突然一片模糊。

柳絮關上門後轉身看見站在原地的丈夫，驚訝於他眼中迷濛的淚水，難受地走上前，踮起腳尖擁抱著他。

「沒事，我沒事。」周慕夏將臉埋進柳絮的頸窩裡，聞著他喜愛的香氣，緊緊地擁抱著她，他只能這樣擁抱著心愛的妻子，也無法說更多了，如果這件事一定要有人承受，他希望自己來面對就好了，柳絮的過去已經付出太多了。

＊＊＊

「楊怡，是媽媽。」

楊怡按下耳機聽到母親的聲音，馬上停下手邊正在忙碌的事情，「怎麼了？」母親不常打電話來，每次打來都讓他憂心。

「沒什麼，就是打電話來問你，下個月會回來過年吧？」林少芬溫柔的聲音一直都沒變，但是這溫柔的聲音聽在楊怡耳裡總還伴隨著深深的無奈，就是那抹無奈，讓他想保護母親又想從母親身邊逃離，因為他能保護的，竟然是如此的有限。

「會。」楊怡輕輕地說著，近年來約莫也只有過年過節的時候還會回去老家。

「會吧？你會回來吧？」林少芬聽見他彷彿不確定的語氣焦急了起來，「其他日子你都不回來了，現在我只剩下過年過節這些日子可以看見你了，今年的中秋節你也沒有回來。」

楊怡在電話這頭沉默了幾秒，沒有馬上回應，他不是不想回去，只是，回去能說些什麼呢？

「喂？喂？楊怡？」緊抓著手機一直叫著他。

「我在，」楊怡終究還是答應了，「我會回去的，妳不要擔心，節日我總是會回去的，妳不用煩惱這回事，中秋節是因為那幾天很忙。」

林少芬聽到這句保證才放下心，「好，早點回來，一起吃年夜飯，我會做你愛吃的燉肉給你吃。」

林少芬一掛斷電話，身邊的老爺子楊子農立刻問道，「楊怡怎麼說？」

「他說會回來過年。」

楊子農滿意地點點頭，轉身離開前又交代了媳婦，「多做一些楊怡愛吃的菜。」

「我知道。」林少芬每年這時候都盼望著兒子回來團圓，因為只有過年的時候他才會多住幾天，次次都做了滿桌他愛吃的菜，惹得小兒子跟女兒一直抱怨她偏心只愛大哥，但是林少芬能說什麼呢？她也只有這個方法可以向大兒子表達關心跟愛了。

「大少爺要回來了？」楊東興一進門就聽見父親跟太太的對話，嘟囔了一聲，人還離得遠就已經聞到散發出來的酒氣。

林少芬沒搭話，只是安靜又迅速地轉身上樓回自己房間，這已經是多少年來的相處模式，只要楊東興在的地方，她總是盡量避開，楊東興看著她上樓的背影，不爽地把袋子丟在沙發上，人也跟著坐倒在沙發上，倒是原本要走去書房的父親停下腳步不滿地瞥了他一眼。

「成天喝成這樣，像什麼話?!」跟媳婦講話還語氣平和，一看到兒子講話語氣完全不同，這個經常惹事又不務正業的兒子讓他傷透腦筋，比起楊怡跟他的弟弟妹妹，這個父親是個徹底失敗的不成材範例。

「對啊，不像話啊，不像話。」楊東興藉酒似地半吟半歌，「只有大少爺像話啊，可惜他不回來了啊，只有中秋、端午跟過年回來蹓蹓啊，跟公務員一樣，一年三節發獎金啊，可是這個大少爺連獎金都不想領啊。」

「你這副德行，楊怡回來幹嘛？跟你打架嗎?!」楊子農一股子氣全湧上來。

「長官，別說的大少爺不回來只跟我有關啊，冤枉啊，長官，你看，要給他錢他也不回來啊，別賴我身上啊。」

楊子農瞪著他，不確定他是真醉了，還是挾著酒氣在這裡胡言亂語，「混蛋！」啐了一聲走回自己的書房，打開收音機聽他的老京劇。

回到二樓的林少芬站在樓梯口聽完老爺子跟丈夫的對話，踮著腳尖回到自己的房間，關上房門前又聽見丈夫在樓下的呻吟。

「冤枉啊長官，冤枉啊……」

講完電話的楊怡看著桌面上寫到一半的幾張手板，「通過促轉條例刻不容緩」、「轉型正義勢在必行」、「歷史真相不容抹滅」，明天他要跟阿凱代表所屬聯盟去參加受難者前輩的宣示記者會，拿起馬克筆正要繼續寫，手舉在半空中遲遲沒有下筆，嘆了口氣坐下來，他知道剛才那通電話一定是爺爺要母親打來的，甚至爺爺可能就站在母親旁邊聽他們通話。自從他不再接受家裡的援助之後，爺爺好像也沒了可以要求他回家的理由，之後變成都是母親打電話給他，希望他回家過年過節，他很快就知道那都是爺爺要求母親打來的電話。每次回家總是不停地爭執，面對他深愛的爺爺，那些永無共識的爭執傷害彼此很深，他也逐漸地減少了回去的時間，唯一還守著的底線就是過年跟中秋還有端午節了吧，只是今年的中秋……，自從少回去之後，他跟爺爺之間似乎也達成了另一種互相忍耐的底線。

他很想念母親的燉肉，那是他童年最幸福的記憶之一，他也知道自己前幾天一直想要吃燉肉其實是想念母親了。母親在那個家裡一直不快樂，卻又不願意離開，過去說是為了他們三兄妹，可是現在他們都已經長大了，母親卻仍然留在那個始終讓她不快樂的家裡，他不懂，為何還要留下呢？

『聽說明天周老師跟柳老師在立法院有一場記者會，你不是想要見他們嗎？』耳機傳來LINE的通知聲，從後褲袋掏出手機，看見張玟文發來的訊息。

『明天幾點？』

『上午十一點。』

『明天早上我也正好要去立法院，看在哪個會議室再跟我說。』

『好。』

楊怡放下手機，繼續寫隔天的手板，每次他們吵架總撐不了幾天就會聯絡對方，只是都一直避開爭吵的原因，始終不能坐下來直接面對問題討論，這次也是一樣的，彼此都假裝那天張玟文沒有逼他，而他也沒有把女友丟在餐廳，雖然他們都知道這樣不是辦法，他們已經不是十六、七歲的青少年了，但是他們每次吵架也都無法找到解決方法，好像也只能這樣擺著。

張玟文看著手機裡小棠傳來的 LINE，不明白周老師為何要去立法院開記者會？難道是跟柳老師有關的事情嗎？回想第一次在報章雜誌上得知周老師談戀愛了，其實是有點訝異的，因為他好像是緋聞絕緣體，當了這麼多年的演員都沒有傳出過什麼八卦消息，周老師在圈子裡一直是個傳奇，大學時候出道爆紅，一八四公分高大俊朗的外型讓他早早成名，卻在片約最多，片酬最高的時候，決定服完兵役立刻出國留學，一去多年，久到大家都快要忘記有這位演員了，卻又在三十幾歲的時候，頂著紐約大學戲劇學博士的高學歷回來台灣，不是直接回到演藝圈，而是選擇進到國立大學教書，做戲劇治療，演戲反而成為他一年一檔的副業，即便如此，依舊沒有緋聞，學校裡大家都曾經懷疑難道周老師是同志嗎？

五年前第一次看到他與柳老師的新聞，讓她極為驚訝，因為周老師終於公開承認他有女友，而且就是白色恐怖時代知名案件的倖存者柳絮，做為演藝圈的一份子，一線的演員大抵都會否認戀情，可周老師卻如此坦誠，當時張玟文就感覺到周老師是真的認定了這段感情。

只不過，是柳絮。

張玟文滑著滑鼠，筆電螢幕上是柳絮的資料，網路上多是提到她童年被刺殺的案件，剩下的就是她的劇本作品，上檔過的戲劇評價等，最近多了很多與周老師結婚的資訊。

白色恐怖……，張玟文滑過一頁又一頁的網路資訊，她今年 33 歲，出生的時候台灣還在戒嚴時期，直到四歲才解嚴，但是對於那段歷史，她很陌生。父親是中國南方過來的軍醫，她從小就跟父母還有弟弟住在眷村，白色恐怖對她完全是不存在的，他們活在黨國思想下一心相信有一天還會回去父親的家鄉，這是從來不曾懷疑的世界，眷村外面的紛紛擾擾從來與她無關，到了國中才搬離開眷村，直到高中時，班上最要好的朋友竟然指責她是殺人兇手的女兒，她完美的世界才開始出現裂痕。

「玟文，吃飯了。」客廳裡傳來母親的呼喚，她刪去了瀏覽紀錄，闔上筆電才離開房間。

餐桌上菜色豐富，弟弟張玟喬已經幫大家添好飯，「快點，飯都添好了，等等妳幫媽洗碗，我還有公司的報告要做。」

「知道了。」張玟文每週會有兩三天住在楊怡租處，她知道自己不在家時，都是弟弟幫母親做家事，比起她來顯得更貼心些。

「幾個碗，我自己洗就好了，你們等等都去忙自己的。」吳玟夾了菜給張玟文，「一天到晚不在家，楊怡那邊能煮飯嗎？你們有沒有好好吃飯啊？」

「有啦，那裡有個小爐子，最近天冷會煮點火鍋來吃，很方便。」張玟文說道。

「一天到晚吃火鍋，肥死妳。」張玟喬嘀咕著。

「也不知道誰肥。」張玟文盯著一向健壯的弟弟反脣相譏。

「也是啦，妳就繼續吃啦，去紐約就別想吃了，只能天天吃漢堡了。」

「什麼鬼印象？以為美國天天吃漢堡嗎？都什麼年代了。」張玟文翻了個白眼，儘管知道弟弟是故意跟她抬槓，從小兩人就是這樣長大的，如果自己真去了紐約唸書，她應該也會想念這樣鬥嘴的日子吧？

「不過，弟弟說得對，妳去了紐約就沒家常菜可以吃了。」吳玫跟丈夫張龍飛都是從福建沿海過來台灣的，兩邊的口味還算相似，來台灣之後沒有太多的適應問題，只有漂泊異鄉的無奈始終跟著，「周老師會幫妳推薦的吧？」

張玟文點點頭，「會，我前兩天把履歷寄給他了，他讓我一週後去拿，所以應該下週就可以去拿了，而且周老師還說會幫我跟他的老師說一聲，看能不能擔任我的指導教授。」

「周老師人真好。」吳玫感激地說著。

「但他好像最近娶了那個白色恐怖受難家屬是嗎？小時候被刺殺重傷的那個？」張玟喬突然說道。

「柳絮。」張玟文說道。

「嗯嗯，對，是這名字，那天頒獎典禮我看到柳絮的名字時覺得真不是個好名字，不是有句詩說『身如柳絮隨風飄』嗎？她爸爸取這名字時不覺得很不吉利嗎？而且妳看她童年又發生那種事，妳應該跟你們老師說一聲，建議太太改個名字。」

「喂，你幹嘛嘴巴這麼壞？」張玟文白了他一眼。

小她三歲的弟弟凝視她一會兒才戲謔地說，「我一直以為妳暗戀你們老師說，沒想到還會幫妳的情敵說話。」

「天啊，」張玟文狠狠地瞪了他一眼，「到底要我說幾次？我從來都沒有暗戀過我們老師好嗎？」

「好啦好啦，隨便啦，反正現在也要變成他的學妹了，就安心去紐約吧，老媽我會照顧。」

張玟文又白了他一眼，低頭繼續吃飯，她無法跟家人解釋，高中時她一度走不下去，知道父親任職的警備總部原來是個鬼神不近的地獄，她不敢想像在家裡嚴謹又不苟言笑的父親都在裡面做了些什麼事情，但是她的好朋友卻因為她的背景跟她決裂，從此不相往來，甚至讓其他同學認為他們家是害死好朋友爺爺的同夥人而跟她漸漸疏遠，原來她以為的世界不是她想的那個樣子，不是大家都想要回去大陸，也不是每個人都敬愛蔣總統們。她沒有辦法告訴她的家人，在她走不下去的那段日子裡，意外參加了周老師的戲劇治療團體，她在團體裡面崩潰大哭，雖然她沒有告訴大家原因，不敢告訴大家原因，怕大家馬上趕她走，或是露出跟同學一樣鄙夷厭惡的眼光，但是不知道原因的周老師卻結結實實地接住了她，並且支持了她，讓她可以再活兩年，直到又考進去藝術大學修著周老師的所有課，甚至申請到擔任他的助教，雖然那時候以為老師沒有認出她，即便只是跟在旁邊學習也讓她覺得自己是安全的，是可以往前走的。

她沒有辦法告訴家人，周慕夏對她而言是救命恩人，是生命中重要的存在，一點都不涉及男女愛慕，儘管大學期間她總是不停地跟母親還有弟弟說起周老師的一切動靜。

她什麼都無法解釋，但是此刻，她還是注意到了，母親跟以往一樣，只要提到白色恐怖就立刻緘默，「媽，周老師跟師母明天要去立法院開記者會。」

「嗯？」吳玫只是敷衍地應了一聲，連眼睛都沒有抬起來。

「我想可能跟師母有關吧，」張玟文試探性地說著，「妳知道的，就是她小時候被刺殺的事情，我想應該是跟白色恐怖的事情有關，不然怎會跑去立法院開記者會？」

「妳是在暗示柳絮被殺是國民黨幹的？」張玟喬看了她一眼問道。

張玟文只是聳聳肩，「我不知道，只是想說他們兩個跑去立法院開記者會還能是什麼事呢？應該就是跟白色恐怖相關的吧？」

「你們趕快把飯吃了，我要洗碗了。」吳玫丟下這句話就拿走自己的碗筷走去廚房。

還在餐桌上的兩姐弟對望一眼，知道母親始終迴避這樣的話題，多少年來都如此。

站在廚房洗碗槽前的吳玫只是打開水龍頭，拿起鐵絲球開始刷洗鍋子，唰！唰！唰！她的廚房用品永遠都光亮潔白，炒菜鍋從未有過一絲的黑鏽，每天每天，她都努力地刷著，唰！唰！唰！只有這個聲音可以抵禦記憶中丈夫夜半的哭聲跟驚恐的喘息聲。

# 第三章

「轉型正義刻不容緩！」

「還我歷史真相！」

「追究白色恐怖歷史真相！」

「國民黨出來面對！」

林少芬緊張地瞥了一眼坐在大位的老爺子，他瞇著眼睛盯著電視的新聞畫面，從他緊繃的神情可以看出老人家儘管眼力已經衰退，但仍然可以清楚看見自己的愛孫正站在那群所謂的白色恐怖受難者旁邊，舉著他那個什麼鬼聯盟的會旗，另一手高舉著手板，上面正寫著「轉型正義刻不容緩」，跟著一群叛國者在那裡搖旗吶喊。

林少芬伸手拿了遙控器想要轉台，卻聽見老爺子威嚴的聲音，「不用關，我要看楊怡在幹什麼。」

林少芬怯怯地把手給收了回來，覺得自己在他跟前坐立難安。

「那渾小子又幹嘛了?!」從樓上下來打著哈欠的楊東興看見父親繃著個臉，不講話的妻子又一臉驚慌的表情就知道一定是那個寶貝兒子不知道又幹了什麼事情，走到客廳看到電視畫面就一目了然了，「這渾小子！到底民進黨那些人是給他下了什麼蠱毒？整個人被這樣帶走？渾小子！」

楊子農仍然寒著一張臉，林少芬看到這景況擔心這個年要怎麼過？兒子回來的時候，恐怕也會出大事，看見老爺子終於起身要離開客廳，她連忙拿起遙控器想把電視給關了，卻聽到下一則新聞快報。

『八〇年代知名的白色恐怖刺殺案件受害者柳絮十分鐘後將在立法院群賢樓召開記者會，陪同出席記者會的還有她的丈夫，也是知名演員跟大學教授的周慕夏以及現任的立法委員，本身是六〇年代知名的政治受難者朱懷哲，剛剛在立法院前聲援加速通過《促進轉型正義條例》的受難者們也開始往群賢樓記者會現場移動。』

楊子農虎地轉過身來，瞇著眼睛盯著螢幕上出現柳絮的資料照片，這個動作讓林少芬不敢把電視關起來，她只是悄悄起身，留下老爺子跟過了一宿仍然一身酒味的丈夫在客廳，自己走到廚房去準備大家的午餐。

『一九八〇年二月二十七日午後，年僅七歲的柳絮剛從學校回到家裡，卻遇到歹徒行凶，以一把水果長刀刺傷柳絮的左胸肺部、右手臂跟右手手掌，經過十幾個小時的搶救挽回一條性命，當時這個案件轟動全台，兇手至今都未曾落網。根據柳絮當年清醒後的訊問表示是一位戴著黑頭罩，只有露出一雙眼睛的高大男子行凶，政府當年以竊盜搶劫案結案，但是多年來這一直是戒嚴時期未解的懸案之一。今天柳絮將要在立法院召開記者會，據稱有一支重要影片要公開，該影片將會改寫當年政府的說法，記者會將在五分鐘後開始，請持續鎖定我們頻道，不要轉台。』

楊子農站在沙發後面面無表情地看著新聞，看見三十幾年前一度在電視與報章雜誌上不斷出現的女童照片，照片旁邊比對播放的似乎是在頒獎典禮上的得獎影片以及那個叫什麼周慕夏的大學教授在典禮上求婚的畫面，相隔三十幾年，初入中年的柳絮臉上仍有著當年稚嫩的五官與神態，瞥了一眼原本攤在沙發裡的楊東興，此刻他似乎也注意到這則新聞。

立法院偌大的會議室裡擠滿了媒體與來賓，柳絮坐在投影布幕前的長桌正中央，一邊是朱懷哲，一邊是周慕夏正握著她緊張的手，台下坐著許多熟識的長輩，甚至連跟朱懷哲王不見王的反目兄弟蔡火木也坐在謝文武身邊。

隨著影片即將公開，周慕夏知道許多排山倒海的挑戰即將全面掩至，即便到此刻，他仍然堅定地相信自己必須要做這件事，唯有是否應該將柳絮捲進這場風暴讓他始終不安，好不容易安定的生活，好不容易兩個人終於相約走進婚姻裡，卻因為他執意要做這件事，接下來要面對的挑戰會對柳絮造成多大的影響？這是周慕夏兩週以來不斷反覆掙扎的，但是為了歷史真相，他知道，別無他法。

「為什麼要找他？」蔡火木是謝文武同案的難友，十隻手的指甲當年被刑求拔光之後指尖便扭曲變形，活生生的苦難印記，怎麼都抹滅不掉，看著坐在柳絮另一邊的朱懷哲不爽地跟謝文武低聲嘟囔著。

謝文武低聲說著，「慕夏說得沒錯，這件事情需要阿哲，他比我們之中任何一個人都更能做好這個角色。」

「你是說演好這個角色吧？」蔡火木對於朱懷哲從政之後，整個人變得勢利走樣完全不能諒解。

「不是為了阿哲，」謝文武低聲說著，「火木啊，今天大家都是為了慕夏跟小絮來的，而慕夏是為了我們啊，不是為了阿哲，這件事情只要能成，輿論可能會站在我們這邊，《促轉條例》可能就會早日通過，等政治檔案完全公開，還原歷史真相，我們又何必在意是誰完成的？火木，你等等看完影片就知道了，我們是為了慕夏來的，而他，是為了我們，我都不敢想像今天過後他要犧牲多少。」隨著會議室裡光線調暗，他看了一眼老難友不再說話。

將近二十分鐘的影片播放時全場靜謐，只有媒體記者飛快打著鍵盤的聲音，隨著影片的推進，原本沉重的會議室裡開始有了不安的騷動，有些人忍不住在椅子上動了動，站在門邊還拿著手板的楊怡皺著眉頭，緊緊盯著投影布幕上的畫面，站在他身旁的張玟文瞥了一眼周老師沒有表情的側臉，不敢相信自己看到的影片內容。

『連周老師都是受難者了嗎？是這個意思嗎？』她心裡顫抖地想著，『周老師竟然也跟白色恐怖有關嗎？影片裡是在說他一直像孤兒被丟在台灣嗎？因為柳老師小時候的事情嗎？』

她轉頭看了一眼臉色緊繃的楊怡，『怎麼會連周老師都跟白色恐怖有關呢？老師自己一直都知道嗎？所以才會跟柳老師交往嗎？所以才會出演白色恐怖的連續劇嗎？怎麼會連老師都……』心裡的想法跟感覺都很慌亂，甚至，有點絕望。

『找了外面的人做這件事，跟江南案一樣，這件事會是……？』楊怡緊皺著眉頭，心跳不由自主加速。

即便稍早已經先在兩個晚輩家裡看過這支影片，此刻再看一次，仍然覺得很痛心，低聲對蔡火木說道，「你明白我剛才說的意思了嗎？這些悲劇影響的層面超乎大家的想像啊，誰能想到表面風光的慕夏，竟然也會是這個大時代的犧牲者呢？那個時代拖垮了許多家庭，如果不是他夠堅強，誰知道又會變成怎樣的悲慘人生？」

蔡火木想起今年年初第一次見到周慕夏，曾經懷疑過他的家人是國民黨，當時對他無禮又粗暴的質疑，看到剛才影片中周永然對兒子的歉意，不禁又羞又悲，自己當時實在太沉不住氣了，「國民黨太可惡了，太可惡了！我們這些人受苦就算了，為何這些年輕人也要吃這種苦呢?!」他畢竟是個性情中人，說著也禁不住老淚縱橫。

「真相一定要被公開啊。」謝文武低聲說著。

影片停在周永然對兒子沉重的道歉，隨著燈光再次亮起，會議室整個沸騰起來，原本大家都以為記者會的主角應該是柳絮，沒想到卻是周慕夏，他的特殊身份也讓這支影片的戲劇效果來到難以想像的高潮。

「周老師，這是表示你父親手上真的握有柳絮當年被刺殺的證據嗎?!」

「你以前都不知道這些事情嗎？你幾時知道的？」

「柳絮，那條緞帶真的是妳的嗎？妳有送去鑑定過嗎？」

「這個影片是真的嗎？」

「那條緞帶現在在哪裡？周老師，影片中是你的父親嗎？他今天會來嗎？」

朱懷哲拿起麥克風不疾不徐地說著，「我知道這支影片讓大家很震驚，也有很多問題要問周教授，周教授有幾張投影片要先給大家看，看完之後大家再一個一個發問。」說罷轉頭對周慕夏點了點頭，讓他開始發言。

周慕夏按下投影片，播放了一張紅緞帶的放大照片，同時拿起透明夾鏈袋，「我想先跟大家說明，這就是家父在影片中說的紅緞帶，」他等媒體的閃光燈與鏡頭瘋狂閃爍過後，接著又展示當時收藏這條紅緞帶的保險箱以及父母親主臥室床底下暗格的照片，「這是影片裡面提到的暗格以及保險箱，而且我們稍早也已經將這條緞帶送往紐約的鑑證實驗室化驗，證實的確是當年兇手從柳絜頭髮上抽走的那條緞帶。」最後他拿起證明文件正本，投影布幕上也同步展示文件掃描照片。

「我們決定公開這支影片是希望可以對柳絜當年的案子提供一些關鍵證據，儘管我們找到了這條緞帶，得知我父親跟他的同學拿到這條緞帶的緣由，但我們仍然不知道那位兇手是誰，這一切都需要《促進轉型正義條例》儘速通過之後，讓政治檔案公開，我們才能得知真相，我父親所說的內容也證實了長期以來國民黨宣稱那是竊盜案，其實只是一個托詞，我先說明到這裡。」說完看著眼前許多的媒體記者，「如果各位記者小姐先生有問題，現在可以提問，謝謝。」

「周老師，你們是在看到影片後找到這條緞帶的嗎？你父親今天會來現場嗎？還是我們可以跟他視訊確認當時的情況？」記者問道。

謝文武看著前面的周慕夏，心裡嘆了口氣，覺得胸口很悶，不禁想著如果連他是個外人都有這種感覺，那剛經歷過喪親之痛的周慕夏此刻又是什麼心情呢？

柳絮用力地握了一下丈夫的手，周慕夏偏過頭望了她一眼，臉上是請她放心的訊號，但他知道自己做足防備的心還是硬生生地被這問題刺了一下，「我父母兩個月前原定要回台灣參加我跟柳絮的婚禮，可是在前往舊金山機場的途中被失速的聯結車撞上，他們當場就過世了。」

全場瞬間一片靜默，張玟文更是驚愕得無法相信自己聽到的話，那天在學校知道老師在美國緊急開刀，以為是去開研討會時發病，結果竟然是因為他父母雙雙身亡嗎?!她緊緊抓著楊怡的手臂，『難怪那天老師看起來這麼憔悴。』

「抱歉，很遺憾聽見這個消息，」半晌之後，該記者又繼續問道，「如果您的雙親是意外身故，您是怎樣發現這支影片，然後找到緞帶這個重要證物的？可以請老師跟我們說明一下嗎？」

周慕夏整頓一下心情點點頭，「其實發現緞帶的順序是相反的，父母過世之後，我跟柳絮飛去舊金山跟妹妹一起處理後事，是在整理遺物的時候，意外發現父母的床底下有一個暗格，才找到保險箱跟緞帶，保險箱的密碼也的確就是誠如家父在影片中說的一樣，當時我們費了一點心力才找到密碼打開保險箱。」周慕夏靜靜地說著，但是並沒有打算把細節說清楚，畢竟沒有必要交代那一個月他是如何瘋狂地想要找到跟父親無關的證據，「一個月後，我妹妹繼續整理遺物的時候，才發現這支影片。」

「周老師，你相信這支影片的內容嗎？」另外一位記者問道。

「為何不相信？」周慕夏看著他問道，明白他這句話背後的影射。

「很冒昧請教，周老師你的過去在演藝圈裡一直是個謎，很低調，沒有人知道你的童年生活，我們也無從得知原來過去是你的父母因為一些原因將你留在台灣，換言之，你是跟著祖父母長大的。」

周慕夏只是凝視著他點了點頭。

「那個時代應該還在戒嚴，請問周老先生怎樣可以帶著一家移民？有沒有可能你的父親本來就跟這個案件有關，是當時的政府安排他離開的？」

這個問題一問完，整間會議室又騷動起來，柳絮的手抖了抖，再次懷疑自己答應丈夫公開影片是個錯誤的決定，只會害他陷入政治的渾水之中。

一直站在門邊的楊怡聽了這話嗤之以鼻，低頭小聲跟張玟文說，「那個一定是親中的媒體。」說完也習慣性地環顧場內外，突然瞥見門外幾公尺處就站著三名中年男性，戴著繡有青天白日滿地紅國旗的棒球帽，身上的羽絨外套袖子跟登山背包上都繡有國旗，他們站在一旁像是很用心在聽記者會的內容，不時低聲交換意見，「那裡，有三個統派的。」

張玟文循著他的視線望去果然見到三名中年男子，他們也正好轉過頭來與張玟文跟楊怡四目對上，她擔心地回頭看著男友，「他們是來鬧事的嗎？」

楊怡又看了他們一眼，才回過頭看著坐在最前面的周慕夏與柳絮，以及會議室裡面滿滿的白髮老先生與老太太們，「恐怕是，這裡面都是受難前輩，萬一鬧起來就糟了，那些人我在其他場合也有看到過，常常會藉故鬧事。」

「你問這是什麼問題？他們家也是受害者，你問這種問題就是說他爸爸其實才是殺我們小絮的人，你到底是什麼記者啊你?!影片看不懂嗎？」蔡火木暴跳如雷地大聲質問著。

該名記者對於蔡火木的指責不予理會，反而把矛頭對準柳絮，「柳小姐，妳覺得周老先生真的不是當年刺殺妳的兇手嗎？妳對於當年的事情還有印象嗎？」

柳絮在桌面下握緊了拳頭，想起朱懷哲的交代，深吸了一口氣才開口，「周老先生是我公公，我跟他相處的感覺告訴我，他並不是當年殺害我的那名兇手。」

「但是根據多年來妳的說法，當時那名兇手戴著黑色頭罩，只有露出眼睛，妳如何確認不是周老先生？」

「因為身高體型跟眼神都不同。」柳絮知道自己這樣回答壓根說服不了對方，但好像也沒有更好的說法。

「但是當年妳只是七歲的孩子，妳確定妳的印象沒有錯嗎？」記者緊追不捨地問著，語氣雖然還算客氣，但是句句惡意，周慕夏伸手去握住妻子的手，知道她的心情。

「你到底想要怎樣？」蔡火木又生氣地問道，「你是哪家電視台的？你根本就是故意要把問題推到周慕夏跟柳絮身上，故意要幫國民黨開脫是吧？你哪家媒體的？」

「我這是合理懷疑，時間已經過了這麼久了，周老先生也不在了，根本就死無對證，單憑一支影片實在很難讓人信服。」

周慕夏看著眼前擺在桌上許多的麥克風，不乏親中媒體，有這類問題不足為奇，這也是上週朱懷哲提醒過他們的尖銳質問之一，「『死無對證』這四個字此刻聽起來讓人非常不舒服，」他輕而低沉的聲音透過麥克風意外壓過了現場的爭論，等到大家都靜下來了才又繼續說話，「對一個剛在兩個月前同時意外失去雙親的人使用這四個字是非常不厚道的，」周慕夏看著發問記者的眼神冰冷而嚴厲，「如果可以，我也希望家父可以在這裡親自向大家說明三十七年前的事情經過，然而，他們已經離世了，只留下這支影片，對我來說也是無可奈何的事情，今天我選擇公開就準備好會遇到這類的提問，我相信父親的影片，同時，我也可以回應你，如果如你所說，家父是犯案者，是由政府安排他帶著家母跟舍妹移民美國，那麼為何我會被留在台灣？既然是由政府安排，我自然也可以離境，不是嗎？」

在場的人聽了紛紛點頭表示贊同，但是那位記者又繼續問道，「也有可能你是以人質的身份被留在台灣，做為對你父親必須噤聲的條件。」

周慕夏看著他，眼光掃到他胸前戴的工作證吊牌，不知道是有意還是無意只能讓人看到工作證的背面，周慕夏突然笑了笑，「這位記者先生，你的說法相當陰謀論，」不讓對方打斷又繼續往下說，「的確，我父親留下這支影片以防萬一有一天我需要，沒想到他錄完影片隔天就過世了，這是始料未及的，我相信我父親在影片中所講的一切，但我知道這樣的證據將會因為大家意識形態的不同而進入信者恆信，不信者恆不信的狀態，」他瞟了一眼剛才問話的記者，「但我還是願意出來公開這支影片，因為影片呈現了過去三十七年來我們都不知道的細節，過去的歷史隱藏的太久也太深了。這位記者先生，你剛才那段話不單質疑我父親是當年的犯案者，但是同時你也承認影片裡所說的，是由當年的國民黨政府主導了這整起案件，」那位記者發現自己講錯話了，臉色突變地想要反駁，但是周慕夏並沒有給他機會開口，「如果你真的懷疑家父說的話，希望你用你的筆好好地督促立法院儘速通過《促進轉型正義條例》，督促政府成立一個委員會來專責處理白色恐怖的歷史，讓國家機器來調查我父親所說的一切，讓政治檔案得以公開，所有的真相才會大白，這比我們在這裡爭得你死我活還要更實際，讓證據說話，讓證據來告訴我們真相。」

周慕夏說完，現場的長輩們以及來參與記者會的人們大聲鼓掌叫好。

「沒想到慕夏這孩子可以做到這樣的地步。」謝文武跟蔡火木說道，「難為他了，讓自己站到第一線被攻擊，而且他很有急智，腦袋很清楚。」

周慕夏放下麥克風，再次伸手握住了妻子冰冷的手，正要安慰她沒事，卻瞥見擠滿人群的會議室門口站著一個似乎熟悉的身影，周慕夏瞇了一下眼睛想要看清背光的臉龐。

站在楊怡身邊的張玟文注意到老師的視線似乎正望向自己，這是第一次她竟然在老師的注視下想要逃走，『老師也是受難者了，也跟白色恐怖相關了，我……』她低下頭迴避著周慕夏的視線，下意識地將身體移到楊怡的身後，以為這樣可以不被發現。

這一移動，在光線照映下，反倒讓周慕夏清楚看見了是張玟文，『她怎麼會來？又為何避開我的視線？』他看了一眼站在張玟文身邊的年輕人，心裡有點困惑。

「柳小姐，可以談一下當初看到這支影片的感受嗎？」一位記者問道。

柳絮咬咬嘴唇才回答這個問題，「第一次看到這影片的時候，我非常震驚，」她想了想，「其實震驚也不足以形容我當時的感受。」

周慕夏轉頭看了她一眼，看見她的眼神似乎陷入了當時那段回憶，只能緊緊握住她的手。

「兩個月前在舊金山發現這條緞帶之後，我們一直找不到為何我的緞帶會在我公公手裡的證據，一個月後，當周慕雪……就是我丈夫的妹妹把這支影片傳給我的時候，我們正在紐約，當時周慕夏因為胃穿孔，剛在紐約大學的朗格尼醫院做完手術，」柳絮避重就輕地提起這件事，沒有說出兩個月前，她的丈夫是怎樣曾經以為是自己的父親傷害了妻子，而自責地逃離她的身邊，試圖想要自己找到答案，卻讓兩人經歷了生離，甚至幾乎死別，「我看完影片的時候，心裡的第一個想法就是原來我丈夫從小過著像是孤兒的生活竟然是因為我的緣故，原來是我害他這一生都這麼痛苦，甚至連跟父母釐清誤會的機會都沒有，是我害得他這一生充滿遺憾。」柳絮說著，眨眨眼睛，努力地忍著不要讓淚水流下，她知道今天不需要被同情。

周慕夏只是緊緊與她十指交握，心疼地聽她說著，他深知不管他如何勸慰，這個念頭恐怕會跟著柳絮一輩子。

「但是，周慕夏一直跟我說這不關我的事，雖然我很難接受這種說法，但是他一直不斷地告訴我，這真的跟我沒關係，他相信如果這是命運，是他跟他父母的命運，那麼就算當年不是我，也會是別人造成這件事情，他的父親也還是會遇到同樣的情況，最後不得不丟下他去美國。」

「天啊。」張玟文低喃著。

楊怡轉頭看見她眼眶含淚，摟了一下她的肩膀，「周老師應該真的很愛他太太。」

張玟文點點頭，「是啊。」

楊怡看著張玟文，心裡想著如果這種情節發生在自己身上，他會怎麼想呢？

「所以柳小姐妳也是很支持公開這支影片的？」記者繼續問道，「妳有想過公開這支影片很有可能會給你們帶來麻煩嗎？因為就過去的印象，柳小姐很少公開露面。」

「我其實一開始並不是那麼願意公開這支影片，因為誠如剛才大家看見的，這支影片其實已經清楚地說出了當年的真相，可是仍然會有人刻意想要把這件事情從國民黨身上撇開，所以不單我會因為這支影片的公開而不斷回憶起當年被刺殺的情景，我也順便回應你，」她掃了一眼剛才不懷善意的那名記者，「是的，我還很清楚記得當年的情景，我甚至可以清楚地回憶起當年那把刀子刺進我胸口的感覺。」

現場的人摒息地看著她，難以想像看來娟秀的柳絮可以這樣平淡地說出這些讓人毛骨悚然的話，「不單刺進我的胸口，當我伸手握著刀刃的時候，凶徒又再用力地將刀子推得更深，我的手幾乎被刀刃切斷，這輩子我也因此必須改用左手做事，」她緩緩抬起右手，對著那名記者展示她的手心，而那裡仍然有著兩條清楚的粉紅色蜈蚣，閃光燈又開始瘋狂地拍著她的右手心。

「你問我，我對當時的事情還有印象嗎？每天對著自己的疤痕，對著自己必須改為使用左手，我怎麼會不記得當年的事情？我怎會認不出來，那個人不是周慕夏的爸爸?!」柳絮冷冷地瞪著那名記者說道。

「那麼請問妳後來怎麼會改變主意跟周老師一起出席公開這支影片，是周老師說服妳的嗎？」原先的記者繼續問道。

柳絮轉頭看著過去五年來一直堅定支持著自己的丈夫，眼中有著無法被忽視的愛意，「我很佩服我先生的勇氣，畢竟，這件事只要公開了就不會簡單善了，雖然我總是盡量遠離政治圈，但對於這些事情我還是了解的。我深知這支影片不會這麼容易就被接受，我先生勢必要遭遇到許多的追問跟困擾，而他不只是一位大學教授，也是知名的演員，這對他來說其實是一件傷害，但是他仍然願意做。從紐約回來的時候，我一直很擔心他剛開完刀的身體，但是他跟我說，如果這支影片可以讓更多人正視轉型正義的必要與重要性，他願意承擔風險，因為歷史真相需要被公開，政治檔案也需要公開，我們理解國民黨一直阻擋這個法案，如果我童年的遭遇可以成為推動加速的一枝急箭，那麼我們願意冒險。」她轉頭再次看著丈夫，「我七歲那年發生的事情對我產生了一輩子的影響，我與周慕夏交往五年多，他總是一直支持著我，現在我也願意支持我的丈夫，同時，我也覺得我們有責任要還周家一個正義與公道，我公公為了保全國民黨作惡多端的證據，不惜放棄了唯一的兒子，終其一生都守護著這個證據，我知道我們應該要還周慕夏一個公道，因此今天我們一起坐在這裡，希望能對《促進轉型正義條例》的立法進程有所助益。」

周慕夏鼻酸地看著柳絮，知道不喜張揚的她說了這些話有多不容易。

張玟文緊緊地握著楊怡的手，輕輕地靠在他的肩膀上，「我們也可以走到這一步嗎？」她低聲地說著。

楊怡楞了一下，轉頭看她，沒有說什麼，只是握著她的手，他知道女友在問什麼，但是經濟問題仍然是橫在他倆之間的難解問題，他不想說謊，不想只為了安撫而安撫，他愛張玟文，但是此刻，他什麼都不能承諾。

「很感謝周慕夏教授帶來這支珍貴的影片，也謝謝柳絮剛才的回應。周教授的父親周永然先生見證了國民黨的暴行與殘酷本質，他們當年是如何找了外面的流氓來刺殺年僅七歲的柳絮，又怎樣擔心事蹟敗露而殺人滅口，甚至連在酒店裡面的其他客人也都慘遭毒手，這個就是跟中共一樣殘酷的國民黨，這支影片也讓我們見證到白色恐怖的影響的確是無遠弗屆，我相信大家都跟我一樣想像不到周慕夏教授竟然也是另一種類型的白色恐怖受難者。我們一定要在這個會期讓《促轉條例》通過，這兩年我們已經有很多老兄弟逐漸離去了，時間真的是我們最大的敵人，我們一定要揭發國民黨的殘酷暴行，讓更多人……」朱懷哲拿著麥克風進行記者會的最後結論，但是話還沒說完就被操著外省口音的人打斷。

「你胡說八道！」剛才還站在門外的三名中年男子突然擠進來大聲嚷嚷，同時拿出滿手的傳單向空中一灑，隨即飄散滿地，會議室裡面所有的人都轉過頭來，許多人紛紛站起，認出這幾個就是成天到台派場子鬧事，帶有黑社會背景的統派份子。

「你們來幹嘛?!這裡不歡迎你們，滾出去！」蔡火木老則老矣，火爆的脾氣一點也不輸當年，首當其衝地跳起來指著對方鼻子破口大罵，一點也不擔心對方比他年輕又比他壯。

站在門邊的楊怡見狀立刻對張玟文說，「妳先走，不要待在這裡！」

「不行，我……」

「快走，妳媽媽不喜歡這些事情，不要留在這裡，他們很快就要鬧起來了，媒體如果拍到，妳媽媽不喜歡這些。」一邊勸她，一邊緊盯著那三個人的行動，楊怡輕輕地推了她一下，「快走！」一方面也是不想她在這裡有任何意外傷害。

「你們只會在這裡搞台獨，當年要不是老總統帶著黃金過來，哪有你們現在可以這樣生活？竟敢想要分裂中國國土！」其中一位較為年輕的男子邊叫囂邊衝到長桌前，指著柳絮的鼻子大罵，「你們家被搶劫，妳運氣好沒被砍死，還想利用這件事打擊國民黨，要不是當年有你們這種人，台灣早就富強了！妳還在這裡鬼扯什麼?!」

已經起身的周慕夏將柳絮拉到自己身後護著，這名中年男子從斜背包裡拿出一疊印有五星旗的文宣品想要甩向柳絮，卻被周慕夏一把擋回，他的手腕也用力地撞擊到對方的手背。

「天啊！」張玟文摀著自己的嘴，不理會楊怡一直催自己離開的指示，「老師剛開完刀沒多久！」

楊怡瞥了她一眼，「妳快走！這裡危險！」丟下手板，轉身便擠過混亂的人群往長桌跑去。

「王八蛋！打我！」那人甩掉一手的文宣，衝上來翻過長桌便要抓周慕夏的領口，另一手則是掄起拳頭準備要打，只是周慕夏高大，那人並無法輕易得手，再次被周慕夏推開，柳絮在他身後嚇得無法動彈，瞥見那人正伸手往背包裡不知道要拿什麼，她卻緊張得連聲音都喊不出來，那種迎面而來的威脅感讓她彷彿陷入了七歲的夢魘記憶。

那人剛從袋子裡掏出手來，周慕夏還來不及看見是什麼東西，只見原本站在張玟文身邊的年輕人衝過人群奔上前來，從那名中年男子的背後伸出手臂勒住他的脖子，同時一手緊抓著那人的手，「你想幹什麼你?!」年輕人大聲喝斥著，將他手中的一根短木棒扭甩到地上，並且緊緊地勒住他，另外兩名鬧事份子衝上來要拉扯楊怡，只見一位滿頭白髮的受難者長輩迎上前來抓住其中一位的手腕，輕輕一扭，對方竟疼痛地跪倒在地。

「這裡是立法院，你們竟然敢進來鬧事！」楊怡見狀把原本勒著的人用力推到第三人身上，閃身擋在周慕夏跟柳絮身前。

被他推倒的男子拉不下臉，憤怒轉身又欺上前來與楊怡扭打，絲毫不在乎還有一位夥伴被制伏跪倒在地，其他的長輩們則是臉紅脖子粗地包圍大罵第三人，還有受難者家屬憤怒地撿起地上的文宣往他臉上甩去，「快滾！中國豬！滾回你的中國！忘恩負義，吃我們台灣的米，卻叫中國爹娘，王八蛋！王八蛋！還我爸爸命來！」

一場記者會頓時變成街頭鬧劇，周慕夏護著柳絮退後站在投影布幕旁，朱懷哲則是在一旁相當淡定地指揮助理打電話叫駐衛警進來，其實不用等他們打電話，駐衛警已經進來了，驚訝地看著這片混亂的場面，一方面喝止鬧事的統派份子，一方面也請受難前輩們放手，一陣拉扯之後，鬧場的三個人都受了輕傷，楊怡臉上跟指關節也掛了彩。

「操，這兔崽子！這兔崽子！」楊東興站在電視前面看著這場混亂的直播，「他只會做這種自以為是的英雄，媽的，兔崽子！非得去惹這些人嗎?!一個這樣，二個也是這樣！」氣得重複罵個不停。

楊子農沒有應聲，只是寒著一張臉走回書房關上房門打電話。

「怎麼了?!」林少芬聽見丈夫罵聲連連，從廚房裡走了出來，剛才煮飯時抽油煙機的聲音大，沒聽見電視的聲音，此時出來看到電視裡混亂的場面吃了一驚，「楊怡也在裡面嗎？」剛說完就看到鏡頭又帶到楊怡受傷的臉上，「天啊，他受傷了！」緊張地跑回房間拿手機打電話給兒子。

電話響了很久才被接起，那頭是鬧哄哄的聲音，「楊怡？楊怡？」

楊怡嘆了口氣，該不會被他們看到新聞吧？「媽。」

林少芬聽見他的聲音鬆了口氣，「你沒事吧？我看到你受傷了！」

「沒事。」楊怡低聲說道，心想如果媽媽都看到了，多半爺爺也看到了。

「傷的要緊嗎？」

「我沒事。」

「臉上都流血了還沒事?!」林少芬焦慮地追問著，不敢太大聲怕驚動到樓下的老爺子。

「不小心劃到一點，真的沒事。」

「你小心一點，爺爺剛才看到新聞了……你爸也看到了。」林少芬壓低音量說著。

「嗯。」楊怡只是應了一聲，果然如他所想。

「這位先生，麻煩你也跟我們去一趟警局，做一下筆錄。」駐衛警走過來跟他說道。

「好。」

「什麼?你要去警局？」林少芬在電話那頭聽見警察說的話更緊張了。

「沒事啦，我只是去幫忙做個筆錄啦，先不說了，晚一點再打給妳，」掛電話前又連忙補充了一句，「不要讓他們知道我要去警局。」不等媽媽回應就把電話給掛斷了，他知道母親會了解他其實指的只有爺爺一人。

「楊怡！」張玟文已經管不了周慕夏就在附近，剛才驚惶地站在門外看著楊怡跟鬧事的人扭打，怎麼也不能就這樣丟下他，自己跑去安全的地方，好不容易警方已經介入了，她看見男友的臉上刮出了一道口子，手指關節也有傷，緊張地從背包裡拿出衛生紙。

周慕夏低頭看著臉色蒼白的柳絮，扶著她的肩膀，雙眼巡視著她全身，「妳還好嗎？有受傷嗎？」

柳絮只是緊緊握著他的手一直搖頭，「我沒事，你一直擋在我前面，我沒事。」

周慕夏鬆了口氣才突然覺得自己的胃一陣疼痛，忍不住壓了壓上腹部。

「你還好嗎？」柳絮眼尖發現了他這個動作緊張地問道，如果醫師交代兩個月都不宜提重物，剛才這樣推擠豈不是更危險，「傷口痛了嗎？」

周慕夏放下手，「沒事，傷口早就好了，妳不要擔心。」忍耐著不去壓上腹部，不想讓大家擔心，不過他知道應該不是痊癒的傷口起了變化。

「駐衛警怕他們繼續鬧事，已經先把那三個統仔帶去辦公室，正在等中正一的警察過來帶人，我想大家可能都得要去做個筆錄，」謝文武走過來說道，「慕夏，小絮，你們沒事吧？」

「沒事，文武叔你們呢？」周慕夏問道。

「我們都沒事，你政義叔豪邁不減當年，」謝文武指指正在跟蔡火木講話的老兄弟，「正是剛才一招就制服對方的那位長輩，「政義以前是跆拳道國手的總教練，黑帶高手，寶刀未老。」

「慕夏，小絜，你們沒事吧？」蔡火木也走過來問道，伸出那早已扭曲變形的雙手緊緊握住他的手，「慕夏，不好意思啊，年初的時候我還誤會了你，對你講話很難聽。」

「火木叔，不要這樣說，沒事的。」周慕夏看著他手上滿是故事與風霜的痕跡，心裡一陣難受。

「慕夏，謝謝你願意公開這影片，但是你也要小心啊，會有人對你不利的。」

周慕夏看著眼前蒼老矮小的長輩，當年拚生拚死爭取民主跟自由的人，現在已經如此老去了，但歷史的真相明明就在眼前，卻猶如天邊之遙，「火木叔，不要擔心，我們沒事。」

蔡火木想到影片裡面講的，這孩子竟然明明有父母，卻因為他們這些政治犯從小就過著跟孤兒一樣的日子，眼眶不禁又紅了起來，只是低頭用力地拍拍他的手，然後轉身不想被看見他想哭的模樣。

周慕夏環顧了一下現場，牽著柳絜走到張玟文身後，「玟文，妳朋友的傷應該要去醫院看一下，可能要縫，不然會留疤。」

張玟文正在包包裡找 OK 繃，突然聽到熟悉的聲音，雖然心裡很尷尬，仍然硬著頭皮轉身，只是怎麼都無法再像過去那樣直視老師的雙眸，「老師。」囁嚅地打招呼。

周慕夏看著她，想到剛才她在記者會過程中一度明顯迴避自己的目光，此刻她也一樣，不知道發生了什麼事情，但是現在也不宜多問，只能先看著剛才幫他跟柳絜擋住了攻擊的年輕人，「謝謝你剛才幫了我，我是周慕夏，這是我太太柳絜。」

楊怡本來坐著，看見他們走來立刻站起來，一直很大氣的他，突然有點手足無措，「周老師，柳老師。」

「老師，他是我男朋友，他叫楊怡，心台怡。」張玟文說道，仍然迴避著周慕夏彷彿可以洞悉一切的眼神。

「楊怡，謝謝你。」周慕夏伸出手用力地握了一下年輕人的手。

楊怡看著他倆，心裡其實百感交集，「沒什麼，應該的。」

周慕夏本想再說點什麼，李政義就跟謝文武、蔡火木走了過來，「楊怡，我們去一趟中正一。」

「各位前輩都沒事吧？」楊怡問道。

「沒事，沒事，還好你剛才搶先一步衝上前來攔住了那個混蛋，沒想到袋子裡竟然還藏著木棍！不然周教授跟小絜可能就受傷了，真是混蛋，竟敢在立法院裡面帶著攻擊武器！」

「他們還在外面的時候，我就注意到了，這是他們慣用的手法，進來鬧場之後，就會伺機打人，而且幾乎都隨身帶著攻擊武器，但是阿伯，您真是寶刀未老啊，一出手就制伏了對方。」楊怡說道。

「我老是老了，功夫還在，」李政義得意地說著，「好久沒機會練手了，哼哼，剛才真給我機會了。」

周慕夏看著幾位長輩，心裡很是佩服，不管是剛才一招制伏的，還是以罵功的，這些長輩真的對於衝突都毫不畏懼，「原來大家都認識楊怡嗎？」

「楊怡前幾年參加學運的時候，我們就認識了，」李政義說道，「後來我們常在街頭一起抗爭啊。」

「走吧，我們大家去做一下筆錄，好讓他們繼續辦事。」朱懷哲走過來提醒大家，「剛才最後這一鬧有好有壞，媒體會一直報導這場記者會，但也比較容易失去焦點。」瞥了一眼一直瞪著他的蔡火木，不想理會。

謝文武輕推了一下蔡火木，不想他在這時候生事。

周慕夏點點頭，這層他剛才已經預料到了，「我想應該還好，對方不會放棄這個把責任推到我父親或我身上的機會，應該很快就會有後續發展，不用太擔心。」

＊　＊　＊

張玟文抓著楊怡的手坐在旁邊，這是她第一次進來警局，覺得渾身不自在，加上又有周老師在旁邊更讓她坐立難安，但是她因為擔心楊怡不願意先離開，也只能在這裡如坐針氈。

「妳先回去吧。」剛做完筆錄的楊怡說道，看見她第一次來警局的焦慮模樣很不忍心，他自己倒不是第一次進來了，回想之前參與學運，第一次被拉進警局也是這裡，當時因為太過憤怒而沒有半點恐懼，此刻也不緊張，就是覺得這些統派的黑社會問題如果不解決，未來真的是很大的禍害，他們完全是聽命辦事，壓根就沒有國家社會的概念。

張玟文搖搖頭，「我要在這裡陪你。」

「好吧，幾位長輩應該很快就好了。」

「他們剛才說會告你，是真的嗎？」張玟文問道，剛才被楊怡勒住脖子的人，此刻還在大聲嚷嚷著要提告。

「告就告吧，是他們先進來鬧事的，還差點傷到人，我這是正當防衛。」楊怡把原本壓在臉上的紗布拿下來，已經止住血了。

「老師說你這傷口要縫，等等我們去一趟醫院。」張玟文湊上前去看他的傷口，雖然不長，但是乾了的血跡仍然讓她怵目驚心，說到老師兩個字，心裡又一黯。

「不是什麼大事，去一趟醫院就好了，不要這麼擔心。」楊怡以為張玟文黯然的神色是因為他的緣故。

張玟文只是點點頭，沒有多說什麼，故意坐在楊怡另一側，不想直接跟周慕夏有眼神接觸。

周慕夏跟柳絮坐在另一旁等著幾位長輩完成筆錄，偵查隊辦公室吵吵鬧鬧的，長輩要提告他們過來打人鬧事，三名統派人士也表明要告李政義跟楊怡傷害，特別是那個跟楊怡扭打的金文聰。

「唉，還是讓你捲入這種事端裡了。」柳絮嘆口氣說道。

「是我自己想要公開影片的，哪有被誰捲入的問題？」周慕夏握著她的手說道，胃部從剛才又開始悶悶地痛著。

柳絮嘆了口氣，周慕夏伸手摟住她的肩膀，「周太太，真的不要這麼愛擔心好嗎？」

她只是把頭靠在他寬大的肩膀上，不再多說什麼，周慕夏轉頭看了一眼兩三個座位外的兩名年輕人，總覺得張玟文今天很奇怪。

「怎麼了嗎？」柳絮問道。

「楊怡的女朋友張玟文是我以前的助教。」

「是嗎？但是她看起來好像很生份的樣子，你之前對她很嚴厲嗎？」柳絮笑著說道，因為她也耳聞過丈夫在學校裡並不是個好過關的老師，很多在演藝圈開始闖出一點名號的大牌學生都死在他手上。

「當然沒有啊，」周慕夏看見她眼中的戲謔，「她前些日子還來學校找我寫推薦函，她想要申請紐約大學的碩士班。」

「喔？那不就是要成為你的學妹了？」

「是啊，那天狀況還不錯，可是她今天看起來有點不太對勁，剛才我們開記者會的時候，我注意到她迴避了我的目光。」

「是嗎？」柳絮探出身子看了一下躲在楊怡身旁的女孩，「發生什麼事了嗎？」

周慕夏搖搖頭，想起那天見面的情景低聲說著，「其實她高中的時候就參加過我的戲劇治療團體，那次她很激動，後來她考上我們學校戲劇系時，我一眼就認出她了，只是我一直沒有表現出來。」

柳絮靜靜聽著，周慕夏極少直接提到學生或是戲劇治療過程中的事情，她知道這是他的專業守則，所以他突然間提起，想必是真的有點憂慮這孩子，「那天你們講了什麼嗎？」

「上次她來找我的時候，我只是提醒她，去紐約念戲劇治療的目的應該是成為一個頂尖的戲劇治療師，而不是去那裡找自己人生的答案，所以建議她應該要先整頓好自己的狀況。也許是事隔多年才說出我其實一直都記得她，讓她心裡尷尬了吧。」他再次轉頭看了一眼張玟文清秀的側面，「她在學校擔任我助教多年，我一直沒有提起，是因為我相信她準備好了就會跟我說那些困住她的事情，可惜她一直都沒有說出口，但是她現在準備要去學習成為一個戲劇治療師了，我覺得我有責任提醒她。」

他低沉而輕柔的聲音帶著柳絮回到他的往事之中，「你不在的那個月……」她凝視著丈夫修長的手指，突然開口說道。

「嗯？」周慕夏有點意外地頓了頓，提及他消失的那個月，總讓他覺得心痛而愧疚。

「你不在的那個月，我等不到你回來，我原本以為你喪假結束之後就會回來，結果並沒有。」

「那時候我很擔心，每天都不知道你在哪裡，身體還好嗎？你的藥都不在身上。」

「嗯。」他只是低低地應了一聲，知道自己害她受苦了。

周慕夏垂著眼握著她的手，只能靜靜地聽著。

「我只好去找了蔡宇亮。」

周慕夏點點頭，這件事他是知道的，當他在紐約已經胃穿孔發高燒昏睡時，老朋友曾經發了語音訊息提到柳絮去找過他了，只是周慕夏並不知道他們談了什麼。

「他跟我說了你小時候的事情，你怎麼會走上演戲這條路，以及最後選擇了戲劇系跟成為戲劇治療師的原因。」

周慕夏楞了楞，他沒想過蔡宇亮會告訴她那些事情。

「你別怪蔡宇亮，」柳絮感覺到他僵了一下便說道。

「嗯。」

「我很感謝他跟我講那些事情，不然我永遠都不會知道，為何你會走上這樣的一條路，而且也不會知道原來你從小是受過苦的，並不是大家以為的那樣光鮮亮麗。」她抬起頭凝視著丈夫，「因為你找到了自己人生的答案，所以才走上這條路，我相信你跟助教講那段話是正確的，現在的你就像是高中時引導你去演話劇的那位輔導老師，當年有人拉了你一把，所以你現在也拉了很多人一把，如果助教不能聽懂你的意思，也許就還不是去念戲劇治療的時候。」

周慕夏點點頭，「走上助人的道路是很艱辛的，如果不能理解自己，恐怕也無法去承接來自他人的許多苦痛，最後可能會壓垮自己。」

柳絮看著他深邃的雙眸，「我真的很感謝那位輔導老師，很感謝蔡宇亮，是他們幫助你走過那段歲月，找到自己的答案。」

周慕夏深深地凝視著她，「妳才是我最後的人生答案，對不起，那個月讓妳受苦了。」

柳絮感動地緊握著他的手，「是當年那個黨國政權讓我們受苦了，不是你。」

周慕夏也不在乎這裡是警察局，仍然在她的額頭上印下一吻。

幾位長輩的筆錄已經完成，周慕夏牽著柳絮走上前去，楊怡跟張玟文也走了過來。

「你們互相提告的部分後續會進行，到時候你們會收到法院的通知，朱委員，我想其實問題不大，因為主要是他們過來鬧場，所以你們告他們的部分相對簡單，楊先生也是為了保護你們大家才動手，所以他們提告這部分沒有什麼道理，不過他們這些人一直都是這樣的，我們已經受理很多起了。」因為立法委員也牽涉其中，因此由偵查隊隊長走過來說明。

「什麼?!為什麼?!」偵查隊長正講著話，就聽到剛才被楊怡勒住脖子的金文聰正在大聲講電話，而且突然轉頭過來看了這邊一眼，然後又回過頭去，心不甘情不願地說道，「知道了。」

偵查隊長瞥了那人一眼，轉頭跟朱懷哲等人說道，「朱委員，周教授，我送你們出去。」

「隊長等等。」剛才幫三名鬧事者做筆錄的警員跑過來叫住大家，一群人停下腳步回頭看他。

「什麼事？」

「那個金文聰說他不告楊怡了。」警員說完這句話，大家都露出驚訝的表情，因為十幾分鐘前那人還氣急敗壞地誓言一定要告死楊怡。

「確定？」隊長轉身請大家稍候，自己走回金文聰面前確認之後又走回來。

「他確定不告了，楊怡，那你還要告他嗎？」隊長問道，「很奇怪，通常他們怎樣都會一直鬧下去，現在卻突然改變主意。」

大家都看著楊怡，可是楊怡卻是看著那個人，他當然留意到金文聰是在接到一通電話之後才說不告的，而且他也看到剛才對方回頭是瞥了他一眼，他下意識地握緊拳頭，「告，我還是要告他，絕對不能養大他們。」

「好，那後續的流程就繼續走了。」隊長轉身領著他們離開警局。

周慕夏臨走前回頭看了一眼金文聰，發現他正用一種相當奇特的神情望向楊怡。

「怎麼了？」柳絮循著他的目光望去，金文聰已經轉開視線，三個人正在低頭交談著。

周慕夏搖搖頭，瞥了一眼楊怡，看見他緊繃的神情跟握緊的雙拳，再看了一眼張玟文，後者似乎並沒有注意到這些事情，「楊怡，我陪你去看一下臉上的傷。」

「不用了，周老師，我自己去就好了，小傷沒什麼。」

「我們幾個老頭子陪你一起去，」謝文武轉身說道，「慕夏，你就跟小絮先回家，折騰了一上午，剛開完刀沒幾週，你還是要多注意才行，這小伙子我們照顧就好了，你們快回去吧。」

周慕夏本來打算要陪楊怡去台大醫院，畢竟他是為了要保護他們才受傷的，但是謝文武如此堅持，他也因為自己又開始胃痛，知道自己的確需要早點回去休息，也就不再堅持了，「好的，那就謝謝文武叔了，我們的車子停在台大旁邊，就一起走過去吧。」

「玟文，這星期記得來跟我拿推薦函。」走到台大醫院的路口，周慕夏再次跟楊怡道謝，也低頭看著仍然迴避目光的助教。

「好的，謝謝老師。」張玟文慌張地點頭道謝，眼神一時間不知道該停駐何處。

周慕夏望著他們離去的背影，再次確認張玟文今天真的很奇怪，『到底發生什麼事了？如果是因為我那天的提醒讓她很尷尬，那她今天為何跑來參加這場記者會？這場記者會對她有什麼意義嗎？如果不是因為那天我說的話，那她今天這麼彆扭又是為了什麼？』

# 第四章

「副座看到新聞了嗎？」電話那頭是好久沒有聽過的聲音了，現在也是蒼老而沙啞。

「看到了。」他一度嚴密佈防就擔心這件事會曝光，雖然是刻意做來震懾那批叛亂份子，但是明顯的證物跟證人仍然不能這樣公開，那個時候接連不斷的暴動跟大小遊行引起了國外的注意，這個事件如果曝光了，只會讓島上更不平靜，可是始終沒有找到那個證物，也安然地過了許久，沒想到竟會在將近四十年後出現。

「當時酒店裡該料理的人都料理了，不知道怎麼會有這樣的漏網之魚。」

「當年你們一再失手就知道總有一天會出現這種情況。」副處長不怒而威的聲音跟當時一樣讓他心驚，「就一個孩子也無法料理，後頭去取回證詞也是一樣，都不知道你們當年怎麼有辦法在局裡辦事。」

「對不起。」他低聲地說著，這幾十年來他一直以為自己不會再跟副處長有瓜葛了，沒想到這個新聞又把他們聯繫在一起。

「現在黨團正想辦法讓那個《促轉條例》卡在立法院裡，如今出了這檔子事可能也擋不住了。」

「副座，那現在……」

「你去警告他們做個樣子，這時候我們已經不能再做什麼了，就算這個條例過了，後面也還有其他東西不會放手的。」

「聽說還有個《政治檔案條例》，現在去調資料，各種姓名都隱匿，但是萬一那個《政治檔案條例》也跟著過關了，那……」

「不會這麼容易鬆手過關的，他們掌握不到什麼，更何況柳絮這個案子，根本也沒有流於文件，你們去取回證詞也是一樣，沒有任何文書。」

他聽了老長官這番話心裡一跳，是啊，當年完全只有副處長口頭交辦，沒有文件可以指稱是他們幹的，但是，萬一東窗事發，也同樣沒有文件可以證明他是去執行副處長的命令。

「先這樣吧。」副處長見他沒有再說什麼就做了結束。

他看著手上的話筒，腦海裡面還清楚聽得見三十七年前副處長透過電話傳來的聲音：

『為什麼會失手？就一個孩子而已，為什麼會搞成這樣?!』當年副處長沙啞而嚴厲的聲音傳進話筒裡，聽得他心驚膽顫。

『因為那個母親正好帶著兩個弟妹回家，干擾了計畫。』他低聲地回答著，知道這事真的麻煩。

『正好?!每天都有人在跟監，會不知道他家的作息？就算回來了又怎樣？這事不能處理嗎?!就一個女人帶著兩個小兒是能有多威脅?!殺了都可以！搞成什麼樣子?!』

『派去的不是局裡的人，所以他沒有想到這層。』

『這人是你找的不是?!』

『是。』

『那就給我搞定這件事！』

『是的，副處長，我們會處理的。』

這些對話已經好久沒有浮現腦海了，此刻依然清楚記得一字一句，是啊，當年只有這樣的口頭交辦，他甚至都沒有進到副處長辦公室。沉重地掛上話筒，更沒想到的是，年事已高的副處長，講起『取回證詞』仍然跟當年一樣聽不出情緒，有誰會習慣用這樣的用語來表示取人性命呢？對他而言，那些人都只是證詞嗎？現在證物出現了，民進黨喳喳呼呼的轉型正義似乎已經阻擋不住了，那些人只是證詞，那自己呢？在某些時刻，自己不也只是所謂的證詞嗎？

＊＊＊

楊怡拖著張玟文的手，沿著台大醫院走向他位於萬華的租處，平時總會哇哇叫累的張玟文竟然只是沉默地陪他一起走著，走了幾公里的路，她終於忍不住地停下腳步坐在路邊的石墩上，脫下鞋子看見兩隻腳的後腳跟都起水泡了。

「對不起。」楊怡見狀也坐了下來，「妳要不要先回去？我還想再走走。」對他而言，今天在群賢樓記者會現場看到的影片實在太過於震撼，這不是他原本預期會看到的記者會內容，也沒有想過會是以這種狀態第一次跟柳絮還有周慕夏見面。

張玟文搖搖頭，從背包裡翻找出 OK 繃貼住水泡的位置，「我不想回去。」

楊怡沒有接話，只是看著大馬路上川流不息的人車，是週五的下午了，往常這時候她多半是會回家陪母親的，但是今天看起來彼此的心情都很沉重，「妳的周老師做了一件了不起的事。」

她只是沉默地點點頭。

「我沒有想過今天會看到那樣的影片。」他幽幽地說著。

「我也沒有，那天我去找周老師的時候，甚至沒有聽他提過會有這場記者會，會有這麼震撼的影片要公開。」

「這種事情不會事先說的，」楊怡看她已經貼好雙腳的 OK 繃，想著還是讓她再休息一下吧，「不說都已經有人來鬧場了，如果真說了，今天恐怕連影片都無法順利播完。」

「沒想到，老師竟然也變成政治受難者了。」張玟文看著馬路對面有大大的水晶超市招牌，那些閃閃亮亮的晶石可以把她的苦惱帶走嗎？

「是啊，是受難者，甚至還不是家屬，他那麼直接受害，」楊怡頓了頓，「其實受難者跟家屬之間真的分得清嗎？家屬受害的程度也是不下於受難者本身的，只是受害的方式不一樣，柳絮老師那樣的遭遇還能說是受難者家屬嗎？周老師一生因為父親窩藏證據被遺棄，受到的傷害一樣那麼大，哪裡還能說家屬或受難者是有區別的呢？」說著說著，他望向茫茫的車流，覺得自己也好茫然，「國民黨的罪惡數也數不清。」他的語氣像是低喃，卻又是咬著牙的怨恨。

張玟文轉頭望著他，他眼裡的痛跟怨是那麼明顯，還有交往這三年來總是如影隨形的孤單感，就算兩個人在一起，他也經常流露出落寞的神情，讓她時常懷疑兩個人之間的感情。

「我一定要做點什麼。」半晌，楊怡低喃似地說著。

張玟文看著他，不明白他的意思，為什麼兩個人坐在一起，卻完全不了解他此刻在想什麼呢？他要做點什麼？為何她愛的這個人像個謎，兩人多次幾乎分手，終究又繼續走下去，彼此都有著難解的情緒跟謎題，即便是火爆的個性也像是一種宣洩，讓兩人之間可以揮發掉那些難以直說的不滿。

又過了許久，他才靜靜地說著，聲音低的幾不可聞，在這喧囂的街道午後，張玟文希望自己沒有聽到他說的這句話，「我爺爺當年是幫政府做事的。」

張玟文握緊自己的雙手，指尖還有著今天一早畫劇場場景圖留下的鉛筆印記，她總是握著鉛筆的筆尖，總是用力地畫著線條，深刻到橡皮擦也無法拭去那走過的痕跡，沒有人是這樣畫圖的，曾有人這樣跟她說過，她知道，她也並不是從一開始學畫畫就這樣，是從什麼時候開始的呢？她必須把揪心的力氣都傾瀉在筆下的線條？

「我知道我爺爺一直到退休前都在幫政府做事，那個萬惡的國民黨政權。」是從開始下意識一直畫著殘缺的人體吧？「我父親也是。」她輕輕地說出來。

楊怡驚訝地看著她，他們倆都是外省第二代跟第三代，這是彼此早就知道的身份，但是再多的也不曾說過，幫政府做事這個訊息再清楚不過了，她真的沒有聽錯嗎？但是他記得自己去過張家，牆上掛的照片裡，張玟文的父親張龍飛身著軍裝，應該是中校。

「我記得伯父的照片著軍裝，臨走前是中校？」

張玟文停了好久，「上校軍醫。」

楊怡有點不解她眉間的糾結，「伯父在哪裡擔任軍醫？」

張玟文這次停頓得更久，久到楊怡以為她沒聽到，正要再問一次，張玟文就低聲說著，「警總的軍醫，他最後的工作在警總。」

楊怡滿眼詫異地看著她，儘管他也知道爺爺工作的地方同樣可怕，但是他從沒想過女友的父親竟會跟令人聞風喪膽又唾棄的警備總部有關。

「覺得很可怕對吧？」張玟文苦笑著說道。

「妳……知道些什麼嗎？」

張玟文搖頭，「我不知道，我爸走得早，小時候我沒想過這些事情，成年時他已經走了，我媽什麼都不想講，只要在家裡提到白色恐怖這四個字，她就裝聾裝忙，我再多問幾句，她就生氣轉移話題。」

「但妳會想要問，是因為懷疑伯父做過些什麼吧？」楊怡問道，就像他也會去檔案局申請資料，碩士時選擇跟白色恐怖相關的社會運動題目，也是逼迫自己必得要面對這些問題。他申請了好多檔案，貪婪地閱讀著，研究著，想要知道當年是怎麼回事，又害怕在那些檔案裡看到自己爺爺為惡的名字，但是他看到的都是一塊又一塊的黑格子，把情治人員的名字全都遮蔽起來了。

張玟文搖搖頭，「我真的不知道。」

楊怡凝視她幾秒鐘才又轉頭看著遠方逐漸西沉的夕陽，「妳知道警備總部是個怎樣的地方嗎？」

張玟文沉默不語，她四歲時台灣才解嚴，她去過父親工作的地方，但印象中並沒有像大家講的那麼恐怖。

楊怡看著她纖細手指上的碳粉恍然大悟，「所以妳才會總是畫那些殘缺的人體?!」

她還是不語，但是雙手緊緊地交握著，像是想要藏起那些碳粉留下的痕跡。

「妳一定知道些什麼，不然妳不會一直畫那些東西，每次只要妳心情不好就會開始畫，妳到底知道些什麼？為什麼都是殘缺的人體？妳知道妳爸爸參與了什麼，對嗎？」

「我不知道！」張玟文生氣地說著，「就算知道了又怎樣?!」

「道歉！」楊怡堅定地說著。

張玟文驚訝地轉頭瞪著他，「你說什麼?!」

「道歉，」楊怡凝視著她，「要帶著贖罪的心情為台灣、為這些前輩、為妳的周老師，還有柳老師做事。」

「贖罪？」張玟文訥訥地看著他。

「說出妳知道的真相，然後真心的贖罪。」

張玟文看著他，覺得眼前的人好陌生，她緩緩地搖頭，「我做不到。」

「為何？就算他是妳的爸爸也應該要說出真相，像妳景仰的周老師一樣，今天他也勇敢地公開了影片，明知道會給他惹來非議，但他為了轉型正義，還是願意冒險。」

「這怎會一樣？周老師是受害者，可是我爸……我爸卻是加害者！」張玟文眼眶泛紅。

「那又如何？我家人也是加害者，我現在只想要贖罪，我只想為台灣做事，因為只有這樣才能還台灣人公道，那樣我才能沒有愧疚的說我是台灣人。」

「我做不到。」

「做不到什麼？怕被知道很丟臉嗎？」

「那是我父親！」

「就因為是妳父親，妳更需要說出真相。」

張玟文拼命的搖頭。

「妳畫的那些殘缺人體，妳明明就很痛苦，既然這樣為何還要包庇？」

「你不是我，你怎麼會知道我的感受？」她憤怒地低吼著。

「我當然知道！」

張玟文流著眼淚瞪著他，「不，你不知道，為什麼國民黨做的事情要我來道歉？要我來贖罪?!」

張玟文起身衝到馬路邊伸手叫了計程車，自顧自上車回家，『他怎麼會知道我的痛苦？我只想保護好父親的名譽啊，這種痛苦他怎麼會知道？他怎麼會知道今天看見影片之後，我根本抬不起頭來面對周老師，我哪裡還有資格請他寫推薦函？哪有資格讓他去跟老師請託收我作指導學生？不管怎樣，那是我爸爸，我怎麼可以破壞他的名譽?!』

楊怡看著計程車離去的方向，他當然知道，還有人會比他更清楚這種感覺嗎？他的爺爺不只幫政府做事，他的爺爺就是政府的一部分，這種罪惡，這種恐懼，還有誰會比他更清楚?!

坐在路邊不知道過了多久才起身慢慢地走著，抬起頭看見早已露臉的一盤明月，『今天是十五嗎？』他停下腳步，出神地看著遠方的月亮。

『喂？阿凱？有什麼事嗎？』今年中秋前夕的深夜，手機響起，剛睡著沒多久的楊怡警醒地問著，同事從沒有半夜打過電話給他。

電話那頭沉默了好一會兒。

『阿凱？』楊怡從床上坐起，覺得事情不對勁，『是阿凱嗎？』

『楊怡……』

是阿凱，楊怡全身的汗毛都立了起來，『發生什麼事？』他與阿凱一起在聯盟裡面打過幾場抗爭的仗，但稱不上是半夜會通電話的交情，這通突兀的電話加上他欲言又止的語氣，讓楊怡直覺出了大事。

『後天的講座我沒辦法去主持了……可以麻煩你處理一下嗎？』阿凱電話那頭傳來濃濃的鼻音，『我知道你要回高雄，但是……』

『沒關係，我可以處理，但是你為什麼不能去？』楊怡謹慎地問著。

阿凱咳了一聲，像是在勉強自己，『我媽剛才走了。』

楊怡楞了楞，停頓了好幾秒才又開口，『怎麼會？沒聽你說伯母有生病。』

電話那頭沉默得更久，久到楊怡停下來看了一眼手機螢幕，確認他還在線上，『阿凱？』

『她覺得太累了……去找我爸了。』阿凱哽咽著，其實他也不知道自己為何第一時間會是打電話給楊怡而不是大石，明明後天要跟他一起處理座談會的是大石，可是他拿起手機卻是打給了楊怡。

楊怡瞪大眼睛看著時鐘，這是意味著阿凱的母親是自殺的嗎？『你現在在哪裡？』

『台大。』

『台大醫院嗎？』

『你不用過來，我只是……只是跟你說一聲，後天請你幫我主持那場座談會。』

『這些我跟大石會處理，你不用擔心，照顧好你自己，大石知道這件事了嗎？』

『還不知道。』

『好，明天我通知他，你別擔心，現在有人跟你一起處理伯母的後事嗎？』

『已經通知我大哥跟叔叔還有阿姨了，他們明天會到一殯一起商量後事。』阿凱吸吸鼻子，『抱歉，三更半夜通知你這件事，害你不能回去高雄過中秋。』

『別擔心，回高雄是小事，我現在去醫院陪你，看看有什麼可以幫忙的。』

『不必了，不用了，這麼晚了。』

『你在台大等我。』楊怡不容阿凱拒絕地掛斷電話，連忙換了衣服，夜裡冷清，騎上機車不到15分鐘就到了台大，在陰暗大廳的椅子上找到了阿凱，一言不發地坐到他旁邊。

阿凱抹抹眼睛看見是他，『謝謝。』

楊怡搖搖頭，什麼都沒說，兩個人就這樣坐在夜裡的醫院大廳，靜靜的，偶爾聽到阿凱吸鼻子的聲音。

『我是我爸出獄很久之後才生的兒子，跟我大哥差了快二十歲。』過了不知道多久，阿凱才開始說話。

楊怡只是聽著，沒有回應。

『我大哥還在我媽肚子裡的時候，我爸就被抓去關了，說他台獨。』阿凱抹抹眼睛，『聽說在保安處被刑求得很慘，用針刺手指不說，指甲也拔了，還坐了老虎凳，我父親後來脊椎跟雙腿都出了很大的問題，行動也受到一些限制，在我記憶中，他不僅走路都無法挺直，脾氣也十分古怪，我媽後來跟我說，我爸是出獄之後才變了一個人……』說著說著，阿凱停了下來，楊怡也不催他。

『我一直覺得我爸脾氣不好，但是我媽總是很有耐心照顧他，小時候常覺得我媽很辛苦很可憐，上了高中之後才知道我爸是白色恐怖受難者。』

楊怡轉頭看了他一眼。

『很奇怪是嗎？我竟然到高中才知道。』阿凱看到他的眼神，『我爸直到過世之前，跟我都不太有互動，反而是大我快二十歲的大哥比較像爸爸一樣的關心我，但他跟我爸常常有一些衝突，小時候的我總是不明白為什麼，直到我父親生病過世之後……』阿凱看看陰暗的大廳，『也是在這裡，那時候我大四，準備要考研究所，我爸在這裡過世了，我大哥坐在那邊那個角落嚎啕大哭，』阿凱抬起下巴指了指大廳的另一個方向，『到那時候我才知道，原來大哥是很愛我爸的，只是那個時代……他們無法溝通，我爸不想講自己坐牢的事情，我大哥也沒辦法告訴他自己在那段時間裡面遇到的不公義對待。』

楊怡聽著，心裡一陣一陣的酸痛，他的爺爺會是當年刑求阿凱父親的一份子嗎？

『我高中時因為大哥跟爸爸大吵，我才知道的，原來我們家竟然是白色恐怖受難家庭，我不懂他們為何要一直瞞著我，叔叔阿姨也瞞著我，連我大哥也都不說。』阿凱緊緊地握著自己的拳頭，『全家只有我不知道，從小到大，我一直覺得家裡有著一個天大的秘密，那個秘密讓我爸跟我哥感情不好，讓我媽經常神經兮兮。』

楊怡只能緊抿著雙唇，緊握著雙拳，只能聽，無法回應，也不敢回應。

『我爸走了之後，我媽就開始常常做惡夢，她……』阿凱看著大廳的樓梯，午夜了，樓梯下方像是一個無垠的黑洞，儘管明明還亮著燈，像他母親的一生，『她總是想起我爸被抓走的那一天，一直想到她到處去找我爸都找不到，不知道被抓去哪裡，東奔西跑的，這幾年這些夢越來越頻繁，甚至常常大叫著醒來。』

楊怡看著自己緊握的雙手，這一切會跟自己的爺爺有關嗎？無能應聲的他，隨著阿凱的沉默也沉默著。

『今天她去睡覺前還跟我說對不起，讓我在這個家裡受苦了……』阿凱看著自己的手，『我當時沒有警覺到她是在跟我告別……』再次抹去淚水，『或許，這樣對她比較好吧，』過了不知道多久，阿凱像是安慰自己地說著，『她不會再做惡夢了。』

楊怡聽見這話，終於忍不住地掉下眼淚。

『謝謝你。』阿凱瞥見他抹去淚水，輕輕地道了謝，可是這聲謝卻讓楊怡更加難受，他怎麼也說不出自己來自一個怎樣的家庭，他的家庭可能就是導致阿凱父母一生悲苦的元兇，不，不只是他的父母，是他的整個家庭，如果他知道了，還會以為自己是個值得信任的同事跟朋友嗎？

楊怡嘆了口長長的氣，月亮還是一樣的月亮，但是那天聽過阿凱的故事之後，自己的心更沉重了，有著一種迫切想要做點什麼的衝動，可是現在的他能做什麼呢？

走著走著，租處也近在眼前了，他走進旁邊的自助餐店，依舊拿起紙盒打了三樣菜，走到櫃台買了一碗飯。

「你怎麼每天都只有高麗菜、小白菜跟荷包蛋？年輕人吃這樣怎麼會飽？」自助餐店的阿姨經常幫他結帳，忍不住地又唸了一下，「你這麼瘦了，不用節食吧？」

「這樣就夠了。」

阿姨照例又幫他特別添了好大一碗白飯，「每天只吃青菜，會營養不良啦。」

楊怡只是笑笑，不想說謊也不想多說，他知道自助餐阿姨是好意，自從決定不跟家人拿錢之後，這樣的日子也慣了，無謂改變，即便現在有穩定的收入，為了償還學貸準備留學也依然如此。

拎著便當回到家，這個所謂的家也不過就是一間套房，但起碼是個自由獨立的容身之處，他也在這裡住七、八年了，放下便當，走到書桌旁的角落裡拖出一口中型的紙箱，他跪在地上把裡面的檔案文件拿出來，這些文件他已經不知道讀過幾次了，他一頁一頁地翻動著，那些被匿名、塗黑影印出來的厚重黑墨下會不會是他爺爺的名字？這一本本的血淚檔案，會不會都與他有關？

疲憊地躺倒在地板上，他從沒想過女友的父親竟然會是警備總部的軍醫，那個惡名昭彰充滿惡靈之地，天花板的 LED 燈刺激著他的雙眼，好痛，好痠，他抬起手臂壓住眼睛，想起阿凱，想起今天上午的影片，那位老先生對兒子的道歉，柳絜抬起右手露出那些可怕的傷疤，是誰下的命令要殺害才七歲的小女孩？

自己七歲的時候在幹嘛呢？

是在村子裡吧，成天跟鄰居同學玩耍，每天一起上學，一起放學，總會有車來接送他跟同學，每天寫完功課就是一起打彈珠、到處惹事，但是那個時候，柳絜卻被刀刺傷，而那刀本來應該是要刺進心臟的吧？

那個兇手呢？又是誰下命要殺人滅口呢？如果像老先生講的，如果那個人不要每天不知死活的炫耀自己從政府那裡撈了一筆，他還會被滅口嗎？這一切的一切到底都是誰呢？會不會是他的爺爺呢？

爺爺，從小一直教導他為人必須正直，不能偷不能搶，必須誠實對人的爺爺，他的過去是什麼呢？

會不會有一天是要用自己的命來贖罪，才能對得起良心與公義？

＊＊＊

「所以我建議在野黨也應該跟執政黨合作，不要再刻意杯葛《促轉條例》，只有儘快通過，成立專責委員會來調查檔案證據才有真相大白的一天。」周慕夏站在客廳角落的小儲藏室門口接聽今天記者會後不知道第幾通的電話，「當然，《促轉條例》只是第一步，接下來還有《政治檔案條例》必須要通過，不然專責機構也是一樣被綁手綁腳，但轉型正義總是要先踏出第一步才有後續，是，謝謝你。」掛斷電話後他吐出一口長長的氣，走回餐桌，難掩一臉疲色看著在廚房流理台邊接電話的妻子。

「慕夏你先吃點東西，我看柳絮那通電話還有得講，千榕說快到了。」張靜之說道。

「是啊。」譚雨蒼拍拍他的肩膀也勸了一下。

周慕夏點點頭，夾了一點菜慢慢地吃著，即便做過胃部手術，他仍然不能捱餓。

張靜之跟柳絮一樣都是白色恐怖第二代，父母都被逮捕入獄，甚至連她自己幼年時，因為年紀太小沒人可以照顧而陪著母親一起坐牢過一段時間，與其說她是政治受難者家屬，毋寧更像是受難者，只是沒有被判刑卻也真真實實地坐過牢，當受難者有機會平反時，她反倒是被忽略的人，因為她不曾接受過審判，便無法為她的遭遇平反或請求賠償，而在那個年代，張靜之並不是唯一遭遇過這種事情的第二代。她比柳絮年長許多，有相當長的一段時間她躲避人群，對社會充滿不信任感，卻選擇了需要面對人群的社工系作為大學主修科系，進入職場後，最終因為太多的人群接觸與內在的矛盾衝突罹患了憂鬱症，治療多年復元後，決定離開服務現場，完成博士學位進到大學社工系教書，與同樣在大學教歷史的丈夫譚雨蒼相互扶持，生了三個孩子，有了一個安定的家庭。今天記者會結束後，張靜之跟謝文武的女兒謝千榕先後打電話給柳絮表示要請他們兩夫妻吃飯，因為影片的事情實在太震撼，最後決定聚集到基隆家裡來吃個便飯，剛才張靜之跟譚雨蒼拎著兩大袋的食材，一到就進廚房去張羅了幾道菜，現在是一桌子豐盛的菜色，香味四溢。

「我已經說過了，我確定我公公不會是當年傷害我的那個人，你不相信我也沒辦法，誠如我先生今天在記者會上說的，就讓真相來證實這一切，是的，這就是我的態度，我的立場跟我先生是一致的，我們都期待《促轉條例》趕快通過。」柳絮停頓了一下，似乎正在聽對方的問題，臉色微慍，「我們今天在記者會上從未說過我們要採取任何報復行動，追求歷史真相跟報復行動並沒有關係，是你們刻意要這樣連結的。」

周慕夏聽到這句話抬起頭看了一眼繃著臉的妻子，心想大概是記者刻意問了一些不懷好意的問題吧，這是記者會前兩人早就預料到的，只是聽見記者這般咄咄逼人仍然難以心平氣和，特別是柳絮過去很少接受記者訪談，相較之下更難以適應媒體訪談的許多陷阱，為此他也覺得讓柳絮捲進來真的很內疚。

柳絮終於結束那通顯然不愉快的訪談電話，走回餐桌氣呼呼地坐下來。

「對方問了刻薄的問題？」周慕夏問道。

柳絮點點頭，「我知道他們是故意的，但就是讓人不舒服，怎麼會有人可以問出這麼愚蠢的問題？」

「因為你們正在挑戰他們長久以來所相信的一切，一副快要把他們的世界給毀掉的樣子，他們怎能不強力反擊？都派人來打人了。」譚雨蒼說道。

周慕夏夾了一口魚肉放到柳絮碗裡，「這些事情還會陸續發生，別氣了，就像雨蒼講的，我們這棒子打下去，如果他們不跳起來，我們才應該要害怕。」

柳絮點點頭，「我知道，就只是覺得很扯，你知道剛才那個人問什麼嗎？他竟然說我們只是為了要報復國民黨，如果真查出是誰下令派人來殺我，是不是我們就要揪出來公審批鬥。」

「公審批鬥？」周慕夏跟譚雨蒼都笑了，連張靜之都搖頭說道，「不用說也知道是哪家親中媒體打電話來。」

「簡直就是五毛。」譚雨蒼戲謔地說著。

周慕夏笑笑，摸了一下妻子生氣的臉頰，「真的，妳先吃點東西，妳跟他們認真就輸了，這件事才剛開始，這幾天還有的忙。」

「沒錯，你這樣高調地開了記者會，學校那邊沒有問題嗎？」張靜之問道，「聽柳絮說你正在走教授升等的流程？」

周慕夏點點頭，「是啊，快走完了，下週要校教評。」

他雖然講的淡然，但是張靜之跟譚雨蒼卻對望一眼，這個眼神被柳絮抓個正著，「怎麼了嗎？」

「沒什麼。」周慕夏吃了一塊雞肉，語氣仍是雲淡風輕。

柳絮不理會他，只是看著坐在對面的張靜之夫妻，他們兩位也分別在國立跟私立大學任教，「這個記者會對升等會有影響，對嗎？」

「真的沒什麼。」周慕夏給大家又斟上一點紅酒，有意無意地瞥了那對夫妻一眼。

「一般來說，我們通常在這種升等的過程中，還是比較會避開敏感時機或事件。」張靜之說道，「不過因為我是在私立大學，他們這方面比較敏感，慕夏在國立藝術大學，我想應該比較不會有問題。」

譚雨蒼也點點頭，「我跟靜之剛才會對看一眼是因為很佩服慕夏的勇氣，因為校教評已經是最後一關了，通常我們會等過了這關，要幹嘛再幹嘛，畢竟大家都不會拿升等冒險，但是他竟然就在校教評前開了記者會，真的勇氣十足。」

「不過慕夏在戲劇治療方面發表了不少的論文，這些在台灣數量偏少，有一定的學術地位，我覺得就算開了這個記者會也不會有太大影響的，妳別擔心了。」張靜之最後又說道。

柳絮正要再說點什麼就聽見電鈴響了，「應該是千榕來了。」起身走去大門刷開保全開門。

「不好意思，她真的很焦慮。」張靜之利用機會跟周慕夏低聲道歉。

「沒事，她就是很擔心，所以我盡量不去提到升等的事情。」周慕夏笑笑說道。

「她從以前就是很容易焦慮的人，你前陣子開刀，後來又出現這支影片，難免她會這麼擔心。」張靜之避重就輕地說道，沒有提到他消失的那一個月，但是彼此都知道是因為他曾經以為是自己的父親傷害了柳絮，羞愧地逃離了一個月，才會讓一直缺乏安全感的柳絮最近又更加焦慮。

周慕夏點點頭，謝謝她沒有言明的體貼。

「喂～大紅人！」大辣辣的謝千榕逕自走到周慕夏面前說道，伸手遞出兩支紅酒，「我老爸叫我拿來的，說慰勞你的。」

周慕夏笑著起身接過紅酒，「幫我謝謝文武叔，太客氣了，哪有什麼值得慰勞的。」

「我就跟他說，我看過你酒櫃裡的紅酒每支都很讚的，叫他不要亂送，但他就堅持，你就忍耐點喝一下吧。」謝千榕笑嘻嘻地說著。

周慕夏看了一下瓶身，走到中島旁拿起開瓶器打開其中一瓶，倒進醒酒瓶裡，「妳別胡說，文武叔這兩瓶是好酒，更重要的是文武叔對我們的關心。」

「嘖嘖嘖，看看多會講話，」謝千榕自顧自坐下，拿起湯勺就舀起來了，「難怪我老爸那麼喜歡你。」剛說完就馬上看著譚雨蒼，「我老爸也說，想要請靜之跟你一起找時間到家裡來吃飯，他說好久沒有跟你們聊天了，最好是大家全都可以挑一天一起吃飯。」謝千榕環顧了一下周圍，「靜雅阿姨呢？」她是個藝術家，也是家裡的長女，父親當年第二度被抓的時候，就是在她面前被警總的人壓制在地上拖出去的，那個印象在謝千榕記憶裡停留了三十幾年，耳邊也常常迴響著父親血流滿面看著她時大喊的聲音，「千榕，爸爸沒有做錯事！」可是父親前後兩度離開了十五年，父親再回來時自己都已然成年，最需要父愛的那段時間，父親卻總是缺席，彼此之間的相處彷彿平和，卻總是有些不能言明的隔閡，直至今年初才終於有機會兩父女說開了彼此的心情，原來缺席的時光還是有機會可以彌補的。

「我媽說高雄有事，記者會結束後就送她去坐車了。」柳絮回答著，「不如兩個月後大家來這裡一起圍爐吧？孩子們也都帶來，這麼多人可能來這裡比較方便吧？也可以請火木叔一起。」柳絮說道。

周慕夏笑著點點頭，「這樣也好，不用讓文武嬸洗一堆碗。」

「好啊，我再跟他們說。」謝千榕邊說邊看了一眼手機，「喔喔，老爸叫我們看一下電視，好像文心她爸正在上政論節目講今天的記者會。」謝千榕走去客廳打開電視，對於姊妹朱文心因為她爸爸從不間斷的緋聞而受到的傷害，至今還是討厭朱懷哲。

『柳絮那個案件三十七年來都是個謎，雖然當年國民黨宣稱是入屋搶劫，但是想也知道不是這樣，因為柳絮的母親莊靜雅也表示過，家裡根本沒有被翻動，也沒有遺失任何東西，所以根本不可能是這個理由，那不過是國民黨欺騙大家的理由，當年特務進屋蒐集資料都偽裝成竊盜，大家都已經看破國民黨的手腳了，只是一直苦於找不到證據，現在這支影片就是鐵證。』朱懷哲在節目上慷慨激昂地說著。

「已經好久沒看他上節目談白色恐怖或是轉型正義了，」謝千榕似笑非笑地瞥了一眼周慕夏，「真是拜你所賜啊，讓他又有翻紅的機會，不然這幾年都是因為緋聞才上新聞的吧？」朱懷哲出獄後在政壇平步青雲，但是接連不斷的緋聞不但影響了他的家庭，還曾經因為他的女兒朱文心應對媒體不當被他苛責，導致從波士頓的音樂學院學成歸國的朱文心這幾年都拒絕上台演奏，這一年還為了外遇對象逼著髮妻王萍要離婚，這事更讓柳絮幾個姊妹無法諒解。

『什麼鐵證？朱委員，你會不會太誇張了？』一位敵對政黨的立法委員冷笑地嗤之以鼻，『那支影片根本大有問題，說實在的，那個老人是不是周慕夏的爸爸都不知道，說穿了，到底是不是真有這個人都是個問題，明明就是簡單的入屋搶劫，你們非得要把這個罪名安在國民黨頭上。』

「真的很會鬼扯這些人！」謝千榕嘖了一聲，大家偷瞄了一眼周慕夏，看不出他平淡的表情底下在想些什麼。

『我想你這樣講周教授跟他的父親真的很不道德，』朱懷哲反駁地說著，『周教授兩個月前剛經歷喪親之痛，一場車禍同時帶走他的父母，這種遺憾可能一路平順的你完全無法同理，但是對於我們這些政治受難者來說卻有很多類似的悲痛經驗，年輕的時候可能因為愛讀書或是因為一些莫名其妙的理由被牽連被逮捕，從此天人永隔，還有許多兄弟到現在都還找不到遺骸的，這種突然失去親人的傷痛你可能完全不了解，但是也不應該講出這麼不道德又缺乏同理心的話。』

『我並沒有說周教授父親怎樣，你不要亂解讀。』對方氣急敗壞地說著。

『沒關係啊，不然請主持人重播剛才你講的話好了。』朱懷哲睨了他一眼，『敢說就要敢當，國民黨幹了這麼多罪惡的事情，到現在還不承認，如果我們回到今天公開的影片來看，的確大家可以各說各話，但我們首先要搞清楚的就是周教授為何需要公開影片？我跟其他的受難者兄弟看到這支影片的時候都感到非常震撼與難過，相信今天如果有看記者會直播的民眾也會有同感。公開影片之前，我問過周教授是否真的要這樣做，因為他自己是國立大學的副教授，還是得過兩次金鐘獎的影帝，其實他有大好的人生，根本沒有必要把他自己童年的遭遇公開給大家看，而且還跟白色恐怖有關，很多人對這些事避之唯恐不及，我問過他不擔心學校或是演藝圈會排擠他嗎？但他仍然很堅持覺得轉型正義很重要，所以這影片一定要公開，這樣的犧牲你在那裡說不知道影片中的老人是不是他父親，你這樣真的很不道德。』

『既然你都說到這個點上了，那我也不妨直說，』對方看著朱懷哲眼神閃閃發亮，從桌子下拿出了早就準備好的手板，上面有著周慕夏跟柳絮的照片跟一些關係圖，『我們也調查過了，周教授的父母的確在兩個月前車禍身亡，這是事實，可是讓人質疑的是怎麼會有這麼剛好的事情？周教授的確是個大學教授，聽說在戲劇治療界也大有來頭，做過不少公益活動，還到偏鄉去服務青少年，這些都很了不起，我們也無法否認。』

周慕夏仍然只是沉默地看著電視，對於節目裡的支持或反對的言詞沒有表示什麼意見，柳絮伸手握住他交握在大腿上的手，他轉過頭來摸了一下她的臉，只是笑了笑。

『只不過我們也別忘記，誠如你剛才自己就說過的，周教授偏偏也是個得過兩次影帝的知名演員。』

「他這是在幹嘛？」謝千榕不解地問道，明顯嗅到一種不懷好意的暗示。

周慕夏恍然大悟這個人接下來想要惡意抹黑的內容，心裡嘆了口氣，向來擅長描寫人性劇本的柳絮也在這一刻理解到對方想要把這場大戲的劇情帶往何方，忍不住又轉頭看了一眼臉上沒有什麼表情的丈夫，不解他沒想到接下來可能會聽到的內容？還是他真的如此豁達，心情可以完全波瀾不興？

『你這是在暗示什麼？』朱懷哲大概知道他想要說什麼。

『出來演這場戲對他而言毫不困難，不知道你們付了他多少錢，才能請動一位兩屆影帝出來演這場鬥爭大戲？這場戲看起來鋪梗也鋪了很久吧。』

『你到底在鬼扯什麼?!』朱懷哲生氣地說著。

『不然叫大家怎麼相信天底下會有這麼剛好的事?網路上說周教授一輩子沒結婚，五年前開始追柳絮，就這麼剛好，柳絮竟然是害他童年變成孤兒的人？這種電影情節在我們面前上演，這說得過去嗎？』

柳絮緊緊地盯著電視，『柳絮竟然是害他童年變成孤兒的人？』這句話無限輪迴似地不斷在她腦海裡盤旋著。

「不要看了吧，很無聊。」謝千榕拿起遙控器關了電視。

突然關掉的電視，屋子裡變得非常安靜，只剩下橘子貓菠菜躺在沙發上打呼的聲音，周慕夏沉默地拿起紅酒杯啜飲了一口，知道大家都顧慮著他，「沒事的，大家吃飯吧，這些都是意料中事，」他放下杯子笑了笑，「如果國民黨全盤接受這影片才真的很奇怪。」

「只是竟然講到你跟柳絮實在很離譜。」張靜之說道，「還說到你父親，真的很不厚道。」

「如果他們知道什麼叫厚道，當年就不會幹出這麼多雞鳴狗盜又殘暴的罪行了。」研究台灣史的譚雨蒼說道，「總之，辛苦你了，你也被正式踏入政治圈了。」他舉起酒杯敬了周慕夏一下。

「是啊，以往都在外面觀看還不覺得有什麼，現在身處其間才知道政治的險惡與醜陋。」他轉頭看了一眼臉色蒼白的妻子，「妳不要被剛才那些話影響，我的童年跟妳一點關係都沒有。」

柳絮吞了口口水，「怎麼可能一點關係都沒有？」

張靜之跟謝千榕對望一眼，知道柳絮又要鑽進牛角尖裡了。

「說起來也真的像是沒有關係，畢竟不是妳真的做了什麼害周慕夏被遺棄，只是，怎麼都想不到，你們兩個竟然會有這麼離奇的人生，」謝千榕故作輕鬆地說道，「你們倆的命運根本就是從三十七年前就緊緊相連了，這點是真的無法否認，過去戒嚴的那段時間很多人都有被迫害的遭遇，但是你們兩個根本就是直接有關聯，竟然還可以在三十幾年後相遇，還走在一起，現在是夫妻，實在太不可思議了。」謝千榕嘆氣地說著，「我爸跟我說起這段影片時，我一直說他是開玩笑的，你們在紐約就看到這影片卻沒有先跟我們講，這內容實在太離奇了。」

「是命定的。」周慕夏笑笑地說著，「我跟柳絮是註定要走在一起的。」

「但是我們怎麼都不知道你小時候是這樣的？」謝千榕轉頭看著柳絮，「妳之前就知道嗎？」

「其實我也不知道，」柳絮心虛地講著，自己到底關心過丈夫什麼？「我是上個月從他好朋友那邊聽來的。」

謝千榕訝異地看著他們兩個，不是很確定周慕夏到底是個怎樣的人，「真有你的，網路上你低調到不行，也查不到緋聞，結果在我台東的展覽上冒出個前未婚妻，現在又冒出這段歷史，你到底還有多少秘密沒公開？」

「不是黑歷史就好，這沒什麼好說的。」周慕夏不想大家再聚焦在自己身上，便把話題帶開跟張靜之聊起戲劇治療的事情。

柳絮雖然也吃著自己的食物，但是心情的確是藏不了，『怎麼可能跟我沒有關係？現在連他的前途都可能受到影響了。』轉頭看了丈夫一眼，他總是一副安然的神情，但有誰可以在這樣的衝擊下始終心平氣和？柳絮再一次感覺到自己其實對丈夫並不是很了解。

『就算白色恐怖的確是一段大家都不想面對的過去，但是國共內戰後，台灣是我們的反攻基地，為了維穩，當年蔣總統也是不得不以威權的方式來治理台灣，不然哪有辦法成為反共復興基地？』

『維穩？這種中共的說詞少在台灣使用，』朱懷哲毫不客氣地駁斥，『反共復興基地？不要笑話了，現在是哪個政黨成天想要跟中國統一？你們的蔣介石恐怕也會從棺材裡跳出來氣死，再說，台灣戒嚴了三十八年又五十六天，在那段時間裡蔣政權為非作歹，哪裡是為了穩定局勢？說穿了是穩定他私人政權罷了，國共內戰失敗逃到台灣，欺壓台灣人民，迫害菁英份子，這一切都不是你們現在用各種話術可以掩飾過去的。』

『如果不是蔣總統帶著黃金過來，你們台灣人還被日本人統治……』

「夠了，不要看了，吵死了！」正在吃飯的吳玟突然大聲說道，「這新聞播了一整天煩不煩？吃飯了還不能安靜一下嗎？」

張玟文姐弟本來眼睛一直盯著電視的，突然被母親一吼嚇了一跳，張玟喬立刻用眼睛暗示姊姊趕快關電視，母親甚少這樣大發雷霆，這新聞明顯牽動了她的神經。

牽動的或許還有記憶吧？張玟文看著母親這樣想，她關上電視，沉默地埋頭吃飯。餐桌上就這樣沉默了半晌，張玟文勉強扒了幾口飯，還是忍不住看著母親，「媽，為什麼每次看到跟白色恐怖有關的事情，妳就要發脾氣？」

張玟喬不停對她眨著眼睛，暗示她不要再往下講了，但是受到今天記者會影片跟剛才政論節目的影響，她實在無法再假裝什麼都沒看到沒聽到了，突然就用力問出自己這許多年來最大的恐懼，「是不是爸爸做過什麼不能見人的？」

吳玟用力地將碗放在桌上，力道之大，張玟喬幾乎以為那個瓷碗馬上就要碎裂，「那個是養妳長大的爸爸，妳在胡說什麼?!」

張玟文用力地咬著牙根，唯恐一不小心眼淚就成串滑落，固執地看著母親，「是不是爸爸做過什麼？」

「造反了妳？」吳玟看著女兒這次如此頑劣，氣的臉都漲紅了。

「張玟文妳幹嘛啦？」張玟喬放下碗，從桌子下面踢了一下姊姊的腳。

「你們沒看到那支影片嗎？」張玟文盯著母親問道，「你們沒有看到周老師竟然也是受害者嗎？」

「那又如何？值得妳回來這樣發瘋嗎？」吳玫瞪著她，「妳周老師發生這件事，妳跑回來發什麼癲？扯妳爸進來幹嘛?!」

張玟文從未跟他們說過周慕夏其實是她的救命恩人，此刻也不知道如何說起，只是，周永然對兒子的道歉整天一直在她腦海裡重播，「白色恐怖幾乎每個案件都跟警總有關，老爸最後一份工作就在警總當軍醫，妳說我要怎麼想？爸爸到底在警總的軍醫工作都做了些什麼事情？」

「就是幹軍醫該幹的事！」

「一起殺人逼供嗎？還是幫他們收拾殘局？」張玟文脫口而出自己多年來的想像。

吳玫勃然大怒，起身狠狠刮了女兒一耳光，「妳越說越離譜了！」

這一巴掌聲音之響亮，讓張玟喬驚訝地跳起來，「媽！」連忙跑過去拉住母親，「妳幹嘛啦？妳們兩個到底幹嘛啦？為什麼要為了外人的事情鬧成這樣啦？」轉頭看著臉頰出現明顯紅印，卻仍然執拗瞪著母親的姊姊，「就算妳再怎麼愛慕崇拜周慕夏也犯不著回來這樣吧？妳聽聽妳剛才講的有多離譜，妳在懷疑我們老爸耶。」

「到底要我說幾次？我對周老師不是那種感情！」

「妳有楊怡了，妳真的不要三心兩意，」張玟喬認定姊姊一定是喜歡周慕夏才會這樣，「況且，周慕夏都結婚了，妳沒指望了啦。」

「你是聽不懂人話是不是？」張玟文氣得走過去想要打弟弟。

「妳幹嘛啦妳？妳今天很瘋喔！」張玟喬一把推開姊姊，不懂為什麼她今晚這麼激動。

「楊怡楊怡，妳就是都跟他混在一起才會變成這樣不可理喻，三天兩頭抗議什麼？現在的日子不好嗎？非得要在那裡搞東搞西的，現在的台灣都被民進黨搞爛了，經濟這麼差，你們還在盲目支持民進黨，數典忘祖！」吳玫斥責地罵著。

「不要扯楊怡！」

「不是嗎?!以前妳是這樣的嗎？妳會這樣懷疑妳爸爸嗎？要不是因為跟著他，妳怎麼會現在變成這樣？妳敢說妳今天沒有被他拉去立法院？他不好好找份正經工作，每天在那裡示威抗議，搞到打人還進了警局，我都還沒講這件事，妳竟然在這裡詆毀妳爸爸！」

「為什麼永遠都要誣賴別人？」張玟文咬牙切齒地說著，「怪東怪西就是不講國民黨的錯。」

「妳看妳說話的樣子哪裡不是受到楊怡的影響？」

張玟文死命地咬著嘴唇，一直叫自己不要哭，但是眼淚卻不停在眼眶裡打轉，吳玫雖然極為惱怒，但也發覺女兒今天真的很怪異，如果說只是因為看到老師的影片，怎麼會有這麼大的反應？這孩子從小就很少哭，也不會這樣激動，她一直都是很愛她父親的，到底是為什麼？

張玟喬也驚訝地看著姊姊，不知道為何會這樣，「妳到底是幹嘛啦今天？」

「你們還記得我高中同學育如嗎？」三方對峙了許久，餐桌上原本還在冒著煙的湯都已經冷掉了，張玟文才開口說道。

母子倆對望一眼，好久沒有聽到這名字了。

「你們好多年前曾經問過我，怎麼那麼久沒聽到我說育如的事。」育如是她高一時候的好朋友，曾經來過家裡一次。

吳玫還記得有問過這件事，只是這時候提起這件事要幹嘛？

「對啊，以前問妳都不說，只說絕交了，不來了。」張玟喬說道。

張玟文看著什麼都不知情的母子，難道他們都不曾遇過這樣的事嗎？他們的人生為何可以這麼幸福？「她只來過我們家一次。」

弟弟不解地看著她，印象中還記得那位看起來很有氣質的女生，「所以呢？」

「她知道我是外省人，但她不知道爸爸是軍醫。」

「軍醫又怎麼了？」

「那天她來家裡才看到爸爸的照片，知道爸爸是軍醫。」

「那又怎樣？」

張玟文看著他們，一個字一個字說道，「原來，她們家是白色恐怖受難者，他爺爺被槍決了。」

吳玫愣了一愣，其實她只見過那孩子一次，壓根不記得她的長相，「那也是沒辦法的事情，他爺爺一定是犯了什麼案，一定是匪諜要不然就是台獨想要顛覆政府才會被槍決，這也跟我們沒關係。」她努力地駁斥著，一點都不想討論這些事情，遠從丈夫還在世的時候，她就不想跟這些事情有牽扯。

張玟文冷笑了一聲，但是再一看，也難以分辨是冷笑還是苦笑了，只看見她紅著的眼眶盈滿淚水，「是嗎？跟我們沒關係嗎？但是妳知道來過我們家之後沒多久，她在學校裡再也不跟我講話，甚至連看我一眼都沒有，好像從來都不認識我。」

「為什麼？」張玟喬問道。

「因為她不知道從哪裡發現，原來爸爸是在警總上班，」張玟文笑得很淒涼，「所以她告訴其他同學，跟大家說我是壞人的女兒，是加害者的女兒。」

「她怎麼可以這樣？」

「她為什麼不能這樣？她爺爺在警總被刑求得很慘，槍決前整個人都已經瘋了，她為什麼不能這樣？」張玟文眼淚終於滑下，「我從來都不知道原來警總是這麼可怕的地方，小時候有一次爸爸帶我去，那邊的叔叔伯伯都對我很好，還給我糖果吃，但是，原來他們都是可怕的劊子手。」

「妳不要亂說話！」

「我真的有亂說嗎？我一直問妳，可是妳什麼都不講，所以我只能去找資料，我看到很多受難者的口述歷史，他們描述的警總都是一樣的，他們被刑求的過程也都一樣，那些逼供的手法，妳還能說是我亂說嗎？如果是假的，怎麼那些受難者都可以講出一樣的事情?!」

張玟喬楞楞地看著母親跟姊姊，「所以妳懷疑爸爸也做了這種事？」他訥訥地說著。

張玟文用力地搖頭，「我不知道，我不知道，我希望他沒有，但是，我找不到任何跟爸爸有關的資料，我不知道爸爸做了什麼，」她越講越激動，聲淚俱下，「我不知道他幹了什麼事，我只知道我在班上沒有朋友了，大家都躲著我，不跟我講話，我在班上就像是個透明人一樣，其他同學就算跟我一樣是外省人，她們也躲著我，」她用力地抓著自己的手臂，「就好像我身上有臭味，有傳染病一樣，你們知道我高二的時候有多想死嗎？我多希望自己不是生在這個家裡面！」

「姊！」張玟喬驚訝地叫著她，怎麼他們住在一起，都不知道有發生過這麼多事。

吳玫震驚地看著這個女兒，她曾經想要死?!心痛地想起已經過世的丈夫，他們竟然……

「我之所以還可以活著考上大學，是因為我遇見了周老師。」張玟文哭著繼續說道。

母子倆面面相覷，怎麼這些事情他們都不知道？

張玟文頹然地坐下，餐桌上的豬肉早已覆蓋上一層白色的油脂，「我遇到了周老師的戲劇治療團體，我看見周老師帶著大家爬梳了困擾自己的事情，但是我在團體裡根本不敢講出我們家的事，我怎麼講？我爸爸可能是加害者？我爸在警總工作，然後全世界都不理我？我除了大哭還能做什麼？」她抹去臉上的淚水，「是因為周老師那天安慰了我，讓我知道就算無法講出口也沒關係，會有個地方有些人是願意聽我講的，是不會批判我的，」她抬起頭看著母親，「是因為周老師撐住了我，我才能考進藝大活到現在，是因為周老師一直都撐著我！」

吳玫跟張玟喬怎麼都沒想到她竟會跟周慕夏有這麼深的淵源，聽見她此刻痛徹心扉似地告白，做為母親的她也只是啞口無言，該說什麼？能說什麼？說她的爸爸也活得很痛苦嗎？

「我一直以為周老師不記得我，可是上次我去學校請他幫我寫推薦函的時候才知道，周老師根本從一開始就沒有忘記我，打從我一考進藝大，他就認出我了，」她吸吸鼻子，「周老師只是一直默默地等著我成長，等著我願意說為何我會在團體裡大哭，周老師會讓我知道他還記得我，是因為他提醒我，我要去紐約唸書，是去學習成為一個頂尖的戲劇治療師，不是去那裡找自己的人生答案的。」

張玟喬也坐了下來，不可思議地看著張玟文，「所以妳今天看見那段影片……」

「你告訴我，當我看見那段影片的時候，我還能怎麼想？」張玟文看著弟弟，張玟喬一直都很聰慧體貼，不會不懂這些意思，「我對周老師從來沒有其他的想法，他就是在我生命裡很重要的那個人，他的存在讓我覺得我也可以活下去，因為有人可以相信，可是，今天在我生命裡很重要的老師，他的人生卻因為我的家人而受苦……」

「妳會不會想太多了？」吳玫打斷她，「就算像影片裡面說的，周老師因為國民黨受苦，那跟我們家也沒關係。」

「是啊，妳會不會過度聯想了？」張玟喬說道，雖然他聽到姊姊這樣的情況也覺得難過，但是他的理智告訴他，張玟文已經無限上綱了這件事。

張玟文看著他們，不敢置信地搖搖頭。

張玟喬嘆了一口氣，「妳總不會認為是爸爸派人去殺柳絮跟那個所謂的兇手？還殺了周老師爸爸的同學吧？」

「我不知道。」

「妳……?!」

「難道不是爸爸派人去的，就跟我們沒關係了嗎？」張玟文囈語般地說著，「難道爸爸不是在警總工作嗎？」

張玟喬沉默了下來，吳玟卻只是不發一語地走回房間，丈夫以前所擔心的終於還是發生了。

＊＊＊

『柳絮，妳下午要不要來我家玩？』林方華問道。

『我想去，但是我要先問媽媽。』柳絮說道。

『好啊，那妳先問媽媽，下午來我家一起寫功課，然後我們可以一起扮家家酒。』

『好啊。』柳絮眼睛裡閃耀著期待，『我先回去了，拜拜。』

『拜拜。』林方華開心地揮手，邊走邊跳著繼續往下走，她就住在離柳絮家不到一個紅綠燈街口的距離。

柳絮把鑰匙插進大門鎖孔，轉頭看著好朋友甩著兩條小辮子背著紅書包蹦蹦跳跳地回家，心裡想著『等等要跟媽媽說，讓我下午去方華家寫功課跟玩。』正開心著轉動鑰匙，『奇怪，門怎麼好像沒鎖？一定是媽媽他們今天提早回來了，太好了，那我可以早點吃完飯去找方華』，她雀躍地推門進屋，把書包放在客廳沙發上就直奔廚房而去，頭上綁著紅緞帶的馬尾甩啊甩的，長長的紅緞帶揚了起來，開心地小跑步一邊問，『媽媽，我下午可以去方華家寫功課跟玩嗎？她要跟我扮家家酒。』

跑到廚房發現沒人，又跑去媽媽的房間也撲了個空，『媽媽？』頓時發現家裡其實是很安靜的，沒有媽媽也沒有弟弟妹妹的聲音，『原來媽媽還沒回來。』有點失望地走去廚房給自己倒了杯水，站在流理台前咕嚕咕嚕地喝著水，突然聽見背後有些聲響，以為是媽媽回來了，一回頭，『媽媽，我可以…』話還沒講完，赫然發現眼前站著一位全身穿著黑衣，頭上也戴著黑頭套的高大男人，手上拿著一把長型的水果刀，柳絮腦海還閃過『那好像是我們的水果刀』這樣的念頭，她看著男人冷漠兇狠的眼神嚇得尖聲大叫，手上的玻璃杯掉落在地上應聲碎裂一地，水跟玻璃碎片飛濺四處，其中一片銳利玻璃還劃過她的小腿割出一道傷口，她完全沒能反應這一點疼痛，因為下一刻便看到銀光一閃，她舉起右手來想要抵擋，手臂與胸口立時劇痛，整個人向後撞在流理台上，慢慢地滑倒到地面上，嘴巴裡被液體嗆著，流理台上的玻璃水壺搖動地墜落地面。

躺在地上的柳絮，眼前是滿地的碎玻璃跟水，還有那男人的腳，『好痛，媽媽…』她喘不過氣來地低吟著，小小的手握著自己胸口上的那柄水果長刀，那一身黑衣的男人蹲下來，冰冷的眼睛就在她的眼前直直地盯著她，伸出手把利刃用力推進柳絮小小的胸膛沒及刀柄，劃過了柳絮握到刀刃的右手心，切出一道深深的傷口幾可見骨，男人站起身來掃視著她垂落在地面上流著鮮血的小手以及顫抖冰冷的身體，那眼神竟似有著一抹難以掩飾的興奮，在她逐漸暗去的視線中彷彿還能看到滿地的碎玻璃與水中染上了絢麗的鮮紅色，一隻黑色的手向她的臉伸來。

柳絮清晨四點突然驚醒，基隆多雨，冬季濕冷沁人皮骨，素日裡總是習慣從她背後摟著她睡的溫度此刻卻不復見，心頭一跳，舊金山的記憶湧現，立刻翻身一看，周慕夏果然不在床上，抓了床邊的睡袍踏進冰冷的走廊，看見他的書房有著微弱的燈光而鬆了口氣，已經好久沒有夢見那個駭人情景了，這幾週卻又重複來訪。

周慕夏跟她結婚後幾乎都住在基隆柳絮家，原本東區的住家變成只是兩人偶爾回去住住的處所，也把柳絮這裡二樓的第二間客房裝修成他的書房，此刻他只是穿著睡袍坐在書桌椅裡，桌上的熱水早已涼掉，三點醒來，胃有點痛，不想在床上翻動驚醒妻子，默默地走來書房，吃了包藥就這樣坐著。

『這是合理懷疑，時間已經過了這麼久了，周老先生也不在了，根本就死無對證，單憑一支影片實在很難讓人信服。』『出來演這場戲對他而言毫不困難，不知道你們付了他多少錢，才能請動一位兩屆影帝出來演這場鬥爭大戲？這場戲看起來鋪梗也鋪了很久吧。』

這些刺耳的內容浮上腦海，乍看之下，好像他公開了一支很重要的影片，對轉型正義的推動有助益，但是其他的副作用呢？這些隨之而來的負面攻訐他早有預期，但是心裡的不舒服也是真的，他並沒有大家想像中的那麼無所謂，或許他受過的戲劇治療專業訓練可以比較好消化掉這些情緒，但並不是所有的一切都可以這麼順利，有時候他只是不能表現出真正的心情而已，儘管自己就是戲劇治療師，儘管很清楚這是不好的。

沉坐在椅子裡看著窗外仍然昏暗的天色，那天，接到慕雪的電話也是這個時間吧，還不見太陽的清晨四點，這兩個月他不時試著想要回憶起自己跟父母最後講的話是什麼，是柳絮陪他去參加完國際研討會後，專程去舊金山探望父母的那天，餐桌上父母夾了兩次他愛吃的糖醋里肌到他碗裡，可是那天，他只是靜靜地聽著慕雪撒嬌敘說父母怎樣參加她小時候的家長日，而那些都是他錯過的，無能享受到的天倫之樂。

『如果爸爸願意早一點告訴我，而不是透過影片，會不會我們還有機會彌補彼此之間的斷裂？』周慕夏心痛地想著，『為什麼不早點告訴我是因為柳絮的緞帶？』這並不是需要向他隱瞞的事情，就算國中的時候不得不瞞著他，但是當他跟柳絮走在一起時，他們就可以坦白，那樣他們起碼還有五年的時間可以修補，又或者當他帶著柳絮前去舊金山時，他們如果說了，那麼那天他也不會那麼快就離開舊金山，也不會成為他們親子之間最後一次相見，而那次相見跟過去這幾十年來並沒有不同，淡淡的，靜靜的，因為他不知道該跟青少年時便遺棄他的父母說些什麼。

因為他已經長大了，最需要父母的那段時間，早就過去了。

柳絮輕輕地站在門外，看見深愛的丈夫一臉鬱色地獨坐在書房看著窗外，手剛碰到門把又停了下來，擔心自己如果進去會不會打擾到他？

原本陷入沉思的周慕夏聽見了臥室開門的動靜，轉過頭來便看見柳絮在門外猶豫著，馬上換上溫柔的微笑，「怎麼了？」

柳絮像是做壞事被抓到一樣心虛地走進書房，「沒什麼，醒來沒看到你，所以來看一下。」

周慕夏握著她的手，「我不會再失蹤了，妳不用擔心。」但是看著她閃爍的眼神，知道可能不只是這個原因，想起最近她常半夜驚醒，「怎麼了？又夢見了嗎？」

柳絮搖搖頭，不想他再為自己擔心，「你的手真冰，坐在這裡多久了？」抓著他的手想要搓暖，突然想到這以往都是他為自己做的，沒想到今天有機會角色互換，但這個互換是好的嗎？

「沒什麼，剛才只是想要坐一下，沒想到一下子就一小時了，走吧，去睡吧，真的有點冷。」周慕夏起身牽著她的手走回溫暖的臥室。

周慕夏幫兩人細心蓋好毯子，如同過去五年的習慣，伸手從柳絮的背後摟著她，兩個人的身體緊密地貼著，感受到彼此的體溫，「我會一直在這裡。」他輕輕地在柳絮耳邊說著。

柳絮挪動了一下身體，怕撞到他的胃部，卻被周慕夏緊緊抱著，「沒事的，這樣就好，我的身體沒事了。」

柳絮沒有爭辯什麼，只是順著兩人的身形依偎在他的懷裡，這裡是她安心的港灣，經歷了這麼多才找到，儘管看到影片之後她總是不斷自疑，但心裡不容否定的聲音也告訴自己，不能再增加他的負擔了。

周慕夏攬著她，感受著柳絮逐漸平穩的呼吸，知道她睡了，然而，他卻只能睜著大眼看著牆壁上窗外掩映的樹影，已經好幾天都無法安眠了。

# 第五章

『妳跑哪裡去了？』李克強緊緊地抓著女兒的手臂激動地問著。

『去同學家做功課。』剛進家門的李少琪被父親的舉動嚇到呆立在原地。

李克強臉上一陣青一陣白，『去誰家?!以後不能去同學家！』

『為什麼？我已經跟媽媽說過了，媽媽說我可以去的。』

『不行就是不行！聽到沒有?!』李克強的手勁越來越強，捏到女兒都要哭了。

『爸，你弄得我好痛啦！』李少琪掙扎著想要掙脫被父親弄疼了的手，『我只是去同學家，你認識的小芬，你幹嘛這麼生氣？媽?!媽?!』

正在廚房裡煮飯的王桂花聽見丈夫的怒罵聲，剛熄了火就聽到小學六年級的女兒大叫的聲音，連忙跑出來看見丈夫跟女兒正在拉扯，『欸呦！你們這是在幹嘛啦？克強，放手啦，有話好好說，不要這樣啦！』王桂花拉開丈夫，看見女兒手臂上都被捏紅了，『你看看你，把琪琪的手弄傷了啦！』

從父親手中掙脫的李少琪連忙躲到母親背後去，不知道為什麼父親最近總這樣神經兮兮地發脾氣，明明之前去同學家都沒事的。

『我不是跟妳說過不要到處亂跑，下課就要趕快回家嗎？妳怎麼還跑去同學家玩到現在！』李克強甩開妻子的手，一股氣全都衝到她身上，『妳也是，為什麼不聽我的話?!怎麼可以讓琪琪到別人家去？我千交代萬交代別讓她亂跑，妳一轉眼就讓她跑去同學家！』

『是張小芬又不是不認識，沒有關係吧？』王桂花囁嚅地說著，過去幾週以來丈夫的確一直耳提面命，『這個眷村這麼安全，你太大驚小怪了。』

『桂花，妳都沒有聽懂我說的話。』李克強瞪著妻子半天才嘆口氣坐到籐椅裡，胡亂抓著短短的頭髮。

『克強，你到底為什麼這麼緊張？』王桂花坐到身旁問道。

李克強揉揉臉猶豫了很久才說道，『老金，好像出事了。』

『那個跟你同期的上尉老金？』

『嗯。』

『他怎麼了？』

『他不見了。』

『不見了？不見了是什麼意思？』

『就是不見了！』李克強看著妻女，眼神裡有著明顯的驚惶，『就是不見了！』

『你是說……？』王桂花愣了半晌終於了解丈夫的意思。

李克強只是點點頭。

『怎麼可能？』王桂花摀著嘴巴難以置信地問道，『幾個月前不是還說他抓到潛伏的匪諜記了支大功嗎？』

『上週他就不見了，嫂子這幾天一直到處問人都沒消息。』

『但是……』

『他就是不見了！』李克強突如其來的一陣惱怒，『我都不知道這到底是怎麼回事，聽說他也被牽連到一個匪諜案裡去，現在不知道被抓到哪個調查站去了。』

王桂花看著丈夫，『你們在軍隊裡耶，怎麼會……？怎麼會不見？怎麼會被說是匪諜？你們可都是一起逃來的……』

李克強搖搖頭，看起來沮喪極了，沉默好久才對一直呆站在旁邊的女兒說道，『琪琪，到爸爸這裡來。』

李少琪猶豫了一下才走到爸爸身邊，此刻的父親看起來好老，跟平時意氣風發的爸爸完全不同。

『琪琪，妳一定要記住，我剛才跟媽媽說的話，還有我之前跟現在要跟妳說的話，妳都不能跟別人說，知道嗎？』李克強語重心長地說道，猶豫著到底要怎樣讓一個小六的孩子了解這件事的嚴重性。

李少琪也不知道是不是真的聽懂了父親的意思，但是看著爸爸嚴肅的臉龐只能用力點點頭，『爸爸，我會乖乖的。』

李克強握著她的肩頭，一陣鼻酸，『我知道妳很乖，我知道，剛才爸爸很兇，對不起，只是我太擔心了，爸爸經常在軍艦上，不能每天在家裡，剛才我回家發現妳竟然不在家，天都要黑了，外面太危險了，我剛才真的嚇到了，不知道妳去哪裡。』

『爸爸，對不起，我知道了。』

『不，琪琪，妳不知道，妳真的不知道。』

李少琪歪著頭看著父親，爸爸在說什麼呢？

『琪琪，這些話妳真的不能跟別人講，妳聽我說，現在外面很不安全，外面的人也不能相信。』

『小芬也不能嗎？』

『也不能。』

『但是……』

『琪琪，聽我說，』李克強打斷女兒的話繼續說道，『從現在開始，妳不能再去別人家，不要隨便跟別人說話，別人想要跟妳說什麼，妳也儘量不要聽，就好好讀書，放學就馬上回家，不要隨便去書店，也不要跟人說妳看了什麼書，心裡在想什麼，知道嗎？』

剛剛十二歲的李少琪困惑地看著爸爸，『這樣是不是都不能跟同學講話了？』

『不要講太多話，下課時間那麼短，不要隨便聊天，知道嗎？也不能告訴他們家裡的事情。』

『克強，你這樣會嚇到孩子，琪琪哪懂這些？』王桂花在一旁聽著，覺得有些超過了，忍不住開口說道。

『不，妳不知道，事情真的很嚴重，老金不是第一個不見的。』李克強看著太太認真地說著，從王桂花驚訝的反應，他知道妻子應該終於懂了。

李少琪聽不懂這些，只覺得困擾，為什麼好像要變成偷偷摸摸的呢？小芬明明就是她最好的朋友啊，為什麼爸爸說不能相信她？

『琪琪，妳要記住爸爸的話，外面的人都不能相信，知道嗎？外面的人都不能相信……』

「李少琪，那個時代已經過去了，爸爸的擔憂現在已經不存在了，李少琪，爸爸對妳的愛不會再限制妳了，如果妳聽懂了，就張開妳的眼睛，回到這裡。」一個溫潤的聲音穿透了爸爸嚴肅的臉龐進到她的耳朵裡，「李少琪，如果妳聽懂了，就張開妳的眼睛，回到這裡。」

李少琪緩緩張開眼睛，診療室的光線昏黃，她的精神科醫師正坐在對面帶著溫和而理解的鼓勵笑容看著她，一邊把茶几上的面紙盒推向她，這才發現自己早已淚流滿面，伸手抽出了兩張面紙，壓著自己的臉，輕輕地啜泣著。

蔡宇亮也不催促地等待著她，幾分鐘後，李少琪才稍稍冷靜下來，拭去淚水回望著他，這名患者已經來了幾個月，總是表現得疏離而多疑，明明渴望關心，卻又不斷把人推開，多次想要探索她的童年經驗，她總是驚惶地結束會談，上個月回來的時候，他們討論了要不要嘗試催眠的方法，考慮了一個月，上週決定今天來做初次的嘗試，但他其實沒有想過糾結這名已逾六旬女性的會是白色恐怖那段歷史，「妳覺得如何呢？」

她垂下雙眸看著當年被父親緊握到差點瘀青的前手臂，而如今這手臂歷經了時間，顯得歲月無情，青春不再了，這麼多年了，她始終無法好好地相信人，也不願告訴別人自己家裡的事情，即便知道自己需要幫助，好像需要做點什麼，卻一直無法踏出這一步，婚姻也無法維持，「為什麼我會看到這段記憶？」

「妳剛才看見的是小學六年級的記憶？」

「嗯。」

「或許是因為這段記憶最困擾妳，催眠之前我們討論過要看的是妳心裡覺得最困擾的事情，然後妳就看到了這段。」

「剛才你說爸爸的擔憂已經不存在了。」

「不是嗎？」

李少琪困擾地咬著嘴唇，「我不知道……我不確定。」

「妳願意多談談那段時間的事情嗎？」蔡宇亮瞥了一眼病歷表上的出生日期，「妳小學六年級，台灣在戒嚴，妳還記得其他的事情嗎？」坐在對面的李少琪似乎又猶豫了起來，「還記得爸爸跟妳說過其他的事情嗎？他說在軍艦上工作？」

她點點頭，「爸爸是海軍，那時候他還運送過所謂的政治犯到綠島去。」

蔡宇亮心裡一頓，馬上想起了柳絮跟周慕夏前幾天鬧得滿城風雨的記者會。

「我記得小六的時候，爸爸只是個上尉，但是許多年後到退伍都還只是個少校，一直沒升上去。」

「嗯。」

「醫師，我一直覺得不信任別人，真的是因為我爸爸嗎？像剛才我看到的那段記憶，因為他叫我不要相信別人嗎？」

「的確有可能，如果妳跟爸爸很親密，家人感情很緊密的話，的確很有可能爸爸的告誡會對妳產生比較大的影響。」

「爸爸那時候經常都很緊張，」她的眼神飄渺了起來，「我也記得爸爸說過的金叔叔，好像我小六之後就沒有再見過他了，以前金叔叔常到我家，自從金叔叔不見之後，爸爸變得很神經兮兮的，那之後我也真的很少去同學家了。」

蔡宇亮瞥了一眼時鐘，「今天的時間到了，下週我們繼續談？回去之後也許可以想想還記得什麼？」

「下週還要做催眠嗎？」

「妳還想做嗎？」

「我不知道。」

「或許我們可以先會談，之後有需要再做？」

李少琪猶豫了一下才點點頭，「蔡醫師，我真的可以解開這些謎題嗎？我真的可以不再一直覺得胸悶很糾結嗎？」

「我們一起加油試試看吧，今天我們看到原來爸爸從小就這樣保護妳，他是好意，卻可能因為這樣，不小心讓妳變成不敢跟他人親近，這是一個開始，我們之後可以繼續來談這個部分，下週可以把妳想起的記憶帶來一起討論。」他真誠地看著這名患者，起身準備送她離開診療室。

李少琪在診療室門口欲言又止地回望著他，終究還是揹著包包離開了診所。

蔡宇亮看著她離去的背影，他很少採用催眠的治療方式，沒想到今天卻有了一個新的突破，這名女子的回憶讓他想起自己的好朋友前幾天公開的影片，白色恐怖的影響實在太大了。剛才的李少琪並不是過往大家熟悉的受難者，但如果她看到的記憶是真的，父親可能原本想要保護她，卻導致她這一生的人際關係與相處都受到巨大影響，就如同好友的命運也受到那個時代的拉扯而變形。

『李少琪的父親跟那位金上尉發生了什麼事呢？』點開電腦螢幕，看見畫面上是周永然跟兒子無奈的道歉，兩週前周慕夏剛從紐約回來時他們通了短暫的電話，當時只說了他已經知道為何父母會把他留在台灣，也可以諒解他們的作法，其餘的因為門診時間到了而沒有多談。周慕夏從小的經歷怎麼會跟柳絮有關呢?!這到底是一種怎樣的緣份呢？他看了一下時鐘，距離下一個患者的會談還有快兩個小時，便撥了周慕夏的電話。

「喂？是我。」電話響了兩聲就被接起來。

「嗯，看到記者會了吧？」周慕夏正從學校開車回家的路上，好不容易這兩天柳絮終於放心，不再堅持要開車接送他。

「你上次說的太簡單了。」蔡宇亮也不是責備的意思。

「我知道，當時我還沒有準備好講這件事。」

「那你現在準備好了？」蔡宇亮知道這種事情怎樣都很難準備好的。

周慕夏沉默了一下，「這種事永遠都很難準備好。」

「該出來吃個飯了吧？」蔡宇亮故作輕鬆地說道，「你跟柳絮求婚後，我說要請你們兩個吃飯，這一拖就幾個月過去了，你們都結婚了，出來聊聊吧，」他頓了頓，「我遇到一個個案似乎也跟白色恐怖有關，也想跟你們聊一下。」

周慕夏看了一下手錶，今天他要留在東區的家裡準備明天教授升等的校教評，柳絮要跟導演開會到很晚才來找他，「你可以打電話來，表示現在有空？」

「有兩小時空檔？怎麼？現在要過來？」倒是蔡宇亮有點詫異。

「如果你方便的話。」

「來吧，我請秘書幫忙準備兩個餐盒？」

「好。」

切斷電話後，蔡宇亮看著電腦螢幕上正重播著統派人士衝進會場鬧事的畫面，他會這麼突然說要過來，想必也是有了一定要說的事情。回想起兩個人從國中起就開始的友誼，周慕夏被父母留在台灣，後來蔡宇亮自己的母親離世，最後高中時連照顧周慕夏的祖父母都先後病逝，彼此之間遭遇的親情離散都是人世間的大悲，也都還慶幸著有如兄弟的他們在那段孤冷歲月裡彼此支持，這一路也三十幾年了，兩個人都五十歲了，人生竟也半百。自己結婚得早，孩子都已經陸續大學畢業了，但是周慕夏卻一直孤身到現在才終於結了婚，更沒想到他人生中最大的痛苦都源自於他最愛的這個女人，蔡宇亮嘆了口長長的氣，一個演員一個編劇，真實人生中也完全像是八點檔一樣充滿不可思議。

「蔡醫師，周教授來了。」半小時後，秘書敲門說道，蔡宇亮抬頭便看到站在秘書身後，依然高大俊朗表情溫和的老朋友，只是清減了不少。

「謝謝。」周慕夏低聲向秘書道謝。

蔡宇亮走上前，等秘書關上門，周慕夏再次回頭，眼中換上毫不掩飾的鬱色讓他大吃一驚，忍不住伸手敲了一下他的肩膀，「現在才來。」

周慕夏楞了楞，這個動作是他高中連祖父母都失去而沮喪失意時，蔡宇亮鼓勵他的動作，這一晃眼也三十幾年了，這趟從美國回來，恍若隔世，在陪著自己經歷過父母與祖父母生離死別的老朋友面前，什麼偽裝都不需要了，一陣鼻酸。

蔡宇亮見他這樣，也跌入了時空的隧道，這般無助的神情，發紅的眼眶，活脫脫是國中時，父母帶著妹妹飛去美國那幾天的模樣，抬手捏了捏他的肩膀，轉身拉開辦公桌對面的椅子，把餐盒好好地放在桌上，然後自己也在桌子的另一頭坐下，「我不知道你做完手術之後，胃有沒有好一點，所以我還是點了以前你習慣吃的東西。」

周慕夏穩了穩自己的情緒，坐下來打開餐盒，的確是他慣常吃的食物，他點點頭表示感謝，卻只是靜靜地坐著，動也不動地像座雕像，絲毫沒有起筷的慾望。

「柳絮知道你這樣嗎？」半晌之後，蔡宇亮才問道。

周慕夏閉上眼睛，嘆了口長長的氣，輕輕地搖了搖頭。

蔡宇亮看著他，知道這個世界上恐怕只有自己才能看見他最真實的模樣，但這是件好事嗎？「但是你這樣可以撐多久？」

「我沒事。」周慕夏低聲地說著。

蔡宇亮突然有點惱怒，「沒事會這樣跑來？平日約了老半天都不見得可以約到，今天可以這樣突然跑來？這句話你可以留著跟柳絮說，不要在這裡跟我說。」

周慕夏抬起頭看著他，完全明白老友的怒氣從何而來，「因為這裡最安全。」

蔡宇亮的怒火突地熄了，「你這又何苦呢？」對於老朋友這一生所受的苦難非常不捨。

「我需要在最安全的地方，最安全的人面前做一下我自己。」說完，周慕夏向後深深地坐進舒服的椅子裡。

「我這裡任何時間永遠都歡迎你來，只是，你跟我都是做這個的，你不會不知道，這樣長久下去，對你跟柳絮不會是一件好事。」

「我知道，只是我跟她都需要一點時間。」

「她很自責對吧？」蔡宇亮問道，見過幾次面，他已然可以抓到柳絮思維的脈絡。

周慕夏點點頭。

「就算她不知道她的自責成為了你的壓力，這點你不會不知道。」

「我知道。」

「你知道，但你仍然任由這種情況惡化下去，你到底在幹什麼？」

周慕夏一逕地沉默，無法反駁老朋友的言語，他真的知道，也很清楚這樣下去，自己或許會有在妻子面前情緒潰堤的一天。

「很苦吧？」蔡宇亮看著他問道，覺得就是直接問了，才是這個當下最佳的對話。

周慕夏沉默了幾秒才點點頭。

「你在舊金山消失之後，沒人知道你在紐約，柳絮來找過我，我跟她說了我們小時候的事情。」

他還是輕輕地點了一下頭，這事他是知道的。

「你不想讓她擔心，所以沒有跟她講以前的事情，因為你以為，我們都以為你已經走出自己的天地，結果事情並不是這樣，其實你跟我都知道這些事情從來都沒有這麼容易過去，不然你又怎麼會總是逃避去舊金山跟父母過年？」

周慕夏將臉埋進手心裡，覺得心裡好堵好難受，「從在紐約看到影片之後，我不斷想起我跟柳絮最後一次在舊金山跟父母用餐的情景，他們長久以來總是帶著歉疚的神情面對我，即便是最後那一次。我不過是沉默吃下他們夾給我的糖醋里肌，他們就滿心歡喜，而我卻總是保持疏離的態度，我沒辦法靠近他們。」悶悶的聲音模糊地傳來。

蔡宇亮只是聽著，並沒有接話。

「因為太靠近就會疼痛，」周慕夏的聲音有著明顯的鼻音，「只要接近他們，我就沒辦法忘記國一那天，飛機越過天空的聲音。」儘管那一天，他正在上課的教室只能抬頭看見遠遠的天際有著飛機滑過而留下的白色痕跡，是怎麼也聽不到聲音的，但是飛機起降的聲音經常在他無力逃脫被遺棄的苦痛時響起，彷彿他就站在機場跑道邊追著父母跟妹妹的飛機。

「為什麼只丟下我？為什麼只帶走妹妹？」

蔡宇亮靜靜地聽著他悶著的哽咽聲音，忍不住鼻酸，眼前這個高大他許多的男人不是叱吒風雲的周慕夏，而是一個平凡而脆弱的男人。

周慕夏抹去臉上的淚水，「為什麼我帶柳絮跟他們見面的時候，我爸不肯說實話？如果那天他說了，起碼我們還有改變關係的機會，為什麼他始終都不肯說清楚這件事?!為什麼他到最後都不給我們大家機會?!為什麼到最後還是要讓我後悔?!」說罷起身在蔡宇亮的診療室裡走動，最後停在他的大書櫃前。

蔡宇亮看著他背對的身影，知道他此刻其實還是壓抑著情緒，「你很恨他吧？」他看見周慕夏僵了一下的背影，「恨他讓你一輩子都誤解他，小時候不管怎麼追問他都不肯說，寧可讓你相信他們愛美國多過愛你，恨他讓你像個孤兒一樣地在台灣生活，好不容易你讓自己好好的活著，也為你的命運找到可以接受的方式，甚至變成一個專業助人者，結果到現在，真相大白了，他卻害你變成怨恨自己，恨自己沒有早點原諒他，恨自己如果早點跟他們多相處，也許現在就不會這麼痛苦。」

周慕夏沒有轉身，只是抬起一隻手壓著突然又疼起來的胃部，另一隻手扶著書櫃。

蔡宇亮知道自己很殘忍，也看得出他的胃病可能並沒有完全痊癒，已經過了兩個多月了，怎麼復原得這麼慢？

「這段時間我總是想起那些個他們打電話到紐約，問我要不要去舊金山過節的對話，或是問我要不要留在美國發展時那種渴望的表情，可是我總是沉默地拒絕，我一直覺得他們對我的愧疚表現是正常的，因為當年他們狠心把我拋棄，所以會有這種反應，我從沒有試著想要再多了解一點，如果他們這麼在意我，為何會捨得把我留在台灣，可是我只是一直沉默而已，連我去舊金山探望他們，也不過只是因為知道他們是父母，年紀大了，我應該去看看，見面的時候除了尷尬還是尷尬，所以我索性就不要理他們，少去就好了，結果……」他低低地說著。

「結果你只能怪自己嗎？」

周慕夏沉默著，不然他還能怎麼辦？

「所以你要像柳絮一樣自責嗎？因為是她害得你一輩子都為此痛苦?!」

周慕夏猛然轉身瞪著他，「不要扯到柳絮，這件事跟她無關！」

「為什麼跟她無關？」蔡宇亮步步進逼地看著他，「整件事都跟她有關，她跟你一樣都是當事人，為什麼跟她無關？你要保護她到幾時？你什麼都沒有跟柳絮說，你不覺得這樣對她也是很不公平的嗎？」

「拋棄我是我爸的決定，跟她無關！」

「如果不是她被殺，留下證據被你爸拿到，你爸何必帶著一家老小逃去美國讓你變孤兒？」

「那也是國民黨做的，到底跟她有什麼關係？不是她也可能是任何一個政治犯的家屬。」周慕夏憤怒地反駁。

「既然這樣，那跟你有什麼關係？」蔡宇亮凝視著他問道。

「我……」周慕夏頓了一下。

「那麼你爸這樣的決定為何你需要自責？」蔡宇亮的眼神柔和了下來，「你告訴我，你要如何在經歷過跟孤兒沒兩樣的青少年生活後，可以主動去原諒這樣對待你的父母？你會這樣跟你的案主說嗎？你會在你的團體裡面引導他們這樣去回溯那些遺憾嗎？一味的用原諒還是自責來解決遺憾嗎？」

周慕夏再次紅了眼眶，努力地眨了眨眼睛，不想眼淚再落下，「我知道你的意思，只是我……」

「你太苛求自己了。」蔡宇亮嘆口氣，「我講的這些你都懂，你也都這樣去協助別人，我們都知道一旦事臨頭上就是沒辦法，不是嗎？可是你覺得自己是學有專精的戲劇治療師，所以你應該要更好的跳脫，應該要更早察覺父母可能有苦衷，而不是到他們都過世之後才發現事情的真相，可是，怎麼可能？你告訴我，怎麼可能？」蔡宇亮走到他面前，看著他因為胃痛而佝僂卻仍然硬撐的臉。

「我……」胃部劇烈地疼痛著。

「沒有享受到父母親情的你，到底要怎樣可以莫名其妙的原諒你父母？根本沒人可以做到這件事，這是人生，不是演戲啊，小夏。」

周慕夏雙手壓著胃跌坐到地上，蔡宇亮伸手抓住了他的手臂，開刀之後第一次這麼痛，甚至痛到讓他反胃想吐，那急湧而上的一陣反胃他忍著吞嚥了回去，卻感覺到一陣鹹腥氣味。

蔡宇亮低頭看見他蒼白的臉色不免一驚，想要扶他卻發現他根本痛得站不起來，只能讓他先坐在地上，轉身走出診療室，沒幾分鐘拿了針筒進來，推起周慕夏的袖子不由分說地在他的手臂注射了一支止痛藥，幾分鐘後見他的臉色緩了過來，整個人也不再像一尾蝦子一樣蜷著才鬆了口氣，抓著他的手臂，撐著他站起來，扶到長沙發讓他躺下，自己也氣喘吁吁地在沙發旁的地板上坐下。

「你在紐約沒有治好嗎？」又過了幾分鐘，蔡宇亮才開口問道。

周慕夏覺得胃痛明顯緩和，撐著自己在沙發上坐起來，拉下自己的袖子，看見袖子上沾到了注射後的血漬，低聲說道，「手術很成功。」

蔡宇亮回頭看著他，「既然這樣，你就知道為何你的胃潰瘍還會繼續發作了吧？」

他抬手刷過自己的頭髮，揉揉自己冰冷的臉，無言地點頭。

「你跟我應該都比其他人更懂這些，小夏，不只是因為我們都做這行，更大的原因是這輩子錯過了就是錯過了，你的痛苦是這個國家的錯，是你爸媽的選擇，不是你可以力挽狂瀾的，你一直要柳絮放過她自己，你也放過你自己吧，偶爾在大家面前出現悲傷的樣子也可以吧？」

周慕夏沉默了半晌才開口，「並不是因為我是什麼影帝還是教授所以才不能。」

「我知道啊，」蔡宇亮睨了他一下，「是因為柳絮啊。」

「她這輩子已經很辛苦了，我不想讓她再背負我這件事。」

「問題是她已經情不自禁攬上身了啊，不是嗎？我們之前討論過這件事，她的人生經歷會讓她習慣把問題都歸因到自己身上，這件事更不可能例外，因為是發生在你身上，你們兩個真不知道該說是天作之合還是孽緣。」

周慕夏只是垂眼望著自己的雙手，沒有作聲。

「這樣的緣份天下難求，你們兩個卻遇上了，偏偏在這件事情揭露之前，你們似乎也是這個世界上唯一可以真正讓彼此依靠的人，柳絮那天手足無措的來找我，一向表現淡定的她因為找不到你而在這裡掉淚，我跟她說，她是唯一可以讓你回來的人，不是教學也不是什麼戲劇治療的團體或個案們，而是她，」蔡宇亮轉頭看著他，「不是嗎？」

周慕夏點點頭，坐在眼前的是他最信任的人，他從不懷疑兩人之間的情誼，也曉得彼此間的了解是極深的，今天蔡宇亮所講的一切他都無可辯駁。

「你做了一件了不起的事情，但是不要因為這個賠上你的人生，大家都過得很苦，你總說柳絮值得幸福的人生，小夏，你也是啊。」

周慕夏伸手緊緊握了一下他的肩膀，自從父母在國一遺棄他之後，幸福兩個字早已模糊，他讓自己功成名就，過著低調的生活，什麼都不缺了，但是幸福一直仍然是個概念，直到柳絮的出現。只是此刻，幸福兩個字再次因為父母而被鑿出了一條裂縫，正直直地衝向他長久自持以為平靜的心房，強大的自責感摧毀了內在的安心，這樣的情緒如何能夠享受幸福？

「我很榮幸可以看見最真實的你，但是我希望我不是唯一的那個人。」

「我知道。」

「你們兩個人的緣份是天定的，這麼曲折離奇，已經錯過的不要強求，但是，不要再有更多的錯過了，你懂的。」

周慕夏點點頭，兩個人靜靜地坐了一段時間，「我該走了，你的案主快來了。」他看了一眼手錶，「你還沒吃飯。」

蔡宇亮從地上站起來，「是啊，案主快到了。」

「你趕快吃點吧。」周慕夏起身穿上外套，胃部的疼痛已經消失了。

蔡宇亮點點頭，用下巴指了指周慕夏的餐盒，「你剛剛大發作過，也不能吃這些東西了，我請秘書處理掉，你等等也得吃點東西，不要浪費了朗格尼的大好技術。」

周慕夏點點頭，「謝了。」

「我看你剛才發作的樣子，你還是得固定去回診才行，你應該知道胃潰瘍有癌化的風險。」

「我知道，我會回診的。」周慕夏不敢提到剛才發作時，第一次湧現的血腥氣息。

蔡宇亮陪著他走到診療室門口，「我更寧可你經常來，兩兄弟應該多聚聚。」

周慕夏回頭跟他擁抱了一下，「謝了。」

「算我囉唆，」蔡宇亮在他的手搭上門把時突然又開口，周慕夏回身看著他，「你知道有一件事你應該要做吧？」

周慕夏雙手插在外套口袋裡，凝視著老友的雙眸點了點頭。

蔡宇亮帶著一抹笑容點點頭，伸手幫他把門打開，下一位案主已經坐在外面等候，每回這個案主都會提早二十分鐘以上抵達，她已經來會談半年多了，此刻正訝異地盯著周慕夏看。

「周教授要走了？」秘書聞聲抬頭問道。

「是啊，打擾你們了，謝謝。」周慕夏微笑頷首地拉起外套的領子，回頭跟蔡宇亮點點頭，便頭也不回地走出去。

蔡宇亮看著他，僅僅只是離開他的診療室，一瞬間就又回到那個看來完美的周慕夏，心裡五味雜陳地轉頭走回診療室。

「那是那個影帝周慕夏嗎？」個案陳小姐看著高大俊美的周慕夏走出診所的背影，帶著不可思議的眼神轉頭問秘書，「他也是蔡醫師的病人嗎？」

秘書笑著說道，「不是，他是蔡醫師從小一起長大的好朋友，妳再稍微等一下喔。」

「是喔？他本人好高好帥喔，」陳小姐說道，「前幾天好像還開了一個記者會，真沒想到會在這裡遇到他。」

秘書只是笑笑沒有多加回應。

蔡宇亮快速地吃完他的晚餐，把自己的健保卡插進讀卡機列印了一張處方籤，帶著兩個餐盒走到秘書旁邊。

「麻煩妳去幫我領藥。」看著剛才周慕夏離去的那扇門，轉身跟坐在等待區的個案點頭微笑，「陳小姐，進來吧。」他永遠都不會忘記當年自己母親病逝時，只剩下他跟奶奶，周慕夏這位老兄弟是怎樣日日陪在他身邊的。

秘書看著手上的處方籤跟蔡宇亮的健保卡，是一支超強效的止痛藥劑，她心生困惑，剛才那支注射針筒是用在周教授身上嗎？他有什麼問題嗎？

周慕夏走進不斷吹拂的北風裡，拉緊身上的外套，很清楚自己必須要親口告訴妻子，她不能再這樣自責下去了，因為她這樣的自責個性也會拉著他一起煎熬，會讓他不能坦誠相告自己的狀況。不知道真相之前，他完全可以承擔柳絮的情緒，因為他是白色恐怖的局外人，但是真相逆轉了許多事情，原來自己與妻子的命運早在三十七年前就緊密相連，他不再是這件事的局外人，兩個人必須要共同面對這件事情的衝擊，但是她的自責讓他卻步。他知道自己必須要親口告訴她，自責不是唯一的選項，人生可以有不同的方式，他們都得要往那個方向前進，他知道不容易，誠如他長久的專業訓練讓他很清楚知道，自己不該自責沒有及早發現父母的苦衷，但他仍然硬生生掉進這個陷阱裡，剛才老友的話他知道都是對的，他自己再清楚不過了。

回到東區的家，瞄了一眼牆上的時鐘，發了訊息給蔡宇亮。

『你剛才幫我打了一針，診所裡那麼多人。』

『都處理好了，小事。』

『不要為了這種事情留下把柄給人。』

『都說是小事了。』

『謝了。』

『真的是小事，不要忘記我們還要跟柳絮一起吃個飯，剛才沒時間講，我有個個案好像跟白色恐怖也有關係，我想要跟你們談一下。』

『好。』

放下手機把袖子染了血的襯衫噴上去污劑丟進洗衣機裡清洗，在浴室裡泡了澡，平靜情緒之後才回到書房，打開隔天校教評要用的資料再次確認，等著妻子回來。

＊＊＊

『副處長，得到消息說陳東華最近每天都帶著他的兄弟在酒家流連忘返，還到處拿著那小孩的緞帶吹噓自己幹的事。』他透過電話謹慎地報告著。

『他奶奶的，這傢伙是人頭豬腦嗎？這是你保證過不會出問題的人，結果呢？』

『對不起，所以來跟副處長報告，我們要採取下一個手段了。』

『嗯，務必取回證詞跟證物，一定要制裁的乾淨俐落。』

『是。』

『不要再搞砸了！』

『是。』

掛斷電話後，副處長憤怒地點起一支菸，走到窗邊，看著遠處的山陵線，噴出一口長長的白煙，不解一件這麼簡單的事情，下屬怎會辦得如此七零八落，恫嚇的效果達成了，卻留下這個麻煩的尾巴，心裡突然出現昨夜裡妻子的臉。

『最近那事，跟局裡有關嗎？』妻子睡前梳著頭髮突然從鏡子裡看著他問道。

正坐在床畔沙發椅子上看書的他抬起頭看著妻子，『什麼事？』

『高雄那孩子的事。』妻子也不願直指。

他看著妻子幾秒，『不要胡扯，也不要多管閒事。』然後低下頭繼續看書，局裡最高的原則就是絕對保密，連家人也不會知道他們進行的行動，甚至是日常工作內容。

妻子從鏡子裡看著他良久，有時候覺得這丈夫離她好遠，心裡想什麼，每天做什麼，她完全不了解，雖說官拜至副處長，家裡生活比起其他同僚好過很多，但對於這幾年社會上不斷發生的紛爭仍然感到很不舒服。

『前兩天，我跟女兒出門的時候，有個太太衝過來攔住我們的車子。』她輕聲說道。

他放下手裡的書，『幾時的事？為何沒人跟我說！』

『我讓司機別說的，也沒什麼，我們也做不了什麼，就無謂跟你說了吧。』

『那女人要幹嘛？』

『她說丈夫被抓了，找不到人。』

『混帳，這關妳什麼事？』

『她只是想著我們都是女人，希望我幫忙，但我幫不了。』妻子語氣裡有一種說不上來的難受。

『這些事妳別涉入，那些混帳不安份守己，結黨想要顛覆政府，這些事妳別沾上。』

妻子只是點點頭，放下梳子，脫掉睡袍滑進溫暖的棉被裡，她不像丈夫來自北方，從大陸東南沿海來的她，覺得台灣的冬天還是冷的，剛在被子裡蜷好舒適的姿勢，丈夫不知幾時已經無聲地鑽進被子裡，溫暖的手直直地探進她棉製的睡衣，毫不掩飾地搓揉著她柔軟豐滿的乳房，身體也可以感受到他正堅硬地抵著自己，她轉過身來迎向丈夫發亮的雙眸。

突然一陣高亢的京劇花腔驚醒了他，自己竟在書房躺椅裡睡著了，伸手關掉了一旁的收音機，這幾日不時夢見陳年往事，許是因為那個教授的記者會，當年沒有處理好的斷尾，終於還是重生了。

＊＊＊

「謝謝周慕夏教授跟柳絮女士來上節目接受訪問。」主持人走上前去跟兩位受訪者握手。

謝文武看著螢幕上周慕夏陪著柳絮跟主持人笑語的片尾，知道這是預錄的節目，打了電話給周慕夏，電話響了很多聲才被接起。

「慕夏嗎？我是謝文武。」剛下課回到研究室的周慕夏從口袋裡掏出手機。

「文武叔？」

「在忙嗎？」

「沒事，剛下課。」

「不好意思，忘記你可能在上課。」

「沒關係，有什麼事嗎？」周慕夏在書桌椅坐下，距離記者會已經過了兩週，這是他們之間第一次聯繫，「你跟火木叔他們都好嗎？」

「我們都好，最近大家很密集見面討論，連火木都難得的跟阿哲一起坐著講話。」

「喔？」周慕夏真的有點意外，「這樣蠻好的啊，有什麼進展嗎？」

「阿哲有說這個會期一定會過，畢竟立委也都過半了，會強勢過關，」謝文武嘆口氣說道，「大家等了好久，阿哲說你的那支影片真的是有幫助的，雖然藍營還是在立院裡面叫囂，也有人針對影片發言，但是社會輿論也被影響了，原本整個社會氛圍並不見得支持轉型正義這件事，畢竟大家都被洗腦幾十年了，很多人覺得都過去了，幹嘛一直提這些事情，但是因為你那支影片，又重新勾起大家對於小絮的案件以及陳文成教授命案的記憶，特別是因為你的身份很特殊，所以引發的話題就更大了。」

「嗯，這樣很好，不過，藍營沒有要求什麼交換條件嗎？」

「這些事情阿哲不會跟我們說，他們院內會去斡旋，我就是打個電話跟你報個訊。」

「謝謝文武叔。」

謝文武頓了頓，遲疑了一下。

「怎麼了嗎？」周慕夏在電話另一頭感覺到這個奇怪的氛圍。

「我看到你跟小絮一起上節目做訪談。」

「嗯，是啊，這兩週有很多這樣的邀約，我跟柳絮挑了幾個品質比較好的去上了，希望可以對這些事情有幫助。」

「有有有，有很大的助益，我也看見你在節目上都很保護小絮，不讓她被逼問一些不愉快的事情。」

「其實我們去的節目都是挑過的，基本上那些主持人水準都很好，也有事先溝通過，不會為了達到一些節目效果去灑狗血這樣，文武叔不用擔心，我會注意的，不會讓柳絮受傷。」

「這部分我一點都不擔心，」謝文武嘆了口氣，「我擔心的其實是你。」

「我？」周慕夏有點意外。

「剛才我說到正因為你的特殊身份，讓這支影片更具震撼性。」

「嗯。」

「你跟小絮上的節目都是挑過的，我不擔心，但是這兩週來，那些記者衝到學校去採訪你，有些都來者不善啊。」

「嗯，沒關係的，我可以應付。」周慕夏長久以來缺乏親情照拂，但是在這位長輩身上多次感受到對他的關愛，心裡其實很感動，但同時又觸發了自己這段時間以來對父母的複雜情緒。

「或許你可以應付，但我們幾個老頭子對你感到真的很抱歉，沒想到你們一家為我們這些人犧牲那麼多，特別是你，我問過千榕了，聽說連小絮都不是很清楚你童年的事情，慕夏，你怎麼能受這麼多苦卻從來都不說呢？還是因為靠了你的影帝跟教授這些特殊身份讓這支影片更引人注目，現在輿論的確又開始比較願意討論了，過去一陣子總是各說各話，正因為這樣，我們這些人覺得很對不起你。」

周慕夏有一點鼻酸地說著，「文武叔，希望你們不要這樣想，這些事情誰都不希望發生，如果連你們都這樣想，我會不舒服的。」這是他的真心話，此刻他真的不需要有更多類似的壓力。

「好，好，我也不想讓你不舒服，但是慕夏，有什麼我可以做的千萬不要客氣，要跟文武叔說，知道嗎？你跟小綮就像是我自己的孩子一樣。」

「我會的，謝謝你，大家不是約好了下個月的除夕要到我們家來圍爐嗎？麻煩幫我們一起邀請火木叔，還有王萍阿姨。」

「已經都講好了，他們很期待。」

「好的，謝謝文武叔。」

謝文武猶豫了一下，還是再說了一次，「慕夏，不吵你了，不過我還是要跟你說，除了照顧小綮之外，你也要好好照顧自己。」

「會的，不要擔心。」掛斷電話之後，周慕夏看著手機良久，心裡百感交集，半晌，打開抽屜瞥見早先為張玟文準備好的推薦函。

『玟文，近期假日有空請安排時間，我與太太想邀請妳跟楊怡用餐，感謝他當日的協助，順便取回推薦函，注意送件航運時程。』

正在劇場為新戲舞台設計開會的張玟文瞥見了手機閃過的 LINE 提醒，一隻手懸在那裡猶豫地不敢點開。

「怎麼了妳？最近老是看起來神不守舍的，」副導演看見她心不在焉的模樣問道，「要看不看的，又跟男友吵架了？」

張玟文擠出一點笑容，「不是啦，跟他沒關。」索性把手機正面朝下蓋住，眼不見為淨，副導演似笑非笑地睨了她一眼，沒再多說什麼。

可是這通訊息一直到了晚上她都不知道要怎樣回應，然而一整天都沒有讀取也交代不過去，她深知周老師是個很敏銳的人，從那天在記者會她閃躲著他開始，她就覺得老師可能會發現她有古怪，加上前幾天周老師已經請小棠通知她去學校取回推薦函了，她也始終沒有出現，這一切都不在情理之中，老師不會沒發現的，但是到底要怎麼辦呢？

張玟文抱著膝蓋坐在地上，手機在腳邊又閃了一次，她逃避地只是伸出右腳把手機推到更遠的地方，正好從外面拎著兩個便當進來的楊怡看到這一幕，「怎麼了？」

張玟文搖搖頭。

「幹嘛用腳把手機推開，一副好像手機有病毒的樣子。」楊怡戲謔地說著，快手快腳地把小茶几拉過來，墊了兩張回收紙後把兩個自助餐便當擺上去，轉頭看了女友一眼，通常她都會起身幫忙拿筷子湯匙，此刻卻像是黏在地板上一樣，他也沒說什麼，自己轉身又去拿餐具。

「現在我才是病毒。」回來時聽見張玟文賭氣地說著。

「什麼事？」兩個人在記者會後大吵一架，冷戰了十天，這兩天才又跑來找他，但是對於那件事兩個人都很識相地暫且不提，可是這句問話，卻又明顯觸動了那條敏感神經。

張玟文沒有馬上回應，只是打開便當開始吃飯，楊怡見她又開始怪裡怪氣，暫時也不想理她，兩個人就這樣沉默地吃著飯，但是這種氣氛終究難耐，楊怡滑開手機配著吃飯，此舉卻又惹得她不悅，硬繃著一張臉。

「妳到底是要怎樣？」楊怡素日裡雖然脾氣不大好，但是對於女友多少還是有點忍耐度的。

張玟文咬著嘴唇一臉委屈地看著他，但是這種委屈的臉才真是會惹惱楊怡的關鍵，因為從小到大他已經看過太多了，「我幹嘛了我？有話不能直說嗎？如果我真的很差，那就分手，犯不著這麼委屈，然後一直用這種臉對著我！」

沒想到他一開口就提分手，讓張玟文更覺得委屈，碩大的淚珠猛然湧上，從小不愛在人前流淚的全都在楊怡面前崩裂，「你幹嘛一開口就提分手？」

「不是嗎？自從記者會那天之後就這樣陰陽怪氣的，一直跟我鬧脾氣，我有很多事情要做，不想一直被這樣情緒勒索。」

「我哪有情緒勒索？」張玟文覺得自己更加委屈了。

「哪沒有？妳看看妳現在的臉！」

張玟文丟下筷子大哭地說道，「我心裡難過，難道還不能哭了嗎？」

「想哭就哭，想講就講，不要這樣，」楊怡看她哭得鼻子都紅了，腦海裡浮現母親長久以來憂鬱委屈的臉，雖然惱怒，終究還是心軟，「不要用這種方式，我不喜歡。」

張玟文瞪著他，這男人到底是什麼做的？為何這麼鐵石心腸？

楊怡放下筷子，「我願意聽妳說，也想聽妳說，但是我真的不喜歡妳用這種方式。」

張玟文一邊瞪著他，一邊忍不住抽噎，那畫面看起來相當違和，楊怡嘆口氣說道，「因為妳這樣會一直讓我想到我媽。」

本來一臉怒意委屈的張玟文楞了楞，臉色也不由自主地轉換，其實交往幾年了，他一直沒有帶她回老家，這件事她心裡是介意的，總覺得他並沒有真心要長久在一起的打算才會如此，儘管楊怡總是說他跟家人關係不怎樣，也沒必要去高雄見家長，但這些話聽在她耳裡，不免覺得都是托詞。這好像也是第一次突然聽到他提起母親的事情，過去只知道他一定會接母親的電話，但是不管是他的母親或其他家人，對她而言都非常陌生，只曾經在他手機裡看過母親的相片，即便已經青春不再，但風華猶存，「你媽怎麼了？」

楊怡看著已經停止哭泣的女友，對她突然改變的注意力感到又好氣又好笑，但他也的確從來沒有跟她說過家裡的細節，不是刻意隱瞞，只是覺得跟那個家的人都講不上話了，也就沒有什麼好說的，「我媽從我小時候就是這樣。」

「怎樣？」

他無奈地嘆了口氣，「像妳這樣。」

「什麼？」

「一臉委屈。」

張玟文眨著哭腫的大眼看著他。

「我那天跟妳說過，我爺爺是政府的人。」

「嗯。」

「我爸……」他頓了頓，「其實一直很匪類，不事生產，從我有記憶開始就是個酒鬼。」

張玟文訝異地看著他，「所以你才一直都不跟家人往來嗎？」

「一部分原因吧，」楊怡看看便當盒裡逐漸冷去的白飯，「主要是我跟他們合不來。」

「哪個方面？」

「各方面。」

張玟文只是看著他，不知道要怎麼問下去，怎麼會各方面都合不來呢？「你到底還是從那個家成長的，怎麼會各方面都合不來呢？你爺爺在政府裡面做什麼的？」

楊怡看著天花板的 LED 燈，「我也是喝國民黨奶水長大的，小時候像個霸王一樣橫行無阻，不管在村子裡或學校都是，只不過，從我大學離開家開始，我就發現我來到異世界，那些本省籍同學，這個世界怎麼跟我以前接觸的都不同？以前哪知道什麼白色恐怖？村子外的都是不知道感恩的刁民，結果……」他嘆了口氣，「難道妳不曾有這樣的經驗嗎？妳的整個人生都被翻轉了，妳的身份是大家討厭的對象，但是大家又不敢明講，只是有意無意地酸著妳？就因為來自國民黨家庭？是個外省第二代或第三代？」

張玟文眼神一黯地點點頭。

楊怡沉默了好一會兒，「我爺爺是退休的情治人員。」

張玟文驚訝地看著他。

「所以妳可以想見後來我發現國民黨竟然殺了那麼多人，搶奪人民的財產，為了鞏固蔣介石的政權，栽贓嫁禍無所不用其極，我看到那些歷史文件時，我都不敢相信我看到的，我竟然來自那樣的世界。所以我開始參加學運、社運，我衝得比誰都前面，但是同學間剛開始並不相信我，以為我是職業學生，都什麼年代了，還有職業學生嗎？」他笑得很酸。

張玟文不知道應該要安慰什麼，這許多年來，她總是避免參與這種社運活動，對於自己怎麼會鍾情於一個社運份子自己也一直想不通，但是她也想不到他的爺爺竟然會是所謂的特務，那不就跟她父親工作的警總一樣可怕嗎？

「但是妳知道嗎？就算到現在，還是有職業學生，還是有人在做抓耙子，」他又嘆了口氣，「就是這麼回事。」

「那你媽媽？」

楊怡躺下來看著天花板，好久都沒有講話，久到張玟文以為他不想再講了，他卻低低地說著，「我媽這輩子都不快樂，面對一個酒鬼老公跟三個孩子，她這輩子常常都是很委屈的表情，從我小時候就不覺得她有真心快樂過，她曾經對我們說過，她得要守著我們三兄妹，所以無論我爸怎樣，她都可以忍耐，這種說法其實過去常常讓我覺得很不舒服，既然那麼不快樂，幹嘛不離婚呢？這個年代，離婚也沒什麼了不起。」楊怡嘴巴上雖然這樣說，但他知道自己畢竟來自大門大戶，離婚並不如其他家庭那般簡單，「可是等到我們長大，她應該可以追求自己的生活了，結果她說我爺爺奶奶對她還是不錯的，她不能一走了之。」

「很多母親都是這種想法，」張玟文為了成為戲劇治療師，當年也跨校去修習了不少心理學學分，對於這部分有一點理解，「其實是她們都沒有準備好要離婚或是離開那個家，就算覺得再不開心也好，她們還是……」她看見楊怡眼神一黯，沒有把話說完。

又過了半晌，他才又開口，「如果這樣，那就不要經常擺出很委屈的臉，我真的覺得很無力，我應該為自己的出生負責嗎？因為我們出生了才讓她痛苦？但我也不想出生啊?!誰想出生在那個家庭？可是她沒有找到解決的辦法，也不肯離開，只是經常的，一味的帶著委屈的臉，可憐兮兮的聲音打電話給我，到底要我怎麼辦？」

張玟文移到他的旁邊躺下，伸手握著他溫暖又厚的手，人家都說那是有福氣的手，但是楊怡一點也不覺得，「我知道了。」

「嗯。」楊怡握著她的手，兩個人就這樣靜靜地躺著好一會兒，直到感覺到冷了，他才把張玟文摟進懷裡，她無聲依偎著，想著剛才他說的那些話。

「所以，妳可以說了嗎？手機是怎麼回事？」楊怡問道。

張玟文嘆了口氣，「周老師下午 LINE 我，說要請你跟我去他家，跟他太太一起吃飯，要謝謝你那天的幫忙，也要我趕快把推薦函拿回來，趕快寄出去。」

「嗯。」楊怡聽見這事，心裡也是有點矛盾。

「只不過，看完那支影片之後，我實在不知道要怎樣面對周老師，所以我到現在都還不敢點開他的 LINE。」

「妳……回家問過妳媽了嗎？」終究還是不得不提到這件事。

「她不肯說。」

楊怡頓了頓才問道，「妳之前懷疑過什麼嗎？」

張玟文僵了一下，在他懷裡搖搖頭，「我沒有在我家看到什麼，以前我就曾經利用家裡沒人的時候，去我父母的房間找過，但是什麼都沒有，」停了半晌，「我也去查過，找過一些受難者的口述史來看，或許就是你說的那些歷史文件，我知道警總是個跟地獄一樣的地方，雖然我以前也去過，我印象中一點都不像地獄，但是……我很怕……」

楊怡用力地摟了她一下，「我也很怕知道我爺爺幹了什麼事，我怎麼對得起台灣人？如果我爺爺……」

兩個人彼此都無法接話，深深的恐懼在他們心中奔竄著。

「但，我們還是得要回覆周老師吧？」幾分鐘後，他問道。

「我……」

「我記得妳說過周老師對妳有恩。」

「就因為他對我有恩，所以我才不知道要怎麼面對他。」

「就因為他對妳有恩，妳才更需要勇敢的面對他吧，」楊怡靜靜地說道，「我不知道他對妳的恩情是什麼，但我想，恩情越大，越是如此。」

張玟文從他懷裡抬頭看他，這個總是在社運場合衝鋒陷陣的男子，此刻看起來仍然是那樣的堅毅神情，「你剛才不也說你很怕知道爺爺做了什麼嗎？」

「是，我很怕，我很怕知道他幹了很多傷天害理的事，但，正因為如此，我們才需要帶著贖罪的心，來面對台灣社會。」

那天張玟文在記者會後是聽過這話的，「我不敢想像等周老師跟他太太知道我爸在警總上班後會發生什麼事情，我自己應該會羞愧得無地自容吧，還要怎樣面對台灣社會？」

「就算大家不知道，我們也知道自己的出身，唯一可以做的就是這樣，去做，做對台灣好的事情。」

張玟文看著他，不知道他為何可以有這麼大的勇氣，說出要用贖罪的心來面對台灣社會。

「就算與全家族反目成仇也要做。」

「你……」

「答覆周老師吧，配合他的時間，我都可以。」說罷翻身起來，「便當都冷掉了，我拿去微波一下。」拿著兩個便當走向流理台。

張玟文坐起來，看著不遠處的手機，望著男友總是抬頭挺胸的背影，鼓起勇氣打開周慕夏的LINE，『讓老師擔心了，我跟楊怡可以配合老師跟師母的時間。』

沒多久就收到周慕夏的回應，『那就本週六傍晚來基隆家裡用餐吧，會喝點小酒，或可搭車前來。』

楊怡拿著兩個冒煙的便當回來時，看見女友正楞楞地看著手機，「約好了？」

「嗯，這週六傍晚，到基隆老師家。」

楊怡只是點點頭，眼睛裡有著一些她所不知道的思慮，「好。」

張玟文拾起筷子，看見楊怡又是一貫的粗茶淡飯，便當盒裡只有白飯、荷包蛋跟兩樣青菜，可是她的便當裡跟平日一樣有魚有肉，夾了幾片肉跟一點魚放到他的盒子裡，知道他總是對自己很刻苦。

楊怡夾回一塊肉到她盒子裡，「我這樣就夠了。」開始吃將起來，從大二開始拒絕接受家裡援助開始，他開始以學貸付學費，儘管也打工賺生活費，但仍避免不了常常處在飢餓的狀態，為了自己的堅持，一點也不覺得這樣縮衣節食有什麼問題，他只是不想要因為經濟問題被家裡的爺爺操控，但是久了之後，也就習慣這樣簡單的食物了。

張玟文看他開始認真地吃飯，手機又傳來另一則訊息，是她的母親，『今晚回來嗎？』因為今天並不是她平時會留宿楊怡家的日子，但是，她真的不想回家，回去除了吵架還能說什麼呢？剛才楊怡說他媽媽總是苦著一張委屈的臉對他，實則她的母親在父親過世後也常是這樣的，只不過少了委屈，卻多了很多的苦楚。

『今晚我留在楊怡家。』吳玫看著女兒隔了快一個小時才回訊的內容，只是嘆了口氣，把手機擺在桌上。

「張玟文今晚不回來？」剛吃完飯的張玟喬問道，看見母親只是沉默地點點頭，便開始整理桌上的餐具準備拿去廚房清洗。

吳玫動也不動地坐在餐桌旁，看著兒子走來走去把餐具收走，心裡一直惶惶不安。

「怎麼啦？」

她只是搖搖頭。

正在用力擦著餐桌的張玟喬瞥了母親一眼，有意無意地問道，「媽，妳真的沒有什麼可以跟張玟文說的嗎？爸的事？」

母親只是看了他一眼，「換你了嗎？」

張玟喬先是把桌子擦乾淨才坐下來看著她，「我覺得如果妳知道爸什麼事情，讓我們知道也很好，爸以前感覺都很神秘，其實我除了知道他在警總上班之外，他的工作內容我一點都不了解，我也一樣會覺得很好奇。」

吳玫垂下眼睛看著桌上的手機，最後嘆了口氣起身，張玟喬也不多說，只是看著母親逐漸蒼老的背影走回她的臥室，他一直不曾跟母親或姊姊說過，國小的時候曾經看見爸爸半夜在黑暗的客廳裡喝酒，他正好走出來要上廁所，還把他招去，緊緊握著他的手，滿是酒氣地哭著跟他說，「玟喬，好好讀書，以後去國外，千萬別留在台灣當醫生。」

# 第六章

楊怡跟張玟文停好機車，站在小庭院半身高的典雅鑄鐵門外看著基隆山邊這間兩層樓的小洋房，猶豫著沒有馬上按電鈴，一方面是比預定時間早了十五分鐘，另一方面是兩個人都還需要一點心理準備，就算是主張可以應邀前來的楊怡心裡也是忐忑的。

「夏，他們到了耶。」正在廚房料理餐後水果的柳絮抬頭正好看見兩個年輕人站在小庭院門外，「但是他們看起來似乎沒有要按電鈴的樣子。」

「喔？」周慕夏走到妻子身邊，從窗戶望出去，真的看見他們一臉猶豫地站在那裡，旁邊還停了一輛機車，看了一下手錶，「也許是因為提早到了吧。」他親了一下妻子的頭髮走去開門。

還在努力叫自己冷靜的張玟文突然看見大門開了，她景仰又害怕的周老師帶著笑容走了出來，「進來吧。」幫他們打開了小庭院的鑄鐵門。

「周老師好。」張玟文雖然馬上打招呼，但雙眼仍然不敢與他交錯，這個迴避，周慕夏注意到了。

他們走過他身邊時，周慕夏還搭了一下楊怡的肩膀，「你們騎車來，等一下就不能喝點紅酒了耶，我有提醒玟文讓你們搭車過來，騎車也不能請代駕，」他微笑地說著，看見楊怡臉頰在記者會受傷的傷口貼著美容膠帶，「臉上的傷還好嗎？」

楊怡轉頭看他，第一次感覺到過去女友經常在說的，周老師的聲音與話語有一種安定與撫癒的效果，跟那天在記者會或是後續各式訪談中覺得他很冷靜的感受不同。

「沒事，過幾天就可以撕掉了，玟文有提到，但我想騎車比較方便，等一下她可以喝。」

周慕夏只是笑著點點頭，搭著他的肩走進屋子裡，柳絜已經滿臉笑容地站在玄關迎接他們。

「柳老師好。」張玟文跟楊怡看著她，雖然那天在記者會後也近距離看見柳絜，但是那天大家各有心事，不能好好地看清楚。不過比起那天的緊繃，柳絜在自己家中有著明顯的放鬆，高領長袖的裝扮遮掩住所有曾經受過傷的疤痕。

「不要客氣，快進來吧，今天開始變天了，你們還騎車來，等等就不能太晚回去了，不然會好冷，這樣蠻可惜的。」柳絜邊說邊拿了兩雙拖鞋擺在年輕人跟前。

「啊，我們自己拿就好了。」張玟文手忙腳亂地想要扶起蹲下身子擺拖鞋的師母。

柳絜起身笑看著她，「沒事沒事，今天我們準備了火鍋，想說吃這個比較輕鬆，如果不吃牛肉，我們也有準備豬肉片。」

「都可以，都吃，謝謝老師，簡單就好，別給你們造成麻煩。」楊怡連忙回應道，也眼尖地注意到柳絜的眼光掃過了牆上保全設定的機器。

「不麻煩，文武叔前些天送了兩支很好的紅酒，留了一支跟你們一起分享，今天下午又在超市看見很漂亮的牛肉跟豬肉片，海鮮也很新鮮，所以想說用這些來招呼你們，我們自己也嘴饞，一點都不麻煩。」周慕夏笑笑地說著，領著他們走進屋裡。

兩個年輕人看著優雅簡約的設計很是喜歡，他們閒來無事，心情好的時候也喜歡逛逛IKEA，看看裝潢雜誌，幻想著有一天可以怎樣裝潢房子，就算是租來的也可以，只不過這樣的格局他們大概是買不起的，楊怡放棄了好走的人生路，即便基隆房價低，對他也是有些難度的。

周慕夏招呼他們在餐桌坐下，桌上已經擺好餐具跟食材，他先走去廚房幫妻子端出盛了高湯的鍋具。

「我們來幫忙。」楊怡連忙說道。

「不用不用，」柳絮跟著走出來說道，「都準備好了，沒有什麼要幫忙，不如就幫忙下菜吧。」

楊怡跟張玟文看著桌上豐盛的食材，開始幫忙把蔬菜跟需要熬煮的食材放下去煮，也幫自己準備好調味料。

柳絮把所有食材都端來後也坐定了，周慕夏為四個人倒好紅酒跟替代飲料後，先舉杯敬了楊怡，「謝謝你那天幫了我們，如果不是你在，不曉得那天會變成什麼樣子。」

楊怡舉起自己的飲料，有點不好意思，「老師真的太客氣了，那天我正好在，幫忙是應該的，就算我不在，我想李政義前輩也能搞得定的，他很厲害。」

「但他畢竟年紀大了，一次教訓一個人還好，如果三個一擁而上就很危險了。」柳絮說道，「所以我們還是要謝謝你，那天我整個人都嚇呆了，躲在周慕夏後面動也動不了，明明看見那人伸手進包包裡，我想要警告他都發不出聲音，還好你衝過來，真的很謝謝你。」柳絮也敬了他一杯。

楊怡誠惶誠恐地又拿起杯子，「真的，老師不要這樣，我很不好意思。」他頓了頓說道，「其實可以幫到兩位老師我覺得很高興，這是我應該做的。」

餐桌上輕鬆地聊著天，吃著鍋裡豐富的食材，周慕夏不時幫柳絮挾菜，柳絮則幫兩位年輕人不斷加料到鍋裡，儘管如此，周慕夏還是注意到張玟文過於沉默，一點都不像昔日在學校的模樣，但是他知道自己也不宜貿然詢問，畢竟可能涉及太多的隱私。

「跟你扭打的那位金先生後來還有糾纏你嗎？」用餐許久之後，周慕夏想起這件事問道。

楊怡搖搖頭。

「不過他跟其他兩位好像還是有對政義叔提告。」周慕夏淡淡地說著。

楊怡看著他一時之間不知道該怎麼回應，因為他自己也不確定對方怎麼會放棄提告，「但我還是告他了。」

「喔？」

「這種事情不能算了，台灣人就是這樣好欺負，好像人家不告我，我就不應該告他，」楊怡說道，「但他們跑來鬧場就是有問題，他們都是中共的同路人，都是跟國民黨一路的，老師那支影片讓他們嚇到了，都不知道還會繼續使什麼下流的招數，所以一定要告他們，讓他們知道做中共同路人是要付出代價的。」

周慕夏饒富興味地看著他，「你在社運組織工作嗎？」

楊怡點點頭。

「我贊成應該告他們，不能總是息事寧人，但因為你是為了保護我們才惹上這件事，所以我們擔心對你會有負面影響。」

楊怡搖搖手，「喔，沒事啦，我們見多了，這種官司有好幾件。」他輕描淡寫地笑著說道。

周慕夏又舉杯，「好，那麼有任何問題或需要，請一定要跟我們說。」

楊怡點點頭，拿起自己的飲料跟他的紅酒杯輕輕地碰出極為清脆的聲音。

「你也有類似的規劃嗎？繼續唸書？」

「嗯，其實我有考慮要去念博班，但是我得要準備一下才能申請，可能有機會申請下年度的。」

「打算念什麼呢？」

「我碩士是念社會學，博班也會是。」

「很好，會跟你現在從事的工作有相關的研究嗎？」

「會，我想做跟國家暴力相關的研究。」說完也看了一下柳絮。

「國家暴力的哪個部分呢？」柳絮問道，又把一些只需要川燙的食材下鍋。

「想要研究在國家暴力下的運動者，所面對的運動傷害。」

「嗯，很有意思的題目，你自己有這方面的經驗嗎？」

楊怡笑了笑，「做社運的，其實多少都有這樣的經驗吧。」

柳絮苦笑地也點了點頭，「是啊。」

「是來自內部還是外部？」周慕夏突然問道。

楊怡轉頭看他，有點意外他會這麼快直接問出這個問題，「都有。」

「來自內部的可能比外部的更難言說吧？」

楊怡凝視著他點點頭，「是啊，為了團結象徵，其實很多是難以對外說明的，過去在一些抗爭場合裡，民眾會組成自救會，但是常常會看到最後內部為了利益鬥到你死我活，其實真的蠻讓人不勝唏噓的。」

「好像面對權力跟利益，最後受到最大考驗的就是人性。」柳絮嘆口氣說道，「政治圈子裡也很多。」

「是啊，我也常聽到前輩們在抱怨一些事情，這種事很醜惡，卻一點也不少見。」楊怡也覺得很無奈。

張玟文沒有一起討論這些事情，只是默默地喝完杯子裡的紅酒，柳絮跟周慕夏瞥了張玟文一眼，注意到她喝了不少紅酒，「玟文妳要多吃一點，不然會醉的。」柳絮關心地說道。

周慕夏又幫張玟文添上一些酒，但明顯份量少了些，「妳做了我四年的助理，我都不知道妳喜歡喝酒，除了文武叔送的這瓶之外，我們還有很多紅酒，不怕妳喝，不過，妳如果太醉可能會沒辦法坐機車回家。」

「沒關係，我們有客房，你們今晚可以住這裡，這樣楊怡也可以喝一點酒。」柳絮說道，但楊怡只是笑著搖搖手。

「這樣太打擾了，我們還是可以騎車回去的。」

張玟文抬眼看了他們一眼，馬上又把視線轉開，周慕夏起身走去客廳桌上拿起一個公文信封走回來交給張玟文，走回餐桌對面坐下，雖然只是一瞥，但是眼神卻很深切，看得張玟文心頭一震，「趁妳喝醉前先跟妳講正經事，妳一直都沒有來學校拿回推薦函，申請文件都準備好了嗎？」

「呃，差不多了。」她訥訥地回應著，臉上因為喝了酒泛著紅暈。

「要注意送件的時間，我已經寫信給我的老師了，所以妳趕緊把文件寄去，好好準備面試的內容，有什麼問題可以提出來討論。」

張玟文拿著信封一時間不知道該說什麼，『我一直躲著周老師，老師也感覺得出來吧，可是他仍然幫我打算著留學的事情，最難的部分老師也都做完了，在這段風風雨雨的期間，他竟然還能照顧到我……』忍不住一陣鼻酸紅了眼眶。

她這反應讓柳絮有點意外，倒是丈夫很冷靜地看著她，看見楊怡好像也知道點什麼地伸手去拍了拍她的大腿，「喂，妳酒量沒這麼差吧，趕快再吃點東西。」楊怡連忙又挾了一點肉片跟菜到她碗裡。

張玟文知道男友是在幫她緩頰，趕緊抹去眼淚，「沒有啦，只是覺得老師最近應該很辛苦，還這樣關心我的事情，覺得很過意不去。」

周慕夏看著她笑了笑，「應該的，也沒什麼辛苦的，」但是很清楚感覺到她是顧左右而言他，「總之，好不容易下定決心要去紐約了，就要謹慎處理這些事情，不要掉以輕心。」

張玟文咬著嘴唇點點頭，越想要叫自己不要哭，就越是忍不住，眼淚斗大地成串滑落。

周慕夏靜靜地看著她，過了一會兒，把面紙盒推到她面前，仍然是不發一言地凝視著她，柳絮有點憂慮地伸手過來握著他的手，他只是偏了一下頭示意沒關係，眼裡有著叫她不要擔心的訊息，柳絮讀懂了眼神，只能坐在丈夫身邊等著。

楊怡從面紙盒裡抽了一張面紙放進女友手裡，無奈地看了一眼對面的兩位老師，自己也不能替張玟文說什麼，餐桌的氣氛就這樣尷尬著，半晌之後，他才開口說道，「其實我們今天來……」

周慕夏轉頭看著他，「不，你們不需要跟我們交代什麼。」

楊怡看著他，又轉頭看著旁邊歷經滄桑的柳絮，「不，其實我今天來，是有想過要跟兩位老師說些什麼的，我不確定玟文準備好沒有，但我是準備好才來的，也謝謝周老師邀請我們過來吃飯，讓我有機會表達。」

張玟文聽了更是一直哭，什麼也說不了，周慕夏伸手關了正在翻滾的火鍋，沸騰的聲音頓時安靜下來，只剩下前助理啜泣的聲音跟仍然不斷裊裊上升的白煙，他穿過迷濛的霧氣看著對面的年輕人，「楊怡，我不確定你要跟我們說什麼，但是，這裡畢竟有四個人，如果有任何一點讓你覺得不安全或不安心，請你不要往下說。」

楊怡聽著他低沉的聲音，沉思了一下點點頭，「沒有什麼不能說的，只是沒想到是在這樣的氣氛下說出來。」他指的是女友突然哭了起來。儘管早有心理準備，知道總有一天要對柳絮跟周慕夏講這件事的，現在也是他自己主動想要說明，只不過，當大家安靜下來等他時，他還是無法坦然地馬上開口，但是周慕夏也沒有催促他，只是靜靜地等著。

過了不知道多久，連張玟文的啜泣也逐漸地少了，「其實那天早上我本來只是要去立法院前面聲援前輩們推動《促轉條例》的活動，玟文前一天跟我說兩位老師在群賢樓有記者會，我當時就決定要去，因為我一直想要見柳老師一面。」

柳絮有點訝異地看著他，「為什麼？」

「雖然我常常跟受難前輩們一起出席活動，但我始終沒有見到您的面。」

「為什麼要見我？」

「其實也不是真要見您，因為見了您，我也不知道要說什麼，」楊怡說道，「就只是想要看見老師您，就只是這樣，很單純。」

「但，為什麼呢？」柳絮還是不懂，「總不會因為我是當年刺殺案的倖存者，所以你很好奇想要看看我長怎樣吧？」

楊怡聽見這句話，目光不由自主瞥向柳絮藏不住的右手心的疤痕，再看向她的餐具都是擺放在左利手的位置，這個視線柳絮跟周慕夏也都看見了，柳絮忍住衝動不要把右手藏起來，「現在網路這麼發達，要找到老師的照片並不難，頒獎典禮上也可以看見老師的樣子。」

「那為什麼呢？」

坐在旁邊的周慕夏清楚地看見他深深地吸了一口氣，不知道為何會想起那天在警局，那位喊打喊殺的金先生突然在接過一通電話之後放棄告他，他又想要見柳絮跟自己，他們兩個此刻的身份敏感，心裡不免萌生了一些想像，「楊怡，如果是太私隱的事情，真的不必告訴我們。」他再次在楊怡開口前提醒他。

正要開口的楊怡突然被打斷，心口一陣狂跳，「沒關係。」

「你現在要說的事情，玟文知道嗎？」周慕夏看見他的臉色有點蒼白，心裡有點擔心，長久都在處理個案情緒問題的他，敏感地察覺到剛才那些聊天其實是危險的，語氣溫和地問他，儘管他一直表示自己是有心理準備而來的，但其實許多人都低估了公開秘密所會產生的影響。

張玟文抬頭看著周慕夏，這就是她記憶中不變的老師，他總是在團體中掌握著所有的情緒，謹慎地不讓成員在團體中因為不自覺的自我揭露受到傷害，「我知道。」

周慕夏轉頭看了一眼張玟文，她哭腫的雙眼中有著許多難以形容的情緒，是恐懼嗎？還是羞愧？有什麼值得如此？但起碼這一刻她敢看著自己，儘管只是短短兩秒，她又低下頭，他心裡暗自嘆了口氣，感覺馬上會有一段意料之外的對話。

「我今天來之前就有心理準備想要跟兩位老師講這件事，」楊怡的雙眼穿過餐桌中間裊裊升起的白煙，「其實我來自國民黨家庭。」

柳絮楞了楞，沒想到是這個答案，「這沒什麼啊，我認識很多人都來自國民黨家庭，最重要的是你現在的立場不是嗎？你會跑來參加文武叔他們的活動，還會來我們記者會不就是因為你現在不是國民黨的思維嗎？」

周慕夏凝視著對面的年輕人，不是的，答案不止於此，他可以嗅出後面的風暴，「你為什麼會想要跟我們講這件事？」試圖先打斷楊怡的話，希望他可以再考慮清楚是不是要繼續往下講，「其實你來自什麼家庭對我們來說一點都不重要，我們認識的是你，並不是你的家庭，那天幫我們的是你，這就夠了。」

「老師，我不只來自國民黨家庭，」他清楚感覺到周慕夏的善意，也為此充滿感激，但是他本來就打算要告訴他們的，他再次吸了一口氣，「我是加害者的後代。」

周慕夏閉上眼睛，心裡嘆了口好長的氣，是了，應該是這個。

柳絮看著他，頓了好幾秒才回過神，聲音有點沙啞，「加害者後代是什麼意思？」

張玟文抬頭瞥了老師跟師母一眼，心跳的飛快，會不會等一下他們都露出鄙視的眼神呢？如果楊怡的爺爺是幫政府做事的情治人員都會被他們厭惡，那自己的父親在警總怎麼辦？這些終究是不能說的秘密吧，為什麼自己要答應來吃飯？為什麼要麻煩老師寫推薦函呢？為什麼楊怡非說不可呢？

「我爺爺是政府的人。」

周慕夏看著他，皺了皺眉頭。

「你是說公務員嗎？」柳絮問道。

楊怡低頭看著自己放在膝蓋上的雙手，停頓了幾秒才抬頭，「我爺爺是從調查局退休的情治人員，他工作的時期就是白色恐怖那段時間。」

周慕夏轉頭看見妻子臉色一白，多年來對於當年的案件眾說紛紜，但是很多說法都認為是情治系統下手的，因為在全面監控政治犯家庭的情勢下，不可能一般歹徒可以有機會進屋搶劫殺人，但是考量到兇手失手，讓柳絮得以重傷倖存，很有可能是像江南案那樣，政府找黑社會出手，但總歸大家推論都是來自情治系統的命令，柳絮下意識地搓著右手的疤痕，他伸手過去握著妻子的手。

「你有聽他說過什麼嗎？」周慕夏看見妻子無法開口便問道。

楊怡搖搖頭，鼓起勇氣凝視著對面兩位老師，「他在家什麼都沒說過，我其實到了很大才知道他是調查局退休的，以前我以為他只是國民黨的公務員。」

柳絮狀似靜靜地坐著，但是耳朵裡卻嚴重地鳴叫著，聽不清楊怡說些什麼，冰冷的手緊緊地握著丈夫溫暖的手，餐桌就這樣陷入了難耐的沉默，周慕夏此刻必須要等待妻子的反應，但是也憂慮著兩位年輕人的心情，他看看張玟文，發現她已經淚流滿面，是因為她的男友是特務家庭，所以才這樣迴避嗎？似乎也並非如此，反應太過了些。

「我來之前就想要跟兩位老師說這件事，那天我去群賢樓其實也是帶著這種心情，想要去見柳老師，只是沒想到會看到周老師父親的影片，後來那群流氓又惹事，整個現場亂成一團，所以我沒機會講。」楊怡看見柳絮蒼白著一張臉，心裡覺得很難受，仍然鼓起勇氣繼續說完，「我其實想跟老師說對不起，看了影片之後，也想跟周老師說對不起，我的家庭讓兩位老師受苦了。」他突然起身深深地一鞠躬，然後牽起張玟文的手，「謝謝老師，我們先走了。」

張玟文滿臉淚水慌張地跟著起身，抓起自己的外套準備離開，連推薦文件都還遺留在桌上，「老師對不起。」

「等等。」柳絮沙啞地叫住他們。

楊怡頓在原地幾秒之後才又鼓起勇氣回頭看他們，眼眶早已發紅，周慕夏看著他，回想起在舊金山的那一幕，發現自己的父親手上竟然有著柳絮童年遭遇不幸時的紅緞帶，心裡那股罪惡感與驚恐就是如此。

「楊怡，玟文，先坐下來。」周慕夏深知妻子並不是會罪及妻孥的人，溫和地安撫兩名年輕人。

楊怡猶豫了一下才跟張玟文重新坐下來，但是餐桌仍然陷入沉默，周慕夏耐心地等著妻子，半晌，她才抬起頭看著楊怡，「為什麼你需要道歉？」

楊怡不解地看著她，「因為我的爺爺當年就是加害者。」

「你很確定他做的事嗎？」柳絮問道，臉上還是沒有血色的，這個消息畢竟太震驚。

楊怡頓了頓，搖搖頭說道，「不，我不知道，他什麼都沒有說過。」

「我聽說情治單位的系統很嚴密，連家人都保密。」

「我研究過後好像也的確是如此。」

「既然你什麼都不知道，你為何要道歉？」

楊怡盯著她好一會兒，不能理解她的意思，「因為我是我爺爺的孫子，那是我的原罪。」

柳絮搖搖頭，對於這個年輕人竟然湧上了一股心疼的感覺，「就算你爺爺真的做了什麼，也跟你無關。」

楊怡猛然激動起來，「如果這樣，那艾希曼豈不是也無罪?!」

柳絮驚愕地看著她，這年輕人怎會這樣看待他自己呢？「你怎麼會跟艾希曼一樣呢？你怎麼會自比為艾希曼?!」

「因為……」

「因為你爺爺是特務，是嗎？」柳絮打斷他。

楊怡點點頭。

「你爺爺是特務，但你是他的打手嗎？你欺凌過任何一個受難者嗎？」

「但我是喝國民黨奶水長大的！我小時候是享受過高級外省人待遇的！我就跟他們一樣流著同樣的血！那是我的原罪！我這輩子都要帶著贖罪的心面對台灣人面對台灣社會，更何況兩位老師自己就深受其害?!我也可以假裝不知道，假裝什麼事情都沒有，在這裡跟兩位老師快樂吃飯，但我沒辦法，當我看到周老師的影片，我又更難受了，國民黨都是罪惡之人，他們……」講著都哽咽到無法再說下去。

「但是我們認識你是在記者會上，你丟掉手中抗議國民黨的手牌，衝過來保護我跟柳絮，不是嗎？」周慕夏低沉的聲音無形中安撫了他，「我們認識的你從事社運工作，受難前輩們也都認識你，愛護你，難道不是因為你都跟他們同一陣線，在許多抗爭場合站在他們身旁保護他們，努力推動轉型正義的工作嗎？你在做的，難道不是推倒國民黨，拒絕中共的事情嗎？」

「但是……」

「楊怡，我父親也曾經在省政府做事，我叔公他們都是國民黨軍方高官，但我不會覺得自己是加害者後代，也從來沒有這種想法，因為我沒有跟他們站在一起，從來沒有。」

「但是我覺悟的好慢，直到大學才發現這個世界跟我想的不一樣。」說完這句話，楊怡沉默了下來。

「很苦吧？」周慕夏問道，想起兩三天前蔡宇亮也這樣問過他。

楊怡過了好一會兒之後才點點頭，沉默繼續這樣蔓延著。

「你跟家人相處得來嗎？」周慕夏問道，大學時他也參與過學運，也認識不少像楊怡這樣的同學，來自國民黨家庭或眷村，活在一個國民黨敗戰來台之後的神話世界，他也記得好幾位同學在覺醒之後，其實跟家人的關係也是決裂的，「你爺爺還在嗎？」

「還在。」楊怡回答著。

「你們親近嗎？」

「我們很親近，」楊怡嘆口氣，停頓一會兒才低聲說著，「一直到大二我知道他們跟我不可能有共識，也不能接受我的想法，直到那時候，我才斷絕他們所有的援助，再也沒有跟他們拿過一毛錢，但畢竟是太慢了，我竟然懵懵懂懂到大一才發現，我一直都被那個世界騙了。」

「但你終究覺悟了，不是嗎？」柳絮說道，「我認識一些跟你一樣的人，他們都來自深藍的家庭，但是最後發現那不是他們的理想，他們現在一心只想保護台灣，你跟他們是一樣的。」

周慕夏握著妻子的手，感覺她的手心慢慢地熱了起來。

「為什麼？」

「什麼為什麼？」柳絮困惑地看著楊怡。

「為什麼可以接受我？」

「因為你不是你爺爺，」柳絮終於露出一抹溫柔的笑容，張玟文聽見這句話也抬起頭來，看見她的笑容不免有點發愣，「如果你跟當年那些人一樣欺壓我們，我是不會讓你坐在這張餐桌旁的。」

楊怡看著她，不能理解為何一個受過國民黨這麼大傷害的人可以這樣溫柔。

「剛才周老師也說了，我們認識的你，是我們眼前的你，不是你以為的艾希曼，我相信每個人都要為自己的選擇負上最終的責任，你已經做出了自己的選擇，不是嗎？」柳絮握著丈夫的手，慶幸自己此刻有他為伴，「小時候，我因為我父親被刺傷，我也是無辜的，我不希望加害者的無辜後代也發生這樣的事情。你也三十幾歲了吧？你剛才說大二開始就自力更生，我不能想像，這十幾年來你是怎樣生活的，這條路，你一定也很辛苦。」

聽見這句話，楊怡突然再也忍不住地哭了，張玟文抱著他一起掉淚，兩位老師也可以接納她嗎？

周慕夏看見兩名年輕人哭成這樣，自己也鼻酸起來，伸手將柳絮攬近，看見她也拭去了眼角的淚水，低頭親了一下她的額頭。

過了好久，桌上的鍋子幾乎都不再冒煙了，楊怡才冷靜下來，他知道自己想要跟他們道歉，但從未想過自己可以因此獲致撫慰的些許解脫，彷彿那沉重的罪惡感減少了一絲絲。他從不敢讓自己的罪惡感消失，儘管他在抗爭場上衝鋒陷陣，保護老前輩們，但自己從不敢因為這樣而減少罪惡感，他永遠都憂慮自己的血液裡有著無法改變的邪惡因子，他只能一輩子帶著贖罪的心來洗淨原生家庭的罪孽。

「楊怡，我希望你再也不要說自己像艾希曼一樣了，可以嗎？那話聽起來讓人覺得好心痛。」柳絮溫柔地說著。

「老師為何可以這樣輕易原諒？」

「因為該負責的是當年下令要殺害我的人，並不是你。」

「但是……」

「你這樣一直糾結對自己並沒有幫助，」周慕夏說道，「難道你真的希望柳絮說，對，很恨你，你很該死，才能證實你的確是加害者後代嗎？這樣對你會比較好嗎？」

楊怡看著他，知道自己也並不想如此。

「或許我們都可以好一點的往前走，我跟柳絮的童年命運都由不得我們，我們要誕生在哪個家庭都不是由我們自己決定的，但是我們可以掌握現在的命運，我們可以決定要成為怎樣的人，不是嗎？你不也是如此嗎？」

楊怡想了好一會兒才點點頭，正想開口說什麼，就聽見張玟文啜泣的聲音，三個人都看向她，只有他知道女友哭泣的原因，但是她有勇氣坦承嗎？

「我沒想過今晚的聚會變成淚眼大會，但是如果你們願意在我們面前放鬆，我覺得也很好。」周慕夏看著她一會兒，「妳是因為楊怡這件事才一直迴避我嗎？」

張玫文先是僵住才搖搖頭，眼淚隨著她的動作成串掉落在楊怡手上，儘管剛才聽見柳絮跟老師這麼溫柔寬容，但是她的身份不一樣，有這麼容易被接受嗎？

周慕夏看了楊怡一眼，從他的表情看得出來他是知情的，正在等她自己願意開口時，三個人的手機像是約好的突然開始響起來，電話跟 LINE 都不斷地響著，他看見螢幕顯示是謝文武便立刻接起來，柳絮跟楊怡則是點開 LINE 都露出驚訝的表情。

「文武叔。」

「慕夏，看到新聞快報了嗎?!」

「還沒，什麼事情？」周慕夏起身走向客廳打開電視，柳絮也跟著走過來。

「過了！過了！」謝文武掩不住的喜悅之中也帶著哽咽的聲音，「《促轉條例》過了，剛才立院三讀通過了，我們都在這裡，都在立法院，我們等了幾十年了，慕夏謝謝你。」

還留在餐桌旁的張玫文緊緊抓著楊怡的手，看見電視快報的畫面，這應該是開心的一刻，但她覺得好慌。

柳絮走過來抱著丈夫，在他懷裡哭著，周慕夏摟著她看著新聞快報畫面，轉頭看看餐桌旁的兩個人，心裡百感交集，「文武叔，我沒有做什麼，是大家積極爭取了這麼久，終於才通過了。」

「慕夏，明天我們有個記者會，想要邀請你跟小絮一起來。」

「好，在哪裡？」

「早上十點在民進黨中央外面。」

「好，我跟柳絮會過去，謝謝文武叔，家裡還有客人，我稍後再跟您聯繫。」

「不用了，就是通知你這件事，等等不用再打給我，明天早上見。」

「好的，謝謝文武叔，再見。」掛斷電話之後，他緊緊地擁抱著妻子，知道這是久候的正義，他撫摸著柳絮的背，低頭幫她拭去淚水，低聲在她耳邊說道，「那兩個孩子恐怕心裡很矛盾。」說罷便牽著她的手走回餐桌，經過楊怡身邊時抬手拍了拍他的肩膀。

四個人再次坐下時，明明應該是個舉杯歡慶的特殊時刻，但是剛剛聽完楊怡的故事，這尷尬的氣氛讓人難以舉起酒杯，反倒是楊怡舉起了自己的飲料，「老師，恭喜，《促轉條例》終於通過了，不要因為我而覺得尷尬，我也一直在等待這一刻。」

周慕夏聽他這麼說，也就跟柳絮一起舉起了紅酒杯，張玟文只能跟著舉杯，但心裡卻非常忐忑。

「未來的路還很長。」周慕夏說道。

「當然，通過條例不過是個開始，國民黨不可能束手就縛，他們一定會想盡辦法阻止調查進行。」楊怡說道。

「後續還有相關條例也要通過才能進行，還需要很多努力。」

楊怡點點頭，「柳老師，希望妳的案件可以真相大白，找到下令跟動手的人。」

柳絮拭去淚水，「有太多真相都需要被公開了，我的案件也牽涉到周老師，真的希望可以有找到真相的那一天。」

周慕夏握著她的手安撫地說著，「會吧，不過妳的案件跟其他幾個案件被列為永久機密，恐怕要先解決這個問題才行。」

張玟文一直低頭扭絞著自己的手，連《促轉條例》都在此時通過了，他們以後就會被稱為加害者的後代了吧？

周慕夏注意著她的反應，擔心她會再次重現十幾年前初相遇在團體中的大崩潰，但到底是什麼讓她這樣惶惶不安？剛才楊怡已經說過自己的故事，如果自己與柳絮的回應尚且不能讓張玟文放心，那麼，她的故事到底是什麼？周慕夏心裡不斷翻攪著各種可能性，楊怡的祖父是特務，那麼張玟文遇到的問題又是什麼？

「我們回家了好嗎？」張玟文突然氣弱地跟楊怡說道，這話讓在場其他三人都有點意外，楊怡迅速地抬頭看著兩位老師。

「妳如果不舒服的話，也可以在這裡留宿，沒關係的，」柳絮說道，「妳喝了不少酒，有辦法坐機車回去嗎？」

「我們回去了好嗎？」張玟文不理會柳絮的慰留，仍然抓著楊怡的手，眼睛只是盯著他，不想面對其他人。

「不然，我叫車送你們回去吧，機車可以先放在我們車庫，明天再來騎回去？」周慕夏沒有想要逼迫她，只能提供其他比較安全的建議。

「我們走了好嗎？」張玟文假裝沒聽見她最景仰的周老師的話，仍然一意孤行地逼著楊怡，起身拖著他的手。

「玟文……」站起來的楊怡拉著女友的手，此刻寧可她坦誠相對，因為這樣回去後，兩人之間會有多大的爭吵他自己都可以預見，更重要的是張玟文這樣逃避是可以躲多久？接著他看見周慕夏的眼神跟微微搖頭的訊號，『老師不知道，他不知道自己應該聽玟文的事情。』

但是周慕夏卻看見了他眼中的堅持，心中一跳，怕逼迫張玟文太過，這裡畢竟不是一對一的空間，也不是在團體裡，還有其他外在因素，他知道放助教這樣回去不知道會發生什麼事情，但是逼迫她會是更好的決定嗎？特別是他可以清楚感覺到楊怡是個非常正直的人，或許是因為他的背景跟覺醒讓他比起一般人有更強烈的正義與使命感，這也會是另外一種可能造成壓力的因素。

「不，玟文，妳應該面對這件事，告訴老師。」楊怡堅定地說著，即便張玟文正慌張地搖著頭。

「不，楊怡，我們必須讓她決定什麼時候告訴我們或者不說。」周慕夏立刻制止了他繼續往下說。

「不，老師，你不知道，玟文已經被這件事困擾很久了，她應該要說出來，因為你是她的恩人，所以她更需要說出來。」楊怡非常堅持地說著，「玟文，妳應該說出來，不要再逃避了，妳不是一直說周老師是妳的恩人，當年救了妳嗎？不要再逃避了！」

『為何要提到自己是張玟文的恩人？所以她的秘密到底是牽涉到誰？』周慕夏不解地看著兩名年輕人，妻子伸手緊握著自己的手臂，他安撫地拍拍她的手，這頓晚餐實在太過混亂，遠遠超出他們的意料之外。

「不要逼她。」周慕夏說道，「我不知道為何要說我是玟文的恩人，但是如果她還不想說就不要逼她了。」

「老師，你不知道……」

「對，我是不知道，但是如果你已經知道她想講的是什麼，也應該知道為何她會這麼痛苦，你就不應該逼她，你可以陪著她，給她一點時間。」

「老師，你之前也給了她四年的時間，但是她都沒有說啊，不是嗎？」楊怡問道，「現在又過了許多年，她還是沒有說，我們還要等她多久？與其在這裡哀怨痛苦，為何不要直接面對痛苦算了?!」

「楊怡，因為她不是你。」周慕夏低沈而輕地說著。

楊怡看著他，頓時沈默下來，低頭看著一直哭個不停的女友。

「我幫你們叫車好嗎？機車可以明天或方便時再來牽。」周慕夏起身問道，看見學生哭成這樣，不忍心再逼她，就算需要再等待幾年，那也只能等待，「玟文，不想說就不說了吧，我跟柳老師不會逼妳，想回去就回去吧，只是希望妳記住，就如同妳高中走進我的團體時一樣，在妳沒有準備好的情況下，我不會逼妳。也像在藝大的時候一樣，雖然妳坐在我的課堂角落，我一眼就認出妳是兩年前參加我團體的那位高中女生，但是妳假裝沒有這回事，我也就靜靜地等著妳準備好的那一刻，現在也是這樣的，等妳準備好，我會在這裡等妳。或許自始至終妳都未必需要跟我說，有一天妳能夠自己處理好這一切，這樣也是很好的。只是，就像那天我在研究室跟妳說的一樣，妳要去紐約大學學戲劇治療，最好先處理好自己的事情，因為妳是去學習成為頂尖的戲劇治療師，不是去那裡尋找人生答案的。」

周慕夏一如以往地用再平常不過的聲音講完這段話，轉身從桌上拿起手機準備要打電話請計程車來，卻聽見背後的張玟文大哭起來，也聽到妻子擔心的呼喚聲，「玟文！」

周慕夏回頭看見張玟文整個人跪坐在地上像個孩子哭個不停，放下自己的手機，知道她準備要說了。

「老師為什麼要對我這麼好？」張玟文抽噎地說著。

「為什麼我應該對妳不好？」

張玟文只是一直哭著，半天都說不上話，柳絮看著她跟丈夫問道，「要不要我跟楊怡先迴避一下？」

周慕夏看了他們一眼，「妳跟楊怡都沒吃多少東西，也許你們在這裡吃點東西，我跟玟文去書房好了，可以嗎？玟文？」

張玟文還是不停地哭著，她知道自己沒有勇氣單獨面對周老師說出自己的秘密，個性豪邁的楊怡在一旁開始有點惱怒，覺得女友這樣不免有點驕縱，「玟文，妳到底要怎樣？」

「楊怡，沒關係。」柳絮連忙安撫楊怡，怕張玟文情緒更加激動，可是轉頭瞥了一眼丈夫，他似乎對這些並不在意。

周慕夏只是冷靜地看著仍然跪坐在地上的張玟文，知道她可能無意或是沒有勇氣跟他單獨對談，也看出她的確沒有打算要逃避回家，「妳希望楊怡他們避開嗎？」

張玟文伸手抓住了楊怡的手，抽噎地說著，「你不要離開。」

「楊怡，麻煩幫我把玟文扶起來坐下，」周慕夏見狀便自顧自地坐了下來，「楊怡，你知道玟文要說的是什麼嗎？」

楊怡點點頭。

「好，那你們也都坐下來。」他示意柳絮坐下別擔心，看著楊怡跟張玟文也都坐定了才繼續說，「我想玟文應該沒有勇氣單獨面對我說這些事。」

張玟文楞了楞，再一次感到害怕，為何老師總是可以這麼精準地判斷出她的想法呢？

「玟文，我想剛才妳突然的反應，應該是不想讓我打電話叫計程車來。」

張玟文還是哽咽著。

「我不知道為何楊怡會說我是妳的恩人，但是怎麼都好，如果妳真的有什麼事情想要跟我們說的話，我們都在聽。」

過了好一會兒，張玟文的啜泣慢慢地轉為抽噎，又過了沉默的好幾分鐘之後，她才抬起頭看著周老師，鼻子跟眼睛都哭紅了，「很多人都以為我喜歡老師。」

周慕夏聽著，動也不動的，彷彿沒聽到這句話，倒是柳絮偷瞄了他一眼。

「但其實我對老師，從來都沒有過大家以為的男女之情，我對老師一直都是帶著感恩的心，老師對我是重要的存在，是因為老師我才能活到現在。」

柳絮眨眨眼睛，過去這孩子到底發生了什麼事？身邊的丈夫又做過什麼？

張玟文講完那一小段話又停了好久，周慕夏也不催促地等待著，這在評估會談中經常發生，對他是習以為常的事情，但是對於其他人來說卻是相當焦慮與不安的等待，他感覺得到今晚是個奇幻的夜晚，以為是單純不過的人其實都帶著秘密，但誰不是呢？他自己不也帶著各種不為人知的童年經歷，以光鮮亮麗的影帝、戲劇治療師跟國立大學教授的身份行走在這個世界上嗎？

「我跟楊怡一樣也是外省人，但我是第二代，我爸爸是跟著軍隊過來的軍醫，我媽媽是台灣人，他們是相親認識的，因為我爸爸在中國有結過婚了，所以來台灣蠻久之後才死心，經過人家介紹認識了我媽媽。」張玟文過了許久之後，吸吸鼻子開始說話。

周慕夏只是聽著，沒有回應，餐桌旁其他人也一樣很安靜。

「結婚之後住在眷村裡，一直到我國中時，爸爸決定搬到外面去住。」她用手背抹去臉上的淚水，頭低低地說著，「那時候我也是覺得台灣很好啊，哪有什麼白色恐怖，根本沒聽過，因為台灣有我爸爸他們的付出，背井離鄉來到台灣打拼保護台灣，所以台灣才很好啊。」

柳絮看著她跟楊怡，心裡覺得不捨。

「一直到高二的時候，有一天我的好朋友來家裡玩，發現我爸爸是國民黨軍醫就跟我疏遠了，剛開始我覺得很奇怪，我一直去問她，她都不理我，直到有一天，她被我逼問到受不了才跟我說，原來她爺爺是白色恐怖受難者，還被槍決了，她爸爸是遺腹子，根本連爺爺的面都沒見過，所以他們全家都很痛恨國民黨跟外省人。」

周慕夏回想起那差不多就是他第一次見到這孩子的時候了，柳絜看了他一眼，其實很想跟張玟文說點什麼，但是看丈夫一直這麼安靜，自己也就按耐著沒出聲。可是張玟文說到這裡又停頓了好久，久到大家以為故事已經說完了，但是周慕夏推測事情不會這麼簡單，如果只是這樣，何以她當年會如此崩潰，而剛才又會逃避不肯說這些事呢？

張玟文突然伸手拿起酒杯，把裡頭的紅酒一飲而盡，「妳喝太多了啦！」楊怡伸手拿過她的酒杯。

被搶過酒杯的張玟文又開始哭了起來，哭得楊怡有點心煩意亂，「玟文，對我來說，身為所謂高級外省人的後代，又是加害者的後代，其實有很多事情可以做，可以贖罪，與其只是一直糾結其中，不如奮而起身打倒國民黨，千萬不能再讓他們執政掌權。其實我也很害怕發現我爺爺可能幹了很多傷天害理的事情，但是與其只是害怕，不如還是趁著自己可以做點事情的時候趕快做，只是這樣一味的哭是沒用的。」

「我不像你，我不想參與政治，我只想……只想出國去唸書。」

「那就去啊，為何要一直這樣？」

「我……我只是覺得對不起周老師跟師母，原本只是覺得很對不起師母，結果……」她再次哽咽地斷斷續續，「結果連周老師都是白色恐怖的受難者了，我……」

周慕夏皺了皺眉頭，「我不覺得自己是受難者，但是為什麼妳看過記者會之後一直覺得對不起我呢？高中時還發生了什麼事嗎？為何會跑來參加我的團體？」

張玟文膽怯地望了他一眼，又看看柳絮，「你們也能像剛才接受楊怡一樣的接受我嗎？」

「因為你爸爸是國民黨的軍醫？」柳絮不解地問道。

張玟文的雙手在膝蓋上扭絞著，吐出來的聲音輕的像蚊子叫，「我爸爸在警總工作。」

周慕夏跟柳絮楞了楞，頓時理解到為何她一直不敢說出口。

「我的好朋友不知道從哪裡打聽到我爸爸是在警總工作，而她爺爺聽說在警總就被刑求得很慘，槍決前都已經發瘋了，結果她到處跟人說我是加害者的孩子，是兇手的孩子，所以班上的同學都躲我躲得很遠，沒人要跟我說話，連其他外省同學也都不理我，因為他們的父母都不是軍人也不在那個系統裡。」張玟文抹去臉上的淚水，「我在學校像是透明人一樣，沒人要理我，」她抽抽噎噎的，「那時候我真的覺得生不如死，回家也不能跟家人說，他們都說沒有白色恐怖這回事，都說受難者是因為犯了事才會被抓是罪有應得，我根本沒人可以講，也沒有同學朋友，那天走在路上，我好想找個大樓跳下去，一定要是大樓，因為一定要死，我不要半死不活地活著。」

柳絮握著丈夫的手，她知道這種心情，極年輕的時候，她也常常有著想要離開這個世界的念頭，不只一次，希望不要有來世，希望一切的一切都在此刻終止，沒有輪迴，沒有再來一次，只要停止痛苦就好了。

「然後，走過一間大樓的門口，突然看見老師的團體海報，我不知道什麼叫戲劇治療，但是那張海報好像在呼喚著我，我就進去了。」

周慕夏點點頭，「妳來參加個別評估會談，我同意讓妳參加下次的團體，我記得這個過程，那時候的妳雖然沒有講明這些事情，但是我知道不能拒絕妳，因為拒絕妳之後可能會發生的事情，我不能冒險。」

「老師果然都記得我。」張玟文笑得淒清，柳絮看了很心疼，那不該是三十出頭的人該有的滄桑。

「對於危險，我們都會記得。」周慕夏輕輕地說著。

張玟文點點頭，「老師的評估會談跟團體救了我，雖然我不敢說出這些事，但是老師讓我覺得有人會願意聽我說。」

「可惜妳一直不說。」

「因為我不敢。」

「因為妳爸爸在警總上班？」

「那是個什麼地方，大家都知道，早年就算不知道，現在已經有那麼多受難前輩的口述史了，還現身說法，每一次只要有相關的活動跟議題，我都不敢看不敢聽，因為我怕我爸也是其中一個迫害者，我那麼愛我的爸爸，如果他也是劊子手怎麼辦？我是劊子手的孩子怎麼辦？」

「跟我一樣面對啊，我講過很多次了，我們只能帶著贖罪的心來面對台灣社會，這是唯一的路！」

「不，這不是唯一的路，真的不是！」柳絮開口說道，「楊怡，我剛才跟你說過了，請你不要再這樣想、這樣說了，你可以愛台灣，可以為台灣做很多事，但不要說是為了贖罪，到底你要贖什麼罪?!」

「我……」

「不要再說什麼加害者後代的話了，對，如果你爺爺是特務，妳爸爸是警總的軍醫，你們或許真的可能是加害者的後代，但是，你們兩個自己做過些什麼傷害我們的事情嗎？」柳絮硬著語氣說道，「那天你救了我們，玟文還想要去做專業助人者，這些不都是你們自己想做的嗎？到底跟你們的家人有什麼關係？」

「我……」

柳絮再次打斷他，「罪不及妻孥！」

餐桌上突然全都靜了下來，只有張玟文抽噎的聲音。

「我剛才講過了，當年我是因為我父親而被挑中當成警告物，我也是無辜的，所以我不會想要這樣去對待別人，每個人都要為自己的行為跟選擇付出代價，如果你們兩個今天也是國民黨一派，成天想著要把台灣送給中共，成天在這裡擺爛，我也不會接受你們，我根本不會讓你們坐在我的餐桌上，但你們是嗎？」

楊怡再一次因為聽到這些話而鼻酸，「為什麼妳可以？」

「因為我嚐過那種滋味，我不想隨便讓別人也嚐到這種痛苦，那是不對的，也不是轉型正義的態度。」

「但是我們身上永遠都會有加害者後代的烙印了。」張玟文哭著說道。

「那也是沒辦法的事。」楊怡咬牙說著。

「你們真的具體聽過你們的爺爺或爸爸做過些什麼事嗎？」周慕夏又問了一次。

兩個年輕人搖搖頭，「他們什麼都不說。」

「姑且不論他們到底做了些什麼，我跟柳絮從剛才就已經講過很多次了，我們認識的是你們兩位，不是你們的家人。的確，特務或警總是很可怕、很罪惡的，但是你們必須要堂堂正正的活下去，為自己、為你們的信念活下去，除此之外，你們別無他選。」

「老師，但是我的命是你救的，結果你也是受害者。」

「那又如何？」周慕夏看著她，「那又如何？」

張玟文一時之間答不上話來。

「我沒有那麼了不起，我也不是妳的什麼救命恩人，」周慕夏凝視著她，「那是我的工作，也是我熱愛的工作，我很慶幸那天妳願意走進來詢問，我也正好在場，看見妳的神色有異便馬上跟妳進行評估會談，我很慶幸妳願意等到一個星期後參加團體，我很慶幸我的工作可以幫到許多人，只是這樣而已，因為我高中時也被幫過，我知道在需要的時候，有人拉一把是多麼重要的一件事，就算只是有人願意聽我們說話都是非常重要的，我想妳決定要去學戲劇治療，或許也是因為妳被幫過了？」

張玟文流著淚點點頭，「我也想成為可以拉別人一把的那雙手。」

「那妳就要先解決自己的問題。」周慕夏堅定地說著。

「我……」

「如果從家人口中問不到，那就自己去查，不管結果是什麼，妳都是妳，贖罪也好，真心也好，妳都是妳，不是妳的家人，相信自己，堅持信念就可以了。」

「老師……」

周慕夏看著他們嘆了口氣，「三個月前，我跟柳絮準備舉辦婚禮，在那之前我跟我的父母不太說話的，原因你們在影片裡面已經看到了。」

張玟文跟楊怡點點頭，柳絮有點驚訝他會願意講這件事。

「但是他們在來台灣的路上遇上死亡車禍，兩人當場就走了，」周慕夏講著，眼裡有藏不住的哀傷，「我跟柳絮去舊金山跟妹妹處理後事的時候發現了那條緞帶，當時我完全沒辦法接受這件事，儘管柳絮表示我父親並不是當年那個人，但是我就跟最近那些質疑影片的人一樣，認為柳絮當時年幼可能無法辨識清楚，當時我也一直懷疑，難道我父親就是當年殺害柳絮的人？儘管他們早年把我遺棄在台灣，他們去美國十多年期間我們只見過兩次面，這是個難以想像的數字，但是就算如此，我也無法想像我父親會是殺人兇手，只是我一直找不到理由說服自己，我無法面對心愛的女人，結果我丟下柳絮在舊金山，自己跑去紐約找老同學檢驗緞帶，我一個人躲在紐約想要找出答案，」他伸手過去握住妻子的手，「明知道我父親應該不會是兇手，但我還是不能面對他手裡有這條緞帶的證據，而我的逃走，傷害了深愛的女人，後來我也病倒進了醫院做緊急手術。」

柳絮看著他，感覺他十指交握下手心的溫度，那段時間失去他的恐懼至今仍然無法解除，即便試著放心讓他開車去學校，但午夜仍然不時驚醒，確認擁抱著她的溫暖體溫仍在身畔。

「我知道你們的感受，就在幾個月前，我剛剛經歷過自己可能是加害者後代這件事，我從未因為我父親曾經在省政府工作，或是我的叔公是國民黨軍方高官而覺得自己是加害者後代，但是，我的確因為那一條緞帶以為我是。」

「老師，但畢竟最後您知道並不是，可是我們……」楊怡並不想強辯，只是心裡仍然有著過不去的關卡。

「我知道，」周慕夏回應著，「但是你們並不知道你們的爸爸或爺爺做過些什麼，就算他們真的是做了那些傷天害理的事也不該與你們有關，你們明白嗎？」

「或許吧，」楊怡苦笑著，「只是心裡過不去。」

「我知道。」周慕夏深深地凝視著他，「我知道。」

「我真的可以相信嗎？」張玟文突然說道。

「相信什麼？」

「相信我父親就算做了什麼，也都跟我無關？」

「妳覺得妳如果告訴了我們，我們會怎麼看妳？」

「我不知道。」

「那妳現在看到什麼？」

「我……」張玟文知道當他們聽到自己的父親在警總上班時表現得很淡定，甚至比聽到楊怡的爺爺是特務時的反應還要冷靜，「也許是因為老師已經知道楊怡的爺爺是特務，也許是因為老師不想傷害我……」

「我想接下來就是妳自己的問題了，」周慕夏說道，「如果妳不願意放過自己，如果你們堅持要這樣想，那麼旁人是幫不上忙的，一直懷疑別人而不去相信自己所見所聞，這就是妳自己要處理的問題了。」

張玟文跟楊怡凝視著他，心裡咀嚼著這一番話。

「絜，加點湯吧。」周慕夏突然轉頭跟妻子說道，「大家剛才沒吃多少，我們再吃一點吧，我有點餓了。」

＊　＊　＊

「《促轉條例》怎麼會這麼快就三讀？」

「沒辦法，他們本來席次就過半，之前我們還卡著想要談點條件，結果最近輿論整個升起來，這邊很難擋住。」

「真沒用！」

「老長官，現在不比以前了，我們沒那麼好操作了。」

「那現在黨有什麼打算？真等著全部事情都要被翻出來嗎？還有那個什麼追討黨產的，追什麼追？沒我們，會有現在的台灣嗎？真是一群兔崽子！」

「老長官，那幾個案子都已經在國安局裡面按下了永久機密，就算有這個《促轉條例》也沒辦法解密，大家還有得搞，別擔心，後面還有一連串硬仗，他們還得通過個《政治檔案條例》，這又要拖很久，老長官，別擔心，大家都有在辦事。」

「最好是有在辦事，事情穿了對誰都沒好處。」

＊＊＊

夜裡，窗外的月色迷濛，這樣的冬夜總是起霧，周慕夏一如往常摟著柳絮，手指仍然習慣在她的手臂上來回劃著。

「睡不著嗎？」背貼著他身體曲線躺著的柳絮問道。

「嗯。」

「真沒想到他們兩個都有這麼辛苦的背景。」

「嗯。」

柳絮回頭看著他，「你在想什麼？」

「妳真的不在意楊怡跟玟文是加害者的後代嗎？」

柳絮看著他，「剛開始楊怡說他爺爺是特務的時候，我真的很驚訝也很不舒服，畢竟……」她忍不住摸了一下左肩胛骨下的疤痕，「大家一直推斷當年下手的人跟情治系統有關。」

周慕夏摸摸她的疤痕，交往了五、六年，即便已經結婚的現在，他每次看見她身上的疤痕仍然會覺得恐懼，不是因為疤痕可怕，而是因為就差那麼一點，如果不是她伸手擋了一下，他們毫無相遇相愛的可能性。

「但是，楊怡的爺爺就算有罪也跟他無關，我自己當年就無辜受害，我怎麼會想要讓別人也嚐到這種滋味呢？而且楊怡那天這樣奮不顧身地衝出來保護我們，跟他的爺爺怎會一樣？」

「嗯。」

「至於玟文，警總是我們都深惡痛絕的地方，但是她的痛苦我們也都看在眼裡，我不知道軍醫在警總裡都做些什麼事，但是看到玟文哭成這樣，我們怎能怪她呢？我真的一直都覺得罪不及妻孥，加害者的後代已經在受苦了，他們長輩的事情實在跟他們沒有關係。」

「楊怡提到艾希曼的時候我的確大吃一驚。」周慕夏說道。

「是啊，他那麼激動地把自己比為艾希曼，我真的覺得很難過，怎麼會因為他的爺爺是特務，他自己什麼壞事都沒做過就自比為艾希曼，這孩子也太讓人心疼了，他說大二開始就脫離家庭不再拿家人的錢，那麼小在台北是要怎樣獨自生活？一定也吃了不少苦吧。」

周慕夏嘆口氣，「我擔心他會太鑽牛角尖，這不是一件好事，我擔心隨著《促轉條例》通過之後，更多的真相浮上檯面時，萬一真的有任何相關的證據顯示跟他的爺爺有關，他可能會做出一些意想不到的事。」

柳絮擔憂地看著丈夫，「真的嗎？」

周慕夏揉揉疲憊的眼睛，「我挺擔心的。」

柳絮嘆口氣，「我們追求轉型正義並不是要把所有人拖出來鞭屍，或是全部亂怪一通，只是希望該負責任的要負上責任，無辜的也不要被牽連。」

「國民黨故意抹黑轉型正義的想法，所以才會讓《促轉條例》這麼有爭議，未來要面對的挑戰，可以預期還非常的多吧。」

柳絮又嘆口氣，重新依偎著丈夫感受他溫暖的軀體。

「絮。」又過了好一會兒，周慕夏低聲地說道。

「嗯？」

「我想跟妳說，妳今晚跟楊怡說的沒錯，那真的不是原罪，既然如此，對於我童年發生的事情，也不會是妳的原罪，妳可以勸楊怡，那麼也可以勸勸自己嗎？」

周慕夏可以清楚地感覺到懷裡的柳絮僵了一下，「這就是楊怡跟玟文的心情。」

柳絮沉默著沒有回應。

「我們總是很容易原諒別人而苛責自己，或者也可以這麼說，我們很容易放大自己的問題，怎麼都不肯看清真相。」

半晌，柳絮才低低地回了聲，「嗯。」

「我知道妳過去揹負了太多，一直覺得自己不能擁有幸福，但是我們說好了要一起承擔跟彼此扶持，妳真的不需要再那樣想了。」

「嗯。」

「試著想想妳今晚對楊怡說的話好嗎？」

「嗯。」

周慕夏沒有再多說什麼，只是聞著她洗完頭髮的薰衣草香氣，將手探進她溫暖的衣服裡，緊緊地抱著她，沒有勇氣跟她說，她這樣的想法已經帶給他很大的壓力。

# 第七章

『《促進轉型正義條例》在立法院已經纏鬥許久，政治受難者多年來一直催促轉型正義上路，希望可以仿效德國或南非的例子，在台灣追求民主自由的真諦，讓戒嚴時期殘暴冤死的民主鬥士及無辜受牽連的犧牲者可以獲得平反。昨天晚上立法院挑燈夜戰，約莫九點左右三讀通過《促進轉型正義條例》，台灣的轉型正義正式上路，我們是否有辦法如同德國或南非，讓白色恐怖的正義得以實現，各界仍然抱持著不同的看法。』

『上個月在立法院群賢樓舉行的記者會，知名演員也是大學教授的周慕夏公開了一支震撼政壇的影片，揭發了三十七年前白色恐怖知名案件的真相，周慕夏新婚不久的妻子柳絮就是當年白色恐怖知名刺殺案件的倖存者，案發不久後，政府以入屋竊盜結案，但是三十七年來該案件一直被認為是白色恐怖時期未解決的懸案。柳絮當年被刺殺時年僅七歲，就讀小學一年級，中午放學後返家即遭遇歹徒以水果長刀行凶，刺傷柳絮的左肺、右手掌及右手臂，根據柳絮當年的證詞表示歹徒是一位頭戴黑色頭罩的高大男性，身著軍靴，而周慕夏公開的影片則證實了這些細節。一個月前公布的影片是由周慕夏的父親周永然錄製，不幸在來台參加周慕夏跟柳絮婚禮的路上遭遇車禍，周永然跟妻子劉曉琴當場身亡。周慕夏在辦完父母喪禮後發現該支影片，該支影片公開後引起震撼性的討論，多年來的公案有了一絲曙光，造成另一波推動轉型正義之必要性的輿論，昨晚《促進轉型正義條例》強勢三讀過關與該影片適時的揭露也有不小的關聯性……』

『這個條例的通過根本就是民進黨有意想要追殺國民黨，意圖讓國民黨毀滅！長期以來，只要選舉一到，民進黨就會挑動民粹，煽動族群對立，嘴上喊著要和解，手裡一直不斷煽風點火，刻意製造省籍情結，昨晚霸道強勢過關的《促轉條例》就是刻意要在選舉時拿來對付國民黨的工具，過去的歷史不斷拿出來說嘴，根本沒有好好專心在推動台灣的經濟，台灣人民要什麼？就是要賺錢啊，要生活啊，一天到晚在這裡製造對立，台灣人民就能過好日子嗎？從年金改革到這個條例的通過，還有去年的不當黨產委員會的成立都是民進黨拿來製造對立跟政治鬥爭的工具，台灣人眼睛很雪亮，可以清楚辨識哪個政黨才是促進台灣經濟繁榮的政黨，誰又是一天到晚製造對立的政黨……』

蔡宇亮看著電腦螢幕上最後一段影片不禁失笑，覺得這些政客演久了，真以為自己都是影帝了，謊言說多了也都對自己鬼扯的內容深信不疑。

「蔡醫師，李小姐來了。」桌上的電話響起前台護理師的聲音。

「好，請她進來。」蔡宇亮關掉電腦上正在播放的新聞畫面，昨晚突然通過的《促進轉型正義條例》引起不小的震撼，各方毀譽參半，連老兄弟的影片也成為攻擊或感謝的焦點之一，想起上週周慕夏在這裡發生的情況心裡很掛慮，他跟柳絮說了嗎？蔡宇亮自己也明白，越是專業人士，越會是不聽話的病人，心裡暗自嘆了口氣。

李少琪神色黯然地走進來，自顧自地坐在沙發上，與她平時會主動問候的樣子大不相同，蔡宇亮走到他慣坐的單人沙發裡坐下，通常不用他先開口，李少琪就會連珠砲似地開始說起這週的瑣事，但是今天她坐下來之後，卻只是抱著包包，眼睛垂望著自己的鞋子，滿臉的欲言又止。

蔡宇亮只是很有耐性地等著她，上週做完催眠治療後找到了一些對她人際關係造成困境的可能原因，上週離去前她也是欲言又止。

「蔡醫師……」李少琪終於在五分鐘後開口，卻仍然欲語還休。

蔡宇亮注視著她，仍然繼續等待著，上週得知原來李少琪的父親是白色恐怖時期的軍人，但也僅只於此，那麼是她這個星期裡找到了更多的資訊嗎？還是她的胡思亂想？不管如何，昨晚《促轉條例》的通過，應該不多不少也對她產生了一些影響。

「蔡醫師，你昨晚有看到那個新聞嗎？」她終於說話了，雖然聲音很小。

蔡宇亮看著她，「哪個新聞？」儘管心裡有所懷疑，仍然需要由她自己說出口。

「昨晚《促進轉型正義條例》通過了。」

「嗯，我有看到，妳覺得跟妳有什麼關係嗎？」

李少琪抬頭驚訝地看著他，「你忘記我上週催眠看到的內容嗎？」

「我沒有忘記。」

「那你怎麼還會問這個問題？」

「這個問題有什麼問題嗎？」

「我爸爸是那個時期的軍人。」

「我知道，海軍上尉，退役時是海軍少校。」

「那你……」

「我怎麼了？」

李少琪第一次覺得蔡醫師很蠢，但是這種話又說不出口，沉默了一會兒才又說道，「上週我要走之前就想要說了。」

蔡宇亮看著她並沒有說話，知道那個欲言又止的內容要出現了，現在不能打斷她，只能等她。

「上個月有另一個大新聞，你應該也看到了吧？」

「每個月有很多新聞，我不知道妳說的是哪個。」蔡宇亮存心裝傻，事實上對他而言，上個月最大的新聞就是老友的新聞。

「那個影帝的新聞。」李少琪有點氣急敗壞地說著，不懂一直讓她覺得很聰明的蔡醫師，為何今天這麼鈍？

「周慕夏在立法院開記者會的新聞？」

李少琪點點頭。

「妳上週來之前就看過那個新聞了？」

李少琪點點頭，「其實兩週前你問我要不要試試看催眠，我會答應也是因為看到那則新聞。」

「嗯。」

「上週你已經知道我爸爸是跟著老蔣他們一起過來的軍人。」

「嗯。」

「其實我覺得我爸爸好像跟二二八還是白色恐怖有關。」蔡宇亮只是凝視著她，她說的是真的，還是因為受到新聞跟催眠的影響？

「為什麼會這樣覺得？妳有聽妳爸爸講過？上週對於這個部分妳並不確定。」

李少琪搖搖頭，「我不記得了，以前他不愛講這些，後來他走了，我媽也走了，我也問不到了。」

「那妳怎麼會覺得有關呢？」

「以前我偶爾也會想起催眠看到的片段，也不覺得有什麼，但是昨天晚上那個條例通過了，那個影帝的影片也一直被重播，我越想越害怕。」李少琪求救地看著蔡宇亮。

「妳又想起什麼嗎？」

「我記得他說過他是十六歲來台灣的，跟著軍隊在基隆上岸。」

蔡宇亮臉上裝作沒事，但仍然不免心頭一跳，基隆？雖然對二二八與白色恐怖歷史不算熟悉，但是一九四七年三月初基隆港有軍隊登陸屠殺當地人，他是有印象的，「妳覺得在基隆上岸有什麼問題嗎？」

「我這個星期去查了很多資料，越查越害怕，我有聽我爸說過，他十六歲跟著軍隊在基隆登陸的時候，看見岸邊好多人死掉，軍隊有人對岸上開槍，我爸曾經說過那時候他很害怕，根本搞不清楚到底誰是好人誰是壞人，為什麼大家會開槍？他很害怕，又趕快躲回軍艦裡，我真的很怕我爸就是屠殺基隆人的人。」李少琪扭絞著雙手說道。

「妳知道是哪一年嗎？」

李少琪恐懼地看著他，「我推算了一下，好像就是一九四七年，我不確定，好像是。」

蔡宇亮看得很清楚此刻她有多焦慮，「就算是那年那天，但妳不是說妳爸爸很害怕，所以躲回船上嗎？」

「我爸媽都不在了，沒辦法查證這件事，但是聽起來很像，不是嗎？」

「問題是，妳爸爸不是躲回船上了嗎？開槍的並不是他。」蔡宇亮提醒她說道。

「但他們可能是同一艘船上的，他們應該是同一艘船上的。」李少琪驚惶地說著。

「妳沒有證據不要自己嚇自己。」

「萬一他真的是呢？我這輩子從來都沒有想過我有一天會被說是加害者的後代，我們家一直循規蹈矩，都不敢隨便跟人講話，從來不管別人的閒事，沒有做過壞事，為什麼有一天我可能會被說是加害者的後代？」李少琪說著說著哭了起來。

「就算你父親真的在那艘軍艦上，也未必就是加害者。」

「昨晚那個轉型正義的法案過了，上個月我看到那個影帝的新聞，我很喜歡看那個影帝的戲，但是現在這些都變成會追究我們的事情了，我要怎麼辦？」

「誰說這些就是要追究你們的事情？」

「新聞就是這樣說的，那個法案就是要追查所有加害者，就是要把國民黨撲滅，他們會無所不用其極找出當年所有的加害者。」

「等等，妳冷靜點，」蔡宇亮有點驚訝於她的說法，「妳不要這麼相信新聞，台灣的新聞都不是正常的，妳應該知道的啊，而且妳到底是看哪一台的新聞啊？這麼危言聳聽。」

「但我爸爸真的是軍人。」

「是軍人也不會就是加害者，白色恐怖加害者是有定義的，不是所有國民黨或軍人都是，妳不要擴大解釋。」

「真的嗎？可是上次我看到的畫面，我爸爸也真的很緊張不是嗎？他的同事，那位金叔叔好像真的不見了，我這週一直試著想要想起金叔叔的名字，想要去聯繫他的家人想要問清楚這件事，但我一直想不起來。」

蔡宇亮凝視著她，「妳想要找尋歷史真相很好，但是妳如果抱持著妳爸爸一定是加害者的想法就不是很健康，只會讓妳一直往偏執的方向去而已，妳明白我的意思嗎？」

李少琪看著他良久才點點頭。

「昨晚的新聞我也有看，但是我覺得那個條例的通過，應該只是想要找出歷史真相吧，不見得是妳想的那麼可怕。」

「是嗎？」李少琪還是忍不住掉淚，「我不想被說是加害者的後代，我今年已經六十歲了，難道現在才要我去面對這麼殘酷的事實嗎？」

蔡宇亮看著她，心裡覺得有點難受，「妳要知道，不管妳爸爸是不是所謂的加害者，都跟妳無關。」

「怎麼會無關？」

「難道妳開槍殺人了嗎？」蔡宇亮直接問道，換來案主錯愕的表情，「沒有，對吧？那麼妳就不需要承擔那些責任，妳明白嗎？妳可以尋找歷史真相，但不要一直想著要把不屬於自己的責任攬上身，真正的加害者需要負責任，但不是妳。」

李少琪雖然點著頭，但是淚水仍然停不下來，半小時後，蔡宇亮送走了還是有點萎靡的案主，打了電話給周慕夏。

「恭喜，昨晚《促轉條例》三讀了。」

正在開車的周慕夏只是一般地回應著，沒有特別的喜悅，「是啊，但不是我的功勞，實在不用跟我恭喜，看起來要實質推動還有很多難關。」

「嗯。」

「你打電話給我是為了恭喜這件事嗎？」

「不是，上次說到我有個案也受到這些事情的困擾，想要找你跟柳絮一起吃飯聊聊。」

「好，你週末有空的話，要不要來我家吃飯？在家裡比較好聊，順便也把嫂子帶來，好久不見了。」

「好，這週六我可以，下午過去？」

「好。」

「你們現在都住基隆還是東區？」

「基隆，家裡有貓，基隆空間比較大。」

「好，週六下午大概四點左右到。」

掛斷電話後，蔡宇亮坐在電腦前陷入沉思，他對政治不算敏感，然而學生時代經歷過戒嚴末期的經驗仍是不愉快的記憶，母親在他高中時早逝，父親因為悲傷過度，過著頹廢的酗酒生活，靠的是祖母的照顧才能繼續唸書考上醫學院。在那個還沒解嚴的年代，祖母總是耳提面命小孩子有耳無嘴，這種老一輩的驚恐是那樣的明顯，自己家裡雖然沒人在白色恐怖遭難，但那個時代的高壓統治，在這個海島上有誰真能避過這一劫？就算是萬惡的國民黨，在那個年代的洗禮下，是非對錯都被扭曲，對那些人來說也是一種傷害。雖然上了醫學院課業非常繁重，但是解嚴後的幾次學運，他也是跟周慕夏一起參與過的，多少年來看著國民黨一直在政壇上活躍，總是讓他百思不得其解，台灣人民的善忘讓人嘖嘖稱奇，或者應該說是成功的愚民政策奏效。前一晚通過的《促進轉型正義條例》看來的確會在台灣掀起一場風波，如果可以真的推動轉型正義就好了，看看自己的個案是多麼的憂慮，他不禁嘆了口氣，想到周慕夏公布影片後遭受國民黨各方的攻擊，該認錯的人仍然嘴硬歹毒，而那些無辜的後代卻如此驚恐。

＊＊＊

站在電梯口，張玟文緊抓著背包看著玻璃門裡面，大大的櫃台壁面上的「國家檔案閱覽中心」，雙腳像被釘在地板上怎樣都移動不了，她想了好些天，趁著今天把紐約大學的申請文件寄出去，她鼓起勇氣坐車來到這裡，心想著，在出國前怎樣都要弄清楚，到底她的父親有沒有做過那些為虎作倀的萬惡之事，既然怎樣問媽媽都問不出個所以然，那就只能來調閱檔案了，可是，這一步好艱困，要怎麼開口？『我要查我爸爸有沒有做壞事嗎？』有人會提供這種資訊給她嗎？

櫃台裡的服務人員接聽完電話之後，望見門外電梯口一位小姐站了好久都沒有進來，心想大概也是想申請檔案卻又滿心恐懼的人吧？是政治受難者家屬嗎？這麼年輕，是第三代吧？

眼前這位坐在櫃台前填資料的女子也是拿著筆坐了好久，彷彿不知道要怎樣下筆，剛才問她也是沉默以對，自從前幾天《促進轉型正義條例》三讀通過之後，來申請檔案的人突然倍增，卻往往都得不到他們想要的答案，鎩羽而歸，甚至也會在這裡大發脾氣，但是她有什麼辦法呢？她也只能依法行政啊。

門外的年輕小姐終於走了進來，「妳好，需要什麼服務嗎？」

那女子聽見自己的問候，又停在原地，彷彿不知道自己來這裡幹嘛。

「要申請檔案嗎？」櫃台小姐親切地問著。

張玟文訥訥地點點頭。

「妳有先在線上填過申請書了嗎？」

張玟文搖搖頭。

「沒關係，那就麻煩先過來填一下申請表格。」

張玟文舉步維艱地走過去坐下來，看見服務小姐遞過來的申請表格，密密麻麻的格式，有種不知從何下筆的焦慮，是啊，要怎麼查呢？

「妳是要申請哪一類的檔案？」服務小姐見她楞楞地坐在那裡便問道。

張玟文低著頭小聲地說著，「白色恐怖。」

「是妳家裡的長輩嗎？」

張玟文輕輕地點點頭。

「那可以填寫長輩的身份證字號跟名字相關資訊，如果知道是什麼案件也可以填進去。」

「案件？」張玟文楞楞地說著，「不知道怎麼辦？」

「不知道？」服務小姐看著她，「有申請過判決書嗎？上面會有案件名稱。」

張玟文頓時覺得口乾舌燥，怎麼說明自己想要申請的並不是受難者的檔案文件，可是那加害者三個字是無論如何也說不出來的啊，服務小姐一直看著自己，最後只能搖搖頭。

「那沒關係，就是填寫下長輩的姓名、身份證字號等，我們來查查看。」服務小姐轉頭看了一下旁邊那位女士，那張申請表上仍是空白，只看到她填了代理人的名字李少琪，「李女士，妳也是喔，把想要申請的長輩姓名跟身份證字號填好。」

李少琪抬起頭看著她，小聲地問著，「請問可以看到公務員或軍人的名字嗎？」

「家裡的長輩被逮捕的時候是公務員或軍人身份嗎？」

張玟文聽見這句話轉頭看著她，只見李少琪搖搖頭。

「所以妳的意思是想要看見長輩案件裡面的訊問者或軍法官的名字是嗎？」服務小姐問

道。

李少琪搖搖頭，「可以看見像是參與者或是告密者之類的名字嗎？」

張玟文緊盯著兩人的臉，想要聽清她們的對話。

「喔，不好意思喔，妳們來申請的檔案，我們能提供起訴書跟判決書，但是只能看到妳家長輩跟軍法官的名字，其他的名字會被遮掩起來，這是因為個資法的緣故。」

李少琪跟張玟文兩個人臉色都變了，服務小姐頓了一下，轉頭看著張玟文，「妳也是想要查當時承辦人員的名字嗎？」

張玟文臉色蒼白地點點頭。

「不好意思，他們的名字都是被遮蔽的，沒辦法看見。」

「為什麼？」張玟文問道，「為什麼他們的名字會遮起來？他們不是審訊的人嗎？可能是刑求的人，為什麼名字要被保護？」

「不好意思，目前法律規定就是這樣，他們的名字還是受到保護的。」服務小姐以為她們是帶著想要查清誰陷害或拷問家裡長輩的心情前來，結果卻落得滿心失望。

「那要怎樣才能看到是誰進行訊問或是逮捕抓人的？」李少琪問道。

「目前沒辦法，因為也不能提供筆錄，只有起訴書跟判決書，上面只會顯示長輩跟軍法官的名字。」

李少琪跟張玟文對望一眼，知道彼此好像都是想要知道訊問者或是逮捕人的姓名，兩個人默默地站起來。

「雖然不能看見他們的名字，但妳們還是可以申請家裡長輩的檔案來了解一下過程。」服務小姐見她們兩位一起起身有點驚訝。

「不用了，謝謝。」張玟文頭低低地彎了身子感謝她的幫忙，便轉身離開櫃台。

張玟文跟李少琪站在電梯裡的兩邊，一路的沉默，因為也不知道能說些什麼，不知道對方的身份，不知道大家想查詢的真相是什麼，只希望電梯趕快到一樓，覺得全身都發冷。到了一樓，走進有著冬日暖陽的天空下，那遠遠的陽光似乎也起不了什麼作用，張玟文轉身走向捷運站，『怎麼辦？原來這裡也查不到嗎？到底爸爸當年在警總做了些什麼？』

走進人潮不多的捷運車廂裡，她選了個角落位置坐下，隨著警示聲響起，車門關閉，捷運快速地前進著，『對於那些受難者來說，無法得知誰是迫害他們的人，這哪有公平正義可言？為什麼那個《促轉條例》通過了還是這樣？那個條例有什麼用？』

＊＊＊

「現在那個條例雖然通過了，但是促轉會的成立我們會卡一卡，他們要提出委員名單，立法院要通過才算數，這個可以卡一陣子，而且那個促轉會也是任務型機關，兩年的期限而已。」

「在我看來最重要的不是那些個委員，而是後續的法案要卡住，既然只有兩年的任務，減少他們運作的時間就可以了。」

「現在檔案法還附隨著個資法保護，所以當事人去申請也看不到我方的名單，訊問者、洩密者的名字都是蓋住的，他們看不到，幾件案子也都還是永久機密檔案，目前還動不到那裡。」

「他們應該動作會很快，畢竟只有兩年，他們很快就會繼續推動《政治檔案條例》了，法條的地方要看清楚，有些必要手段全曝光就亂了套了，當年跟著老先生過來，務必要穩定台灣的政務跟民心，這些叛亂份子在那裡擾動民心，本來就是罪該萬死，前幾年給他們領了補償金，現在又在那裡鬼叫，真是忝不知恥。」

「人心不足蛇吞象啊，拿了錢也不滿足還能怎麼辦？就是在這裡叫囂喊冤，根本都證據確鑿，賴都賴不掉的。」

「當年那些人根本應該都打靶打掉就算了，給他們留一條活路還不知感恩，要不是我們在這裡穩定局勢，土八路搞不好也打過來了，這些台灣人真是不知死活。」

＊　＊　＊

「接下來就是要籌組促進轉型正義委員會，會有幾位委員。」謝文武說道。

「我們會有代表加入嗎？」蔡火木問道。

「目前沒有風聲，不過有聽說會比較希望是年輕一輩進去當委員，我們這些老人應該退居幕後了。」

「大家這十幾年來這麼拼，幾個老兄弟在中間跟民進黨還有國民黨立委斡旋了這麼久，才終於三讀通過，換年輕人進去委員會，他們真的懂嗎？可以掌握得住分寸嗎？這種單位也是要去立法院備詢吧？他們抵擋得住嗎？」蔡火木嗤之以鼻地說道，「這時候嫌我們老啦？我們努力推過這個法案，不會砸鍋在年輕人手上吧？」

「年輕一輩的中生代有很多學者適合進入委員會。」

「不管怎樣，還是要有我們信得過的才行。」

「且走且看吧，過兩天我再問問看阿哲。」

「哼哼，真是便宜了他，看他最近又出盡了風頭，還有人記得他背叛王萍姊嗎？混小子。」

「不說那件事了吧，的確他在這件事情上面幫了大忙，他很懂這些媒體操作，不多不少也是靠他一起把慕夏的影片給哄抬上去，讓輿論更加站在我們這邊。」

「你都會說是慕夏的影片了，最大的功臣當然是他跟咱們小絮，以慕夏的身份地位公開這支影片綽綽有餘，何需靠那傢伙？都不知道你們當時怎麼想的。」

謝文武笑著搖搖頭，「我知道大家現在都很不喜歡阿哲，他也真的在許多事情上很不檢點，但是現在在立法院裡面還有受難者身份的只有他，他也的確很有手段可以吸引媒體的注意，你看他每次不管開什麼記者會就是會有很大的篇幅，但是那天的記者會是慕夏跟小絮主動提到需要阿哲的協助，儘管慕夏相當有知名度，但是對於政治操作他畢竟是門外漢，既然都要冒險公開影片了，當然我們是要一擊即中，你再怎麼不喜歡他，也就先忍忍吧，這些事情是政治問題，我們當然需要用政治來解決。」

蔡火木雖無法辯駁，但仍然是嗤之以鼻，謝文武看了也只是笑笑，近日許多老兄弟常來家裡走動，推動了那麼久的轉型正義終於有了一點進展，「慕夏邀請我們除夕到他們家一起圍爐，我答應了，你也會去吧？」

蔡火木點點頭，「去，怎麼不去？」說著又眼神一黯，想起去年過世的老伴，當年可是在家裡苦守了許多年等他回來的髮妻，無奈出獄後一直找不到工作，每每有了可以餬口的工作，警總就會派人到公司，告訴老闆他的身份，最後還好是謝文武邀請他到自己的工廠上班，但總是怪自己無法讓老婆過上好日子，前兩年病得重，也靠謝文武這個老兄弟義無反顧地支付了龐大的醫藥費，「反正我現在也都孤家寡人了。」

謝文武知道他又想起了去年過世的嫂子，也說不上什麼勸慰的話，「以後就到我家來過年，熱鬧些，今年咱們就來去小絜家圍爐，也會請靜雅姊上來，還有靜之夫妻跟孩子都會來，也請了阿萍姊跟文心。」

「好好好，熱鬧點好，我們從沒有這樣大家一起圍爐。」

「是啊。」

說著，門鈴又響了起來，謝文武的妻子張瑄華跑去開門，「政義兄也來了。」

謝文武跟蔡火木起身看到一身好功夫的李政義突然來了，「火木你也在，剛好。」

「怎麼了？突然跑來。」

李政義喝下一口嫂子剛遞過來的茶水，脫下外套說道，「來找你們商量接下來該怎麼辦。」

「什麼怎麼辦？」謝文武問道。

「條例過了，接下來該怎麼辦？聽說總統只打算成立兩年的促轉會，這樣怎麼夠？兩年哪處理的完？」

「這點我也是很有意見，兩年是能幹嘛？國民黨再隨便阻撓一下就期限到了，是還能幹嘛？」蔡火木說道。

「我想總統會這樣打算應該是有規劃吧，她競選前承諾會推動轉型正義，現在也的確開始在推動了，可是府方決定兩年的任務期，應該有相對的規劃，而且先求有，台灣的情勢嚴峻，國民黨一直親中，什麼都要擋，先把委員會成立了，開始運作再說。」謝文武說道。

「說是這麼說，但是昨天我跑去檔案局調資料，結果還是沒辦法看到那些逮捕我們的人的名字，什麼警總的、告密的跟特務什麼都看不到，跟過去一樣都是遮起來的，這樣是有個屁用？還是一樣只看得到判決書跟起訴書，根本跟以前沒兩樣，筆錄什麼的都調不到，是要怎樣轉型正義？怎樣要他們付出代價？人家德國跟南非都不是這樣的！我看我們這個條例也是騙人的啦！」

謝文武這兩天也有聽到一些兄弟這樣憤慨的抱怨，「事情不是這樣看的，兄弟啊，這個《促轉條例》是主要的法，後面還有施行細則要進行，你說的那個屬於政治檔案，需要後續繼續立法啦，所以現在要趕緊成立委員會，他們自然就會去推動後續的立法，阿哲說他也會在立法院盯著這件事。」

「靠他喔？」李政義跟蔡火木的態度一致，對於朱懷哲有諸多意見，「他這些年自己過得可爽了，哪裡有在乎過這些老兄弟的死活？靠他喔？」

「對吧？我也是這麼說的，靠那個背骨仔。」蔡火木馬上跟進罵道。

「後續是要我們等多久？等這個都等了幾十年了，這幾年走的兄弟越來越多，大家還能等多久？」

「現在開始速度會加快了，因為這個法都過了，很快就會進行檔案調查，然後會給大家平反，撤銷罪名。」

「真的還會進行賠償嗎？」李政義出獄後跟太太開了小吃店，為了避免被找麻煩，他剛開始都是負責待在廚房裡洗碗洗菜刷鍋子，就算警總故意來「探班」，也因為是自己的店面比較沒問題，其間也出現過幾次警總跑去警告房東，讓他們的小吃店不得不一直搬家，後來跟親戚朋友借錢買了個小店面才終於穩定下來。現在年紀大了，三、四個孩子也都有自己的工作跟成就，兩老也不用再開小吃店，「我算是運氣比較好，現在不用開店了，孩子們也都會給我們生活費不用煩惱，房子也有，」他看了眼蔡火木，「還是有很多老兄弟過得苦哈哈的。」

「有啦，這些都有在談，也有列在條例裡面，大家都看到了，問題只是說基數要怎麼算，還有錢要從哪裡來的問題，畢竟大家領過一筆補償金，現在如果要的太過火，社會觀感會不佳。」

「什麼社會觀感？不是要用國民黨黨產來賠我們嗎？」蔡火木說道。

「說是這麼說，也要那些黨產真能處分掉，不然說了也是白說。」謝文武嘆口氣說道。

「那些人哪會這麼容易讓我們處分黨產，那現在是要怎麼進行？」李政義問道。

「昨天我跟阿哲討論了一下這件事，他也是提到同樣的問題，現在國民黨正要提出訴訟，大家也要處理當年被國民黨搶去的財產，這個部分也是一個大問題，國防部評估財產名冊上的物業大約值市價三百四十五億，所以就算先由國庫支出這筆明顯是天價的賠償金，萬一訴訟拖太久或打輸了，怎麼填回國庫？所以這件事真的沒那麼容易，而且基數真的是需要經過討論的。」

「這一定要的，當年被沒收財產的人那麼多，不管財產多少總共只賠兩百萬真是沒天理。」

「自然是沒天理，那個帝寶對面的那塊地不就是咱們兄弟的嗎？那塊天價的地才賠兩百萬是怎樣說得過去。」李政義生氣地說著。

「那個老兄弟不是還有一塊地也被沒收，就是現在101大樓裡面的一塊嗎？這才真扯，這兩塊地加起來才賠兩百萬，是發瘋了嗎？」蔡火木啐道。

謝文武沉默了一下才說，「他沒有領那兩百萬。」

兩位老友吃了一驚，「沒領?!」

謝文武搖搖頭，「他知道不能領，所以沒領，只有領坐牢的部分，那些財產未來還要打官司取回，之前也只有九位兄弟有去領這兩百萬。」

「聰明聰明。」李政義點點頭，「這樣就對了。」

「現在就是社會上大家並不知道，為何我們還會要求賠償，這幾年國民黨也一直營造出我們這些受難者很貪錢，領過一筆補償金還不滿足，一直說大家獅子大開口。」謝文武說道。

「這個為什麼不想辦法讓民眾了解呢？」張瑄華在丈夫送走兩位老兄弟，收了大家的杯子後說道，她剛才在廚房忙進忙出的，多少聽到了他們的對話，「讓大家知道不是我們貪財，民眾這樣想實在是不公平。」

「談何容易啊。」謝文武嘆口氣，「這整個社會都被政黨跟選舉吵爛了，太多人聽見這個議題根本不想聽。」

「你看接下來這些事情可以順利嗎？」張瑄華知道丈夫第二次出獄後雖然專心經營工廠照顧家裡，不常上街頭參與活動，但是各方面消息還是靈通的，老兄弟都還是經常來家裡聚會談些政治上的事情，有些事情還是會要他拿點主意。

「賠償跟財產返還應該會比較麻煩，但是起碼檔案清查跟平反這些事務應該會比較快，不過，像那些被列為永久機密的重大案件可能也是要費點力吧，希望可以在老兄弟們還在的時候，趕快平反撤銷罪名，讓大家清白地走。」

「大家本來就是清白的。」張瑄華說道。

「說是這麼說，還是需要這個流程來證明。」

＊＊＊

楊怡下班後疲憊回到家樓下，剛拿下安全帽就看見自己位於四樓的家亮著燈，可是今天沒聽說張玟文要過來，不過這個月她已經好多天應該回去陪母親的日子都留在他家。

「妳怎麼沒回去？」進了門之後，看見她坐在客廳地上畫圖問道，茶几上已經放了兩菜一湯，正好剛才沒有去買自助餐。

張玟文闔上畫冊起身走去小廚房添飯，「不想回去。」

楊怡放下背包，脫了羽絨外套，洗過手就過來坐在冰冷的地上，看著湯還在冒煙，「我差點就自己買便當回來了。」

「嗯。」張玟文也沒多說什麼。

楊怡這陣子一直忍耐著她這樣古古怪怪的脾氣，知道前幾天去周老師家裡真的對她有不小的影響，這兩天剛覺得她似乎比較穩定一些了，誰知今天又怪怪的了，「妳今天都幹嘛了？申請文件寄出去了嗎？」

「嗯。」張玟文點點頭，淋了一些魯肉汁到自己的飯上面。

楊怡見她這樣，只是點點頭，也懶得多說，他自忖不是那種細心體貼的男人，如果對方不肯說，他也不想追問，都三十幾歲的人了，他總是覺得該為自己負責任，要任性要堅持都好，都是自己要負責的。

兩個人默默吃了半頓飯，張玟文才開口，「今天早上我去了檔案局。」

楊怡一愣，這倒是他始料未及的答案，她竟然有勇氣去檔案局，「妳去查什麼？」

「我也不知道我可以查什麼，我原本以為我可以查查看會不會有我爸的名字，」張玟文嘆口氣，「但是看了表格我連自己要填什麼都不知道，要填那些檔案當事人的案件名稱、檔案號碼、身份證字號，可是我爸並不是受難者，我都不知道要填什麼。」

楊怡只是聽她說，沒有回應什麼。

「今天也有一個五六十歲的女人在那裡填資料，她好像也填不了，只聽見她問服務台的小姐，能不能看見承辦人或是告密者的名字。」

「那些都沒辦法看到。」楊怡淡淡地說著。

張玟文驚訝地看著他，「你知道?!」

楊怡放下碗筷走去房間角落拖出一個紙箱，從裡面拿了幾份文件給她，「執行公務這邊的人名字都會被覆蓋，看不到，只會看到軍法官，大家都想要看到特務或出賣者的名字，可是根本不可能，就算有也都不知道是不是真名，他們太多化名了。」

張玟文接過文件，發現自己的手指竟然在發抖，她盯著封面上的字『台灣警備總司令部案卷』，中間書寫著某個受難者的名字，遲遲地不敢翻開來看，楊怡看見她這樣也沒表示什麼，只是繼續扒著飯。

過了好幾秒，張玟文才翻開那薄薄的文件，是判決書，但是很多地方都遮蔽了，整份文件看起來荒誕而可笑，許多深色框框擋住當事人以外的所有名字，竟然連同案的難友名字也都遮蔽，告密者的名字也不可能出現，「這樣的文件，可以看見什麼呢？」她訥訥地說道。

「這就是為何受難者長期以來都很不滿，因為這距離真相實在太遙遠了。」連一份判決書、起訴書都說不清楚。」楊怡吞下一口飯說道，張玟文聽著，第一次真的感受到受難者的無奈，但是自己要怎樣知道爸爸有沒有做過這些事？此刻的她感到無比的茫然。

「我想知道我爸是不是參與了這些可怕的事，可是現在看起來、根本沒辦法查到，難道除了等我媽願意說出來之外，就再也沒有辦法了嗎？」她輕聲地說著。

楊怡嘆了口長長的氣，「很多案子都經過警總，要查出妳爸爸到底做了哪些事情真的很不容易，他是軍醫，真的不知道他都負責些什麼事情，恐怕真的除了妳媽媽願意說出來之外，很難從這些文件裡面找到答案，就算之後解密了，這些文件不再覆蓋姓名了，我也想不出來妳爸爸的名字怎會出現在上面，除非他是告密者或是參與訊問，但我不確定軍醫會不會參與，因為我們也申請不到筆錄。」

張玟文看著那份若有似無的文件，又翻了其他幾份，看起來都是一樣的，她知道除了想辦法問母親之外，真的沒有其他方法了。

「或許下次我可以幫妳問問看文武叔，他們都經歷過警總的刑求，或許會知道軍醫的角色。」

「不行！」張玟文焦慮地說著，「萬一文武叔討厭我怎麼辦？」

「不要說是妳就好了，我會跟他說是我的一個朋友。」

張玟文猶豫地看著他，「這樣可以嗎？」

「問題是，妳知道真相之後要怎麼辦？」楊怡問道，「妳能怎麼辦？」

「我不知道。」張玟文咬著嘴唇，她真的不知道，只是，起碼不想成天懷疑自己的父親。

「如果妳知道真相，妳願意公開嗎？願意出來做見證嗎？告訴大家警總的軍醫都做了些什麼？」

張玟文驚慌地搖著頭，「不，不。」

楊怡帶著一抹哀傷與無奈看著她，「是嗎？」

「怎麼可以？」張玟文眼淚馬上掉了下來，這真是她最常哭泣的一段日子。

「為什麼不可以？」

「我怎麼可以站出來說我爸做了什麼？如果他真的做了什麼，我……」

楊怡看著她，「所以我們也要跟國民黨一樣，一起掩蓋事實嗎？」

「你怎麼可以把我跟他們相比?!」

楊怡突然笑了，「其實都是一樣的吧？知道真相卻不願意說出來，不是都一樣嗎？」

「所以如果是你，你真的知道你爺爺幹了什麼事，你會跳出來開記者會?!」

「也許不是開記者會，但是我會公開說出特務都幹了些什麼喪盡天良的事情。」

「那是你爺爺。」

「那又怎樣？」

張玟文驚訝地看著他，這個男人真的那麼冷血？那是他的親爺爺。

楊怡看見她不敢置信的眼神，「妳覺得我很可怕？」

她猶豫了一會兒才說，「我只是不敢相信你可以這麼無情，你爺爺難道虐待過你？或是對你不好嗎？」

楊怡看著她好一會兒，「他對我很好，真的很好，從小把我捧在手心裡呵護的。」

「那你……」

「小時候我放學晚了，跟同學在學校多玩了一會兒，回到家的時候，都會看到爺爺站在門口等我，每次都這樣。有一回姑姑跟我說，爺爺真的很愛我，總是很擔心我的安全，總要看到我回到家了，才能安心回房間去做自己的事情，這些我都記得，」楊怡陷入回憶地說著，「就算是我念了大學之後，爺爺跟我再也無法溝通，我們在政治立場上無法達成共識，雖然我不再拿家裡的錢，但他總是想盡辦法要塞錢給我，就怕我挨餓受凍。」

張玟文看著他每每說起爺爺就難掩抑鬱的臉龐，「你也真的都在挨餓受凍啊，總是吃那麼少的東西。」

「沒什麼……」楊怡苦笑了一下，飢餓是他長期以來的感受，久了真的也就習慣了，他好像很少有吃飽的感覺，「不管怎樣，就算爺爺再愛我，他仍然可能是那個很可怕的特務，仍然可能是謀畫殺害他人的兇手，」他看著幾乎不再冒煙的湯鍋，「如果他真的曾經做過那些罪大惡極的事情，就算是最愛我的爺爺，也是一樣應該要被公開，這是我們欠台灣人的，是我們欠受難者的，他對我的好並不能相抵他害過的那些家庭。」

張玟文看著他，半晌都說不出話來。

「那天柳老師說了，每個人都必須為自己的選擇負責，如果我的爺爺跟妳的爸爸都做了那些可怕的事情，他們就只能負責，別無他法。」

「但是我爸爸已經死了。」

「也有很多受難者被槍決了，甚至是含冤病逝、老去，難道他們的冤屈都是假的嗎？」

張玟文用力地搖著頭，這些都太沉重了，眼淚一滴一滴地掉落在毛衣的胸口上，點點淚珠晶瑩剔透，「為什麼我得要面對這些事？為什麼我會出生在這樣的家庭？」

「這是我們的命運，我已經說過了，我們只能一輩子帶著贖罪的心面對台灣人。」

張玟文搖著頭，「我不要！」

楊怡移到她身邊抱著她，她用力地摟著他哭著，「我不要！」

他拍拍她抖動不停的背，「我知道這些很難，我也不是第一次就知道自己要這樣做，或許過一陣子等發現了妳爸爸是不是真的有做過那些事情再說吧，如果真的是這樣，或許妳也會跟我一樣躲不過自己的良心，就會知道自己要做些什麼了。」

「為什麼？為什麼？為什麼他們做的事情要我們來還？」張玟文哭著說道。

「因為我們是他們的孩子，在他們做那些壞事的時候，我們可能也享受過他們做壞事所帶來的利益，這是我們得要還給台灣人的，而且妳有想過嗎？我們這樣做其實也是在為我們的家族贖罪，當有一天轉型正義找到了真相，所有的惡都必須曝露在陽光下，我們家族如果還要抬頭挺胸的活下去，我們現在就必須要這樣做，也許我們能做的實在太少了，但是，我們必須要做，也當是我們為轉型正義做了一點事情。」楊怡語重心長地說著，但是他心裡更清楚的是，如果他的家人知道自己錯了或許還比較好，然而他們卻是那樣堅信著當年的白色恐怖是為了台灣的安定而不得不做的事情，還是一口咬定那些政治犯本就該死，是這種死不悔改的心態才讓楊怡知道自己除了贖罪，已經洗不去家族的罪孽。

# 第八章

週末的下午，周慕夏跟蔡宇亮兩對夫妻難得地聚在一起，一邊品嚐著美味的牛排，一邊啜飲著紅酒，彷彿是美酒佳餚的輕鬆聚會，只不過大家談的卻是嚴肅的國家暴力。

「那天你說有個案跟白色恐怖有關想要談一下，怎麼回事？」柳絮跟蔡宇亮的太太吳欣儀正在廚房清洗餐盤聊天，長桌上只剩下甜點跟好酒，周慕夏啜飲了一口紅酒問道。

「最近《促轉條例》通過了，沒想到我的個案也受到影響。」蔡宇亮說道。

「喔？是受難者？」

蔡宇亮搖搖頭，「看起來似乎是另一邊的，但是這樣講又不盡公允。」

「是怎樣的個案？」

「六十歲女性，來半年左右，原本是因為人際關係的問題來的，主要的問題在於她不相信外面的人，男女都是，這個問題讓她很困擾，也一直都感情不順，離婚，現在也沒有固定交往的對象。」

周慕夏點點頭。

「兩週前我們嘗試了催眠治療，結果她看到小六的時候，她父親限制她跟同學往來的記憶。」

「喔？」周慕夏挑了挑眉，「小六？現在是六十？」

「對。」

「還在戒嚴。」

「對。」

「她父親是哪個單位的人？」

「她自己其實也記不清，說是海軍，只是記得有一天她放學回家先去同學家玩，她們都住在同一個眷村，結果回家比較晚一點，父親就發瘋似地責備她，警告她不能再去同學家，也提到他的同僚剛辦完一宗匪諜案領了大功之後，自己也被誣陷失蹤了，所以她父親才會那麼緊張，叫她不要隨便跟別人講話。」

「嗯，這可能就是影響她後來人際關係的原因。」

「是，因為他們家裡關係好像很緊密。」

「後來呢？」

「上週她回來時更焦慮……」說著說著，柳絮跟吳欣儀端著水果回來，看到兩個男人一臉嚴肅，放下水果之後有點猶豫是不是要加入。

「你們在談什麼？」柳絮問道。

「阿亮在談一個案例。」周慕夏轉頭對柳絮笑了笑，拉開椅子要她坐下。

「案例？那我們可以在場？」柳絮困惑地問著，因為她知道治療者一直都很在意倫理界線，不會輕易講出個案的事情。

「沒什麼，主要是在講個案的背景，」蔡宇亮笑笑，也叫太太過來坐，「如果真不能講的，我會單獨跟小夏吃飯，坐吧，我也想聽聽柳絮的意見。」

柳絮剛安心坐下又帶點驚訝地看著他，「我？可是我對心理治療不懂。」

「是國家暴力。」周慕夏說明著。

柳絮楞了楞，「你的個案是國家暴力受害者？二二八還是白色恐怖？」

「應該都有，」蔡宇亮想了想，「她自己也不確定，而且我實在也不確定應該歸屬在受害者還是加害者。」

柳絮皺皺眉頭，希望他們可以多說一點。

「細節我不能多說，不過個案一直記得小時候她父親限制她不能跟外界有太多接觸，不斷提到外面的人不可靠，軍隊裡面也有同僚失蹤，所以她其實現在蠻焦慮的，特別是之前也有看到小夏記者會的影片，後來《促轉條例》又通過了，她就更焦慮。」

柳絮點點頭，「她焦慮的原因是什麼？」

「因為她父母都離世了，現在就只剩她自己一個人，所以也問不到什麼資料，但是她印象中曾經聽父親說過自己十六歲就跟著軍艦過來台灣，當年是在基隆登陸的，據說一下船就看到岸邊死了很多人，有軍人在開槍，她父親根本搞不清楚誰是誰就很害怕躲回軍艦裡，不敢下船。」

「基隆？岸邊？」柳絮先瞥了一眼周慕夏，才又看著蔡宇亮，「知道那是幾年嗎？」

「她說好像是一九四七。」

桌邊因著這句話突然安靜了下來，過了好一會兒，周慕夏才又說話，「但是你剛才說她爸爸很害怕自己看到的事情，所以又躲回船上了不是嗎？那麼她現在的問題是什麼？」

蔡宇亮瞥了一眼陷入沉思的柳絮，「她提到自己這輩子從沒有想過有一天會被稱為加害者的後代。」

「有人這樣說她嗎？」柳絮終於開口問道。

「她倒沒說，不過依照她之前描述的人際相處，應該也很難會跟朋友提到這些事情，所以無法想像是不是有人會這樣說她，比較多的可能會是她對於自己處境的想像，我想現在可能很多人都開始會有這種想像。」他看著柳絮說道，也看到柳絮跟周慕夏對看了一眼，「怎麼，你們也遇到了嗎？但是你們遇到加害者那邊的人機會不高吧？」

「的確是不容易遇到，就算遇到了，他們多半也不肯在我們面前承認。」柳絮說道。

蔡宇亮輪流看著老友跟柳絮。

「但我們的確遇到了，」周慕夏說道，「其中一位的確是加害者的後代，他的祖父是特務退休的，經手過白色恐怖的案件，但是確切的案件並不清楚，那個年輕人無法從他爺爺那邊問出答案。」

「他爺爺還在?!」

「聽起來還在。」

「那個年輕人還好嗎？」蔡宇亮問道。

「看起來還好，就是……」柳絮說道，「很自責，他覺得自己應該幫爺爺贖罪。」

周慕夏搖搖頭，「我其實覺得他並不好。」

蔡宇亮看著老友，知道這句話有著專業評估，餐桌上就這樣沉默了好一會兒才又繼續說道，「關心國家暴力的人都對這個轉型正義充滿期待，但其實一般人都無法理解這個轉型正義會怎麼進行，所以很有可能會引起不少風波，我也擔心我的案量可能會增加，或許不如每次大選時那麼明顯，但受影響程度可能會更嚴重。」

「的確有可能，我們遇到的兩位年輕人就是這樣的狀況，我們聽起來其實都跟他們沒關係，但是他們非常在意，一個是一直覺得自己應該贖罪，一個是很惶恐，擔心自己的父親不知道做過些什麼。」

「另一位的父親是什麼身份？」

「她說是警總的軍醫，」周慕夏說道，老友夫妻都露出驚訝的表情，「是啊，是那個警總。」

「但是警總的軍醫都在做什麼呢？」蔡宇亮問道，「他們其實很多根本也沒有真正讀過醫科，相當多人只是跟著軍隊過來，就是學過一些急救而已，來台之後就發給醫師執照，其實蠻多是密醫的。」

柳絮點點頭，「我倒是都沒有聽長輩說過跟軍醫有關的事情，但是那位年輕人也是一樣不知道自己父親做過什麼，聽說是父親蠻早就過世了，母親也不想多說。」

「慕夏，剛才你提到那位爺爺是特務的年輕人說他想要贖罪？」原本只是在一旁靜靜聽著的吳欣儀開口問道。

周慕夏點點頭。

「他想要怎麼贖罪？」

「更重要的或許是他需不需要贖罪。」蔡宇亮說道。

吳欣儀帶點不解的眼神看著丈夫，她一直都成長於幸福的家庭，祖父跟父親都是外科醫師，從小是父母的掌上明珠，雖然外科出身的父親對於她選擇嫁給精神科醫師相當不以為然，終究還是牽著她的手送上紅毯交給蔡宇亮。儘管醫學界還是有科別門派高低的成見，但是日子久了，心高氣傲的岳父看得出寶貝女兒嫁給蔡宇亮後也過著天真爛漫的日子，顯而易見這個精神科的女婿是有好好對待他的掌上明珠，也就漸漸地釋懷。

「妳覺得他是加害者的後代就會需要贖罪嗎？」蔡宇亮問道，語氣裡沒有什麼指責或暗示，他一直珍惜這個心地善良充滿陽光的妻子，深知她沒什麼城府，想事情有時候真的單純。

蔡宇亮開始追吳欣儀時，周慕夏就認識她了，蔡宇亮也不在乎讓自己心儀的女生認識當時就已經在演藝圈主演電視劇闖出名號的生死之交，似乎也老神在在地經常三人一起吃飯，所以三個人其實都是老朋友了，周慕夏知道蔡宇亮這樣問並沒有惡意，轉頭看了一下妻子，怕她誤會，然而一轉頭就看見柳絮眼神專注地望著吳欣儀，似乎也在期待著她的答覆。

「好像也不是這樣，畢竟如果那是他爺爺做的，跟他就沒什麼關係，只不過……」她想了一下，「如果說跟他完全沒關係，好像又不是這麼回事，我覺得你這個問題很難回答，我覺得很矛盾，我說不上來，這個就很像之前你提過國外有些連續殺人的案例，你說那些兇手之中，可能背後也有著很辛酸的故事。」

「嗯，對，」蔡宇亮轉頭看了老友跟柳絮一眼，「我講過這些例子，不過，」他又看看妻子，「那時候我們也討論過，理解那些殺人犯的故事並不意味著要原諒他們殺人的事實，畢竟殺人是事實，也是不可原諒的。」

「但是那時候我也跟你說過，如果無差別殺人犯殺死了我們的孩子，無論他有什麼故事，我都沒辦法原諒他的。」

「那兇手的家人呢？」周慕夏問道，他知道蔡宇亮的意思，這從來都不是一件容易的事。

蔡宇亮跟她開始交往時，她剛剛大一，那時他跟周慕夏都已經大四了，儘管吳欣儀年紀比柳絮大了兩三歲，但是喜怒總形於色，怎麼都藏不住，聽見大家一連串的追問，不禁焦慮了起來。

「你們兩個幹嘛一直這樣追問我啦？幹嘛不問柳絮啦？」

一直在期待答案的柳絮突然被點名也楞了楞，「喔，我……」她正要講，丈夫卻突然碰了碰她的大腿，讓她及時煞了下來。

「因為妳的答案會比較有趣啊。」周慕夏似笑非笑地說著。

「什麼鬼啦?!」吳欣儀困惑地來回看著兩個男人，「你們幹嘛好像在捉弄我？」

「我跟小夏沒有要捉弄妳的意思，雖然平時逗妳真的蠻好玩的，」蔡宇亮說這話時，明明該是戲謔，卻仍然一本正經，「但是我跟小夏都知道柳絮的想法，我想我應該不會猜錯柳絮的想法，」他突然轉頭瞥了一眼柳絮，然後才又回來看著自己的妻子，「但是妳比較接近一般人的想法，所以才會問妳。」

吳欣儀轉頭看著周慕夏，只見他也點點頭，三個人一開始認識後，就從還是男朋友的蔡宇亮口中得知周慕夏的身世，以及彼此之間如何相互扶持走過失去家人的過程，雖然當年她的姊妹淘都想不懂，為何她不是喜歡高大帥氣的大明星，而是喜歡一個相貌平平的醫學生，但她自己很清楚周慕夏跟自己男友是生死之交，深知他的為人，也因為了解他的個性，她曾經跟蔡宇亮說過周慕夏太過深沉，優雅的紳士修養下是難以親近的疏離。儘管蔡宇亮說過那是因為他遭遇的實在是太大的傷痛，所以才會如此，況且這種深沉是不帶算計他人的，不過是習慣自己承擔一切。但是她知道自己不可能喜歡一個喜怒不形於色的人，可是，她是信任周慕夏的，也許永遠都難以看見他真實示弱的模樣，但她知道絕對不會被他出賣或傷害，就像他當年或任何時候，如果老友蔡宇亮需要他，他也絕對會出現一樣，因此看見他此刻保證般地點頭，她也就認真地看待這個問題。

「我理智上覺得兇手的家人不應該被牽連，但是我又覺得自己沒有大方到認為家人都是全然無辜的，雖然我知道他們應該是無辜的，當然那些當幫兇的就另當別論，可是我也有想過，如果他們都知道兇手可能有這些意圖卻沒有制止，或是知道了又沒有報案，我覺得這跟幫兇是一樣的，這個我覺得好難當做沒事的原諒。」

她講完之後發現餐桌一片靜默，覺得有點尷尬，「你們怎麼都不講話？」

「那麼如果是白色恐怖加害者的後代又該怎麼辦呢？」蔡宇亮繼續問道。

「這問題好難。」吳欣儀認真地舉起手投降，「這問題真的很難，我一直沒想過這個，直到最近你們那個條例通過了，我看到電視上每天都在吵，我才發覺整件事情一點都不簡單，連到底加害者有哪些人，對我而言都是很頭痛的問題。」

「我想對大家都是很頭痛的問題，不只是對妳而已。」周慕夏說道。

「可是，」吳欣儀想想又說道，「你剛才說那位年輕人的爺爺是特務，有參與過白色恐怖的案件？」

周慕夏點點頭，「他只知道有參與，但無法從家人口中問出任何資料。」

「但是他想贖罪？為什麼？既然都不知道爺爺做過什麼？」

「但他爺爺是當年的特務。」

「特務就一定有做過什麼嗎？」

蔡宇亮知道不應該，但仍然忍不住笑了。

「笑什麼啦?!」吳欣儀用手肘頂了一下丈夫的腰，「我剛就說過我一直都搞不清楚白色恐怖啊。」

柳絮只是微笑地看著她，這不是他們第一次四個人一起吃飯，雖然吳欣儀總是一派天真爛漫，但柳絮是喜歡她的，而且羨慕一個人可以這樣快樂而自在地活著。第一次見面時，她就想這應該是在幸福家庭長大的人吧？後來周慕夏也證實了這個臆測，「其實大部分的人都搞不清楚白色恐怖，因為政府一直隱藏著真相，所以大家都很茫然，不是只有妳。」

「所以那些特務其實都做過什麼的意思嗎？」

柳絮點點頭，「多多少少吧。」

「喔……」吳欣儀陷入沉思，「這樣那些特務當然是不能原諒，但是他的家人……」她再次停頓了一下，「家人如果可以代為道歉，好像比較好？」

柳絮跟周慕夏對看了一眼，這可能的確就是很多人的想法，但是楊怡真的需要為他沒做過的事情公開道歉嗎？公開道歉之後，又會在他身上發生什麼事呢？

「可是如果家人什麼都沒做過，也需要道歉嗎？這樣那些家人不是也挺無辜的嗎？」蔡宇亮問道。

「但是都不道歉，我覺得大家應該都會很難接受吧？」

「所以這就是現在的困境，」周慕夏輕輕說道，「後代需要為他沒有做過的事道歉嗎？大家聽完道歉就可以接納這些後代嗎？會不會也給他貼上標籤，讓他難以在這個社會生存？完全默不作聲好像又缺乏誠意，但是該道歉的到底是誰呢？那位年輕人只有說他這輩子都會帶著贖罪的心面對台灣社會。」

「這句話好沉重。」吳欣儀嘆口氣說道。

「是很沉重，」柳絮說道，「那天我們聽見他這樣說，我跟慕夏都覺得很心酸，這是一位很有正義感的年輕人，可是卻有這樣的背景，聽說好像也是跟家人理念不合，還在讀大學時就自力更生了，不再接受家人的援助。」

「天啊，這樣多辛苦啊？」

「是啊，這樣的一個年輕人說要帶著贖罪的心面對台灣人，我們真的覺得很難過，應該是他的爺爺要面對這些，但看來很困難。」

「但是，」吳欣儀轉念一想，「你們推動這個條例，不就是要國民黨認錯道歉嗎？」

這次連柳絮都笑了，「乍看之下好像是這樣，大家都覺得我們是要追殺國民黨。」

吳欣儀也老實不客氣地點頭，「不是嗎？我們家沒有受難者，但是我爺爺說過他的同學被抓走好多人，說起這個他也都一直大罵國民黨。」

柳絮點點頭，「我記得妳爺爺是台大醫學院的？」

「對，我爺爺常說他因為要照顧曾祖母所以回去中部開業，不然可能都一起被抓走了，他每次說到這個都很生氣。」

「不過，其實這個條例有提到要究責，但那個究責指的是歷史責任跟道德責任，並不是法律責任，大家不了解這個部分，所以才會一直覺得這個條例只是要追殺國民黨，但其實不是的。」

「追究歷史責任跟道德責任？」蔡宇亮也是第一次聽到這件事，「這的確是大家都不知道的吧？應該都會以為是要追究法律責任。」

「那些真正的加害者，很多都不在了，還在的也垂垂老矣，怎麼追究法律責任？況且很多加害者都是使用化名，這些要追查也幾乎不可能，當初他們從中國來台灣的時候，很多就使用化名了，特別是那些特務更是如此，所以其實這麼久了，大家都只是想要追查歷史真相，追究歷史責任而已，還給台灣一個公道跟正義。」柳絮幽幽地說著。

「這個條例一上路，沒想到我們都遇到了可能是加害者的後代，或是懷疑自己與這些事情相關的人，感覺上這是個要處理的議題。」蔡宇亮說道。

「嗯，我也不希望因為要追究歷史真相，然後讓更多無辜的人成為被害者，這也不是我們的本意，但我知道很多人不是這樣想的，」她嘆口氣，「有很多人的父母被槍決了，那個悲傷跟痛苦實在太大太可怕，他們也許就會認為加害者的後代也不能輕易原諒，我們可以理解，但還需要更多的溝通，我想轉型正義這條路才剛開始，我們真的還有很多很多要努力的。」

蔡宇亮感慨地點點頭，「我想此刻應該有很多像我的案主或是那位年輕人的人，心情很不安跟難受吧。」

周慕夏點點頭，「我其實蠻擔心跟我們說的那兩位年輕人。」他嘆了口氣，幫大家添了點紅酒，吳欣儀看著他突然問道，「喂，你還好吧？」

正在斟酒的周慕夏楞了楞，「我怎麼了？」

「我看到你那個記者會。」

「喔。」

「你還好吧？」她又問了一次。

周慕夏只是笑了笑，幫大家把酒斟完，放下造型優美的醒酒瓶才開口，「我還好啊。」

蔡宇亮瞥了柳絮一眼，看不出來周慕夏上次離開他的診所之後，是否有跟柳絮談過。

「真沒想到當年你爸爸竟然會是因為這種原因把你留在台灣，你白誤會你爸幾十年，天啊，實在……」吳欣儀看著柳絮，「你們兩個怎麼會有這種緣份啊?!實在……講太神奇也不對，但真的說出來都沒人信，根本跟電視劇一樣離奇，柳絮妳自己就是編劇，妳相信世界上真的會有這種巧合嗎？」她天真率性的個性又再次展露無遺，蔡宇亮飛快地看了她一眼，但是爛漫的妻子渾然不覺。

「所以我們是註定要在一起的。」周慕夏看見老友的眼神，只是笑著握住柳絮的手說道，柳絮看著被緊握著的手，想起前幾天他說的，希望自己不要自責的那句話，但是，就像吳欣儀的無心之言，終究是因為她的緣故，才讓周永然父子之間有著難以彌補的遺憾。

「妳那時候看到影片有沒有嚇到？」吳欣儀繼續問柳絮。

「應該不只是嚇到，」柳絮苦笑著，「我覺得很歉疚，竟然是因為我的緣故。」她還是忍不住地說出這個想法，蔡宇亮瞥了周慕夏一眼，他只是帶著一抹隱隱的笑容看著他面前的酒杯。

「這種想法很正常吧，是我也會覺得很抱歉啊，實在是讓人發毛的緣份，你們兩個真是天生一對，小夏一直沒結婚，等啊等啊，竟然是等到了妳，而他的爸爸卻又是因為拿到妳被害的證據而丟下小夏跑去美國，」吳欣儀彷彿看不懂丈夫的眼色繼續說著，「這麼狗血的劇情根本只應該出現在戲裡面吧?怎麼會發生在現實生活中呢?!太不可思議了，接下來有什麼打算嗎？」

周慕夏不解地看著她，從一開始認識她，她就常常思考跳躍，往往要多問一次她的意思。

「聽說你那次開刀完就直接回台灣了，沒有再去舊金山，那現在知道這個影片的真相了，你沒有要再去舊金山拜一下你父母嗎？以前是誤會，現在弄清楚了，好像應該去祭拜一下吧？」

「他那個傷口剛好，短時間內不要一直飛來飛去比較好，」蔡宇亮突然插話說道，「有時候外面的傷口好了，裡面的傷口不見得，還是要諸事小心。」

柳絜看了他一眼，覺得話裡有話，又看看旁邊的丈夫，忍著沒有說什麼，知道這件事還是得要他自己決定。

「也是這個原因，我們打算暑假再去渡蜜月，會先去舊金山一趟，」周慕夏笑笑地說著，似乎沒把吳欣儀那種教訓般的言語放在心上，「事實上不管有沒有發現影片，都是要去祭拜的，雖然發生過那麼多事情，兩老突然走了，總是……」他沒有把話說完，竟是有些忍不住的鼻酸，柳絜伸出手去握著他的手。

蔡宇亮看了妻子一眼，這次真的是帶著責備的眼神，覺得她口無遮攔，卻換來吳欣儀一臉無辜的表情。

＊＊＊

這個晚上，台北市另一頭的老公寓裡，吳玟無法安睡，在床上翻來覆去直到深夜，起身去廚房給自己倒了杯熱水，沉坐在客廳沙發裡，看著擺放在茶几上的那杯熱水裊裊上升的白煙也不喝。

「妳怎麼不睡？」正要出來上廁所的張玟喬看到母親坐在昏暗的客廳裡先是吃了一驚，

乍看之下好像是二十幾年前那個看見父親的夜晚。

「你跑出來做什麼？」吳玫聽見兒子的聲音也嚇了一跳。

「我出來上廁所。」張玟喬自顧自地去了一趟廁所，出來時看見母親還是動也不動地坐在那裡，本想回房的，還是走了回來，「怎麼了？」

「你姊又沒回來。」

「在楊怡那裡啊，她不是有 LINE 我們嗎？」

「她最近更常留在那邊了。」

「哎呦，女大不中留啊，」張玟喬調侃地說著，「更何況她明年就要去紐約了，現在妳就先當做在適應她留學的日子吧，她這一去要好幾年啊，聽說想要做那些治療師都要經過很多訓練，好像也要被諮商幾百個小時的樣子，誰知道幾年後才會回來？」

吳玫聽了只是點點頭，也沒說什麼。

「客廳裡這麼冷，趕快回去睡吧。」

「你明天還要上班，去睡吧。」

張玟喬點點頭走回房間，但是又覺得不妥，還是走了回來，「到底是在擔心什麼？」坐到母親旁邊的沙發上問道。

吳玫搖搖頭，「去睡吧，我再坐一下。」

他看著那杯還在冒著煙卻滿滿的水，「剛才我出來的時候，以為看到爸爸。」

吳玫沒想到會聽到這句話，驚訝地抬頭看著兒子。

「我一直都沒跟妳們說，其實我小學的時候，有一次半夜出來上廁所，看到爸爸自己坐在這裡喝酒，他把我叫來，緊緊握著我的手跟我說，叫我好好讀書，以後去國外，千萬別留在台灣當醫生，但是第二天他酒醒之後，好像完全忘記跟我說過這些話。」

吳玫聽了忍不住掉下眼淚，兒子抽了一張衛生紙給她，兩母子只是這樣靜靜地坐著，客廳裡只有老時鐘滴答的聲音跟母親的啜泣聲。過了許久，吳玫才吸吸鼻子抬起頭看著仍然坐在旁邊的兒子，這兒子比他姊姊小兩歲，但總是比姊姊貼心，也很少發脾氣，沒想到他卻突然講出這件事。

「媽，其實，爸那時候是不是很煩悶？」

聽見這句話，吳玫又哭了起來，面對兒子她的戒心少了很多，張玟喬看她又哭成這樣，一時之間也不知道是不是應該繼續問下去，但也不能留母親自己在這裡，約莫五分鐘之後，才看見母親輕輕地點了點頭。她願意回應讓他感到很驚訝，這是母親第一次願意回應跟父親有關的事情，自從父親過世之後，父親的工作就跟白色恐怖一樣成為家裡的禁忌，不只姊姊，其實他也經常想要弄清楚。

「我後來回想起這件事的時候，都會覺得爸爸好像是因為工作的事情才這麼煩，但是爸爸為何這麼煩悶？」

吳玫拭了拭淚水，心底還是猶豫的，只是搖搖頭。

「媽，到底發生什麼事？為何每次張玟文提到白色恐怖，妳都這麼生氣？」他看母親一直落淚有點不忍心，但是既然今夜提起了，也許就是可以談一下吧，「爸叫我不要在台灣當醫生，是不是他真的在警總……很不開心？」

「你爸爸……」吳玫只說了三個字就又哭了起來，張玟喬只能耐心地等著，「你爸不是你姊姊想的那樣。」

「姊姊是因為一直找不到答案……」

「誰能找到答案？」吳玫說道，「那個年頭誰能找到答案？」

他只是聽著，一時之間也不知道要接什麼，過了好一會兒才又問道，「我記得小時候，爸不喝酒的，可是怎麼我小學時他卻開始喝酒？還常常一身酒氣？」

吳玫嘆了口長長的氣，「你爸其實常常半夜做惡夢驚醒，醒來都睡不著。」

「做什麼惡夢？」

「他從沒真的說過他的工作內容，也沒說過做了什麼惡夢，只是他有時候會大叫著『不要』或是『放過我吧』這樣的話醒過來，每次都全身冒冷汗，我問他發生什麼事情，他總是不肯說……」吳玫的雙眸像是陷入無盡的回憶中。

「直到有一天，」她捏著衛生紙的手不停地顫抖著，「有一天你爸……」

「爸怎麼了？」

「有一天他想要上吊自殺被我發現了。」說著又哭了起來。

張玟喬驚訝地看著她，久久講不出話來，「什麼時候的事？」

「我們還住在眷村的時候，你才幼稚園……」

「為什麼？爸怎麼會想要自殺？」

「他那天大哭啊，說怕以後你們知道他的工作會看不起他。」

張玟喬楞楞地看著母親，這句話暗示了什麼嗎？「爸到底做了什麼？」

「他真的從來沒說過，只是他總是在房裡唉聲嘆氣，在你們看不見的時候一直都不開心，我問他要不要提早退伍好了，他說沒辦法，他說在警總裡或是被安排住在眷村也是一種互相監視的效果，想要提早退伍或想要搬走都是一種警訊，他只能捱著。只是，他覺得太痛苦了，他一直說有一天你們知道警總都在幹什麼時，會徹底看不起他。」吳玟不停地抽噎著，「你說，這些話我怎麼跟你姊姊說？她會怎麼想？」

張玟喬沉默了一下，試著釐清剛才聽到的內容，「但是爸爸如果是這樣的心情，那表示他並不是心甘情願做一些事情啊。」

「就算不是心甘情願也還是做了吧？你覺得跟那些受難者說這些，他們聽得進去嗎？」

張玟喬知道答案會是什麼，也無力反駁。

「我跟你爸說還是想辦法申請退伍吧，離開眷村，日子過得苦一點沒關係，一家人平安就好，但是你爸說沒辦法跑走，他說警總那個單位太可怕了，隨時都會被安上一條冤罪，後來他知道自己也不能尋死，就開始每天喝酒想要麻痺自己。」

「我還記得爸爸過世前那段時間，半夜常常大叫著醒來，可是醒來又都神智不清。」

吳玟拭去淚水點點頭，「那時候他也都是重複叫著放過他，不要啊這樣的話，只是……」

「只是每次妳都騙我們說，那是爸爸肝癌末期神智不清亂喊。」張玟喬輕聲地說著，他還記得這些時刻，雖然那時候他還小。

吳玫點點頭，「因為我不知道要怎樣跟你們說這件事，我們真的怕你們會誤會自己的爸爸，沒想到最後你姊姊還是誤會這麼深。」

他跟母親沉默地坐在客廳裡面好久好久，久到母親終於停止啜泣，那杯熱水也不再冒煙了，可是這場午夜對話所帶來的震撼卻無法散去。

張玟喬突然像是理解了父親的想法，他當年沒有上吊成功，後來不過是換了另一種自殺的方式而已，最後肝癌離世，彷彿也成了白色恐怖下的受害者，到底加害者跟受害者的界線在哪裡？爸爸真的是加害者嗎？

他抬頭看著老去的母親，他要怎麼告訴姊姊這件事？

# 第九章

「阿萍，好了啦，菜太多了啦。」莊靜雅哇哇叫地制止王萍一直端菜過來，柳架的長餐桌拉到最長坐滿了十個人都還擺不下所有人。

「真的有點多啊。」張瑄華笑著挪動長餐桌上的菜盤，把一些菜餚分裝到第二個盤子，放到中島讓年輕人可以自在享用，不用都跟老人家坐在長餐桌上。

看著一屋子的人，這是周慕夏這輩子最熱鬧的除夕夜，雖然心裡有很多感觸，但是他知道如今最重要的就是珍惜眼前的一切，過往的種種，或許就是此生的命運與必要的苦難吧，眼前還有許多的問題等著要解決。

「我們的轉型正義怎麼跟德國差那麼多？人家是天涯海角也要追到加害者回來服刑，我們怎麼什麼都沒有？」蔡火木問道。

「台灣畢竟跟德國不一樣，人跟國情都不同，台灣還有將近一半的人還相信國民黨，明明國民黨都已經親中到這種地步了，我看黨內最後協調出這樣的版本，為的應該就是取得最大共識吧，採取接近南非的模式，只是追究歷史責任、道德責任，這樣的版本國民黨才能接受，你看通過之前他們都還亂成那樣。」謝文武說道。

「鬧是一定要鬧的，」王萍說道，「不鬧怎麼跟他們的選民交代？就算他們知道這是一定會過關的，民進黨都全面執政了，怎會不過？不過就是過個場，希望和諧點達成共識，讓後續可以繼續推動。」王萍早年跟柳絮的母親莊靜雅常常是街頭娘子軍的主力，衝鋒陷陣不落人後，朱懷哲政壇揚名之後，她起初還會在街頭繼續露臉，但是自從朱懷哲逐漸走進權勢與女色的誘惑後，王萍漸漸地減少了街頭活動。

「是啦，應該是這樣，你看現在的條例其實也很溫和，竟然沒有追究刑事責任，但還是有許多民眾投書到媒體，認為這些歷史都應該過去了，何必再提，認為這是在撕裂族群。」張瑄華幫大家夾好菜之後說道。

「但我們這個轉型正義一直在講和解，啊真相就沒有出來，加害者都沒有出現，是要怎樣和解？」蔡火木又說道。

「所謂和解也是政治問題，」謝文武說道，「也不是受難者應該要做的事情，《促轉條例》以和解為前提這個部分我是不認同的。」

「是啊，真相都還沒出來，加害者都還沒出現，講什麼和解？」王萍說道。

跟柳絮坐在長桌另一頭的周慕夏一直靜靜聽著長輩們的對話，若有所思地低頭蹙眉。

「怎麼了嗎？」柳絮問道，「胃痛嗎？」

周慕夏搖搖頭輕聲說著，「沒什麼，我只是在想文武叔他們說的話，和解怎麼會是台灣轉型正義的前提？這沒有道理。」

「政治問題，政治解決，文武叔說得沒錯，和解的確是個政治問題。」譚雨蒼說道，身為台灣史學者的他，轉型正義也一直是他關切的議題。

「政治理論我不懂，但起碼就心理學上來說也是不合理的，」周慕夏說道，「受難者跟家屬其實長期以來都是屬於壓抑的狀態，這種壓抑甚至可能是一種不自覺的反射反應，他們連自己的情緒跟心理狀態都還沒有真實面對，就要他們跟自己壓抑的來源對象和解，這完全不合理也是做不到的，最後只會出現更多的壓抑。如果台灣的轉型正義是以和解為前提，那麼受壓迫的受難者跟家屬只會繼續受壓迫而已，因為他們肩負著主動和解的壓力，這根本無法解決問題，況且……」說著卻突然像是想到什麼似地頓了一下。

「況且？」譚雨蒼問道。

「況且，心理學講究的是跟自己和解，並不是跟外物或他人。」輕描淡寫地說完這句話，周慕夏心裡卻狠狠地酸痛了一下，想到自己跟父母，也想到楊怡跟張玟文，還有柳絮，伸手摸了摸柳絮的頭髮。

柳絮轉頭看著他，覺得他心裡有事。周慕夏卻只是笑了笑地搖搖頭，沒有說什麼。

「心理學我不懂，但是我知道這個所謂的政治和解仍然必須從受難者與家屬出發。」譚雨蒼說道，「過去受難者跟家屬，甚至是你，都處在一種失語的狀態中，」譚雨蒼輕描淡寫地提到了他，「那是被政治環境壓迫下的樣貌。」

周慕夏只是聽著並沒有反駁。

「儘管我猜你過去不提以前發生過的事情，並不是因為政治壓迫，畢竟你根本不知道，但伯父伯母算得上是被壓迫了，也無法言說，這是因為政治環境的緣故，那些長輩或家屬都一樣，看看我們的老婆就知道了。」

周慕夏點點頭。

「政治環境跟社會氛圍長期以來沒有給予受難者跟家屬言說的空間，更別提那些對白色恐怖的話語與詮釋權了，但是解嚴後，特別是政黨輪替後，大量的長輩口述史開始進行，但仍然只限於我們這些所謂圈內人閱讀，對於整體社會的影響還不夠大，我覺得所謂的政治和解，還需要受難者跟家屬的言語、行動被社會所認可，重新歸還屬於他們的權利，這才稱得上有政治和解的味道，所以還是需要從他們出發，他們必須要願意言說，願意行動，你知道很多受難者跟家屬其實還是非常自我設限的。」

「有時候，」柳絮突然開口說道，「會不知道自己該說什麼，可以說什麼。」

「或是有必要說嗎？說了又有什麼用？」原本只是在一旁靜靜聆聽的張靜之接著說道，「會有人想聽嗎？我的話重要嗎？」

「都重要。」譚雨蒼拍拍妻子的手，「每個人都很重要，在白色恐怖的陰影下，沒有人是局外人，而且馬上就要平反了。」

「平反……」張靜之突然眼眶就紅了，「但是我爸媽沒能等到這一刻。」

柳絮鼻子也酸酸的，「我爸也沒等到，但是會平反的。」

「你們那邊怎麼在哭？」桌子另一頭的蔡火木眼尖看到她們拿面紙擦拭眼睛立刻問道，這一嚷嚷，長輩們全都轉頭過來看著她們。

「沒事，靜之正在感傷她的爸媽沒有等到轉型正義的這一刻，柳絮也在難過爸爸走得早。」周慕夏說道。

「我們的兄弟們會得到平反的，過去那些罪名會撤銷的。」謝文武感傷地說著，「這段路走太久了，太久了。」

原本熱鬧的除夕圍爐，突然整個氣氛都哀傷了起來，只剩下火鍋湯翻騰的聲音。

「今天是團圓飯，我們應該要開心。」半晌，莊靜雅打破難耐的氣氛說道，「小絮，文武兄說會平反的，政府會撤銷罪名的，小絮，到時候我們要帶著妳爸的照片去，靜之要帶著光明兄、光明嫂的照片去，我們陪著他們一起接受撤銷，他們沒等到，我們帶他們去，別哭，今天應該要高興，難得好幾家人一起圍爐。」雖然她要大家別哭，自己卻也哽咽了，想到丈夫出獄病逝之後，她含辛茹苦帶大三姐弟的辛苦日子。

「靜雅姊說得對，今晚應該開心，謝謝慕夏跟小絮安排了這麼豐盛的晚餐，讓我們大家可以一起圍爐，幾家人一起，這是從來沒有過的機會。」王萍說道。

「慕夏，我敬你！謝謝你公開了那支影片！」蔡火木大聲地說著，拿起了自己滿滿的高粱酒杯站起來要敬酒。

原本摟著妻子肩膀的周慕夏連忙起身，也隨著蔡火木的習慣換拿旁邊盛了高粱酒的酒杯，「那是我應該做的。」笑笑陪著蔡火木飲下這杯酒，辣辣的酒一路熱到了胃部。

「你動作慢一點，不要喝這麼烈的酒。」柳絮還是很擔心他突然的一些大動作，儘管她也知道過了兩三個月了，內外傷口應該都好了，只是差點失去他的經驗太過深刻，使她戰戰兢兢地面對著這些事情不敢輕忽。

「你坐著就好，幹嘛突然站起來，害得晚輩也得趕快站起來，慕夏大病初癒，你不要這樣折騰他。」謝文武在旁邊說著，「慕夏，你不用跟著他喝高粱，小絮說得對，身體剛好，不要喝這麼烈的酒，況且你的胃才剛做完手術，根本不用跟著他喝。」

「沒關係。」周慕夏笑著隨蔡火木一起坐下。

「人家都說沒關係了，年輕人復原很快，小絮不要管這麼嚴，這樣不可愛，年輕人多喝一點，雨蒼少年仔也是，多喝一點。」蔡火木說道。

「我不是管。」柳絮尷尬地瞪了一眼蔡火木，她知道長輩是開玩笑的，但認真的個性覺得被這樣說還是很尷尬。

周慕夏只是笑著握住她的手，「我跟雨蒼一個五十，一個六十，還被說是年輕人。」伸手端起旁邊的紅酒杯，碰了一下譚雨蒼的酒杯，「少年仔，喝一點。」

譚雨蒼大笑，「跟他們比起來，我們的確都是少年仔。」舉起酒杯啜飲一口，「不過，火木叔說得對，謝謝你的影片。」

周慕夏只是笑著搖搖頭，放下酒杯伸手夾了一點菜到柳絮盤子裡，故作忙碌的他，心裡還是有著一絲難以言喻的苦楚，特別在這樣歡樂熱鬧的除夕夜，情緒一直被觸動著，那該是與家人團圓的日子，但是過去有多少個除夕夜他都逃避著不去舊金山呢？

「文心，妳那個無良老爸呢？今天在哪個女人家裡？」蔡火木忍不住又扯到朱懷哲，讓人懷疑他是不是已經喝醉了。

「喔。」朱文心聽了也不知道要回應什麼，瞥了眼在旁邊不作聲的母親，她跟姊姊都是朱懷哲出獄之後才生的女兒，那時候朱懷哲挾著政治犯出獄的聲望，已經開始在政壇嶄露頭角，剛開始還算對家庭盡心盡力，過不了幾年就沉迷於權勢與女色，不時有緋聞見報，今年更為了多年來的助理小三要求王萍離婚，過去為了朱懷哲四處奔波陳情的王萍怎受得了？自殺未果鬧到滿城風雨。而朱文心多年前從波士頓的音樂學院學成歸國的音樂會上，被記者圍堵追問父親的緋聞，不善於應付媒體的她一時表達有誤，竟受到父親強烈的指責，讓她多年來都拒絕再公開演出，好不容易今年終於答應母校的指導教授一起公開巡迴演出而重返舞台。

「你幹嘛老是這樣？這是要文心怎麼回答你？」謝文武白了兄弟一眼，也瞄了一眼沉默的王萍。

「我又沒說錯，誰都嘛知道她爸是無良的負心漢？虧得阿萍姐為他犧牲了一輩子，老了竟然為了年輕女人要來離婚，哼哼，這下好，《促轉條例》這場大戲也讓他趕上了，大家又忘記他的忘恩負義了。」蔡火木不管兄弟的白眼，自顧自地說著，「妳吼，妳也不用管他啦，顧好妳媽就好了啦。」最後對著朱文心說道，然後又轉頭看著王萍，「阿萍姊，妳到底打算要怎樣？還要等那個背骨仔？」

「喔，阿叔，我要帶我媽去波士頓了。」朱文心突然插嘴說道，怕媽媽又難過起來。

「什麼？」一旁的柳絮驚訝地看著她，「阿姨答應了嗎？」

大家全都轉頭看著王萍，她也只是苦苦地笑了笑，點頭承認了這件事。

「我每天都要跟老師一起練琴準備巡迴公演，需要有人煮飯給我吃啊，所以要她去當我的老媽子啊。」朱文心對柳絮跟周慕夏眨眨眼睛說道，「然後她就答應了。」

「這樣也好，先離開這個地方也很好，免得觸景傷情，」謝文武點點頭說道，「就是妳要辛苦點了，又要公演又要照顧媽媽。」

「哪有，我回到家就是耍廢，這樣我媽就會乖乖在波士頓當上一年半載的老媽子。」朱文心臉上帶著戲謔的表情，心裡卻是千萬個難受，誰會希望有那樣的老爸，卻又礙於他的光環，什麼都不能說。

「辛苦妳了，文心。」謝文武又說了一次，朱文心卻只是擺擺手，「阿萍姊去波士頓散散心也好，那裡我跟瑄華有去旅行過，大學城很美，很好的環境，有機會我們再過去探望妳。」

「我知道大家都很關心我，不用擔心了，我不會再為那個人做傻事了。」王萍喟嘆著，「我只有陪文心去音樂學院報到時去過波士頓一次，這次她找我去，我也知道是為了不讓我一個人留在台灣，她姊姊文蔚也快要結婚了。」

柳絮拍拍身旁朱文心的手，聽見阿姨這樣說，大家都安心多了，但心裡還是很為她不捨。她跟朱文心、謝千榕、張靜之都是第二代，雖然性格迴異，但是那些因為父親而受的苦，卻是那麼相似而真切，特別是有許多的不能說所導致的苦痛，局外人是怎樣都不會懂的。

「唉，你為什麼老是要這樣？」謝文武低聲說著，有點埋怨蔡火木。

「我就是看不起那個傢伙。」

「可是阿哲現在又不在這裡，你對著文心說這些，要她怎麼回應？在這裡罵她爸嗎？」

「對啦，都是你做好人，醜人都我做。」

「我也不是這個意思，就⋯⋯」

「算了算了，現在最重要的就是趕快把那個促轉會成立起來，趕快把那些檔案都調出來，把以前是誰去監聽了我們、出賣了我們抓出來，還有誰亂造謠誣陷兄弟，造成那麼多的冤案，還有那些刑求我們逼供的人全都要抓出來。」蔡火木說道。

「那些監視的人一定都會是親近的人，這些檔案一旦公開，肯定又是一場大風波。」張瑄華說道。

「那是當然！一定要追究！我急著想要知道當年我周圍有哪些抓耙仔。」

王萍注意到謝文武有點沉默，「文武兄怎麼看這件事？」

「查自然是要查的，」謝文武嘆口氣問道，「只不過知道了又能如何？」

「如何？」蔡火木瞪大眼睛看著老兄弟，「當然是要揪出來啊！」

「然後呢？」

「然後？道歉啊！」蔡火木氣呼呼地說著，「幫國民黨監控就是不對，這難道不用道歉?!國民黨給的錢真的吃得下去？」

「吃得下，吃不下，都已經吃了，況且那個時代，有幾個人可以撐得住去反抗國民黨的威脅？也有一些人是迫不得已的，不見得真的有做過些什麼。」

「你幹嘛同情他們？還幫他們講話？你頭殼壞去嗎？」蔡火木生氣地說著，完全不知道這個老兄弟在幹嘛。

周慕夏坐在後面靜靜地聽著，可以明顯感覺出來謝文武似乎有難言之隱。

「火木也不用這麼激動，文武兄一直都是很關心這些事情的。」王萍說道。

「他對人心軟，別人有對他好嗎？」蔡火木搶白說道，「以前衝鋒陷陣跑第一，現在老了就心軟了。」

謝文武苦笑了一下，「沒事，別聽他瞎說，都還沒喝多少就開始講醉話。」

柳絜只是聽著他們的討論，不時轉頭關心朱文心，「妳還好嗎？」

朱文心無奈地笑笑，「習慣了，每次在類似的聚會裡都會聽到有人在罵我爸，可是有一次吃飯時，竟然有個長輩跟我說，雖然我爸很可惡，但他是我爸，我做女兒的不可以說他不好。」

柳絜瞅著她，覺得很心疼，也有一股氣上來，「這是什麼狗屁道理？」

「說得好！」朱文心拿起紅酒杯敬了她一下，「真是狗屁。」

「真是見鬼了。」一直在吃東西沒講話的謝千榕突然冒出一句。

「這種想法的確很迂腐。」張靜之坐在旁邊也聽到了。

「不是迂腐，是造神的結果。」柳絜繼續說道，「像懷哲叔這樣拋妻棄女的也不是特例，我知道有些長輩回家之後其實並沒有照顧家庭，像火木叔跟文武叔這樣盡心照顧家庭的是一種，也有對家庭完全不負責任的，甚至……」她猶豫了一下，看到丈夫詢問的眼光，「甚至還有些對自己家人孩子做了很糟的事情，那個女兒跟兒子甚至完全不再跟父親往來的都有，可是這些事情大家都避而不談，因為長輩們受過苦，家屬只能體諒，不能怨言，不能對外說，因為這樣會破壞長輩的名聲。」

「的確是有這樣的情況發生，」譚雨蒼在旁邊無奈地說著，「我去做口述訪談時也有發現這種情況。」

「大哥，你們過去都是做受難者長輩的訪談，家屬的部分很少，就算有，家屬們也都是在談長輩，幾乎都不會談到自己。」

譚雨蒼點點頭，「是，這是我現在也在檢討的部分，過去我們只有以受難者為主體，所以就算邀請了家屬一起受訪，也都只是在補足時空背景，但是，這兩年我開始有一種對家屬很抱歉的感覺，怎麼好像我過去都忘記了身為家屬的主體性，家屬本身也是白色恐怖的當事人，可是我們卻不關心他們的遭遇跟傷害，都只聚焦在受難者身上。」

「事實上，我們也都被馴化的很好，被訪談時當然都只講父母被抓的事情，壓根不會想到要講自己。」張靜之說道。

「但是也有一些人是被限制不能說，我覺得這種情況真的很糟糕。」柳絮說道。

「妳是在說我嗎？」朱文心在旁邊揶揄地問道。

柳絮笑了，「妳也是其中之一啊，」隨即正色說道，「總之，我真心希望轉型正義是可以連家屬一起的，家屬不再只是受難者的附屬品，可是……」她嘆了口長長的氣，「再觀察看看吧，對於即將成立的促轉會我抱有很大的期許，但是對於家屬這塊我仍然覺得堪慮，我可以理解兩年能做的事情有限，但是如果在這兩年內家屬的議題跟主體性都不會被看到的話，委員會解散之後又有誰會關心？大家都是白色恐怖的當事人啊，不是嗎？」

周慕夏摟著她的肩，知道她說的沒錯，在那個時代裡面受難者跟家屬都是當事人，連八竿子打不著關係的他都成為當事人了，更何況是直接涉及案件的人們呢？柳絮轉頭對他苦笑了一下，家屬失去主體性的這件事，其實擱在她心裡已經很久了。

「大哥，你如果要訪談別找我。」謝千榕突然又說道。

「喔？」譚雨蒼好奇地看著她。

「我不想再想起那時候的事情了，每次想起，都要好幾天才能平復心情，所以別找我了。」

譚雨蒼點點頭，知道她們都受苦了，雖然平時不說，但那些痛苦都不曾遠去，柳絮聽見她這樣說也只是對她露出理解的笑容，的確是這樣啊，自己不也經常因為那些夢魘而不能平靜的生活？所幸她還有丈夫陪伴，可是謝千榕卻只能獨自忍受那些可怕的回憶來訪。

「慕夏，我今天剛進門的時候，不是說有一件事想要問我嗎？」長桌那頭的謝文武突然轉頭說道。

周慕夏坐直身子點點頭，「有一件事情想要跟文武叔打聽一下。」

「你說。」

「文武叔知道警總的軍醫當年都負責哪些業務嗎？」這句話一說完，柳絮馬上看了他一眼。

謝文武挑挑眉，有點困惑怎會突然問起警總的軍醫，「軍醫一般都沒做什麼。」

「幫人治病？」

「呵呵，犯人醫生都比他們強，通常也都不是軍醫自己看的。」謝文武笑著說道，「當時軍法處裡面的犯人多的是台大醫師，那些軍醫很多都只是學過急救而已，來台之後才給了一些執照，但其實大多都沒有受過正式的醫學訓練。」

「他們攏嘛赤跤仙仔。」蔡火木插嘴說道。

「犯人醫生？」周慕夏有點訝異地問道，「在保安處也是這樣嗎？」

謝文武再次挑了挑眉頭，「怎麼會想到問這個？你有認識的人被軍醫怎麼了嗎？」

「我有個朋友，她的父親當年是警總的軍醫。」因為脾氣很大的蔡火木在旁邊，周慕夏保守地說著。

「警總的軍醫？」蔡火木果然一聽就大聲了，「你認識的人?!警總裡面都是鬼啦！」

「你這麼大聲要幹嘛？殺人嗎？」謝文武攔了攔蔡火木，轉頭繼續問道，「他有說他爸爸當年是在警總的哪個單位擔任軍醫嗎？」

周慕夏搖搖頭，「她其實也不知道，而且她父親已經過世很久了，母親也不想提這些事。」

「他們當然不想提啊，難道好意思說自己害死多少人嗎？」蔡火木忍不住又插嘴說道。

周慕夏只是淺淺地，禮貌性地笑了笑，在這一刻完全理解張玟文之前一直不願意說的原因。

「你別亂說話，」謝文武白了蔡火木一眼，然後看著周慕夏，「你的朋友想要了解他父親做過些什麼，是嗎？」

「對，她多年來一直擔心自己的父親也是刑求政治犯的人，卻又一直找不到答案，挺折磨的，所以我想說問問看文武叔，你們對於這個身份應該是頗為了解的，我看朋友這麼受苦很不忍心，如果可以找到一些答案告訴她也是好的，可以讓她的負罪感少一點。」

「幹嘛幫他們減少負罪感？他們本來就一輩子都應該要為他們父母的所作所為感到羞愧，更應該道歉！」

「火木！」謝文武制止了他繼續往下說，「後代是不應該承擔這些的，對他們也太不公平了。」

「那對我們就公平嗎？那些國民黨吃香的喝辣的，都該死，都該死！我這雙手變成這樣，我可憐的老婆等我那麼久，跟我一起吃了一世人的苦，他們的子孫還不是享受榮華富貴?!」

周慕夏沉默地看著兩位長輩幾乎要起了爭執，他知道這可能就是很多長輩的想法，面對那麼大的苦難，家庭破碎，失去天倫之樂，要如何要求他們對加害者後代寬容？腦海裡面浮現了楊怡的臉，他的祖父是情治人員，未來，當一切曝光時，這孩子要面對的是什麼呢？原本一直稱讚楊怡的長輩們一旦知道他的背景，還能接受他嗎？火木叔可以嗎？一招擊退流氓的政義叔可以嗎？

「火木，一碼歸一碼，那些子孫還是要看他們的為人處事跟態度，如果是跟那些加害者一樣的，自然是可惡，但如果不是，硬要他們吞下家裡長輩犯的過錯，實在也說不過去。」

蔡火木也不是真不知道這道理，只是那一切實在太痛了，「難道你忘了我們的兄弟阿宏嗎？」

謝文武眼神一黯，「怎麼會忘記，火木，我知道你的意思。」

「阿宏本來只是判十年，後來不過就是在綠島時又收了張紙條，臭頭仔竟然就派人把他拖回台北改判他死刑，一條性命啊！他才二十出頭啊！」蔡火木講著就哽咽了。

「火木啊，我知道你的意思，但是你看楊怡，」謝文武頓了一下，注意到周慕夏聽到這名字時，表情稍微變了變，「慕夏，楊怡你認識的，就是那天記者會幫了你跟小絜的那位年輕人。」

「我知道。」周慕夏只是簡單地回應著。

「那位年輕人也是外省第三代，有聽他說過他祖父是跟著蔣介石過來台灣的。」謝文武以為周慕夏不清楚而解釋著。

周慕夏只有點點頭，無法接話。

謝文武多看了他一眼，然後轉頭看著老兄弟，「你也知道他啊，你不是也覺得楊怡那年輕人不錯？外省人後代很多都是覺醒青年，綠起來不會衝輸我們，你看那天他怎樣在記者會裡面保護我們，根本就是衝組的，難道也要把他排斥在外嗎？」

「那也要看他的祖父是幹什麼的?!如果他祖父就是有份迫害到我們的，也是一樣啦。」蔡火木伸手抹去眼淚賭氣地說著。

周慕夏聽著這段話，不確定蔡火木的認真程度，但那些真性情跟愛恨情仇都不是旁人可以置喙的。

謝文武轉過頭注視著周慕夏，「你跟你的朋友說，叫他不用擔心，軍醫通常不會涉及這些刑求。」

「那麼通常他們負責什麼？政治犯被刑求之後會由他們來治療嗎？」

謝文武點點頭，「警備總部軍法處已經是取完口供，移送過去等待審判的地方，所以軍法處基本上不會再出現刑求的戲碼，那邊的犯人都是在等待審判，其中一些醫生還會幫大家看病，所以軍法處的軍醫還常常把自己的桌子讓給犯人醫生坐，他們就是在旁邊找張椅子坐著看報喝茶沒什麼事情幹。但是保安處是負責問案的地方，也就是大家知道的，會刑求的單位，保安處就不像軍法處有犯人醫生，所以那邊的確就是由軍醫來負責看病治療的工作，但是他們不會參與問案跟刑求。」

「但他們很清楚犯人被刑求？」

「他們對於保安處的手段是了解的，都在那個單位，也的確需要去治療刑求的傷，當然就很清楚那裡發生什麼事情，他們基本上就是單純負責看病跟治療，」謝文武頓了頓說道，「以前有一位陳姓難友在保安處被整整刑求了三個月，大概你想過的所有刑具他都被用過了。」

周慕夏其實難以想像這樣的事情，也不敢想，雖然去年出演《長夜將盡》的時候研究了大量白色恐怖的文獻與口述訪談，但是對於長輩們講述當年的境遇都還是不忍卒睹。

「最後是一位軍醫進去偵訊房跟偵訊人員說不能再刑求了，再刑求下去會死，那位難友才被停止刑求。」謝文武嘆口氣，「保安處的軍醫都了解發生什麼事情，還要幫忙治療，有時候傷得太嚴重，軍醫連要治療都很困難，所以他們都知道，」轉頭看著周慕夏嚴肅的眼神，「跟你的朋友說，叫他不用擔心，他父親應該沒有做過什麼。」

周慕夏點點頭，正想再說點什麼，就聽到門外有明顯改裝過排氣管的機車正逐漸靠近他們的房子，聲音之大，是幾部相同的機車一起飆過來的感覺，在這個向來安靜的小社區裡是不尋常的現象。周慕夏起身走向廚房，剛走到流理台的窗台前，玻璃就應聲而破，他迅速轉身伸手擋住臉面，仍然來不及避開飛散的玻璃，瞬間劃破了他的臉頰、下巴跟手腕，頓時沁出血來，他伸手一抹，卻讓臉上的血漬蔓延成一片，傷口還不斷沁出血珠，身上的毛衣掛著許多玻璃碎片，牛仔褲也劃破幾處。

柳絮臉色蒼白地衝到他面前，抓住他還在滴血的手翻看著，「還傷到哪裡？」抓了幾張紙巾壓著他的傷口。

周慕夏搖搖頭，接過紙巾壓著自己正在流血的臉頰跟下顎，順勢地推了柳絮一把，「不要靠近這裡，危險，他們可能還會回來。」

大家一臉驚嚇地圍了過來，謝文武跟蔡火木直接衝到大門外，看見四台機車呼嘯揚長而去，他們沒有習慣保全設備，只顧著衝去看是誰，忘記解除保全設定，此刻整間屋子的警報器正瘋狂地響著，柳絮一邊擔心著丈夫，一邊跑去解除設定，緊接著屋內電話就響起。

「我是柳絮，長輩忘記解除保全設定。」

「柳小姐？您還好嗎？我們這邊電腦顯示您府上大門被打開，同時一樓一扇窗戶被破壞了。」保全人員機警地聽出她的鼻音跟慌張的態度問道。

柳絮壓抑著想哭的衝動，強裝冷靜地說著，「剛才有人騎機車經過我家門口，不知道用什麼砸破了我們的玻璃，我丈夫受傷了。」

「需要幫您報警跟叫救護車嗎？」

「需要報警，但是不用救護車，謝謝你。」

「其他都沒事嗎？今天是除夕，您府上破掉的玻璃可能沒辦法馬上修，還請先用東西阻擋一下，並請注意安全。」

「謝謝你，我們會處理的，不好意思驚動了你們。」講著電話一邊看到周慕夏摀著傷口走回樓上。

「沒關係，警察馬上就會過去您府上。」

「謝謝。」柳絮掛斷電話後去櫥櫃裡拿了急救箱，上樓前本想跟張靜之他們說點什麼，卻一時哽咽。

「別說了，先上去看看慕夏，這裡我們會處理。」張靜之了解地安慰她。

「這裡先保持原狀，報警了？」謝文武說道。

柳絮點點頭，「保全已經報警了，等等警察會來。」

「沒事，妳去吧。」謝文武安撫地說著。

「我一起去幫忙。」莊靜雅正要跟上去，就被朱文心拉住。

「阿姨，妳陪我們在這裡就好了，周慕夏讓柳絮去照顧就好了。」

「多個人處理傷口也比較快啊。」莊靜雅不解。

朱文心也難以解釋，她只覺得發生這樁意外，此刻更需要照顧的恐怕是柳絮而不是周慕夏，他們兩個可能需要幾分鐘的相處，「周慕夏剛才衣服都沾到血了，人家換衣服洗傷口，我們上去都不方便，不如一起在這裡等警察來解釋剛才發生的事情，然後再陪他們去醫院縫傷口比較好吧。」

「是啊，看來今晚也無法待太晚了，我們先幫小絮整理好廚房跟餐桌吧。」張瑄華也說道，莊靜雅這才接受。

周慕夏看著鏡子裡的傷痕，臉頰上的傷口大概兩公分，比下顎的傷口大些，也深，相當刺痛，雖然壓了一陣子，但血還是不時沁出，他不是沒有因為拍戲受過傷，甚至也演過受傷的角色，但是此刻臉上的血痕怵目驚心。他們住的地方是個依山的社區，向來寧靜，從未出現過飆車族，更別提是在大家都忙著團圓的除夕夜。他不知道對方是用什麼東西擊破玻璃，但肯定不是徒手，小圍牆到廚房窗台是有一段距離的，徒手很難這麼精準，或許是用了什麼設備，更重要的是他們的用意，是惡作劇搗蛋嗎？還是來警告？報復？因為那支影片？因為有人跳腳了嗎？

「你還好嗎？」柳絮走進浴室看見他正準備用生理食鹽水清洗傷口，瞥見浴缸邊上掛著脫下來的襯衫跟毛衣上面有著斑斑血跡，洗手台上許多飛濺的紅色痕跡，心裡止不住的痛，接過他手中的棉花棒。

「沒事，」周慕夏在浴缸邊緣坐下來，讓矮他許多的妻子不用高抬著手，這樣的高度也幾乎平視著她含淚的雙眸，「剛才報案了是嗎？」他抬起沒有受傷的手摸了摸她蒼白的臉，這場意外恐怕又會觸發柳絮童年以來的焦慮，很慶幸剛才是他去察看，而不是柳絮，想到這個就一把將她摟進懷裡，「還好沒有傷到妳。」他低聲說著。

在他懷裡的柳絮再也忍不住地哭了起來，「可是你傷成這樣！」

「沒事的，等警察來問過之後，我們去一趟醫院，縫幾針就好了。」他伸手接過棉花棒，「沒事的，沒事。」

「你是個演員，臉上兩道這樣深的傷口怎麼辦？如果剛才傷到眼睛或其他地方怎麼辦？」她哭著問道，但其實更想說的是今晚的意外，真的是意外嗎？如果不是意外，那些人怎麼會知道他們住在哪裡？

「現在醫院縫合技術都很好，沒事的，縫幾針就好了，我演戲也不全然靠這張臉吧？別擔心了，別哭。」周慕夏拍拍她的背，感覺到血又從傷口流了下來，站起身來自己清洗傷口，從鏡子裡瞥了妻子一眼，見她滿眼的愁色，再次轉身看著她，「這些傷真的不是嚴重的事。」

柳絮抹去眼淚點點頭。

周慕夏凝視著她，「我們現在都不確定這件事的原因是什麼，這個時代跟過去畢竟也不同了，就算真是來恐嚇，大概也就僅止於此，《促轉條例》也過了，那影片能產生的影響也就只是這樣而已。」

柳絮看著他，知道他只是在安慰自己，「你明知道不是這樣。」

周慕夏不語。

「你知道只是過了《促轉條例》，後面還有《政治檔案條例》要通過，不然未來他們也調不到檔案，我……的案子從過去就一直被鎖住，未來可能也是要靠《政治檔案條例》才能解封，你明知道影片的影響不只是這樣，未來只要有相關法案要通過，那支影片就可能被拿出來討論一次，影響永遠都會在，你明知道的。」

周慕夏摸摸她的臉，「我知道。」

「那你……」

「我們在決定要公開影片之後，就做了心理準備不是嗎？」他低聲地說著，「雖然沒想過會是今晚這種事件，但我們預設過會有一些瘋狂的言語攻擊。」

「可是現在不是言語攻擊，」柳絮看著鮮血又從臉頰上的傷口流下來，「怎麼都止不住血呢？」她拿起紗布輕輕地壓著，「這樣會痛吧？」

「這麼輕怎麼止血？」周慕夏稍微用力按住紗布，「其實，我們都知道並不是因為我們的影片才讓《促轉條例》通過，立法院已經運作那麼久了，我們的影片只不過是增加了一些輿論的壓力而已。」

「你跟我都知道我們沒有什麼功勞，但是就像火木叔他們還是會一直跟你道謝，反對這件事的人也會是這樣的想法，認為這支影片就是不該出現。」

「我也不至於那麼天真，只是，我們已經做了決定，不管是不是衝著這件事而來，雖然《促轉條例》的通過跟我們影片沒有直接關係，那是一定會過的法案，但是被踩到痛腳的人可能也顧不了這麼多，就是會來找我們麻煩，我們只能嚴陣以待，但是要盡可能平常心的過日子，不然每天會被這些事情給煩死，不是嗎？」現在傷的雖然是他，其實心裡更擔心柳絮的安危，畢竟影片內容牽涉到的是她的事件，「開工之後，我會請窗具公司來把樓下的玻璃都換成強化玻璃，妳在家寫稿時，暫時不要在餐桌那邊工作，到我書房去。」

「嘴上那樣說，你不也是會擔心？」柳絮嘆口氣。

周慕夏把她摟進懷裡，「我當然會擔心，當然會擔心。」半响，「樓下還很多長輩在等著。」他換上乾淨的衣服，牽起妻子的手，出房門前深深地看著她仍然紅紅的雙眸，「我們會沒事的。」

柳絮被他暖暖的手握著，凝視著他，雖然不是很確定這場意外是否到此為止，但她心裡其實是很清楚的，他們兩個人做了重大的決定，就算必須為此付出代價，也是他們兩個會一起面對的，因為周慕夏已經承諾過再也不會拋下她了。

下樓時，看到窗外有明顯的紅藍燈閃爍著接近大門，所有人都聚集在客廳跟餐廳，周慕夏走近餐桌，看到上面的碗盤都已經被清理乾淨，留下的是一塊乾淨的餐巾布上，躺著一顆光可鑑人的大鋼珠，廚房地板上仍然是散落一地的玻璃碎片以及剛才流下的點點圓狀血跡。

# 第十章

「楊怡，去請爺爺來吃水果。」林少芬整頓年夜飯都忙進忙出的，但是臉上仍然帶著掩不住的笑意，大家都心知肚明這是因為楊怡的緣故。

原本跟大家一起熱鬧吃著團圓飯的楊子農正要派紅包時，突然接到一通電話，即刻轉進書房去講電話，楊怡聽到母親的叮囑，起身走去客廳後方的房間，他在門口立著，想確認爺爺是否講完電話，卻隱約聽到他的聲音。

「辦好了？有傷到人嗎？」沉默了幾秒之後，楊怡以為他講完電話正要敲門，又聽到他低聲說著，「知道了。」一隻手停在半空中，再次確認爺爺似乎講完電話，楊怡才敲了敲門。

「進來。」

楊怡打開門看見爺爺正把手機放到書桌上，臉上是一貫對他的慈眉善目，「吃水果了。」

楊子農點點頭，「你進來。」

站在門口等的楊怡感覺這一進去就又要開始不愉快的對話，但是又不能不進去，所以也就只是進去門內一點的位置而已。自從跟家人無法再有共識開始，總覺得與爺爺獨處是一件尷尬的事情，明明是小時候自己最愛的家人，為什麼長大後卻物是人非呢？

楊子農看見他根本只是站在門邊，也忍不住嘆了口氣，「這麼怕我嗎？」

楊怡看著爺爺搖搖頭，他也老了，九十三歲了吧，滿臉的皺紋跟白髮，慶幸的是他的精神一直都還很好。

「自己在台北有吃飽穿暖嗎？」楊子農知道孫子脾氣倔強，大二之後就不再跟家裡拿錢，不管自己用什麼方法在他回家時塞錢給他，他總是不收，看在爺爺眼裡，孫子這些年應該也過得拮据辛苦，偶爾回家吃飯時總是吃很多，每次看著都心酸，免不了會想著他在外面到底都過著怎樣的生活。

楊怡只是點點頭，心裡有點酸，爺爺每次見面總是要問這句話，他知道爺爺是真心關心自己，但他們之間也有著無法跨越的鴻溝。

「你現在回家的次數越來越少，今年連中秋都沒有回來。」

「我本來訂好車票要回來的。」

「那怎麼變卦了？你打電話回來說要臨時去主持一場座談會，這種事情應該會提早安排好，怎會臨時變卦？」

「原本要主持座談會的夥伴，他的母親過世了，所以我幫他主持。」

「就算這樣，主持完也可以回來，台北高雄高鐵那麼方便，那天你媽跟我都在等你回來。」楊子農也沒有顯露出責怪的態度，只有明顯的失落，「我老了，可以再見面的機會也不多了，你總是這樣躲我。」

「爺爺……」楊怡最怕也最討厭這種溫情攻勢，因為他心裡很清楚爺爺真的年邁了，九十高齡還可以活多久？這也是他儘管回家總不自在，但他還是每年會固定在幾個節日返家，是盡義務，也是有親人的真情，雖然心裡有著太多的糾結，「我不是躲您，我可以回來的節日都會回來，只是中秋那天……」楊怡想起在台大醫院陪著阿凱的那個晚上聽到的故事。

「那天怎麼了？」楊子農追問著。

「那天我的確不想回來。」猶豫了一下，他還是說出心裡話。

楊子農沒有說話，這個孫子雖然已經沒有辦法再跟自己推心置腹，但他總是忍著沒有起太多的衝突，楊子農是知道的，這孩子畢竟還是孝順的，半晌之後，他才開口，「有什麼比家人團圓更重要？」

楊怡凝視著爺爺，很掙扎，控制著不要在除夕夜跟爺爺起衝突，他的眼神楊子農全看在眼裡，過去擔任情治工作幾十年，閱人無數，審視人的眼力是他最強的能力之一，孫子此刻的心理變化即便他無法探究內容，但是他的情緒跟自制，楊子農窺探得出。既然孫子還能控制得了自己，他也就不再追問了，只是從口袋裡拿出一包有著明顯厚度的紅包，走到楊怡跟前遞給他，「平安健康。」

楊怡遲疑著沒有伸手去接。

楊子農又嘆口氣，直接把紅包塞進他的手中，「男人要大氣，這麼彆扭做什麼？這是爺爺給孫子的新年祝福，拿不得嗎？還是家裡的錢都髒了嗎？」

楊怡沒回聲，只是看著手裡拿起來沉甸甸的紅包袋，裡面幾萬？這麼厚，十萬嗎？他足足可以吃上一年的伙食費，髒嗎？是因為嫌家裡的錢髒嗎？

楊子農看著自己最疼愛的孫子，這種疼愛一方面因為楊怡是長孫，更重要的是他在孫子身上看到了自己的翻版，那種覺得對就義無反顧的個性，問題是孫子的觀念跟他的觀念如今是天差地別，「我知道現在怎麼說都沒用了，我只能提醒你，那些個抗爭場合你少去。」

「所以真的是您打了電話擺平那件事？」楊怡猛然抬頭盯著他問道，這件事已經困擾他好一陣子了。

楊子農不置可否地凝視著他，「不管如何你都還是我的孫子，是我們楊家的長孫。」

「之前我問過您很多次了，但您總是一語帶過，您過去到底在調查局裡是什麼身份？以前您總說就是情治工作，但是為什麼退休這麼久了，您還能夠介入這些事情？為什麼您可以聯絡上那些打手，可以叫他們不要告我？難道以前我參加那麼多場運動沒有被抓也都是同樣的原因？到底您以前是什麼身份？您經手過哪些案子？有多少受難者是被您抓起來的？」楊怡終於問出了這些年一直如哽在喉的事情。

楊子農還是一貫的不予回應，「你想做什麼我也都由著你，雖然現在你我的立場完全不一樣，但我還是那句話，你是我的孫子，我希望你平安健康，如此而已。」

「平安健康？」楊怡看著他，手裡緊緊握著那封厚重的紅包，「可是您以前整治過的那些人，也平安健康嗎？那天我去的記者會，周老師跟柳老師，他們何曾平安健康？」

「我管不到那些人，但我可以管你的平安健康，你的平安健康對我們楊家的重要性你不懂嗎？」

「沒有我，也還有我弟跟我妹。」

「什麼叫做沒有你？」

楊怡還想說些什麼，褲袋裡的手機就不停地響著，而且絲毫沒有停止的跡象，他拿出手機發現是張玟文不只打電話給他，也留了LINE要他快看新聞，「發生什麼事？」他回撥電話問道。

「你沒看到新聞嗎？」張玟文緊張地說著，「你快打開新聞，各台都在報，剛才有人去周老師家搗蛋，他受傷了，現在在醫院的樣子。」

楊怡跑去客廳不管大家正在看過年節目，硬是轉台去看新聞台。

「楊怡，你在搞什麼？沒看到我們正在看電視嗎？」楊東興生氣地說著。

『今晚約莫九點的時候，有四名機車騎士經過周慕夏家門外，朝裡面發射了一枚鋼珠，擊破周家的窗台玻璃，周慕夏正好在窗邊因而受傷。經過警方訊問後，帶回鋼珠，正在就鋼珠上面的指紋蒐證，周慕夏臉部與手部遭玻璃割傷，目前正在醫院治療中。周慕夏一個多月前公開了一支已過世父親的影片，影片揭露了他的妻子，也是白色恐怖知名刺殺案件的倖存者柳絮當年遇刺的證據，該影片引起政壇的震盪，數週後《促進轉型正義條例》通過，輿論普遍認為該影片揭示柳絮當年的案件是由國民黨指使的可信度相當高，今晚周家遇襲會不會與影片公開有連帶關係？以下是當時與周慕夏一起圍爐用餐的謝文武跟蔡火木先生的談話，他們兩位同時也是白色恐怖政治受難者，謝先生、蔡先生兩位好，可以跟我們描述一下當時的情況嗎？』

『這還用懷疑嗎？這一定是國民黨派人來做的，最近我們都知道《促轉條例》通過了，其中周老師的功勞不小，他公布了周老先生的影片，揭開了我們小紮當年被刺殺的真相，就是國民黨做的，現在事情曝光了，所以來警告周老師不要再亂說話！』蔡火木搶著激動罵道。

『但是您們有確切的證據表明這件破壞事件跟國民黨有關嗎？』記者問道。

『目前證物已經在警方手上，』謝文武擔心老兄弟太過激動，因此接過話來繼續說明，『警方會依據鋼珠上面的指紋去找人，也不確定上面是否有清晰的指紋，目前我們的確不敢說這一定是國民黨做的，但是據周老師跟附近鄰居表示，那是個很寧靜的小社區，從來沒有出現過飆車族鬧事的紀錄，而且還在除夕夜，又特別鎖定是周老師家，這真的是讓人不得不起疑。』

『所以剛才發生事情的時候，兩位正好在場？』

『在場，我們剛吃完年夜飯，聽見有很吵的機車排氣管聲音飆近，周老師走去廚房窗台前想要看是怎麼回事，玻璃就整個爆破，他臉上跟手都受傷，毛衣牛仔褲上也都有碎玻璃。』

『所以兩位有親眼看到是誰嗎？』

『我們衝出去的時候看見是四台機車，改裝過的那種，排氣管碰碰碰的很大聲，回到屋子在餐桌地板上找到一顆大鋼珠，可能是用彈弓之類的武器射進來的，這種很難說是惡作劇。』謝文武說道。

「看這些幹嘛？他家遇襲干我們什麼事？」吳東興酸酸地說著。

楊怡放下遙控器，轉頭看見爺爺站在沙發後面，面無表情地看著這則新聞，腦海裡閃過剛才他要去敲門時隱約聽到的內容，『辦好了嗎？有傷到人嗎？』可能嗎？這有可能嗎?!

「你這樣瞪著爺爺像什麼話？」吳東興吃年夜飯時喝了不少酒，此刻酒氣上來，脾氣也跟著上來，從沙發起身時身子有點搖晃，伸長手想要去抓楊怡的手臂，楊怡抬起手閃過了這一抓，雙眸還是直直地看著楊子農，「是您嗎？」

「楊怡，你在胡說什麼?!」林少芬緊張地看著丈夫跟公公，唯恐衝突一觸即發，如果只有爺孫倆可能還好，但是摻雜了隨時會發酒瘋的吳東興就會一發不可收拾。

「是您嗎？」楊怡又問了一次，「我剛才要去敲門時聽到您講話，您問對方『辦好了嗎？有傷到人嗎？』，是您嗎？」

楊子農緊抿著雙唇不發一言。

「哥，你在說什麼啊？爺爺怎麼可能跟這件事有關？你瘋了嗎？」楊怡的小妹楊愉驚訝地說著。

「是您嗎？」楊怡還是一直盯著爺爺，楊子農越不吭聲，越讓他心驚。

「大少爺，你鬧夠沒？老爺子眼巴巴等著你回來吃飯，一回來就在這裡撒野什麼？你鬧夠沒？」吳東興又伸手過來想要抓他，楊怡不耐煩地反手撥開父親的手。

「你除了喝酒還能幹嘛？」楊怡不客氣地瞪著吳東興說道。

這一說直接踩到了吳東興的地雷，整個人暴跳地衝過來，楊怡的二弟楊愷連忙擋在父親跟大哥之間，這種火爆場面在大哥大學時期出現過好幾次，這幾年兩父子只是相敬如冰，沒想到這個除夕夜又重現這種場景，他知道接下來母親就要開始哭了。

「楊怡，你不要說了，今晚是除夕夜，是團圓夜。」林少芬紅著眼眶說道，她只想要有一個寧靜的團圓夜，怎麼會這麼難？

「哥，你幹嘛這樣？」楊愷回頭瞪了大哥一眼，「就不能忍忍嗎？」

楊怡像是沒有聽到弟妹跟母親的聲音，就只是隔著沙發凝視著楊子農，「爺爺，我一直都記得小時候您每天都在門口等我放學，我也記得您會牽著我的手去市集，會買我愛吃的零食給我吃，但是爺爺，這些以外的時候呢？您都在做什麼？白色恐怖那些事情，您到底涉入多少？」

「什麼白色恐怖？那段時間叫戒嚴，叫動員戡亂時期，所謂白色恐怖是那些犯案的人說的，哪有什麼白色恐怖？」楊子農終於開口了，義正辭嚴的，絲毫不曾懷疑過自己的想法。

楊怡不可思議地看著他，「《促轉條例》都已經通過了，您還能假裝多久？為什麼到現在還在說沒有白色恐怖這回事？那些被你們逮捕的人，他們的青春跟生命又算什麼？」

「他們是思想出了問題才會被我們抓來，當年轉進來台灣，一切都亂，要掌穩政權也是沒有辦法的事情，如果他們乖乖的，就什麼事情都沒有了。」

楊怡看著他，這就是他多年來一直聽到的論點，「乖？那些乖乖的不也被編排了？有多少將軍是因為內鬥被你們情治單位誣陷、軟禁，還有你們稱為制裁的政治暗殺行動，這種資料跟證據也都有了，你們自己的特務老手都出回憶錄了，什麼都講了，還能一廂情願說是因為有人不乖嗎？況且乖是什麼？不都是你們說的嗎？那跟現在中共有什麼不同？」

「領袖要我們抓匪諜、要我們抓台獨都是為了穩住台灣的局勢，那個時候許多國家都正在混亂，我們要守住台灣就要穩定，那些都是必要的手段，這個有那麼難懂嗎？」

「不難懂，」楊怡盯著他，「難懂的是為什麼你們要製造那麼多冤獄？要刑求？可以判生的偏要判死，難道您從來都沒有懷疑過您所謂的領袖嗎？那些個他批過的紅字，『死刑可也』，您都沒有想過嗎？那些人就算信仰馬克思，就算想要台灣獨立，難道應該判死嗎？難道您從來沒有讀過左派的書嗎？我讀了那麼多左傾的書，在你們那個年代我也要被抓去槍斃嗎？」

「我只負責抓人跟落實證據，後面的審判與我無關。」

「服從就對了嗎？好一個艾希曼。」楊怡苦苦地說著，腦海裡浮現了柳絮當時的表情，她如果此刻在這裡，聽見爺爺這些話，還會堅持他不該抱著贖罪的心態嗎？

楊子農向來內斂的眼神突然銳利地一閃，「我跟艾希曼一樣嗎？領袖跟希特勒一樣嗎？你知道你在說什麼嗎？以為唸了個碩士會真的思想長進，沒想到……」

「所謂長進是繼續跟你們一起做高級外省人才叫長進嗎？」

「楊怡！」林少芬哭著制止兒子，「你怎麼可以這樣跟爺爺說話！」

楊怡悲傷地環顧著這一家人，楊愷仍然抓著父親，楊愉跑去爺爺身邊拉了一下他的袖子怕他動怒，母親則是一如既往地哭泣，最後他看著眼神倔強的爺爺，那是他在鏡子前經常看到的眼神，相似的如此驚人，他的體內也流著這樣絕情的血液嗎？「剛才您問我，為何中秋節主持完座談會不回家，我那天下午主持完座談會的確是可以趕回來的，我去到台北車站，我要坐的高鐵就停在我面前，可是我沒有上車，您知道為什麼嗎？」

楊子農只是看著他沒有講話。

「因為那天我真的不想回來，我怕我回來看見您就會想到我同事一家人，會想到他過世的母親。」

楊子農像座山一樣屹立在那裡，不動也不說話。

「我的同事，他的父親是政治受難者，只是因為讀了幾本左派的書，然後就被判了十年，那個所謂的讀書會，就是他帶著幾個大學生一起看這些書，連一點行動都沒有，就被誣陷是匪諜，一去十年。剛開始被抓走的時候，沒有人知道他在哪裡，他的太太到處陳情奔波，到處跟人家跪求想要知道丈夫的下落，等她找到人的時候，丈夫已經被刑求完滿身傷，關在軍法處等候判決，最終去了綠島，這些情節很熟悉吧？爺爺？」

「就不該搞讀書會，明知道那時候我們跟大陸勢不兩立，組什麼讀書會，讀什麼馬克思？」楊東興大聲地說著。

楊怡沒有理會他，仍然看著不作聲的楊子農，「我同事唸大四的時候，他爸爸生病過世了，中秋前兩天半夜，我接到同事的電話，他媽媽也走了，」他凝視著最親愛也最陌生的爺爺，「自殺。」

林少芬摀著嘴，不停地流淚，不知道該說什麼。

「我去醫院陪同事，他說這樣也好，這樣他媽媽就不會再做惡夢驚醒了，不用一直夢見老公被帶走，夢見自己到處去跪去求，都找不到丈夫。」楊怡說完，客廳陷入一陣沉默，只剩下林少芬的啜泣聲。

楊怡與楊子農對看許久，最後楊子農才開口，「你同事的遭遇值得同情，但我沒有什麼好說的，那個時代很多這樣的事情，我們也是為了這個國家，那是我們的工作跟責任。」

楊怡看著他良久，「面對轉型正義，您還認為自己都可以置身事外嗎？都不會被抓到嗎？就算您們特務都是化名，沒有直接證據可以找上您，您也一點點想要贖罪的心都沒有嗎？爺，您都沒有做過惡夢嗎？」

「操，什麼轉型正義?!什麼贖罪？」楊東興不知道是真的喝醉了還是借酒裝瘋，「那都是民進黨在操弄，媽的，我們從大陸帶多少黃金過來建設台灣，要不是有蔣總統，台灣現在可以發展得這麼好嗎？現在是過河拆橋，民進黨執政了，想要政治鬥爭，想要抹黑我們，想要清算我們。」

楊子農瞪了兒子一眼，「楊愷，扶你爸回房。」

「扶什麼扶？我沒醉！」

「帶他回房。」楊子農充滿威嚴的聲音讓楊愷跟楊愉連忙扶著父親回去二樓的房間，林少芬知道這是老爺子在趕人，擦擦眼淚，看了一眼兒子，暗示他不要再跟爺爺繼續口角下去，只能轉身走回廚房去清洗一家人年夜飯的碗盤。

「爸，你別下去湊和了。」楊愷跟妹妹把父親扶回床上後，幫他蓋好被子安撫著他，生怕這個除夕又會演出全武行，楊愉還記得大哥唸大學時，也是在過年的時候，跟爸爸還有爺爺起了爭執，最後爸爸還打了大哥。

「你大哥那個兔崽子欠罵欠揍！」楊東興叫罵著，「就老爺子跟你媽把他當寶，死求活求要他回來過年，媽的，操，吃頓飯也要講那些事，死兔崽子！」

「你別說了啦，別叫了，等等爺爺生氣就糟了。」楊愉拉著二哥的手臂示意趕緊離開。

「妳老爺子就只在乎妳哥，哪會管我？我們都比不上你大哥楊怡。」

楊愷跟楊愉無言地退出去，雖然家裡偏心大哥他們一直都心知肚明，但是被父親這樣直白講出來，心裡還是很不舒坦，「都不知道大哥為何不能忍一忍？」楊愷低聲抱怨了一句。

「是被那個新聞激到的吧？」楊愉嘆口氣轉身回房，好不容易回家一趟，這個除夕就這樣泡湯了。

「混蛋啊，混蛋。」楊愷回房前還聽到父親房裡傳來的聲音。

「混蛋啊，混蛋。」楊東興低罵著，這晚他的確喝得又急又快，醉意整個湧上，是剛才新聞裡那對夫妻，是那對夫妻啊，他翻身將臉埋進枕頭裡，眼前卻浮現了久遠以前的一個畫面，他看著新聞裡面播著一個七歲小女孩被匪徒持刀搶劫刺殺倖存的消息，他問父親是不是跟他的工作有關？父親臉色鐵青地賞了他一個結結實實的耳光，那年他幾歲？22？

樓下的客廳裡，電視早就關上，只剩下楊怡跟祖父對坐在沙發上，兩個人沉默了許久，忽然聽得屋外傳來許多鞭炮聲，十二點了，往年都要守歲的，現在卻只有祖孫倆飽含情緒地僵持著。

「好不容易全家一起吃飯，你難道只有這些話要對我說嗎？」楊子農觀察著滿是鬱色的孫子，打破沉默，語重心長地問道。

楊怡看著自己交握的手，他也不想這樣，「我也希望可以好好跟您吃頓飯。」

「那為何要這樣破壞大家的心情？我們已經有多少年不再談這些事了？我也接受你有你的世界了。」

「很多年前我就知道我跟您已經不會有共識了，對於這點我已經死心了，」楊怡說道，「但是我從來都沒有停止去想，您過去到底都做過些什麼？為什麼您從來都不肯說？」

「說了我們就會有共識？」楊子農挑眉問道，看見孫子沉默地無法回答這個問題，只是苦笑了一下，「是不是？你根本無法回答我這個問題，我的工作是我的工作，那個時代就必須要做這樣的行動跟決定，那是沒得選的，我已經說過很多次，是你始終不能接受這個事實。」

楊怡抬起頭看著臉色肅穆的爺爺，「是這樣嗎？那個時代就非得這樣做嗎？用人命換來的假和平，幾十年後的現在也是要還的，爺爺，您不明白嗎？我知道我們已經無法再有共識了，在這個家裡面，已經注定我是孤單的，但我真的想要知道的是，您是否真的經手過那些白色恐怖的案子？您抓了多少人？是哪些人？」

楊子農靜默地看著孫子良久，他的工作從來就是保密的，不會對家人表明的，他們所有的工作模式都是如此，過去他那麼努力抓匪諜，抓台獨份子，他自問過去面對那些政治犯，他的方式都是心理戰術，在他手上根本沒有幾個人是需要動手打人或用刑具的。面對領袖的命令，他只能遵從，局裡長官的各項任務他也戮力達成，如果不是有那些年的努力，台灣哪能專注在經濟發展？這就是他的工作，因為他知道為了國家，他必須如此，也從未後悔，不曾想，年邁之後卻必須面對最疼愛的孫兒質問，「那些都不需要談。」

楊怡沮喪地再次看著自己的手，「那還有什麼是需要談的呢？十幾年來我內心的疑惑一直都沒有答案。」

「不會有答案，你只需要知道你爺爺沒有做錯事，我做的一切都是為了國家、都是為了領袖、為了老先生，我沒有做錯事。」他更清楚一旦給了答案，不但會徹底失去這個孫子，更會給黨帶來莫大的傷害，從踏進情治工作那一刻起，他就知道自己必須至死守密。

「是嗎？」楊怡苦笑了。

身經百戰的楊子農也楞了一下，面對著楊怡如此淒清的笑容，他沒想過才三十出頭的孫子竟然會有這樣滄桑的神情，「我們楊家的家訓一直都是正直、誠實，百年來從未變過，我也從未有愧於楊家家訓，楊怡，你只要知道這點就夠了。」

楊怡抬頭看著爺爺，「這麼多年來，當我理解到白色恐怖那個時代是怎麼回事之後，我非常害怕您是幫兇，可是您始終不肯跟我說，您可能是幫兇的這個想法一直在我腦海揮之不去，這對我來說，很痛苦。」

楊子農看著他，不知道要怎樣勸說，孫子才能不再這麼執著，許多事情哪有對錯？特別在大時代裡，當一切都被情勢推著前進的時候，弱肉強食是沒有理由的。

「於是我發現，我開始帶著一種贖罪的心情面對台灣社會，面對我做的事情。」

楊子農皺了皺眉頭，「這些事情根本沒有贖罪的必要，時代造成的悲劇是時代的無奈，做為凡人俗子的我們，根本無力反抗。」

楊怡看著他，「所以，起碼您承認那是悲劇了？」

楊子農抿了一下雙唇，「我剛才也表示過對你同事的遭遇感到同情。」

「那為什麼您會沒有一點罪惡感？為什麼不會覺得身為高級外省人的我們需要贖罪？我們對台灣人造成了多大的傷害，我們享受的特權都是從他們身上搶奪來的。」

「到底都是誰灌輸給你這些想法？你去唸了大學、唸了碩士就是學到這些批判嗎？」

「那不就是我們去唸書所要追求的嗎？擁有批判的能力？」楊怡苦苦地笑了，「當年我要去唸大學的時候，您不也希望我可以學得更廣大的視野來了解這個世界嗎？只不過我所了解的世界卻與您的如此不同。」

楊子農不語。

「既然您沒有贖罪的覺悟，那就我來吧。」

楊子農皺著眉頭，在這句話裡面嗅到一絲危險的氣味。

「台灣已經開始走上轉型正義了，我們都將難以逃過最後的審判，如果轉型正義最後可以走到我所期待的樣貌，所有的真相都出來了，那我們的家族該怎麼辦？」

「不會有事的，我一生忠黨愛國，我做的都是合理合法的，不會有事的。」

「是嗎？是誰的理？又是誰的法呢？爺爺？」楊怡看著他，「是蔣介石的理，是蔣介石的法吧？那是公平正義的嗎？」

「戰爭的時候，誰跟你講公平正義？楊怡，你太年輕了，你出生的世代是太平盛世，中華民國已經是經濟起飛的國家，你根本無從了解戰爭是什麼樣子，也無法理解為何我們需要這樣管理國家。」

「或許吧，」楊怡淡淡地說著，「或許吧。」停頓了很久他才又開口，「但是罪行永遠都是罪行，不會因為任何理由而變成合理。」

「楊怡……」

「爺，我一樣從未忘記楊家家訓，也從未違背，我希望有一天當我們家族的罪行被揭露的時候，我們家族還能抬頭挺胸地活著，還能堂堂正正地走下去，那我唯一能做的就是去贖罪，我希望有一天當我們家族必須面對這些正義的審判時，我可以光明正大告訴這個社會，我已經做了哪些事情來贖罪，為這個家族努力贖罪過，就當是為轉型正義做一點事情也好。」他凝視著眼前的老人，「爺，我跟您並沒有不同，從我小時候您就一直教我要正直、要誠實，不能拿不屬於我們的東西，可是我從小享受的就不是屬於我的東西，自從我理解白色恐怖是怎麼回事之後，我就沒有辦法不覺得自己需要贖罪，而我也知道這不正是您一直在教我們的家訓嗎？」

楊子農眉頭皺得更緊了。

「我的贖罪正是因為我相信做人一定要正直要誠實，您教我的，我也真的一直都在實踐，也許我們立場不同，但您對我的教育，我始終都不曾忘記，您從小教我的，已經都成為我的一部分了。」

楊子農靜靜聽著，一時之間無言以對，楊怡最後這段話讓他無法反駁，沉默半晌之後，只是嘆了口長長的氣，「去睡吧。」起身走回自己的房間。

楊怡看著自己手裡那包沉甸甸的紅包，坐在原處好久才起身熄燈走回樓上，這個家，越來越遙遠了。

＊＊＊

「這麼晚了，妳要去哪裡？」張玟文抓起包包要出門，被剛從房間出來的母親逮個正著，「除夕夜也要出去嗎？楊怡不是回高雄了？馬上就要十二點了，妳還要去哪裡？」

「我要去看周老師。」

「誰大半夜跑去找人的？妳跟他是什麼關係，需要這樣大半夜跑去？」剛才他們全家都看到了周慕夏出事的新聞，她也知道女兒急巴巴要跑去看人家是為了什麼，但她一點都不想要自己家人再跟白色恐怖的人有牽連了，賠掉一個丈夫已經夠了。

「我要去老師家看一下才安心。」張玟文說道，雖然她根本也不確定老師到底在哪裡，她只知道自己必須要去一趟。

「這麼晚了，一個女孩子家像什麼話？妳周老師已經結婚了，妳一個未婚女生大半夜跑去人家家，人家老婆會怎麼想？我們家還有家教沒有？」

「又怎麼了？」原本在房間裡面玩線上遊戲的張玟喬聽見母親發怒的聲音連忙出來。

「你姊竟然在這大半夜，應該一家人一起守歲的時候，說要跑去看她周老師。」

張玟喬看看牆上的時鐘，正好十二點，屋外的鞭炮聲也齊聲響起，「張玟文，這時候真的有點太晚了吧？況且今天還是大過年的，這時候跑出去難怪媽會生氣，妳就不能明天早上再去嗎？妳知道周老師現在在哪裡嗎？」

張玟文咬著嘴唇搖搖頭。

「這個瘋丫頭，妳連人家在哪裡都不知道，是要去哪裡？還是妳根本是要去找楊怡？」

「楊怡在高雄，妳不要隨便誣賴人家。」

「我誣賴什麼了？」

「拜託，才剛吃完團圓飯，妳們兩個可以不要吵了嗎？新的一年就要用吵架做開場嗎？真是大吉大利啊！」張玟喬有點氣惱地說道。

張玟文看著母親跟弟弟，自己也不是不知道這時候出門真的太不像話，只是她一顆心懸著，想要確認老師是平安的。

「妳就明天早上再出門好吧？好歹明天一早先確認老師人在哪裡，是在家裡還是在醫院，等確認好了再去探病，這樣也比較有禮貌吧？」張玟喬說道。

張玟文咬著嘴唇不置可否。

「況且，如果像新聞上說的一樣，那老師家現在不知道多混亂，就算他離開醫院回家了，應該也有很多事情要處理，搞不好家裡也有很多人，老師受傷之後應該也很需要休息，妳這時候去只是增加人家的麻煩吧？人家放心讓妳一個女生自己回來嗎？還是人家老婆得要送妳回來？」

張玟文沉默不語，她知道弟弟說得沒錯。

「妳別去給人家添亂了吧。」

張玟文頹然地在沙發上坐下，從剛才看到電視新聞開始，一顆心就不安定地狂跳著，腦子也是一片渾沌。

「妳不如就發個 LINE 給人家問候一下比較實際。」張玟喬看見姊姊的樣子，知道她大概不會出去了，就示意母親先回房休息。

「簡直像是被下了降頭。」吳玫碎唸了一聲，便轉身回去自己的房間。

張玟喬在旁邊的沙發坐下來陪著姊姊，怕她突然又跑出去，他真的想要好好過個年，平時工作忙碌，好不容易可以有個長假期休息一下，不想被張玟文就這樣破壞了。

「我不會去了，你不用在這裡陪我。」沉默對坐幾分鐘之後，張玟文說道。

「嗯。」張玟喬沒說什麼，只是乾脆打開了電視，看著乏味的過年節目。

張玟文瞥了電視一眼，她知道弟弟從來都對這些綜藝節目不感興趣，還坐在這裡只是怕她出門，便默默地起身回去自己的房間，張玟喬沒說什麼，一副還是繼續坐在客廳看電視的樣子，可他卻只是看著張玟文的背影，想起那個晚上他跟母親的對話。

＊　＊　＊

「傷口痛嗎？麻醉藥應該已經退了吧？」入夜一點多了，從醫院離開回基隆的路上，柳絮開著車子問道，丈夫一路都相當沉默，讓她摸不清是因為有心事還是因為傷口，從紐約回來之後，自己常常覺得好像沒有那麼了解丈夫，這讓她心裡有點慌，難道又要重蹈前夫的覆轍嗎？

原本看著窗外的周慕夏回頭看著她，臉上有一抹淡淡的笑容，臉上手上都是縫針後的紗布，「還好，有些刺痛。」

「等等回去吃顆止痛藥好好休息一下吧。」柳絮說道。

周慕夏點點頭，「剛才雨蒼 LINE 我，說先找了木板把破掉的窗戶釘了起來，暫時先抵擋一下。」

「我知道，大哥也有 LINE 我，文武叔跟大家也都關心你的傷勢，文心還說怕你臉上會留疤，我已經跟他們說醫院急 call 來了整型外科的主治醫師幫你縫針，應該不會留什麼疤。」柳絮頓了頓，引起丈夫的注意。

「怎麼了？」

「覺得這個世界真的充滿特權。」柳絮嘆口氣說道。

周慕夏挑挑眉，「妳是指剛才我在醫院受到的待遇嗎？」

柳絮點點頭，「急診室那麼多病患，竟然可以為你特地把整型外科的主治醫師 call 來，而且也不是我們要求的，他們竟然可以主動做這件事，真的是很特權，今天又是除夕夜，誰會願意出來？」她又嘆了口氣，「這個世界真的很不公平。」

「這個世界一直都是這樣的，剛才去醫院之前，我想頂多是急診室的主治醫師來縫針，我也有點意外，總是有人會審時度勢，自行做一些決定。」雖然不該這樣類比，但周慕夏心裡卻不由自主聯想到在白色恐怖時期裡面，應該也有很多案件是這樣被製造出來的吧？

「雖然是我們獲益，但還是覺得感觸很多。」

周慕夏摸摸她的臉，有點冰，伸手把暖氣給開大了點，柳絮看著他手上的傷，心裡還是很不安，「手還好嗎？」

周慕夏看看自己的手，「還好，都是小傷，沒什麼好擔心的。」

「你的手差一點點就割到血管了，哪裡會沒什麼好擔心的？」

「畢竟沒有割到啊，去擔心沒有發生的事情，只是讓自己困擾而已。」

「我知道你的意思，但是剛才文武叔也提了同樣的憂慮，他說會跟懷哲叔討論一下，能不能好好徹查這件事，社區外面有監視器，也許可以拍到車牌去抓人。」

周慕夏點點頭，「我當然也希望可以抓到人，不然只有妳自己一個人在家的時候，我也放心不下。」

柳絮沒說什麼，自從今晚出了這件事之後，她總是不由自主一直想到三十多年前的那個中午，沒想到現在家裡裝設了保全，仍然無法保證安全。

周慕夏看看她，「沒事的，剛才朱懷哲也有 LINE 我，說他已經跟警方通過電話，這段時間家附近會增加警方巡邏，妳別擔心，我也會盡量在家裡陪妳。」

「對不起。」柳絮咬著嘴唇自責不已，都已經這麼久了，為何自己還會因為一些事情，再度變成驚弓之鳥。

「這件事不是妳的錯，也不是我們的錯，不用道歉。」周慕夏摸摸她的臉，溫暖多了，幾時才是最適當的時機告訴她，不要再自責了呢？蔡宇亮提醒他的事情，他一直擱在心裡，只是猶豫著找不到最適當的時機。

放在儀表板上的手機突然亮了一下，都這麼晚了，他拿起手機發現是張玟文的關心，他簡短地回覆了自己沒事，正在回家途中，請她跟楊怡安心。

「誰？」

「玟文，說她跟楊怡都看到新聞了。」周慕夏打完字之後又把手機放回儀表板上。

「這個晚上驚動了不少人。」

周慕夏嘆口氣，「是啊。」

＊＊＊

『我沒事，一點小傷，已經到醫院處理過了，現在跟師母在回基隆路上，幫我跟楊怡說一聲，你們別擔心。』張玟文坐在床上的角落看著老師剛才回的訊息，心裡還是相當糾結，雖然老師這麼說了，也不知道是不是為了讓大家安心才這麼說，新聞上說傷到臉跟手，不知道要不要緊，畢竟是個演員，如果破相了怎麼辦？

「你在幹嘛？」張玟文打了電話給楊怡，語氣沒什麼精神，「還在跟家人守歲嗎？」

「都一點多了，哪裡還在守歲，況且剛才我們已經吵翻了，早早就各自回房了。」楊怡躺在床上看著天花板微微發亮的星座圖，那是他小學時，因為對天文產生了興趣，爺爺買回夜光貼紙，爬上梯子陪著他一顆一顆貼上去的星座圖。

「剛才也跟我媽吵了一下。」

「吵什麼？」

「剛才我想要去看周老師，出門前被我媽發現，大家鬧了一下，後來我沒去，只是發了LINE給老師。」

「老師還好嗎？」

「他說沒事，我也不知道是不是真的。」

「老師說沒事，大概就是沒事吧。」楊怡的語氣裡面透漏著無奈，「我想回台北了。」

張玟文楞了一下，她知道男朋友很少回高雄，但不管怎樣，總是會在家裡過完年，到年初三才回台北，「怎麼了？剛才你說你們吵翻了，為了什麼？你不是已經很多年都不跟家人吵架了嗎？」

「我問了爺爺白色恐怖的事情，但他怎麼都不肯說，而且……」說著卻又猶豫了一下。

「而且什麼？」

楊怡掙扎了一下說道，「在我們吵架前，我要去請爺爺出來吃水果，在門口聽見他在講電話。」

「嗯？」

楊怡沉默了半晌。

「你聽見什麼了嗎？」

他嘆了口長長的氣，「我不知道，我好像聽到他說『辦好了？有傷到人嗎？』」

「所以呢？」

「然後我們沒多久就吵了起來，後來妳就打電話來說周老師出事的消息。」

張玟文楞了幾秒鐘才說話，聲音啞啞的，「你是在暗示周老師出事跟你爺爺有關？這不太可能吧？」

「我不知道，只是時間實在太巧合了，我問他，他也不置可否，一切都讓我覺得好詭異。」

「他不置可否？不會的吧？你爺爺不是退休了嗎？」張玟文無法理解男友為何會執拗地認為他爺爺跟老師的受傷有關，因為怎麼想都覺得這應該是距離很遙遠的兩個人啊。

楊怡嘆口氣，「我不知道，我也不想這樣去想他，但是……」他頓了頓，「他承認了我那天在立法院跟姓金的起衝突之所以沒有被告是跟他有關，我追問是不是我過去參與學運時沒有被抓也都是因為他的關係，他也不置可否，如果他真的退休了，為什麼還能這麼快就擺平姓金的？」

張玟文訝異地聽著這些話，不知道自己該怎麼理解這件事，「你爺爺不置可否並不一定就是承認是他做的吧？或許只是……」她也不知道要怎麼接下去。

「只是？」

張玟文也沉默了，這到底是怎麼一回事？天底下會有這麼巧的事嗎？一個九十歲高齡的退休情治人員還需要出手安排這種事情？說得通嗎？

「如果真的是他派人去傷害了周老師他們，我該怎麼辦？」楊怡低聲地說著，「我要怎樣找到證據？要怎樣跟周老師說？」

「但可能不是啊，雖然你聽到他講電話真的很可疑，但也許不是，我也不希望是你的爺爺傷害了周老師，我無法接受。」張玟文搖著頭，真的無法接受這個可能性。

「他語焉不詳的反駁了，但那些話都似是而非的，都無法讓我信服，我追問時他就義正辭嚴扯到別的地方去，既不承認也不否認……」楊怡說著突然想到什麼停了下來。

「怎麼了？」

楊怡想到楊家家訓，是因為要正直跟誠實，爺爺不願意說謊，所以才會對於追問他是否涉及周老師一事時不置可否嗎？思及此，楊怡全身起了雞皮疙瘩，是這樣嗎？

「楊怡？喂？你還在嗎？」張玟文對於突然停頓這麼久感到不安。

「嗯。」

「怎麼了？」

「沒什麼，我累了，睡吧，明天早上再打電話給妳。」

「你怎麼了？話講一半就突然說要睡了。」張玟文跟他在一起的時間也不短了，總還是感覺得出這點異狀。

「沒什麼，有些事情我要想一下，先睡吧。」楊怡也不等張玟文再說什麼就掛斷了電話，只是直直地看著天花板的星座圖許久，上面浮現著爺爺肅穆的臉以及在家門口等他回來慈祥的臉，到底哪個才是真正的爺爺？這一夜的爭執與煎熬終於讓他迷迷糊糊地睡著了。

『楊怡，你看我買了什麼？』小四的楊怡正揹著書包邊踢著石頭回家，快到家門口就看到爺爺站在透天厝的門前等著他，手上拿著一盒不知道是什麼東西。

『是什麼？零食嗎？餅乾？』楊怡出了名的嘴饞鬼，每次問他要什麼禮物都是要零食。

『哈哈哈，又講吃的，』楊子農開心地笑著，『不是，比那個更好。』

『什麼什麼？快給我看，爺爺是什麼？』楊怡急著從爺爺手上接過盒子，一打開發現是一整盒的圓形夜光貼紙，裡面還放了一些手繪的星座圖，『啊!!是夜光貼紙!!這是星座圖!!』楊怡興奮的跳上跳下，『爺，我們要貼在哪裡？』

『我想過了，應該貼在天花板上，這樣你躺著睡覺時就可以看見。』楊子農看見孫子眼中散發著光芒，心裡也開心極了。

『好好好，快點，我們現在就去貼！爺，快點！』楊怡拖著楊子農的手，另一手抱著盒子就要往樓上跑。

『等等，你先把功課寫完了，晚上吃過晚飯後我們就來貼，你先上去，我拿點心上去給你。』楊子農說道。

楊怡二話不說就往樓上跑，『好，我現在馬上去寫，一下子就好了，爺等我。』

楊怡回到房間立刻把作業本從書包拿出來，正要開始寫的時候，又忍不住想要再看一眼盒子裡面的夜光貼紙跟星座圖，他跳下椅子跑到床邊，伸手打開紙盒，卻赫然發現裡面是一條沾血的紅色緞帶。

楊怡猛然張開眼睛，黝黑的房間裡只有點點星光釋放著些許的光芒，他坐起身來，怎麼會夢見這個？怎麼盒子打開會是柳絮那條紅緞帶？這是一個預警還是自己日有所思，夜有所夢？突然一陣想哭的衝動湧上，原來自己是那樣相信爺爺一定涉入了白色恐怖的案件，甚至還傷害了柳老師跟周老師，他吞嚥了幾下，硬是把那一陣哽咽給壓下。

那包沉甸甸的紅包還在桌上，桌上的小時鐘顯示才剛過兩點，所以他只是睡著了一下下而已，或許爺爺是因為不想違背家訓，不想說謊，因此不肯對他坦承，但爺爺可知這樣的狀況只會使他過的更辛苦。

打開檯燈，拿出書桌抽屜裡擱置了十幾年，早已泛黃的標準信紙，字跡工整地寫下：

爺爺，

我一直以為自己對這個家早已死心，我可以帶著贖罪的心情走自己的路，但此刻我才明白我錯了，我心裡始終還是期盼著，也許有一天，我們會有共識，您會願意承認當年的錯，我一直覺得這個認錯是無比勇敢的，願意面對過去的自己。經過今天之後，我再一次覺悟到這輩子可能永遠都無法跟您有這個共識，我真的心如刀割，我知道您也是，就當我不孝吧，我要先回台北了，請您保重身體。

楊怡

楊怡把信紙對折擱在桌上，那包沉甸甸的紅包端放在上面，揹起地上的背包，關掉檯燈開門走出去，轉身關門前，再次抬頭看了一眼，二十幾年前，爺爺站在梯子上幫他一顆一顆貼上去的滿天星斗，忍不住的又一陣鼻酸，如果可以只愛爺爺就好了。

他輕聲地下樓，在楊子農臥室前站了一會兒，房間裡隱約傳來廣播的聲音，爺爺睡了嗎？他伸手按在門上，高雄的冬天是溫暖的，不像台北，門板摸起來一點都不冰，但這道門卻隔絕了三十年的祖孫情感，如果可以選擇，楊怡希望他與爺爺永遠都不要面對這種悲傷時刻。慢慢將手收回來，轉身要走向大門，右手臂突然被抓住，他倒抽一口涼氣，猛一回身，看見楊愷一手拉著他，一手按在自己嘴唇上示意楊怡不要出聲，硬是拖著他回到二樓楊愷的房間。

「哥，你這是幹嘛？」進到房間關上房門後，楊愷瞪著他問道，「你又要逃走了是不是？」

楊怡只是聳聳肩，不想多作解釋。

「你就不能讓大家過個好年嗎？」

「我留下，明天大家見面也是尷尬，何必？」楊怡說道。

「只要不提那些事，大家還是可以相處，你就不能為爺爺、為老媽忍一下嗎？你拖到最後一刻才到家，你知道全家人都是圍著你打轉，我跟楊愉前天就提早回來了，結果這兩天一直聽到爺爺跟媽媽說來說去都是楊怡楊怡，楊怡要吃這個、楊怡不喜歡那個、那個多準備一點讓楊怡帶回台北，楊怡楊怡，根本沒有我跟楊愉的存在。結果你呢？你老大一回來吵個架，馬上轉身就要跑走，你不覺得太過分了嗎？爺爺老了，我們還能跟他過幾次年？你都沒有想過嗎？」楊愷一股腦地把這幾天心裡的不爽全說出來了。

楊怡凝視著他，楊愷小他兩歲，可是在家中的地位遠不如他，這是個重視長子長孫的傳統家庭，即便他再叛逆，家中永遠都有他的位置，可是楊愷不同，要不是常被遺忘，就是常因為表現不佳而被責罵，但他總是心繫這個家。

「今天聽到這些事情，你都沒有感覺嗎？」楊怡反問他。

楊愷頓了頓才說道，「我不知道應該要有什麼反應，我是回來過年的，我不想被那些事情破壞了度假的心情。」

楊怡看著他良久，久到楊愷幾乎要掉開目光，「那個跟我一起去參加野草莓的楊愷到哪裡去了？」

楊愷掉開目光看著窗外，半晌才低聲說著，「那個楊愷早就不在了，或許根本就不應該跟你去野草莓。」

「是嗎？」楊怡苦笑了，「因為差點害你當不成竹科新貴嗎？」

楊愷咬著牙根沒有回話，楊怡就是有這等本事讓他又急又氣又羞愧。

「你做了選擇，回到這個家，接受爺爺的安排進了竹科，這也沒什麼，總算也是高收入，只是，我沒想到那時候一起參加學運的你，竟然能夠繼續安心享受著高級外省人的生活。」

「每個人都要面對現實！」楊愷像是被踩到痛腳生氣地說道。

「可惜我們的現實並不是同一個現實。」楊怡淡淡地說著。

楊愷看著他，提醒自己不要吵架，跑下樓去拉住他是為了希望大家可以過個好年，「不管如何，我們都應該摒除成見，一起好好過個年，我剛才跟你說過了，爺爺老了，他擔心你在台北吃不飽穿不暖，你都三十三了，還要讓老人家這麼擔心，你就不能忍忍嗎？」

「我也打算忍的，你以為我每年除夕回來待到初三，難道都沒有忍耐過嗎？今天到家之後，我什麼都沒有說，是因為……」

「是因為那個周慕夏出事。」楊愷打斷他，「他不過是個外人，他出事就讓你大發脾氣追問爺爺，你怎麼會認為那是爺爺做的？真是太荒唐了！就算以前爺爺是情治人員，他都退休多久了？現在就是每天聽聽京劇，期待我們都能趕快結婚給他抱個曾孫的老人而已，為什麼你還要把那桶髒水往他身上潑？而且偏要挑在這種全家團圓的時候?!」

「你也承認白色恐怖是一桶國民黨製造出來的髒水了嗎？」

楊愷突然像是噎著了似地停頓著，一下子說不出話來，楊怡看了他一眼，轉身就準備要出門。

「就算那是國民黨製造出來的髒水，值得你犧牲這整個家族嗎？」楊愷說道。

「我沒有要犧牲這整個家族，」楊怡回身看著他，「我是要拯救這個家族，你還不懂嗎？」

楊愷看著他，這個哥哥已經離他越來越遠了嗎？

「楊愷，爺爺過去是情治人員是個不爭的事實，總有一天轉型正義會逼得我們這個家族出來面對當年爺爺的作為，爺爺什麼都不肯說，不願意承認，但並不是這樣就會沒事，我能做的、我們能做的就是帶著贖罪的心態面對台灣社會，盡我們一己之力，就算只是小小的力量也沒關係，我們必須要為爺爺當年的作為贖罪，只有這樣，將來當我們被推到人前時，我們才能夠安心的告訴大家，我們一直都在做事，為轉型正義、為公平正義付出一些努力，你懂嗎？」

楊愷動容地看著他，已經好多年沒有跟楊怡這樣對話，他完全不知道大哥是這樣的心態，一時之間，自己似乎也被拉扯了。

「我是為了這個家族，未來還能抬頭挺胸地走下去，你懂嗎？」

半晌，楊愷才點點頭，「即便如此，也沒有必要連夜回台北吧，不是嗎？如果你真的為了這個家族在努力，那麼，起碼，在爺爺還活著的時候，陪他幾天吧，這跟你所想為這個家族做的一點都不衝突啊，不是嗎？」

楊怡看著他良久才轉身走向門口，楊愷不知道還能再勸些什麼，只見他手搭在門把上像是要出去了，卻又突然說道，「我不是不愛爺爺，就是因為太愛爺爺，我才會覺得相處這麼難。」

「但……」

「我知道了，我……出去走走。」說罷便開門出去。

楊怡回到房間把背包放回地上，抬頭看見桌上的信，拿起來揉成一團塞進抽屜裡，轉身走出房門，那包紅包還是擱在桌上，沉甸甸地，像是一顆巨大的石頭壓在他的心頭，難以呼吸。他輕輕地走出大門，雙手插在口袋裡，在一點都不冷的高雄街道上走著，腦海裡千頭萬緒，百轉千迴，只是直直地走著，沒有目的地，只想暫時離開充滿愁緒的家。

在房間裡聽到一個輕微的關門聲，楊子農關掉小聲播放的京劇，開了門走到客廳，從窗口看到楊怡拖得長長的身影，看見他身上沒有揹著背包讓他放下了心。緩步走上二樓，打開楊怡的房間，雖然他這幾年越來越少回來，但這個房間總一直維持著原本的樣子，抬頭看著他們一起裝飾的滿天星斗，歲月的靜好早已離他們遠去。

一眼望去就看到那包紅包還端整地放在桌上，竟也沒有收起來，楊子農嘆了口長長的氣，『這孩子，真的一點都不願意接受我的好意嗎？』伸手碰觸了一下紅包袋，裡面盛裝著這個爺爺對孫子滿滿的愛啊。

正要轉身離開，卻瞥見了沒有關好的抽屜裡有揉過的紙團，楊子農打開抽屜，拿出紙團攤開來，發現是楊怡寫給他的信，他一字一字地讀著，讀完之後只是沉坐在椅子上，抬頭看著發亮的天花板陷入沉思，眉角是掩不住的憂鬱。

楊東興站在二樓的窗口看著長子寂寞的身影走進黑夜之中，他很意外楊愷竟然可以勸動執拗的楊怡，看著兒子被街燈拖得長長的身影，他知道這個兒子比自己有勇氣多了，面對那許多的疑竇，兒子選擇了質疑跟面對，而他呢？

書桌上有著一幅倒下的相框，他走過去拿起來，那是他童年時與父親的合影，多少年前了？五十幾年了吧？兒時總覺得大家都敬畏他的父親讓他很得意，在學校裡欺負了同學，也沒人敢對他怎樣，這都是因為他有個極其威風的父親，只不過這凜凜的威風，後來卻成為他與父親間的鴻溝。

再度擺倒了相框，拿起放在旁邊的酒，「還是喝酒容易過日子啊……」他喃喃地說著。

# 第十一章

「你不吃飯嗎？」張玟文看著躺在地上一直看著天花板的楊怡問道，自從過完年回到台北，楊怡在家的時候常常都是這樣滿懷心事的模樣。

楊怡嘆口氣，坐起身來看著張玟文買回來的便當，每次她為自己準備的便當總是很豐盛，跟自己買的有很大的不同，好像生怕他餓著，就跟他母親還有爺爺一樣，想到爺爺眉頭就又皺了起來。

「又在想你爺爺的事嗎？」

「妳有聽說周老師那個案子抓到人沒有？」楊怡突然問道。

張玟文搖搖頭，「沒看到相關新聞，我前幾天有問老師，他說沒有進一步的消息。」

楊怡又沉默了好一下，「我昨天有騎車去老師家附近看了一下，那一帶監視器並不多，感覺上要靠這個破案似乎也不容易，我也打了電話給謝文武前輩，他說那個鋼珠上面的指紋是工廠製造商品檢時留下的，警方去查問過了，並無可疑。」

張玟文凝視著他，知道他心裡始終在意除夕那天聽到的通話內容，「你還是覺得跟你爺爺有關？」

楊怡抓抓頭髮，「我不知道。」心裡有千百個不耐煩。

「先吃飯吧，都要涼了，」張玟文把便當再往他面前又推近了一些，「我點了滷肉給你喔，我知道冰箱裡面那鍋燉牛肉已經吃完了。」

「謝謝。」看著便當盒裡的滷肉，心裡五味雜陳。大年初三晚上要回台北的時候，母親硬是準備了一小鍋凍好的燉牛肉，用了個保冷袋要他帶回台北吃，雖然帶著擠車麻煩，但因為這是母親的愛，楊怡也就拎著她準備的各種食物回台北，他自然也知道裡面有一些是爺爺特地去市場為他挑選的。

楊怡只是沉默地吃著便當，有一搭沒一搭地回應著張玟文說起未來準備去紐約面試的事情，那包沉甸甸的紅包，他終究沒有帶回台北，爺爺年初四發現那包紅包竟然還擺在桌上，感嘆地打了電話給他，問他到底在堅持什麼？

是啊，自己在堅持什麼呢？那個紅包可以幫他把最後的學貸還清，可以提早準備留學的事情，但他終究沒將那筆錢帶回來，他只是很怕，那筆錢也會帶來更多的罪惡感與箝制。

「或許我應該跟周老師提那通電話的事情。」半晌之後，楊怡說道。

張玟文嘆了口氣，他果然提這件事了，「你想清楚了嗎？」

楊怡搖搖頭，「我如果想清楚了，就不會苦惱這麼多天了。」

「你憑著一通模稜兩可的電話就認定這件事，不會太隨便了嗎？」

「我一直想著如果警方有找到人就好了，等他們查出來，看是不是跟我爺爺有關再說，但問題是他們現在好像毫無頭緒，而我手上有一些可疑的資訊，難道不應該跟周老師說嗎？」

「可是不管是不是真的跟你爺爺有關，你一旦告訴了老師，就意味著你爺爺要被捲進這件事裡面，你也一樣，那些前輩也會知道那就是你爺爺，你真的準備好面對那些前輩了嗎？萬一這件事真是你爺爺幹的，那你要怎麼面對周老師、師母跟那些前輩？」

「萬一真是他幹的，難以面對，我也要面對，哪裡有逃的空間？」

「那萬一不是呢？」張玟文凝視著他，真心地希望他不要這麼衝動，「這件事情的影響不是像那天我們在老師家吃飯，坦承我們的背景那麼簡單，這會真的被貼上標籤，你真的想清楚了嗎？」

楊怡猶豫了一下，「如果周老師跟師母真的像那天他們說的那樣，上一代的歸上一代，或許他們不會對我貼標籤。」

「但你自己可以上一代歸上一代嗎？如果真的查出來跟你爺有關，到底我們要怎麼辦？」

楊怡看著便當裡那塊都還沒有動到的滷肉，慘然地說著，「如果真的是爺幹的，我們只能贖罪了，不是嗎？」

張玟文凝視著他，心裡百轉千迴，她不想要這種結局，如果真的是楊怡的爺爺下令傷害了她最尊敬的老師，她可能無法面對楊家的人，那楊怡怎麼辦？她跟楊怡怎麼辦？

「我一直以為妳會很贊成這件事，」楊怡突然抬頭看著她，苦笑地說著，「被傷害的是妳的恩人周老師，我一直以為妳會同意我去告訴他們，而且要儘快抓到那些人。」

張玟文頓了頓，她不是沒想過這件事，「我當然希望趕快抓到那些人，因為我也真的很怕那些人是因為影片的緣故想要來警告老師跟師母，只是……」

「嗯？」

「只是我真的無法想像這件事會跟你爺有關，他都已經九十幾了，早就退休幾十年了，怎麼可能會跟他有關？在這種不可能的情況下，你說要跑去跟周老師說，我真的蠻不能接受的，我怕我們無法承擔後果。」

「不能承擔也要承擔，不是嗎？那是我們的原罪。」楊怡無奈地說著。

「楊怡，拜託你再想清楚一些，我們真的要冒這個險嗎？」

＊＊＊

「老師，你的傷還好嗎？」楊怡看著周慕夏的臉頰跟下巴都貼著美容膠帶，關心地問著。

周慕夏指著辦公桌對面的椅子讓他坐下，自己剛下課回到研究室，就看到楊怡獨自站在走廊上等著，喝了幾口水之後才回應他，「沒什麼，都拆線了，現在只是怕留疤，所以要貼一陣子美容膠帶，怎麼了？怎麼會突然跑來找我？」

楊怡眼神一直流連在他的傷口上，半晌都沒有說話。

周慕夏摸摸自己貼了膠帶的地方，「你一直盯著我的傷看，倒是你自己都沒有貼膠帶了，疤會很明顯。」

楊怡聳聳肩，他不是很在意這些事，對他來說，人生還有更多重要的事情。

周慕夏笑了笑，「有時候，照顧好自己也是為了別人。」

楊怡看著他，咀嚼著這句話的意思。

「發生什麼事了嗎？你怎麼會自己跑來？玟文呢？沒一起來？」看他這麼沉默，心裡覺得古怪。

楊怡的眼神落到自己的手上，一時之間真的不知道要說什麼，其實他也不明白自己為何會這樣突兀地跑來。

周慕夏往後坐進椅子裡，靜靜地等著他開口，『這個年節發生了什麼事嗎？難道問出了他爺爺過去做過的事嗎？』

過了許久，楊怡才開口問道，「除夕那幾個人抓到了嗎？」

周慕夏搖搖頭，「他們的車牌都遮蔽了，沿著路上監視器找人也沒有找到，畢竟我們那區並不是監視器密佈的區域，過了幾個路口之後就中斷了。」

楊怡點點頭，若有所思的又低下頭。

「這個過年，不順心嗎？」周慕夏看著他的模樣問道。

楊怡緊抿了一下雙唇，豈止是不順心，輕輕地點點頭。

「跟你爺爺起衝突了？」

楊怡嘆口氣。

周慕夏看著原本直爽，此刻卻欲言又止的楊怡，心裡湧上許多的疑問。

「雖然還沒抓到人，但是從除夕到現在也一個多月了，老師家裡或學校還有出現什麼事情嗎？師母好嗎？」楊怡突然又問道。

「都沒什麼事情，家裡的窗戶玻璃我全都換成強化玻璃了，保全設施也加強了，你柳老師有點焦慮，但除夕之後到現在一切都還算平靜，沒其他突發事件。」

楊怡聽了稍微放心地點點頭。

「你是專程來問這件事的嗎？」

楊怡掙扎著要不要直接跟周慕夏說那通電話的事情，如果說了，的確就意味著爺爺的身份要曝光在所有人面前，直到這時候他才知道自己其實有多掙扎，原來一直以為自己準備好了的心情，其實還是很憂慮那個曝光的瞬間。

周慕夏看著他變化不定的眼神，覺得他有難言之隱，「你還好嗎？」

楊怡想起前兩天晚上還跟張玟文爭執著這件事，此刻，他卻退卻了。

「你特意跑來找我，是想跟我講什麼事情嗎？」周慕夏溫和地問著。

楊怡揉揉自己的臉，突然起身，「沒什麼，我只是想關心一下老師的傷，也想知道那些人抓到沒有而已，老師下午還有課吧？我先走了。」

周慕夏看著他，沒有追問，「謝謝你的關心，下山的時候，騎車要小心些。」只是誠懇地表達自己的關心。

楊怡朝他躬了下身子就轉身出去了，周慕夏看著關上的門，覺得他一定有重要的事情想說，只是因為一些原因而說不出口，會是什麼呢？

一路快走到停車場的楊怡心跳飛快，原來自己仍然是不夠勇敢，不敢面對所有的真相，那自己還在說什麼帶著贖罪的心態呢？不過只是說著一口漂亮的場面話而已，對自己既生氣又沮喪地戴上安全帽，發動引擎心不在焉地騎出大校門，沒有看到剛下公車的張玟文。

幾分鐘之後，張玟文來到周慕夏的研究室，這是讓老師知道自己父親是警總軍醫後的第一次見面，張玟文站在研究室門口猶豫著，多少年來，這是她最安全的處所，不管發生什麼事情，待在老師身邊總是可以獲致平靜，即便老師不在，只是待在研究室裡做自己的助理工作也總是安心，如今，這裡卻變成她猶豫著不敢踏入的地方，怎麼人生會變成這樣呢？

「學姊？怎麼不進去？」小棠拎著兩個便當走過來說道。

「嗯，要進去了。」張玟文不想讓小棠覺得古怪，趕緊敲門進去。

「妳來了，」周慕夏抬頭看見兩個人一起進來，「不好意思讓妳跑一趟。」

張玟文囁嚅著尷尬一笑，很快地瞥了一眼老師臉上的傷，看起來似乎還好，心裡不免少了些憂心。

「謝謝小棠，便當放著就好了。」

助理放下便當，識相地趕快退出去，周慕夏把自己的便當拿出來後，連著袋子一起放在對面的椅子上，「坐吧，幾時變得這樣生疏了？」

張玟文尷尬地坐下來，不知道老師叫她來做什麼。

「如果還不餓的話，我們先聊幾句。」周慕夏知道不先說出找她來的原因，這個便當她肯定是食之無味的。

張玟文頭低低地點了點頭，「好。」

「除夕的時候，我家裡來了一些政治受難者長輩一起圍爐。」

張玟文點點頭，從新聞上她知道出事當晚，老師家裡有其他人一起在場，但這件事跟她有什麼關聯？

「我問了長輩關於警總軍醫的業務。」周慕夏溫和地說著。

張玟文猛然抬頭，眼中出現了一絲的焦慮跟驚恐。

「別擔心，沒什麼。」周慕夏抓到她的眼神，安撫著她，這些孩子都怎麼面對自己的人生呢？

張玟文猶豫地凝視著老師。

「妳知道妳父親是在警總的哪個單位嗎？是在保安處還是軍法處？」

「博愛路那邊……」張玟文低頭囁嚅著說道，「可能是保安處，我很小的時候去過。」

周慕夏輕輕地點點頭，「博愛路的話是保安處沒錯。」

張玟文扭絞著自己的手指，不敢抬頭看她最尊敬的老師，老師為什麼要問這個呢？

「請妳抬起頭來看著我，」周慕夏低沈而溫柔的語氣就如同往日一樣並無二致，卻讓張玟文難過地想哭，覺得自己好像再也不配接受老師的好意了，仍然低垂著頭，「請抬起頭來。」

張玟文咬著嘴唇，艱困地抬起頭來，望著老師溫暖的眼神。

看著昔日的學生眼眶含淚，心裡真的不捨，特別又是因為國家暴力的陰影，「永遠都要抬頭挺胸面對他人，知道嗎？」

張玟文的淚水再也忍不住地掉下來，一滴一滴落在她的牛仔褲上。

「長輩說保安處的軍醫沒有參與刑求的行動，叫我轉告妳，請妳放心。」

張玟文伸手摀住自己的嘴，真的嗎？這是真的嗎？

「保安處是負責偵訊刑求的地方，在那裡的軍醫負責看病跟治療，所以會很清楚知道偵訊房裡發生什麼可怕的事情，因為他們也要治療這些傷勢，有時候，刑求太久太過，還有軍醫曾出面制止。」

張玟文緊緊摀著自己的嘴，眼淚成串掉落，她擔心了那麼久的事情，竟然是由老師幫她找到了答案，「老師……」她抽噎地說著，「真的嗎？真的只是這樣嗎？」

周慕夏點點頭，「真的只是這樣，我詢問過當年歷經保安處的長輩了。」

張玟文摀著臉忍不住地大哭著，周慕夏只是坐著，靜靜地等待著。

哭了不知道多久之後，張玟文紅腫著雙眼，看著周慕夏，「如果只是這樣，為什麼媽媽不跟我說，為什麼要讓我懷疑這麼久？我還記得爸爸後來酗酒的好嚴重，最後是肝癌過世的，過世前他常常半夜大叫，如果真的只是這樣，為什麼他不跟我們大家說呢？」

「妳期待父親應該要跟你們說什麼呢？說他目睹國民黨情治人員讓政治犯坐老虎凳、通電、拔指甲、灌汽油或是從指甲縫裡插針嗎？還是將懷孕的女性政治犯打到小產？」

張玟文搖搖頭，淚水仍然不停地滾落，這些情節她想到就無比恐懼。

「那妳期待他說什麼呢？」

張玟文還是搖頭，因為她自己也茫然無解。

「雖然那個時期的軍醫大多不是正規醫生，但總是在做著救人的工作，跟著蔣介石來台，卻只能在警總保安處這樣的地獄看病治傷，沒有其他權力，只能看著那些皮開肉綻的傷口，每天聽著那些哀號的聲音，恐怕也不能自由脫離，那是個動輒得咎的年代，並不是身在警總裡面當個軍醫就是安全無虞的保證。」

「老師……」張玟文止不住地哭著，心情矛盾極了，一方面知道父親是無辜的感到鬆口氣，又不禁懷疑她誤會了這麼久嗎？真的只是這樣嗎？想要相信又害怕這不是真的，「我只是不敢相信這是真的。」

周慕夏凝視著她輕輕地說著，「上次在我家的時候，我跟妳說過了，如果妳堅持自己的想法，而不去接受所見所聞，那我們也都幫不上忙。」

張玟文只是哭著，不知道該怎麼回應老師，她不是不相信老師，只是一下子難以接受擺在眼前的消息。

「玟文，有時候，做父母的會自以為聰明地隱瞞一些事情的真相，以為這樣是對孩子比較好，」周慕夏看著她，回想起發生在自己身上的遺憾，「他們不知道孩子承受真相的能力比他們想像的，甚至比他們自己都還要大，他們只是自以為這是一種愛人的方式，自己承擔著秘密所帶來的沉重壓力，至死都不肯據實告知。」

張玟文抬頭看著老師，想起在立法院看到的那支影片，「老師……」

「我的父親也是這樣，我想會不會妳的父親也是這樣的？是那個時代扭曲了一切，讓我們都失去跟父母更好對話的機會，讓我們都帶著誤會直到最後一刻，甚至產生了難以逆轉的遺憾。」周慕夏低聲地說著，「我在父母離開後才知道事實的真相，一切都來不及了，但是妳的母親還在，或許妳的母親知道，也可能不知道這些事情，或許妳可以好好跟母親繼續走下去。」

張玟文聽著好心痛，想到母親每次聽到白色恐怖的怒氣與無奈，想到老師遭遇的苦難，忍不住又掩面大哭，她可以跟母親說這件事嗎？

「回去之後，好好跟母親談談吧。」周慕夏勸慰地說著。

張玟文抹去眼淚，邊哭邊點頭，「老師，謝謝您。」

「沒什麼，有那樣的機會，我就順便幫妳問了，我想直接問經歷過警總的人應該會比較清楚。」

張玟文抽了桌上的衛生紙擦去淚水，眼睛鼻子都紅腫了。

「以後，永遠都要抬頭挺胸走下去，知道嗎？」

張玟文抽噎著點頭，十幾年來的包袱忽然卸下了，讓她有一種陌生的輕鬆。

「先吃吧，我有點餓了。」周慕夏打開自己幾乎要冷掉的便當，自在地開始吃飯，想讓這個孩子有點時間去適應這個消息帶來的衝擊。

兩個人就這樣靜靜地吃著便當，伴隨著她不時吸著鼻子的聲音跟偶爾拭去的淚水，吃了大半個便當之後，周慕夏才又開口，「文件都寄出去了嗎？」

張玟文點點頭，「寄出了。」

周慕夏點點頭，看著她坐在對面小口小口地吃著飯，眼睛跟鼻子的紅腫都尚未褪去，

「楊怡還好嗎？」

張玟文明顯停頓了一下，引起他的注意，「怎麼了嗎？」

張玟文猶豫了一下還是搖搖頭，避重就輕地說著，「沒什麼，他過年時跟家人吵架，心情一直不是很好。」

「喔？」

「還是老問題吧，他一直想要知道他爺爺做過什麼，」張玟文嘆口氣，「就跟我一樣吧，很害怕，可是還是很想知道他們都做過什麼，所以他們就吵架了。」

「有問出什麼嗎？」周慕夏原本不確定楊怡有沒有告訴張玟文要來找自己，但是現在聽起來，她好像不知道剛才楊怡來過了。

張玟文搖搖頭，「如果問出什麼，可能還好一點吧。」

「是嗎？」

張玟文看著老師，「楊怡一直很在意他爺爺不肯說。」

「就算一直想要知道真相，但是當真相暴露在眼前時，我們未必都真的可以承受。如果楊怡的爺爺真的做了什麼，」周慕夏輕聲地說著，「事實上，調查局退休的情治人員也必然做過些什麼，當楊怡有一天知道了真相，他未必是可以接受的。」

張玟文凝視著老師，想到前兩天晚上楊怡躁動的情緒，是了，那不僅有著無奈、憤怒，其實還有著一些恐懼，怎麼自己都沒有察覺呢？自己一直跟著戲劇治療的權威學習，為何自己卻這樣的遲鈍？今天她再次得到老師的協助，領受到老師過人的敏銳度與支撐力，

「我……」啞著聲音說道，「我也想成為頂尖的戲劇治療師。」

周慕夏看著她，「那就先處理好自己的議題，這是我第三次跟妳說了。」

張玟文點點頭，好像直到這時候，她才真的理解老師這句話的涵義，「雖然老師跟我說了我爸爸擔任軍醫的時候，應該沒有做過什麼不義的事情，但是我知道他身為警總軍醫的身份對我而言還是有著深刻的意義，特別是高中時因為這個身份發生的事情，我想我還需要一些時間去消化這件事，我一直以為我永遠都找不到答案了。」

「起碼妳現在理解到妳還需要一些時間去消化自己的情緒，」周慕夏讚許地點點頭，「玟文，那些發生過的事情永遠都不會重來了，發生過的就是發生過了。」

張玟文咀嚼著這句話，覺得心酸，「我知道。」

「那就是妳的人生經歷，是無法改變的過去，但是未來可以不同，可以在這個理解的基礎上繼續往前走，帶著過去的經驗跟理解去學習，這也是可以幫助妳成為戲劇治療師的養分，不要排斥它。」

張玟文感動地點點頭，怎麼也沒想到，帶著猶疑的心情來找老師，竟能獲致多少年來不可得的答案，心情激動難以言喻。

這個下午，張玟文迫不及待地跑去楊怡的辦公室找他，顧不得有一些工作人員在場，一看見他就百感交集地哭了。

「怎麼了？發生什麼事？」楊怡拉著她進去小會議室。

曾來辦公室找過他。

「楊怡……」張玟文哽咽著，緊緊地抱著楊怡。

「怎麼了啦？發生什麼事情？」楊怡擔心地問著，過去不管發生什麼事情，張玟文都不曾來辦公室找過他。

「周老師他……」

楊怡心頭一驚，幾個小時前才剛見過周慕夏，他不是好好的在學校嗎？難道又出事了？那幫人到學校去鬧事了？心裡不由自主聯想到遠在高雄的爺爺，緊抓著女友的肩膀，「周老師怎麼了？又出事了嗎？」

張玟文激動地搖頭，眼淚大顆大顆地滾下，「我剛才見過周老師。」

楊怡一楞，怎麼她今天也去了學校嗎？

「周老師怎麼了？」

「他叫我今天去找他，他跟我說……」張玟文心情激動地抽噎著，「他跟我說我爸爸的工作沒有涉及那些可怕的事情，只是單純看病治傷，他說……他說他問過那些前輩，跟他們求證過了，叫我放心，叫我要抬頭挺胸做人。」說完又抱著楊怡大哭。

楊怡聽完也緊緊地摟著她，「太好了……太好了。」心情也跟著激動起來，竟也忍不住鼻酸，「妳以後不用再畫那些殘缺的人體了。」

張玟文在他懷裡一直點頭，她一直都知道楊怡有注意到這件事，兩個人擁抱了許久，楊怡才拉著她的手坐下來，要她細細敘說周慕夏跟她講的內容，張玟文邊哭邊笑地轉述。

「太好了，玟文，」楊怡握著她的手，「真的太好了，我們之中總算有一個人已經先解脫了，玟文，太好了。」

張玟文抹去淚水，「楊怡，這是真的嗎？我一直以為這輩子我都找不到答案了，我真的可以像老師說的，之後都可以抬頭挺胸做人嗎？」

『抬頭挺胸？』此刻這句話突然好刺耳，如果周老師那件事真的是爺主使的，他真的還有勇氣抬頭挺胸嗎？一度以為都是過去的陳舊歷史，不想，現在卻可能又重新發生了。

「楊怡？」張玟文看他像是出神一樣地望著自己，拉著他的手叫喚他。

「當然可以，也應該抬頭挺胸，我一直告訴自己要帶著贖罪的心，也正是為了同樣的原因，希望未來我的家族遭受正義審判的時候，我可以說我們已經盡力在贖罪了，希望我的家族還可以光明正大地活下去。」

張玟文點點頭，「一定可以的。」

楊怡只是握著她的手，這一刻他的心裡卻不是這麼篤定了。

「楊怡……你還好嗎？」

楊怡振作起精神，對女友露出笑容，緊緊握著她的手，「玟文，聽到這件事情，真的太好了。」

他此刻眼神中的歡喜是真的，但隱藏在底下那一抹憂鬱張玟文也看到了，想到老師說的話，未來如果真相揭露了，楊怡真的可以接受嗎？

「晚上要一起吃飯嗎？」楊怡問道。

張玟文猶豫了一下，「我今晚想要回家。」

「跟妳媽媽說這件事？」

「嗯。」

「也好，過去妳媽媽談到白色恐怖就生氣，現在周老師問清楚這件事了，回去跟她談談也好，或許她過去一直不肯講是有別的原因。」

「嗯。」

「那就早點回去吧，跟妳媽媽好好談談。」楊怡緊緊的握著她的手，「真的太好了。」

張玟文笑著離開，留下他繼續坐在會議室裡，看著自己的雙手，像是在發呆，實則一直想著剛才聽到的好消息，他真心為女友開心，但同時也為自己感到悲傷。周老師為張玟文找到這個正面的答案，但他知道他的家族永遠也不會屬於這樣的答案，他知道爺一定做過些什麼，會有真相大白的時候嗎？他會有女友這樣海闊天空的一天嗎？

*　*　*

『朱委員，最近坊間對於除夕夜周慕夏跟柳絮發生意外的事件有頗多說法，其中有人認為那群飆車族可能是針對周教授公布影片的事情進行恐嚇，你怎麼看這件事？』

『坦白說，我也有這樣的懷疑，』朱懷哲對著鏡頭侃侃而談，『過去戒嚴時期這種恐嚇手法很多，只是沒想到台灣已經是個民主國家，竟然還會發生這種事情。其實我們黨團在立院裡面已經協商《促轉條例》很久了，許多難友也都在外圍一直很努力在協助推動遊說，周教授的影片主要在於喚醒一般民眾的記憶，讓長時間被國民黨愚民政策操弄的白色恐怖記憶再次被喚醒，這是那支影片最大的效果，如果要說是因為那支影片，所以《促轉條例》才通過就有點太誇張了，有心人士也不必打著這種藉口來搞破壞。當然我們知道接下來還有《政治檔案條例》要通過，但是藉由這種理由來打壓一般民眾實在讓人不齒，也像是過去警總復活，非常不可取。』

『朱委員這樣說才真的是在牽拖，』另一位來賓是敵對陣營的張嘯天立委，『這只是一般飆車族的違法行為，什麼都要扯到我們黨，這樣說得過去嗎？如果真有證據是我們幹的就拿出來，不能在這裡一塊白布硬要染成黑的。』

『說到證據，貴黨最會湮滅證據了，這個案子到現在也還在調查中，說穿了，如果只是一般飆車族怎麼會抓不到？擺明就只是一個掩護的身份，從監視器畫面中那些車牌也都遮蔽了，如果只是一般飆車族幹嘛遮蔽車牌？明明就是此地無銀三百兩。』

『千萬不要一直誣陷我們，現在基隆也是貴黨執政了，基隆警方辦案不力可跟我們沒關係了……』

張玟文坐在客廳看著又在爭論不休的政論節目，張玟喬從房間出來瞥了一眼，不以為然地說著，「妳又在看這個了，等等老媽出來又要不開心。」拿了飲料又要進房去打線上遊戲。

「等等，你別走，我有話要跟你們說，你坐一下。」張玟文叫住了他。

張玟喬回頭看她的表情似乎帶著一點的安心與興奮，好奇她要說什麼，剛才吃飯時，她似乎也是幾度欲言又止，「妳要說什麼？不會又要說白色恐怖跟老爸那套吧？拜託，不要總是把家裡鬧得雞犬不寧好嗎？」

「你等著就對了。」張玟文從回到家就一直想要找個好時機跟家人說今天她聽到的消息。

張玟喬聽她這樣說，覺得一定又是同樣的問題，「張玟文我跟妳說，老爸那件事不是妳想的那樣。」

張玟文轉頭盯著他，「你知道什麼嗎？」

張玟喬猶豫了一下，不確定是不是應該跟她說上次跟母親對話的內容，又怕她會誤會更深。

「你是不是知道什麼？」張玟文逼問著。

「我……」張玟喬轉頭看見母親剛洗完碗從廚房出來，「媽出來了。」

拿著毛巾擦手的吳玫看見兩姐弟在客廳，「你們在幹嘛？這麼稀奇會一起坐著看電視。」

張玟喬瞄了姊姊一眼，「張玟文說有事情要跟我們說。」

吳玫看了女兒一眼，又瞥到政論節目正在討論的內容，「又要吵什麼嗎？妳都不厭煩嗎？我已經跟妳說我不知道妳爸爸做過些什麼……」

「我知道爸爸做過什麼。」張玟文打斷母親說道，吳玫跟張玟喬訝異地看著她。

「妳說什麼？」張玟喬楞楞地問著，茫然地看了一眼母親，「妳怎麼知道？」

「爸爸是在警總保安處對嗎？我小時候去過，我記得在博愛路。」她看著母親問道。吳玫茫然點點頭，她怎麼會知道？連自己都不知道的事情，丈夫一直都不說的事情，女兒怎麼會知道？

「今天周老師把我叫去，」張玟文緩緩地說著，提到周慕夏的名字想到今天的對話，自己都還會激動到全身顫抖，「他問了那些經歷過警總保安處被偵訊的政治受難者，那些前輩跟他說，」她深深地吸了口氣，「爸爸的工作不會涉及那些可怕的刑求跟偵訊，爸爸的工作在保安處就是單純負責治病跟治療那些政治犯被刑求後的傷，前輩說，爸爸沒有做什麼可怕的事情，叫我放心。」說完最後一句話，忍不住地又哽咽了。

「真的嗎？爸爸真的沒有涉及那些可怕的事？」張玟喬問道，心底某個深深的角落也鬆了一口氣。

吳玫搗著自己的嘴，這是連她也不知道的事情，長久以來丈夫什麼都不說，如果只是像那些政治受難者說的這樣，那麼，丈夫講的那些可恥的事情是什麼呢？

張玟文拭去淚水，用力地點著頭，「我想周老師不會騙我。」

「所以周老師已經知道家裡的事情？」張玟喬問道。

張玟文點頭，「老師知道，所以才會利用除夕夜跟長輩們圍爐的機會，幫我們問清楚這件事，結果老師那天晚上就受傷了。」

「周老師到底怎麼說的？」張玟喬追問著。

「他說保安處的軍醫只單純做治療工作，有時候情治人員刑求太嚴重，還有醫生曾出面制止，他說這些醫生就是軍醫。」

張玟喬鬆口氣，可是爸爸在意的是什麼？甚至在意到想要尋死？他轉頭看著吳玫，「媽，那爸爸為何會想要尋死？如果他的工作真的像周老師說的那樣？他甚至可能制止過那些刑求，那為何他還會想要尋死？」

吳玫頹然地坐倒在沙發上，忍不住地流下淚水。

張玟文驚訝地抓住弟弟的手臂，「什麼？你說什麼？爸爸想要尋死？」

張玟文看著母親跟弟弟，「這是怎麼回事？爸爸幾時要尋死？」

「我也是前一陣子才知道的，」張玟喬說道，「其實小時候有一次我半夜出來上廁所，正好遇到爸爸在客廳喝酒，妳知道他以前常常半夜都在客廳喝酒啊。」

張玟文激動地點頭，「然後呢？」

「爸爸抓著我，一邊哭一邊激動的跟我說，叫我要好好讀書，要出國去，不要在台灣當醫生。」

張玟文訝異地看著弟弟，「我怎麼不知道這件事？」

「妳不知道的事情還很多，妳爸……」吳玫哭著說道，「妳爸他曾經上吊，正好被我撞見把他救下來。」

張玟文震驚地看著母親，他們真的住在同一個屋簷下嗎？「為什麼？為什麼我不知道。」

「我也不知道，是前一陣子我跟媽媽說小時候那件事，媽才說出來的。」

「為什麼我不知道！為什麼？」張玟文激動地質問著。

「怎麼說？怎麼跟你們說，你們的爸爸想要上吊自殺？怎麼說？妳告訴我，我應該怎麼跟你們說?!」

「我們是一家人啊，為什麼這麼大的事情我們都不知道?!」

「那時候妳才小學，玟喬才幼稚園，怎麼跟妳說？」吳玫難過地哭著。

「為什麼？爸爸為什麼要上吊？為什麼？」張玟文追問著，不敢相信那個小時候常常抱著自己坐在他大腿上的爸爸，竟然想要自殺，想要丟下他們?!「我不信！我不相信爸爸會想要丟下我們！我不信！」

「妳爸他……過的很辛苦。」吳玫哽咽地說著，張玟喬過去摟住她的肩，自己也是眼眶泛淚。

「為什麼？爸爸跟妳說過什麼？如果像周老師說的一樣，為什麼爸爸會這樣？」

吳玫猶豫著，張玟喬摟著她肩膀的手用力地握了一下，「媽，妳就把一切都跟張玟文說吧。」

張玟文輪流看著兩個人，覺得自己像是被排除在外的陌生人。

「妳爸沒有說過他到底在警總做過什麼，但是他過的很辛苦，他想要轉單位又不敢，也不敢搬出眷村，他一直說單位跟眷村都是監視系統的一部分，不能輕舉妄動。」

「那他為什麼想自殺？他不是在警總救人嗎？」張玟文問道。

吳玫搖搖頭，「他只有說如果日後被你們知道他做的事，他單位做的事，你們一定會看不起他。」

「但是……」張玟文才要繼續追問，就被母親打斷。

「妳問問妳自己，這幾年來，妳是不是只要講到爸爸在警總當軍醫就一副天要塌下來的樣子？只要講到這件事妳就什麼都聽不進去？」

張玟文語塞了，她當然知道自己這幾年是怎麼回事，那是因為她從高中開始就一直被大家排擠。

「這樣妳還需要知道其他事情嗎？妳還聽得進去嗎？」吳玫擦著眼淚責備地說著，「如果不是妳周老師今天跟妳說，換成是我們跟妳說，妳會相信嗎？」

張玟文訥訥的說著，「如果妳從一開始就這樣跟我說，我也未必會不相信啊。」

「問題是我真的也沒聽妳父親說過這些工作上的事，妳要我怎麼跟你們說?!剛才妳講的事情，說有醫生曾經出面制止刑求我也是第一次聽說，我跟妳一樣想要知道為何你爸一直這麼痛苦憂鬱！」

客廳裡面陷入了一陣的沉默，只有低泣聲時有時無地瀰漫在這個特殊的夜晚，誰也沒有想到一個平凡的家庭裡面竟然有這麼多的秘密。

「媽告訴我之後，我想了好久，」張玟喬過了許久之後打破沉默，「爸曾經想要搬出眷村也想要調離警總，會不會是因為他看不慣警總那些慘絕人寰的手段，可是又不敢動，所以才會這麼痛苦？」

吳玫擦了一下眼淚，啞著聲音說著，「可能是這樣，因為每次我問到工作的事情，他就完全不講話，還叫我不要多問，有一次我感謝蔣總統把他帶來台灣，不用留在大陸受苦，他馬上叫我別再說了，還說蔣總統不是我們想的那個樣子，馬上又叫我不可以把這句話跟別人講，」吳玫嘆了口長長的氣，「這是你父親在我面前提到最接近痛苦真相的一句話，其他的，他再也沒有說過。」

「所以他後來才會酗酒嗎？」張玟文問道，「我記得小時候，爸爸不喝酒的。」

吳玫看著天花板又嘆了口氣，「自從他自殺不成，沒多久就開始喝酒，越喝愈多，最後……唉。」

「我記得爸爸病重的那段時間，常常半夜都在大叫，」張玟文說道，「他是在做惡夢嗎？」

吳玫點點頭，「半夢半醒吧，他有時候比較清醒時會說有鬼魅跟著他，常常會喊著不要，喊著放過我，問他，他也說不清楚。」

「聽說那些刑求的手段都很恐怖……」張玟喬低低地說著，「妳們說爸爸會不會是目睹了這些刑求，所以……」

吳玫只是嘆著氣，不斷地拭去湧出的淚水，「或許吧，我們永遠都不會知道答案了，但是起碼今天我們知道了，你們爸爸應該沒有做那些可惡的事情。」

「我覺得，」張玟喬難過地說著，「爸爸最後只是選擇了另一種方式自殺，他應該真的很痛苦。」

張玟文只是木然地點點頭，以為知道爸爸沒有做那些罪惡的事情就夠了，不想，爸爸這一生竟然活得如此痛苦，他到底經歷了什麼？

# 第十二章

「去而復返應該是有重要的事情吧？」周慕夏沖了杯咖啡放在楊怡面前問道。

楊怡只是看著桌上馬克杯裡裊裊昇起的些許白煙，雖然再次跟周慕夏邀約見面，來的路上還是忐忑異常，這個決定竟然如此困難。

「這裡是我結婚前的住所，因為柳絮養貓，所以我們幾乎都住在基隆，那裡的空間對貓咪來說更舒適，這裡我們只偶爾回來住住，添點人氣，有時候我自己會在這裡寫論文，因為大部分的參考資料都還是擺在這邊。」下午楊怡 LINE 他，希望傍晚可以找個安靜的地方單獨見面，於是約來他位於東區的住家，但見了面他依然如此沉默。周慕夏感覺得到楊怡的掙扎跟猶豫，試著講點話讓他放鬆些，相較於之前在基隆時慷慨激昂地說著必須要贖罪的態度，今天兩度見面都讓周慕夏對他有點擔心，是什麼讓他這樣猶疑不決？

「對不起打擾您的休息時間。」半晌，楊怡終於開口了，但一雙眼睛還是只看著那個馬克杯。

「沒事，你想跟我說什麼？」

楊怡又停頓了一下。

「過年發生什麼事了嗎？」周慕夏問道，「中午我問你時，你好像表示今年的過年並不順心。」

「不順心的，也不止我一個，」楊怡低低地說著，終於鼓起勇氣抬頭看他，「老師您不也受傷了？」

周慕夏看著他沒有馬上回應，停頓了幾秒才又開口，「你今天兩度來找我，都提到我受傷的事情，你這麼猶豫，是因為要講的事情跟我有關嗎？」

楊怡微微一愣，沒想到周慕夏竟然這麼敏銳，雖然過去聽過張玟文講這種情況，最後還是只能輕輕地點了點頭。

周慕夏挑挑眉，「怎麼了？」

「我跟老師說過我爺爺是調查局退休的情治人員。」

「嗯。」

「爺爺今年九十三歲了。」

「嗯。」

「我一直以為他已經退休了，畢竟在我印象中，我還小的時候他就已經退休了。」

「以為？」周慕夏皺了一下眉頭，九十三歲應該早就退休了。

楊怡緊抿了一下嘴唇，像是鼓起很大的勇氣才開口，「我懷疑老師您的受傷跟我爺爺有關。」

周慕夏雙眉緊蹙地凝視著眼前的年輕人，他知道自己在說什麼嗎？「為什麼？」

「我聽到爺爺講電話，他問對方『辦好了嗎？有傷到人嗎？』」

周慕夏還是緊皺著眉頭，靜靜地聽他說。

「電話講完沒多久，我就接到玟文的電話，說您受傷的事情已經上新聞了，我質問我爺爺是不是他做的，他……」

周慕夏看著他，不發一言。

「他不置可否。」

楊怡說完這句話，客廳就陷入了一片沉默，因著這片沉默，他再次垂下頭看著桌上的馬克杯，咖啡逐漸涼掉了，但他卻一口未飲。

「即便他不置可否，也不表示這件事便是他安排的。」過了好一會兒，周慕夏才開口。

「如果不是他做的，不是應該明確地否認嗎？」楊怡辯駁著。

周慕夏看著他，這孩子心裡在想什麼呢？「我記得上次你跟我說，過去你問他以前的工作內容，他總是拒絕告訴你，那麼這次為何會是用不置可否呢？你確定你沒有搞錯他的意思嗎？」

楊怡搖搖頭，「我也希望我弄錯了。」

「你剛才說他已經九十三歲了，這樣的歲數應該早就退休了，為何還會由他來安排？如果真的是他安排的。你有想過嗎？這個推論合理嗎？」

楊怡沉默了一下才又說道，「老師，從小爺爺就一直教導我楊家的家訓是正直誠實，過去我問他做了些什麼，他只是拒絕回答，可是這次我直接問他是不是主使了您這樁意外事件，他不是否認也不是承認，而是不置可否，」他直視著周慕夏明亮的雙眸，「我認為他是不想對我說謊，不想違背我們的家訓。」

周慕夏起身走到餐桌旁為自己添了一些咖啡拿著馬克杯，走到窗邊凝視著窗外，下雨了，初春的雨，綿綿的。楊怡說的有道理嗎？是因為這個原因，他爺爺才會對孫子的質問不置可否嗎？但，有可能嗎？會這麼巧合嗎？偏偏是楊怡的爺爺？況且如此高齡，有什麼理由要勞動這樣高齡的退休情治人員出手來警告他跟柳絮？

楊怡凝視著周慕夏高大的背影，猜不透他在想什麼，剛才他起身時也沒有散發出任何的憎惡或怒意。

過了好一會兒，周慕夏才轉身看著楊怡，眉頭仍然糾結著，「那麼即便這是真的，你告訴我這件事是希望我怎麼做呢？」

楊怡訝異地看著他，「當然是希望可以循線找到那四個人。」

周慕夏盯著他真誠的雙眼，「你想清楚了嗎？」

出乎他意料之外的是楊怡竟然搖頭了，「我一直都沒辦法想清楚這件事。」

「所以中午你什麼都沒說的走了，為何下午又決定要跟我說？」

「下午玟文來找我，在我辦公室大哭，我還以為老師您又出事了，後來才知道是您幫她問了前輩，老師，真的謝謝您幫我們找出答案。」

周慕夏輕輕搖了搖頭，「只是舉手之勞。」

楊怡卻是堅定地搖著頭，「不，老師，您不知道，這不是舉手之勞，這對我跟玟文都很重要！」

周慕夏也不再客氣，便點了點頭，當是接受了他的感謝。

「也在那一刻，我發現自己很擔心您或師母會再出事，因為我們都知道一直沒有那四個人的下落，再加上我聽到爺爺的電話，我真的很擔心，如果我們無法從那四個人身上找到答案，那也就只能……」說著他的聲音也小了下來。

「只能從你爺爺身上來找了。」周慕夏幫他說完。

楊怡難受地點點頭，為什麼以為是過去的事情，現在卻又發生了？

「但是你有沒有想過，一旦我把你爺爺的名字給了警方、給了可以調查這件事的人，當大家問我怎麼有這個資訊的時候，你的名字也就會曝光了，你想清楚了嗎？如果，如果真的跟你爺爺有關，這已經不是發生在過去的歷史事件，而是現在正在發生的事情，你真的可以面對這一切嗎？你要求今晚單獨見面，不也是還沒有準備好要面對更多人講這件事嗎？」

楊怡一陣鼻酸，他何嘗不知？「我一直不確定我是不是應該跟您說這件事，玟文不贊成，她覺得事情沒有確定之前，我如果就這樣跟您說了，只會把楊家拖下水，只會把我跟爺爺拉到檯面上，甚至可能會發生一些不好的事情。」

周慕夏看著他，這才明白今天張玟文來的時候已經知道這件事，難怪他問到楊怡是否還好的時候，她會那麼猶豫，「她考慮的沒錯。」

「但是我不能冒險，萬一真是我爺爺呢？」楊怡堅持地說著。

周慕夏走回沙發坐下，「我還是要問，為什麼會是你爺爺？他已經退休那麼久了，為何會需要勞動他？如果真的是他的話。」

楊怡搖搖頭，「我如果知道，或許就不用這麼猶豫了。」

客廳又短暫地陷入一陣沉默，兩個人都各有心思，良久，楊怡才又開口，「老師，真的很對不起，我不懂為何我爺爺會……真的很對不起您。」有著難掩的哽咽，「我一直記得小時候對我很好的爺爺，如果可以只記得他的好，多好？」

「我們還不確定是不是他，你……先不要這樣想。」周慕夏安慰著，可以想像此刻楊怡有多難受，不久前他自己剛經歷過一次類似的經驗，以為自己的家人是殺害柳絮的兇手，這種想像實在太過沈重，終究他最後知道父親跟殺害柳絮沒有關係，但楊怡呢？他最後會面對什麼？不管除夕那件事跟他爺爺有沒有關係，他終究是調查局退休的情治人員。

楊怡抹了一下眼睛，「老師，答應我，您會去查這件事，好嗎？」

「你……」

「老師不要擔心我，我……我會做好心理準備面對大家的。」

周慕夏心裡嘆了口長長的氣，這種心理準備談何容易？萬一真的是楊怡的爺爺又該怎麼辦？楊怡怎麼辦？上一代的事情，為何要下一代來承擔？

送走楊怡之後，周慕夏沉坐在沙發裡，看著楊怡絲毫未動的，早已冷掉的咖啡，這可能嗎？指使那天晚上來家裡鬧事的是楊怡的爺爺？對周慕夏來說，想不透的是即便這件事一如長輩們所臆測的，可能是黨國手段，但問題還是回到最根本的，為何會是一個早就退休的九十三歲高齡的人？還是他從未退休？有可能嗎？接下來的問題是要跟誰說這件事？警方？朱懷哲？文武叔？他要怎麼說？要如何保護楊怡？保護得了嗎？如果這是一個不相干的人送來的訊息，或許馬上就可以撥電話給長輩告知此事，希望案件有進展，畢竟他也希望柳絮安全，但如今這消息卻是楊怡帶來的，眼光移到他寫下名字的紙條，楊子農，他是用什麼心情寫下這個名字？

起身走到窗前看著仍然不停歇的雨霧，如果這是真的，可以循線抓到人，可以確保柳絮跟自己的安全，自己還有什麼好猶豫的？他壓了壓又開始隱隱作痛的胃，感受到這個消息帶來的壓力，但是抓到那四個人就可以確保他們的安全嗎？如果這是過去一貫的黨國手段，換個手法也會繼續進行下去，他嘆口氣，但，為了轉型正義，這不是應該要去面對的事情嗎？

可是楊怡怎麼辦？不論怎麼思考，總是會繞回楊怡身上，周慕夏知道在正常狀況下應該怎樣處理，可是卻偏偏涉及了自己認識的人，他也聽過他所謂想要贖罪的態度，但哪裡會如楊怡所想的那麼簡單呢？他一手抱著胃，一手撐在窗台上，額頭抵著冰涼的玻璃，沒想到會遇上這麼棘手的情況。

桌上的手機震動了一下，吁口長長的氣，在玻璃上暈成了一團霧，走過去拿起手機，是柳絮，胃部突然一陣抽痛，抱著肚子跌坐在沙發上。

『忙完了嗎？晚上要回來吃飯嗎？』

周慕夏不確定應該要現在就告訴柳絮嗎？她會怎麼想？單單只是猶豫著這些，胃部的疼痛便逐步升級，深呼吸抱著胃好幾分鐘之後才回訊息給妻子，說自己還在忙，要她先吃飯。放下手機，蹉在沙發上希望胃痛可以慢慢緩解，但是腦子裡揮之不去，為何是楊子農？

幾個小時後，時間已經晚了，胃痛還是持續著，但是掛心著在基隆的柳絮，還是打起精神開車回家。遠遠的就看見滿屋通亮，像在小森林裡的發亮小屋，這個光景讓他的胃痛又抽了一下。剛從車子下來，車庫側門就刷地打開了，柳絮抱著豆芽站在門口等著他，「你回來了。」周慕夏關上車庫的門，轉身看著她有點發紅的眼睛。

「對不起，我回來晚了。」伸手把她摟進懷裡，知道她這一晚都很煎熬。

柳絮安心地在他懷裡依偎著，聞著他身上熟悉的古龍水味道，抬頭凝視著丈夫明亮的雙眸，裡面也有著紅絲，「累了吧？」

「是啊，好漫長的一天。」他漫不經心地說出這句話，本來被他摟著往前走的柳絮突然停下來看著他。

他立刻發現自己因為疲憊一時失察，「沒事，一早就出門教課到現在才到家，真的累了，走吧，上去洗澡休息了，妳先上去，我來關燈。」

柳絮看著他溫柔的笑容，「一起。」

周慕夏跟她十指交握，牽著她從廚房、餐廳到客廳，一間一間地關燈，只留下夜燈，他瞥了一眼，昏暗中保全設備上面十個燈全都亮著，心裡有數地牽著她一起上樓，兩貓也跟著從他們的腳縫間飛奔上樓，好像等了很久似的。

淋浴時，周慕夏心疼地吐出一口長長的氣，妻子對於獨自在家真的已經緊繃到不行了，明明很疲憊卻又要硬撐著等他回來，他也心知肚明剛才堅持要一起關燈，可能是因為她不想獨自上樓面對三個房間。他伸手撐著牆壁，讓熱水沖刷他緊繃的肩頸，他很清楚，要解除柳絮的焦慮，除了他的陪伴跟重建在家裡的安全感之外，就是抓到鬧事的人，但是，可以嗎？他真的可以就這樣跟警方或朱懷哲說出楊子農的名字嗎？如果不是楊子農，卻連累楊怡曝光承受壓力，這是他猶豫的另一個原因。

可是憶及剛才柳絮聽到車子的聲音就立刻開門等他，手裡還抱著豆芽壯膽作伴，胃痛就加劇，他壓著胃跪坐在淋浴間地板上，任由熱水一直淋著他，但是不說，柳絮怎麼辦？如果真的是楊子農，誰能保證那些人不會再來？柳絮在這間房子裡驚惶成這樣，又要怎麼生活下去？這些一個接一個湧出的問題，逼得他身心俱疲，竟然也突然萌生了一個念頭，如果沒有發現那支影片，沒有公開，是不是柳絮受到的傷害就不會這麼大？但如果沒有發現那支影片，他與雙親的誤會又怎會有解開的一天？想到自己一直誤解父母，心裡的愁緒再次翻湧，胃痛得更加劇烈，他不想被柳絮發現，想要起身關水走出淋浴間猶有不能，只能抱著胃坐在地板上強自壓抑情緒，可是他明明知道越是壓抑，越不可能解決這些反應在他身上的問題，只會加劇病痛。

原本在臥室裡面摺衣服的柳絮察覺周慕夏洗澡洗好久，又不是泡澡放鬆，一直聽到水聲，覺得有點奇怪，便敲門走進浴室，卻發現丈夫幾乎是蜷在淋浴間的地板上，水柱不斷沖在他身上，驚呼一聲跑過去打開淋浴間的門，伸手把水關了。

「夏！」顧不得地上都是水，跪下去扶起丈夫，明明是被熱水沖了很久，丈夫卻是臉色蒼白，「夏！你別嚇我！」

周慕夏一身狼狽，抓著妻子的手臂想要撐起自己卻沒辦法，胃一陣一陣劇烈痛著，每一次的痛都像在紐絞著他的身體，讓他除了繼續縮成像尾蝦子之外別無他法。

柳絮看他痛得連話都說不出聲，更是緊張到雙唇發白，可是她跟丈夫身高的差異根本也無法將他扶回床上，只能勉強將他拉出淋浴間，從旁邊的櫥櫃拿出幾條浴巾蓋在他身上，再從他身後抱著他，讓他可以依靠在自己身上，看他抱著胃一陣一陣地蜷曲著身體，她的心底一陣涼意，「是胃痛嗎？」

周慕夏臉色灰白地點點頭，抓著柳絮的手腕捏得她好痛，已經這麼久了，開刀傷口早就痊癒了，難道他的胃潰瘍沒有治好嗎？看他痛成這樣，頓時手足無措，「叫救護車好嗎？」

周慕夏咬著牙啞著聲音說道，「找阿亮來。」說完又一陣扭絞般的疼痛，讓他又蜷成一團，一手卻又緊緊抓著妻子的手腕，「找阿亮來。」

柳絮把他放倒在地上，在他的頭下面墊了一條浴巾，鬆開他緊抓著自己的手，轉身跑去臥室打電話給蔡宇亮，沒想到對方什麼也沒多問就立刻應承會趕過來，約莫四十分鐘不到，蔡宇亮就趕到了基隆。

「他已經痛了快一個小時，我發現他的時候已經倒在淋浴間裡面，可是我扶不起來，他也站不起來。」柳絮打開門看見提著醫生包的蔡宇亮，焦急頓時化為哽咽地說著。

蔡宇亮進到偌大的浴室看見兄弟蜷在地板上，心裡又氣又難過，走過去看見他臉色死白，滿頭滿身的汗水，身上的睡衣幾乎都濕透了，應該是劇烈的疼痛，此刻似乎疲憊的睡著了，但是緊皺的眉宇、緊咬的牙根跟握緊的拳頭讓蔡宇亮知道他還醒著，打開醫生包，從不知名的水劑裡吸取了幾 cc 的藥物注射到他的手臂裡。

幾分鐘後周慕夏終於不再緊緊蜷曲著身體，柳絮看著蔡宇亮毫不猶豫的行動，突然意會到這不是他第一次幫丈夫打止痛藥了，她低頭看著丈夫虛脫而毫無血色的面容，拿著毛巾幫他擦去臉上的冷汗，心裡好多的疑問，幾時？幾次了？

「好點了嗎？」蔡宇亮問道。

周慕夏精疲力盡張開眼睛點點頭，想要從地上起身，但是全身肌肉都很痠痛，蔡宇亮扶著他，抓住他的腰，「起來。」藉著他的施力，周慕夏雙腿有些無力地支撐著起身，被扶著回到床上，蔡宇亮又回頭從醫生包裡面拿出第二瓶水劑，不由分說直接就幫他注射。

周慕夏看見兄弟繃著一張臉也沒有說話，只是任由他處置，第二針一下去，周慕夏馬上就覺得身體有一陣涼意，在昏睡過去之前理解到兄弟幫他打了一針鎮靜劑。

蔡宇亮確認他睡著，幫他測量一下體溫後，轉頭面無表情地看著柳絮，「妳可以自己幫他換一套乾淨的睡衣吧？」

柳絮點點頭，看見丈夫得以入睡，讓她一直懸著的心終於擱下，「謝謝你。」

但是一向溫和的蔡宇亮卻還是沒有笑容，「我在樓下等妳。」說完又看了一眼睡熟了的兄弟，然後提起醫生包走下樓。

柳絮費力地幫丈夫換上一身乾爽的睡衣，用毛巾幫他擦乾頭髮，幫他換掉臉上鬆脫的美容膠帶，這些折騰都沒有讓他醒來，柳絮猜到剛才蔡宇亮第二針打的是讓他休息的藥，坐在床沿看著蒼白的周慕夏，握著他修長的手，才注意到自己的手顫抖不已。這是她第一次看見丈夫這麼嚴重的疼痛，摸著他的臉，顫抖的手指撥去掉落在他額頭上的頭髮，為什麼開完刀還會這麼嚴重？難道傷口還沒好？怎麼可能？都幾個月了，想到樓下正在等她的蔡宇亮，剛才他嚴肅的神情顯然有話要跟自己說。先幫周慕夏蓋好被子，整頓一下自己複雜的情緒才下樓，因為她也有話想要問對方。

走下樓梯看見蔡宇亮坐在餐桌旁一臉凝重地等著她，「謝謝你這麼晚還趕過來。」

蔡宇亮點點頭，「我幫他打了一針強效鎮靜劑，讓他先好好睡一覺，不管他胃痛前發生什麼事情，都先讓他徹底睡一覺，其他的事之後再說了。」

「胃痛發生前好像沒有什麼特別的事情，他今天回來得很晚，只有說很累，到家之後就去洗澡了，緊接著就發生這件事了。」柳絮凝視著他，他是不是知道什麼自己不知道的事情？「你覺得胃痛前會發生什麼事情？」

蔡宇亮沒有立刻回應這個問題，「他之前應該沒有特別接觸過這種強效鎮靜劑，明天起來之後精神會不太好，不要讓他開車外出，剛才這樣大發作過，接下來幾天很容易又會發作，最好還是安排回門診去檢查一下，剛才我幫他量了體溫還算正常，如果等等燒起來，怕是腹腔有問題，要立刻叫救護車送他去急診。」

柳絮點點頭，心裡頭記下了他交代的每件事，只不過她也感覺到蔡宇亮迴避了剛才那個問題，「你不是第一次幫他打止痛藥了，對嗎？」

蔡宇亮嘆口氣，知道今晚周慕夏要他來，這件事就可能瞞不住，但瞞不住也許才是好的，「兩三個月前，他在我診所也大發作過，我那次幫他打過止痛針。」

柳絮聽了心裡糾成一團，自己竟然不知道這件事，「為什麼？那天發生什麼事情嗎？你剛才也這樣問我，所以那天慕夏在你那裡發生什麼事才導致大發作嗎？」

蔡宇亮看著她，心裡思慮著如果他和盤托出，周慕夏可以接受嗎？

柳絮的眼神充滿了堅持，「那天慕夏為什麼會去找你？」

「我想我們需要坐下來好好談一下了，」他瞥了眼樓上的方向，「我不確定小夏會不會喜歡我講這些事，但他已經兩次這樣大發作了，我覺得我們也許需要談一下。」

柳絮拉開另一張餐桌椅坐下，是刻意隱瞞的事情？難道，「慕夏身體有事？他的胃潰瘍惡化了嗎？」

「不是，不，他的胃病看起來的確沒有治好，大發作的這麼嚴重，也有可能是惡化，但他沒有跟我提這件事，我也不確定。」

柳絮稍稍鬆口氣，「那天他為何去你診所？兩三個月前，是影片剛公開沒多久的時候？」

蔡宇亮從進屋到現在一直都面容嚴肅，「小夏跟我是同行，都是專業助人者，但是並不意味著他就可以完全避免掉入情緒的陷阱裡。」

柳絮沉默地聽著。

「去年底，妳到我診所來的時候，我跟妳說過小夏童年的事情。」

柳絮點點頭。

「那麼妳就可以理解他跟父母之間的糾結很深。」

柳絮點點頭。

「如果我有說錯的地方，妳可以糾正我，」他頓了頓，確認柳絮明白自己的意思才又繼續說，「發現影片之後，妳應該相當自責，對嗎？」

柳絮楞了楞，「慕夏說的？」

「不用他說，我跟妳見過幾次面了，只憑我對妳的觀察加上妳的特殊生命經歷，也足以讓我做出這個推論，但是我的確問過小夏，他不否認。」

「我的確很自責，總覺得是因為我才害得慕夏從小像個孤兒一樣，雖然他一直跟我說這不關我的事，他說就算不是我，也會是別人，他的父親終究會捲進這件事裡面，但我……」

「但妳很難接受這種說法。」蔡宇亮幫她說完這句話。

柳絮艱難地點點頭，「我知道我不應該這樣想，但是……」

「但是妳忍不住。」他再次幫她把話說完。

柳絮咬著嘴唇，有點難以直視丈夫最要好的朋友，難道自己就是導致丈夫病倒的原因？

「是因為我嗎？他病倒是因為我嗎？」半晌之後，她沙啞著聲音問道。

「妳跟小夏交往了五年才結婚，對他，妳應該有一定的了解，妳覺得他是個怎樣的人？」蔡宇亮依然沒有正面回應她的問題。

柳絮停了好一會兒，認真地思考著這個問題，「我原本以為我是了解他的，可是從紐約回來之後，我常常覺得我不了解他。」她停頓了一下，「但他是個很自持的人，關心身邊的人，對人謙和有禮，總是帶給人安全感跟支持的力量，」抬頭看著蔡宇亮，「可是因為他以前都沒有提過童年的事情，現在也沒有多講父母的事情，我知道他是個極度壓抑的人。」

蔡宇亮點點頭，「妳還漏了一點，去年底我也有提醒過妳，當他出事的時候，只有妳可以把他拉回來。」

柳絮點點頭，她記得這段對話。

「但也是妳會讓他的壓力倍增到難以想像的地步。」

柳絮楞楞地看著他。

「很抱歉我這樣跟妳說，」蔡宇亮嚴肅的臉上出現了歉意，「小夏不會喜歡我這樣跟妳說，但是，柳絮，妳可以把小夏從地獄拉回來，但妳也有這種能力把他推進地獄裡，誠如妳對他的了解，他是個非常自持的人，他一直都很清楚自己在做什麼，只有妳可以讓他不由自主掉進地獄裡。」

柳絮覺得喉嚨好乾，蔡宇亮到底在說什麼，她怎麼會把心愛的丈夫推進地獄裡？

「那支影片其實讓小夏很痛苦，那天他突然來找我，我相信已經是到了難以承受的地步，因為我們是一起長大的兄弟，所以我可以看見他毫不掩飾的脆弱，但那原本也應該是妳可以看見的，我並不希望他只能在我面前顯露真正的周慕夏，我希望妳也能看見，這件事已經讓他走在自我破碎的邊緣，」他靜靜地說著，「但是因為怕妳自責，他必須要在妳面前隱忍這巨大的痛苦跟隨時會碎掉的脆弱，甚至不能跟妳談起跟父母之間的遺憾，因為妳總是不斷自責，即便到現在，每每提到這件事，妳還是自責，對嗎？」

柳絮茫然地點頭，眼眶熱熱的，原來丈夫這段時間有時長夜獨坐書房，有時露出沉鬱的臉色都是因為自己？

「所以他在妳面前只有不斷的偽裝自己的情緒，甚至不能表達，這都是因為他太愛妳，太在乎妳，但這也讓他的身體承受過大的壓力。影片公開之後，還要面對外界的各種質疑或是期待，那些也都是壓力，我知道他都盡可能一肩承擔起來，希望輿論跟媒體不要干擾到妳，但這對一個剛失去父母又發現自己誤解父母一輩子的人來說，太沉重了。這段時間裡，妳如果覺得自己好像並不了解他，也正是因為同樣的原因，他壓抑著，不想讓妳知道他很苦。」蔡宇亮嘆口氣，「我不知道他今天胃痛前發生過什麼事情，但不管是什麼事情，我都希望他暫時不要去想去煩，所以我才會幫他打了強效鎮靜劑，強迫他必須要馬上休息，什麼都不要想。」

柳絮一陣心痛，眼前閃過剛才丈夫倒在浴室裡面，被病痛折磨蜷在地上的模樣，再也忍不住掉下眼淚。

「我現在跟妳說這些，是以小夏老兄弟的身份，我知道你們好不容易才在一起。柳絮，妳要相信小夏童年受苦並不是因為妳，是因為黨國體制的暴政，他說的沒錯，不是妳也會是另一個人，他爸爸一樣會涉入這件事，那是黨國體制的問題，不是妳的問題。妳不能再自責了，妳的自責沒有意義，還會把小夏推進地獄裡，」蔡宇亮猶豫了一下才說道，「上次在我診所的時候，我提醒他要跟妳講這件事，我希望他可以坦誠讓妳知道，妳的自責已經快把他逼進絕境了，但我想他就算有說，恐怕也是說得很隱晦。今天你們找我來，我看到兄弟這樣很不忍心，不該說的我也都說了。小夏這種大發作很危險，妳應該知道胃潰瘍有癌化的可能，壓力也是根源之一，妳的自責跟他對妳的保護只會把彼此越推越遠，因為不想傷害彼此，反而卻無法親近，柳絮，妳是個編劇，寫過很多好戲，妳應該能理解這種關係，只是妳跟小夏一樣，都深陷在局中無法看清自己。」

送走蔡宇亮之後，柳絮回到臥室，坐在床緣握著丈夫的手，淚水止不住地滾落。摸摸他的額頭跟略顯冰冷的臉龐，剛才他倒在地上的景況讓她心如刀割，他在紐約病倒街頭前也是這樣嗎？思及此，心裡是一陣一陣的疼，那時候他就是這樣自己忍耐著的嗎？做了手術以為一勞永逸了，可以不再受病痛折磨，結果……現在惡化都是因為自己的緣故嗎？原來她的自責竟然傷害他這麼深嗎？為什麼自己的歉意卻會傷害了對方？

周慕夏這一覺睡了好久，直到隔天近午才醒來，全身都酸痛無力而且頭昏眼花，費了一番工夫才從床上起身，搖搖晃晃走進浴室，一陣頭暈伸手抓住洗臉檯卻不小心打翻了檯上的水杯，碎成一地，連杯子碎裂的聲音都讓他感到刺耳。

在一樓餐桌寫劇本的柳絮聽到樓上打破玻璃的聲音，連忙跑上樓，看見周慕夏正蹲在浴室地上一手抓著洗手檯，一手要去撿拾地上的玻璃碎片，嚇得大叫制止，「別動!!」

「欸，不要大叫。」周慕夏摀著耳朵說道。

「你會割到，你別動。」柳絮小心避開碎片，扶著他退到浴缸旁，「你先坐著，我整理一下，你別動，阿亮說你今天精神會很差，是鎮靜劑的副作用。」

周慕夏聽話地坐在浴缸旁的地上，頭昏得厲害，只能把頭埋在雙膝之間，覺得口乾舌燥。柳絮拉來吸塵器，一邊趕走好奇的貓，一邊小心翼翼吸著每個角落，雖然是超靜音的吸塵器，但是此刻聽在周慕夏耳朵裡仍然相當吵雜刺激。

「你還好嗎？」柳絮整理乾淨後走到他面前，蹲著看他摀著耳朵，緊閉的眼睛跟仍然略顯蒼白的臉龐。

周慕夏張開眼睛看著一臉焦急的妻子，「沒事，就是頭很暈。」

「嗯嗯，昨晚阿亮想要讓你休息，所以幫你打了一支強效鎮靜劑，他說你可能沒打過這種藥，第一次用的話，今天會很不舒服。」

周慕夏點點頭，「妳幫我拿一下濕毛巾好嗎？」

柳絮起身幫他擰一條毛巾送過來，看他把毛巾壓在臉上許久，「胃還痛嗎？要不要吃點東西？我煮了一點雞湯。」

濕毛巾壓在臉上，意識很緩慢地清醒起來，想起昨晚的狼狽，「對不起，昨晚嚇到妳了。」他輕聲說著，聲音沒什麼精力，反應有點遲鈍。

柳絮突然就哽咽了，只是搖頭，想起跟蔡宇亮的對話。

周慕夏把她摟進懷裡擁抱著，「對不起。」

柳絮緊緊地抱著他，「別說對不起，地板冷，先別坐在這裡，你頭昏這麼嚴重，我先扶你回床上，我拿點雞湯上來好嗎？」

周慕夏點點頭，扶著浴缸，搭著柳絮的肩膀起身，慢慢地跟著妻子一起回到床上，「幫我倒杯水上來，我需要喝點水代謝掉藥的作用。」

「好，不過也許你喝點湯之後就再睡一下，可能醒過來之後就好了。」

他點點頭，等著妻子去盛湯上來的時候，想要清楚回想昨晚的過程，卻因為藥物的副作用太強，意識跟思緒都非常緩慢而跳躍，但是他知道昨晚一定嚇到柳絮了。

「可以拿得住嗎？」柳絮端了小湯碗跟水杯上來，看見丈夫坐在床上仍然像是酒醉一樣地身體稍微搖晃著，跟他一起扶著碗，看他小口地啜飲著熱熱的雞湯，然後再喝下一點水。

「胃還會痛嗎？」

周慕夏搖搖頭，「沒事。」

「再睡一下？」

因為藥物的副作用太強，他好像也只能順從地躺下來，以為已經睡了快要十二個小時，沒想到一躺下來，頭剛沾到枕頭就又沉沉睡去。柳絮幫他蓋好被子，撫摸著他瘦削的臉頰，開刀後到現在體重一直沒有恢復多少，「這段時間你受苦了。」她難過地低聲說著，怕驚醒他，剛才一直忍著的眼淚直到這時候才落下。昨晚跟蔡宇亮的一番對話警醒了她，昨夜裡看著沉睡的周慕夏跟自己說，過去是他一直守護著自己，現在，要換她來守護心愛的丈夫。

周慕夏再次醒來已經天黑了，初春的夜開始來得晚了，此時窗外月光高掛，一點都不似昨晚綿綿春雨，他轉頭看了下床頭櫃上的小時鐘，竟然已經快要八點多了，坐起身來，身上還是痠痛，但是頭昏眼花的狀況好多了，手腳還有點虛，但總是可以自己起身好好地下樓了，思緒似乎也清晰多了，握著扶手一步步下樓，看見柳絮聚精會神在餐桌寫劇本。

「你醒了。」柳絮聽見腳步聲迅速抬頭看見丈夫正在下樓，立刻放下筆電趕忙走上樓梯牽著他的手。

「沒事，頭昏好很多了……」他突然停下腳步。

柳絮抬頭看他，以為他又不舒服了，沒想到他卻緊盯著自己的右手手腕，那上面有一大片的瘀青。

他撫摸著她的瘀青，自責地問著，「是昨晚我弄的嗎？」

柳絮點點頭，繼續牽著他的手走下樓，拉著他坐到餐桌前，又去盛了一碗雞湯給他，「要不要吃點東西，我煮點麵線好嗎？你一整天沒吃東西了，我怕等一下你又胃痛。」

周慕夏只是拉著她的手，修長的手指撫摸著那一大片的紫青色，終於清楚想起昨晚上在浴室裡的狼狽，「對不起，昨晚妳辛苦了。」

柳絮看見他眼裡深深的自責，彎下身子擁抱著他，周慕夏抱著她跨坐在他身上，緊緊地抱著她。柳絮這一日一夜都想要這樣擁抱著丈夫，卻只能眼睜睜看著他因為病痛跟藥物的熟睡，想要跟他道歉，想要跟他說以後都不會再胡亂自責了，卻只能面對他的昏沉，「你是應該跟我對不起。」

周慕夏看著她，難得聽她這樣說話，「對不起。」

柳絮搖搖頭，「不是因為你胃痛抓傷我的手，而是你為何不跟我說你胃痛？為什麼不告訴我發生了什麼事情，卻自己忍受著？」說著又忍不住哽咽著，雖然今天她一直跟自己說不要哭，「你知道我進去浴室看到你倒在地上，我有多害怕嗎？」

周慕夏再次抱緊她，「對不起。」如何跟她說昨晚的胃痛其實是因為別的事情？舉起她的手，親吻了一下被他弄傷的手腕，「對不起。很痛吧？」

「是我要說對不起。」看著他如此自責弄傷了自己，卻仍然不提胃痛的原因，知道就如蔡宇亮說的，他總是一貫的壓抑。

周慕夏不解地看著她。

「昨晚我看見阿亮幫你打針毫不猶豫，我便猜到這並不是阿亮第一次幫你打止痛藥了。」她徐徐地說著，看見丈夫眼中閃過一絲的驚慌，心裡一揪，丈夫真的一心保護自己，連一點傷害都不想讓自己面對。

「對不起，我知道昨天找阿亮來，這件事就可能瞞不住，對不起，我不是刻意想要隱瞞妳，只不過是偶發事件，多講只會讓妳多操心而已。」

柳絜握著他的手，聽到他的聲聲道歉，真的意識到自責帶來的到底是什麼？以前覺得是對對方的歉意，現在卻真實的感受到是一種將彼此推遠的距離，因為擔心，不想說，卻把彼此給推開了，「如果我的自責讓你承擔了壓力，你的自責對我也是一樣的。」

周慕夏看著她，猜想昨晚自己的情況，可能會讓蔡宇亮決定說些什麼。

「我知道我一直覺得是自己害了你的這件事，讓你承受了很大的壓力，以前你也有提醒過我，只是我並沒有真的放在心上，是我要說對不起。從我們還在交往的時候，你就經常在提醒我不要每件事都先自責，一直到昨晚，我看見你躺在地上，阿亮也提醒我這件事，我才真的意識到我不能再這樣了，」她緊緊握著丈夫的手，「我們在美國已經有過一次生死別離了，不能再這樣，不能再失去你了。」

「不會的，」周慕夏緊緊地擁她入懷，「不會的。」

「我知道你跟爸媽的誤會讓你很痛苦，我們不要再避開這件事了，你不要再在我面前假裝什麼事情都沒有，好嗎？你對我說過，不管發生什麼事情，你都不會再離開我，會牽著我的手一起走下去一起面對，我也一樣，未來不管發生什麼事情，我也都會陪你一起面對，不要再一味的保護我了。」

周慕夏點點頭，兩個人就這樣擁抱著好一會兒，柳絮才抬起頭來看著他問道，「昨晚是怎麼了？你那麼晚才回家是發生什麼事情嗎？」

周慕夏凝視著她，一時之間仍然猶豫著。

「跟你的案主有關不能說？」

周慕夏輕輕地搖搖頭，「不，跟我的工作無關。」

「那是怎麼了？跟我有關嗎？」柳絮只能這樣想。

他嘆口氣，知道自己剛剛答應她，彼此都不要再過度保護對方，「算是吧。」

柳絮眨眨剛剛流過淚的雙眸凝望著他，「我知道你總是想要保護我，但，我終究是個獨立的個體，也可以自己作主，不是嗎？我不想你承擔太多讓自己病倒，我也同樣不想失去決定的權利，不管是什麼，我們都可以一起決定。」

周慕夏咀嚼著這段話，自己是不是也都剝奪了妻子做決定的權利，卻以為那是在愛她？妻子雖然因為童年的遭遇有了ＰＴＳＤ（註２）的後遺症，但也因為那件事，妻子其實也有著堅韌的個性，「對不起，是我想太多了。」

柳絮坐到另一張餐桌椅子上，握著他的手，認真地看著他，「是什麼事？」

周慕夏撫摸著她瘀青的位置，思考了一下才直視著她期待的雙眸，「妳不要緊張或激動，因為我也還不確定。」

「好。」

「楊怡今天來跟我說，他懷疑他爺爺是主使除夕夜來我們家鬧事的人。」

柳絮的確怎麼想都想不到會是這件事，昨晚她看著丈夫沉睡的臉，做了很多的聯想，此刻她楞楞地看著丈夫，「怎麼可能？」

＊＊＊

「文武叔，請進。」一週後，周慕夏跟柳絮在自家門口迎候著謝文武。

謝文武第一次到周慕夏位於東區的住家，雖說一直知道他是影帝的身份，但幾次登門造訪都是去柳絮位在基隆的居所，此番來到這裡，看得出來是設計佈置過的簡約雅緻風格，或許是一直在學術界，倒也不覺得奢華，主要都是書櫃跟一屋子的書，在客廳坐下後，柳絮送來了一杯濃茶。

「是不是有事情要談？」謝文武接過杯子單刀直入地問道，「鬧事的人有下文了？」

周慕夏跟柳絮對望一眼，「文武叔，我們考慮了一個禮拜，也思考過各個層面，最後決

---

註2：PTSD，創傷後壓力症候群。

定還是先跟你商量。」

謝文武掃視了兩個後輩，「什麼事情這麼凝重？很少看見你們這樣愁眉深鎖，發生什麼事了？說出來大家參詳看看。」

柳絮坐在丈夫身邊，握著他的手，知道丈夫始終憂心楊怡，但這件事終究還是需要水落石出。

「除夕那晚，我聽見文武叔拿楊怡也是外省人第三代做例子講給火木叔聽，」周慕夏說道，「文武叔跟楊怡很熟嗎？」

「我記得那天當我提到楊怡的時候，你表情有點特別，今天找我來，要講的事情跟他有關嗎？」

周慕夏又看了一眼妻子，始終對於要講出這件事情感到猶豫不決，「文武叔跟他很熟嗎？」

謝文武見他又堅持地問了這句話，便認真地回覆他，「如果你所謂很熟是指我們經常在街頭活動上一起打拼的話，那是很熟，但如果是問到他的私事，那稱不上熟，因為他也很少提到家人，只有說過他是外省第三代，他爺爺是跟著蔣介石過來的。」

周慕夏輕輕點點頭，「楊怡的女朋友是我以前在學校的助理，很巧的緣份，我也是那天記者會才認識楊怡，但是他女朋友我認識很久了。」

謝文武點點頭，覺得周慕夏今天講話非常謹慎，「你今天看起來憂心忡忡的樣子，楊怡跟他女朋友發生什麼事了嗎？」

周慕夏吁出長長一口氣，像是下定決心似地開口，「記者會後我們邀請了他們到基隆用餐，主要是想要感謝楊怡那天幫了我們。」

謝文武點點頭，只是聽他說著。

「那天他鼓起勇氣跟我們講了一件事，」周慕夏凝視著謝文武的雙眸，「他說他的爺爺是調查局退休的情治人員，工作經歷了白色恐怖時期。」

謝文武皺起了眉頭，他一直覺得楊怡只是一個覺醒的外省第三代，在街頭上相當衝，從來沒想過他可能會是加害者的後代，「確定嗎？」

周慕夏跟柳絮點點頭，「他很確定。」

「他……有說過他爺爺處理過哪些白色恐怖的案件嗎？」謝文武狀似平心靜氣地問道。

周慕夏搖搖頭，「這是他很苦惱的事情，一直都問不出來，他爺爺不肯說。」

「那麼今天找我來是想要討論這件事？」

周慕夏又停頓了好幾秒，長期以來飽受的專業訓練，讓他在楊怡這件事情明顯嗅到了危險的氣味。

「慕夏，你為什麼這麼猶豫？」謝文武直接問道。

周慕夏還是遲疑著，一旁的柳絮嘆口氣說道，「他一直擔心楊怡會出事，雖然我覺得那孩子應該沒有這麼脆弱，但慕夏很憂慮。」

謝文武完全被搞糊塗了，「楊怡到底發生什麼事情？」

周慕夏抬手刷過自己的頭髮，為難地下定決心般開口，「楊怡一個多星期前來找我，」

吁了口氣，「他懷疑他爺爺是主使除夕夜來我家鬧事的人。」

謝文武眨眨眼睛，自己有聽錯嗎？「什麼？」

「你沒聽錯，他就是這樣跟我說的。」

「有證據嗎？」

「我出事後沒多久，他說聽到他爺爺在房間裡面講電話，問對方『辦好了嗎？有傷到人嗎？』」

「但是這個證據很薄弱啊。」

「是，我也是這樣想，但是楊怡提到他質問他爺爺時，對方是不置可否的態度。」

謝文武挑挑眉看著周慕夏，「不置可否？」

周慕夏點點頭，「過去楊怡詢問爺爺做過什麼事情，辦過什麼案件，他都是拒絕回答，但這次面對質問卻是不置可否，這種態度更加深楊怡的懷疑。」

「他爺爺幾歲？」

「九十三。」

謝文武沉默地思考著這件事，半晌才又開口，「從調查局退休的九十三歲前情治人員，為什麼會需要做這件事？這很奇怪。」

周慕夏點點頭，「我也想不通這點，就算真的是他們派人來警告我們，但為什麼會是楊怡的爺爺？一個早就退休幾十年的老人家，很難說得通。」

謝文武點點頭，再度陷入沉默，這次不語的時間更長，最後他抬起頭來看著柳絮卻欲言又止。

「阿叔想到什麼嗎？」柳絮捕捉到他一閃即逝的眼神問道。

謝文武搖搖頭，「這件事還有誰知道？你們跟警方或是跟阿哲說過了嗎？」

周慕夏搖搖頭，「我們想先跟你商量。」

「這件事其實也沒有什麼好參詳的，既然有這條線索就應該要交給警方去偵辦，總是要找出那天是誰來鬧事，不然成天提心吊膽也不是辦法，」謝文武說道，「既然已經知道一個多星期了，為什麼都沒有處理？」

「因為一旦跟警方或是跟朱委員講這件事，不免就會把楊怡牽扯進來，我擔心會對他有不好的影響。」周慕夏說道。

「你是說加害人後代的身份曝光嗎？」謝文武有點意外周慕夏這麼想要保護這位年輕人。

周慕夏點點頭。

「但是他主動來跟你說，表示他自己有做好心理準備了，不是嗎？」

「我擔心他把事情想得太簡單。」

「會不會是你把事情想得太複雜？有時候，有些代價也是很無奈的，那個大環境牽連的人很多，總是有人會為此付出一些代價的，雖然很不公平，但這是很無奈的事情。」謝文武語重心長地說著，「我覺得這件事情還是應該交給警方，也許不是他爺爺，那也可以免去被嫌疑的身份，但他始終是個退休特務，那個年紀肯定是經手過白色恐怖案件的，還是希望可以勸服他出來說些什麼，這麼多年來，很多人努力想要找加害者出來談，一直都被拒絕。」

客廳裡再度陷入了一陣沉默，良久，謝文武才幽幽地開口，「再過不久促進轉型正義委員會就會成立了，這種無奈的事情會越來越多，我們也必須要學會去面對，轉型正義要追求的真相少不了這些情感上的衝擊，有時候會覺得也顧不了這麼多，唉，你們辛苦了。」

「真的沒有既可以告訴警方，又保全楊怡的方法嗎？」

謝文武沉默了一下，搖搖頭，「你還是得要跟警方交代這條線索的來源，因為現在的時機敏感，你們家受到破壞是一種威脅，會被當成是政治事件來看待，警方就會當作是重大刑案來偵辦，不能亂來。阿哲前兩天也有跟我說警察局長還跟他通過電話，交代偵辦進度，你現在要告訴他有個嫌疑犯，勢必要告訴他是怎麼得來的消息，楊怡的身份是保全不了的，我們都要有這個心理準備，這就是我剛才說會有很多無奈的事情。」說完他又嘆了長長的一口氣。

周慕夏看著他，總覺得他還有些什麼沒有說，「文武叔，你還好嗎？」原本他只是很擔心楊怡，可是眼前謝文武卻顯然也有心事。

謝文武又嘆了一口氣，「剛才聽你提到楊怡這件事，坦白說我心裡很錯愕，我也想到這件事一旦曝光，楊怡可能會不太好過，但是又隱約覺得也許這樣的發現未來會愈多，」看了兩位晚輩一眼，「經歷過白色恐怖的年代，又有誰沒遇上過這種事？身邊的人原來都可能跟白色恐怖有關。」

周慕夏跟柳絮對望一眼，想著謝文武這句話背後的涵義。

「促轉會快成立了，我聽阿哲說他們主力會放在檔案公開跟平反，因為其他國家好像這些進度上也都比較快，所以會朝著公開政治檔案，監控檔案的方向趕快先進行，畢竟兩年的任期實在太短，隨著這些事情一直在發展，我也常常想到過去的事情。」

「嗯。」

「有些人在媒體上得意洋洋的宣稱自己在美國當職業學生監控台灣留學生，還靠著監控獲得很多獎學金完成在美國的學業。」

周慕夏跟柳絮點點頭，這些新聞他們也都看過，當時看了還嘖嘖稱奇，不解這種人的心態，在這麼民主的今日竟毫無悔意，一點也不愧疚。

「這種人不用調查也知道他們做了哪些事情，而且是自以為光明正大的做，一點歉意都沒有，」謝文武幽幽地低聲說道，「只不過緊接著會出現的那些個監控名單，或許裡面會有很多人是逼不得已的。」

周慕夏跟柳絮對望了一眼，「文武叔是知道了些什麼嗎？」柳絮問道。

謝文武嘆氣點點頭。

兩夫妻又對看了一眼，柳絮很少看到他這樣，「阿叔，怎麼了？」

「我第一次被抓走之後，妳瑄華嬸為了養家很辛苦，一天要兼好幾份工，所以有位鄰居不介意只收一點點費用就當千榕姊妹的保姆，那時候我們都很感謝她不怕被牽連，竟然願意幫我們，這一幫幫了好多年，直到我第二次被抓，她都還會來家裡幫忙煮飯，雖然千榕姊妹都已經大了，但是大家相處了那麼久，已經都當成家人一樣，所以每天都會到家裡來出入。」

柳絮看了周慕夏一眼，寫了那麼久的戲也知道接下來會是怎麼回事，只不過覺得實在也太過殘忍，「阿叔怎麼知道的？」

他又嘆了口氣，「前幾年，她得癌症病重，叫她的女兒把我跟瑄華找去，明明都已經下不了床的人了，看見我們過去，竟然掙扎著下跪，我們才知道這件事，」他看著自己老去的雙手，「她說她拍了一些家裡的照片交出去，但是沒有說什麼對我不利的事情，說我第二次會被抓，她不知道是怎麼回事，因為她覺得自己也是被迫要做這個調查局通訊員，也是很無奈的，但是因為照顧千榕姊妹久了，也真的很有感情，也不想害我，所以總是在報告裡寫很無關緊要的事，可是她始終覺得很對不起我們，覺得自己快要走了，一定要親口跟我們道歉，之後沒兩個月就過世了。」

「千榕知道嗎？」柳絮問道，她知道這個人是誰，千榕有提過童年母親工作很忙的時候，都是鄰居陳阿姨過來幫忙煮飯給她和妹妹吃，還說過還好有陳阿姨，所以她跟妹妹都還過著算是正常的生活。

謝文武搖搖頭，「不知道要怎麼跟他們兩姊妹說，我怕她們會受不了。」

「千榕提過那位阿姨，姓陳對嗎？」

謝文武有點意外，「妳也知道？」

「千榕提過幾次，她很感謝那位陳阿姨，而且感情好像也蠻親近的。」

謝文武嘆了口長長的氣，「我們都知道那時候身邊會有抓耙仔，只是不曉得是誰，總懷疑可能是一些我們討厭的人，沒想到……唉。」

「剛才叔叔說到那位陳阿姨有提到自己也是迫於無奈，她有提到國民黨當年是怎麼吸收她的嗎？」周慕夏問道。

「說是吸收也不盡然，起碼這個人不是這樣，她提到有人拐她丈夫去賭場打牌，輸了一屁股債，都到了要砍人的地步了，對方才露出真面目，是調查局設的陷阱，為了救她丈夫，她就答應來監控我，這種下流的手段也真的是他們才幹得出來。」謝文武又氣又難過地說著。

「所以文武叔對於要進行監控檔案徹查這件事情怎麼看？」周慕夏又問道。

「當然支持，畢竟這是真相的一部分，」他望了望天花板，「只不過，我不確定我到時候有沒有勇氣去看檔案，但是為了社會公平正義，這些一定要查，只不過我自己軟弱罷了，我其實並不想去看檔案，可是你火木叔一直期待著這些檔案出土，他是一定要去看的，他比我有勇氣多了。」

聽到謝文武這樣說，周慕夏不由自主地想到蔡火木滿目瘡痍的雙手指甲，這些暴行沒有一個真相要如何原諒呢？可是這個真相會有多少無辜的人也跟著受傷呢？這真是一種無奈的代價。

「所以我知道你擔心楊怡是怎樣的心情，因為我也想過，我不想去看那份監控檔案，我也希望大家不要去騷擾那位保母的孩子，她兩腿一伸走了，可是她的孩子卻可能要面對被大眾殘酷的指認，」他伸手拍拍周慕夏的肩膀，「所以我真的知道你的心情，只不過，楊怡這件事還是要查的。」

周慕夏點點頭，知道這終究是逃不掉的，只是他希望可以把對楊怡的傷害降到最低。

「你們就儘快跟偵辦的警方，還有阿哲講這件事吧，」謝文武臨去前問道，「楊怡的爺爺叫什麼？」

「楊子農。」

謝文武記下了這個名字，「不過他們行事都用化名，除非他們願意出來承認，不然知道這個名字的意義不大，而且受到《國家機密保護法》跟《情報工作法》的限制，情治人員的名字也多是受到保護的。有任何進展要跟我說，你們這段時間出入門戶都要小心。」他環顧了一下屋子，「其實也許可以暫時先住到這邊來，會不會比較安全？畢竟是大樓，保全做的比較好。」

「阿叔真的覺得那晚是來警告我們的嗎？」柳絮還是不免擔心。

「這種敏感時機點，什麼都有可能，總是小心為上。」

周慕夏跟柳絮送到門口時，謝文武有意無意地瞄了周慕夏一眼，他意會到那個眼神便說道，「我送文武叔下去。」

柳絮點點頭。

「文武叔有什麼要交代我的嗎？」進到電梯之後，周慕夏問道。

「楊怡這件事一定要查，既然有了線索就不要放棄，如果警方查不下去，那還比較有話說，總不能我們手上握著線索卻不做事。」

「我明白。」

「整件事最奇怪的是為什麼會是楊怡的爺爺，都退休那麼久了。」

周慕夏看著他，「這件事也是我百思不得其解的地方，也因為一直覺得不合理，加上又擔心楊怡，所以遲遲沒有跟警方說，文武叔有想法？」

走出電梯來到馬路邊，謝文武凝視著周慕夏點點頭，「剛才我不敢在小絮面前提這件事，因為怕她會太過焦慮。」

周慕夏皺皺眉頭。

「除非當年小絮那案子就是他負責的。」

周慕夏眨眨眼睛，試著想要去理解這個可能性。

「除非當年就是他負責的，現在新證據出來了，才會是他出面來處理這件事。」

周慕夏看著他，「可能嗎？」

謝文武聳聳肩膀，「也只是推測罷了，按理講都退休了，實在沒有必要出來淌這趟渾水，如果最後查明除夕那件事跟他無關，那自然這也是我們胡思亂想而已，所以我才說楊怡說的線索必須要查，但這件事就先不要跟小絮說了。」

送走謝文武上公車後，周慕夏站在路邊思考了好一會兒，事件會如此複雜嗎？過去一直找不到的刺殺案件的主謀竟然會是楊怡的爺爺？可能嗎？

# 第十三章

「通聯紀錄查得怎樣了？」偵查隊長問道，周慕夏跟柳絮這案子落在他手上實在也開心不起來，明裡暗裡都承受了不少壓力，一宗除夕夜的飆車族鬧事毀壞案件卻變成了疑似政治案件，查了一陣子也沒查到飆車族下落已經飽受批評，每天政論節目都不忘酸警方這件事。前幾天周慕夏跟立委朱懷哲卻突然到訪提供一個可疑的名字，根據身份一查更是頭疼，讓整件案子成為政治案件的機率大升。

「那個楊子農是個退休的調查局幹員，現在都九十三歲了，通聯紀錄也很簡單，在事發前後他的確有跟人聯繫，查了一下是跟幫派份子聯繫。」劉刑警回報說道。

「幫派份子？」

「跟大口通了兩次電話。」

「大口？」隊長挑挑眉，大口是北部的幫派老大，這幾年也逐漸淡出，幾乎算是已經交棒給得力助手阿龍負責幫裡的事務。

劉刑警點點頭，「一次是在案發前兩週，楊子農打去給大口，一次是在案發後三小時，大口打給楊子農。」

「這時間很敏感，大口那邊有查出什麼跟那四個飆仔有關的嗎？」

劉刑警搖搖頭，「監視錄影器沒有拍到明顯的特徵，全都穿普通黑衣外套戴黑色安全帽，車牌是假的，沒有什麼可以跟他們連結的。」

「一位退休很久的前調查局幹員，一位近年不太理事的幫派老大，他們通電話幹嘛？」一起負責該案的陳刑警問道。

「更奇怪的是這個案子怎麼會是楊子農的孫子舉報的？這算什麼？大義滅親嗎？」劉刑警抓抓頭說道。

「他孫子我們也查了一下，叫楊怡，過去好幾次參加學運，動作挺多的，現在也在做社運。」

「喔？有被抓過嗎？」

「更奇妙的是並沒有，查下去都很有意思，跟他一起參與學運的學生好幾位都被抓過，只有他從沒有被抓。周慕夏跟柳絮開記者會那天，有三個統派人士去鬧場，楊怡曾經跟他們起過衝突，有到中正一去過做筆錄。」

「嗯。」

「那三個人告了現場跟他們起衝突的一些政治受難者，卻獨獨沒有告楊怡，但楊怡告了跟他扭打的一個姓金的，我查了一下，那個姓金的，也跟幫派有點關係。」

「喔？大口那邊的？」

「倒不是，是灰熊那邊的。」劉刑警說道。

隊長搔搔鬍子，灰熊近年來都跟中國走得近，儼然是中國在台灣的代理幫派，鬧了不少事情，也讓警方頭痛不已，「灰熊……他們那邊的人經常到台派場子鬧場已經很多年了，從沒有錯過任何可以告人鬧事的機會，怎麼會沒有告楊怡？」

「我也覺得很奇怪，如果楊子農是那種會跟大口通電話的人，難道也跟灰熊有交情？」陳刑警問道。

隊長年逾五十，算是也經歷過白色恐怖的人，「以前情治機關跟幫派有不少連結，這也是很有可能的。」

「老大，這案子越來越不像是一般刑事案件了。」

「一聽到是那個周慕夏跟柳絮家出事，我就覺得這不是刑事案件了。」隊長嘆口氣說道，「你們兩個分頭盡快去一趟高雄跟找大口。」

兩名刑警點點頭。

＊＊＊

『促進轉型正義委員會成立在即，首要目標在於清查檔案跟平反。台灣長達三十八年的戒嚴期間，發生許多政治案件、冤假錯案，國家以不人道的手法迫害人民的人身自由，甚至剝奪生命，一般稱為白色恐怖時期，促轉會工作目標即在於清查白色恐怖期間的真相。《促進轉型正義條例》通過前夕，知名演員也是大學教授的周慕夏公開了一支影片，影片裡面掌握了柳絮當年被刺殺的關鍵證據，而今年的除夕夜，周慕夏與柳絮位於基隆的住所遭到有心人士的破壞，周慕夏也因此受傷掛彩，案發至今已經將近一個月，案件呈現膠著……』

『對於目前提出的促進轉型正義委員會的口袋委員名單，藍營表示缺乏公正性，都是親綠學者，在未來探究歷史真相上能否掌握專業判斷令人堪憂……』

楊東興坐在客廳沙發上看著各家的新聞報導，這段時間的新聞每天都在講轉型正義，不同顏色的新聞台雖有不同見解，但總歸都是縈繞在這個讓他不爽快的話題上，他不耐煩的一台轉過一台，桌上依舊擺放著高粱酒跟酒杯，剛過中午就已經喝起來了，林少芬見怪不怪，收拾好餐桌就默默地打算要回樓上房間。

「少芬。」楊子農正好開門出來叫住她，林少芬只好默默走去老爺子的房間裡。

「爸？」

楊子農拿了楊怡上次留下的紅包袋遞給她，「那天楊怡沒有帶走，妳有他的帳戶吧？給他打進去。」

林少芬接過紅包袋，如此沉甸甸地，她打開來看是一整疊從銀行領出來的新鈔，還是連號的，整整一百號，「爸，這樣太多了吧？」

「那天就是要給他這麼多，結果他擱在桌上沒帶走。」

「但是他知道也是會退回來的。」

「妳就學不會好好勸勸他嗎？」楊子農不悅地說著，這個媳婦嫁進門之後總是逆來順受，不管楊東興怎樣喝酒胡鬧，她總是一貫地忍受，好像沒有脾氣似的，但怎會有人沒脾氣？自己的兒子年輕時，剛結婚沒多久就已經出手打過老婆，把當時的楊子農氣個半死，自已當年連辦案時都甚少需要動手打人，卻養出個暴力份子，讓他怎麼都想不透，而媳婦當年挨了打竟也沒來抱怨，更是讓他對這個媳婦感到虧欠，深覺自己教子無方，但是媳婦這種打不還口，罵不還手的脾氣他其實也並不喜歡。

「楊怡哪是能勸得動的？」林少芬小聲地說著，知道老爺子也拿這個寶貝孫子沒有辦法。

「這錢是給他還學貸用的，」楊子農說道，「我聽楊愉說楊怡有打算跟女朋友去紐約念博士班，說要等學貸還清才能再借留學貸款，我們家難道是供不起他去美國唸書嗎？非得這樣借錢？」

林少芬不知道兒子有這個盤算，一下子也回不了話。

「不管怎樣，先幫他把前面學貸的錢還了，聽楊愉說剩不多了，一筆清掉吧，妳只管把這個錢給他打進去就對了。」

「知道了，我等等就去郵局。」林少芬不想再起事端，把錢收下轉身就要回樓上，大門電鈴卻響起，她與老爺子對望一眼，家裡其實很少有訪客，誰會來按電鈴？

楊東興仍然像個大老爺一樣一動也不動地坐在電視前，林少芬默默地走去開門。

「我們是基隆警察局的刑警，要找一位楊子農先生。」門打開卻是兩名亮出證件的便衣刑警，林少芬心裡一緊，不會是楊怡發生了什麼事吧？她緊張地轉頭看著站在房間門口的楊子農。

楊子農畢竟年紀大了，聽力雖已不如從前，但是卻可以一眼辨識出站在門口的是警察，看見媳婦緊張兮兮地回頭張望自己，立刻走上前去，「找誰？什麼事？」

「我們是基隆警察局的劉刑警跟趙刑警，你是楊子農先生嗎？」

楊子農聽見是來找自己的，有點意外，客廳裡的楊東興沒說什麼，依然看著電視，連頭都不曾轉一下，「我是。」

「我們有事情要詢問，可以進去談一下嗎？」

楊子農點點頭，雖然不知道為何會有刑警找上門，但他還是讓對方進了屋子，瞥了一眼坐在客廳沒打算走開的兒子，引著兩名刑警坐到餐桌旁，林少芬憂慮地送上三杯熱茶，擔心是楊怡出事，不敢上樓，只是在老爺子身後立著。

「不知道兩位找我有什麼事？」

「想請問今年除夕那晚你人在何處？」

楊子農心底有點意外他問的是這件事，雖然想過楊怡可能會把聽到的電話跟人說，但從眼前基隆來的刑警口中問到除夕的事情，始終還是不舒服，「在這裡。」

劉刑警點點頭，「那晚你有跟一個叫大口的人通過電話，我們想要了解你們通話的內容。」他說這話時盯著老者的雙眸，見他臉上表情絲毫未變，同事小陳跟他約好同樣的時間去問大口，兩人不可能有時間聯繫知道警方正在查他們。

坐在客廳看電視的楊東興聽到這個名字，整個人不自在地動了一下，突然起了一身的雞皮疙瘩，連忙倒了一杯酒大口飲下。

楊子農盯著劉刑警，臉上表情鎮定如常，「問這個要做什麼？你們可以這樣突然調查人民的通聯紀錄嗎？」語氣也不溫不火。

劉刑警瞇了一下眼睛，凝視著他，「除夕夜周慕夏教授跟柳絜女士家裡遭人破壞，周教授也受傷送醫，我們收到線報顯示當晚你曾經在周教授受傷後接到一通可疑的電話，通話內容可能涉及該案，所以我們必須要調查這件事，在通聯紀錄中也顯示你跟大口通過兩次電話，一次是在案發前兩週，你打去的，一次是在案發後三小時，大口打來的。」

楊子農老神在在地看著他，彷彿面對的是日常生活小事，「我跟大口是老朋友了，幾十年前就認識了，不過是很久沒有聯絡，我年紀大了，來日無多，想跟老朋友聯絡聯絡，我也不知道為何他會正好在那個周什麼的受傷之後打來拜年，你們是抓到大口的人去周家鬧事嗎？」

「如果只是拜年，怎麼會問到對方事情辦好了跟有沒有傷到人？」劉刑警迴避了那個問題，繼續追問著。

楊子農臉上雖然沒有反應，心裡還是一痛，果然是寶貝孫子去講的，他到底在想什麼？「他提到手底下的人起了紛爭，就這麼順口一問，大過年的，就算是他們也不希望鬧到不愉快。」

劉刑警凝視著他，懷疑是他們早就講好要這樣回應，還是真的如他所說？這老者的通聯紀錄很乾淨，電話極少，幾個月前也有幾通是跟其他調查局退休幹員聯絡，倒沒有其他可疑，除夕後也沒有再跟大口通電話，應該是說連其他電話幾乎都沒有，「大口手底下的事情為何要跟你說？你跟大口怎麼認識的？」

楊子農聳聳肩，「我退休前跟他合作過一些事情，也幫他處理過一些麻煩事，他欠我不少人情，不過就是過年拜會一下而已，值得你們這樣大驚小怪？」

「合作過什麼事情？」劉刑警繼續追問，他過去也聽聞情治單位會運用幫派來處理一些見不得光的事情。

楊子農盯著他，「這跟你來的目的沒有關係，是我過去工作上的事情，陳年往事了，也沒有必要向你交代，你還有什麼要問的嗎？」

劉刑警看看旁邊的趙刑警，知道這老幹員不會再說什麼了，事實上自己也知道他們手上除了楊怡舉報的內容外，並沒有實質證據，很難再繼續糾纏下去，只能起身準備離開，「打擾你們了，有什麼需要我會再過來請教。」

「這次我讓你進屋是待客之道，下次再這樣無憑無據就調查我的通聯紀錄或想要進屋，請帶著檢察官的傳票過來。」楊子農冷冷地說著。

本來轉身想要離開的劉刑警被他的語氣激怒，又轉過身來直視著他，「倒也說不上是無憑無據。」

楊子農站起身來，瘦而頎長的身材，不苟言笑的神情立在那裡也帶給人明顯的壓力。

「因為舉報你這通可疑電話的人，正是你的孫子楊怡。」

一直安靜站在老爺子身後的林少芬倒抽了一口涼氣，連假裝在看電視的楊東興也忍不住轉頭看著自己的父親，只可惜他臉上的表情一如既往，什麼訊息都沒有洩漏。

「年輕人捕風捉影，也值得你們這樣奔波，可惜此案與我無關，你們只白跑了一趟。」

楊子農淡淡地說著，一點都沒有顯露出心裡的難受。

「是嗎？」劉刑警淡淡一笑，「打擾了，如果有進一步的需求，我會帶檢察官的傳票過來。」

林少芬送走兩名刑警後，緊張地走回老爺子面前，「爸，那一定是誤會，一定不會是楊怡去告密的。」

「這不剛好嗎？專門抓人的特務，也被自己的孫子告密了，真是報應不爽啊，那些受難者要知道了肯定會很爽。」楊東興喝了一大杯高粱酒後酸溜溜地說著。

楊子農瞪了兒子一眼，然後冷冷地跟林少芬說道，「叫楊怡回來。」說罷就轉身回房。

林少芬焦慮地上樓去打電話，客廳裡只剩下還在看新聞喝酒的楊東興，楊子農房裡又傳出了京劇的聲音，只是這音量比起往日大上許多。楊東興又開始轉著新聞台，一台換過一台，但是他半個字都聽不見，腦海裡唯一迴響著的是大口這個名字，這名字，他認得。

＊＊＊

中山北路的海霸王餐廳裡，今天聚集了幾十桌的政治受難者跟家屬，每年一度的聚餐，除了是老同學相見，今年更多了一份對《促轉條例》通過的歡喜與對促轉會的期待，每一桌都在談論這些話題。

「阿哲，真難得你今年會參加這個聚餐。」王大海拿著酒杯走過來敬酒，「過去的風風雨雨就算了，感謝你幫大家出力，這個《促轉條例》終於過了，接下來，要努力幫我們爭取賠償，很多人都等不到走了，大家都苦哈哈的。」

朱懷哲起身跟他喝了一杯，過去他因為嫌麻煩都很少參加協會的聚會，這個王大海也跟他起過衝突，認為他獨善其身，自己好就好了，爬上枝頭了，壓根不管其他兄弟死活，「促轉會成立後就會處理平反跟賠償的事情了，不用擔心。」

「擔心，當然擔心，我們都幾歲了，隨時都可能倒下去。」

「不要亂講話啦。」謝文武起身緩頰，也陪著他喝了一杯。

「周教授，偵查隊長後來有再聯絡你嗎？」送走王大海後，朱懷哲重新坐下問道，坐在謝文武旁邊的周慕夏搖搖頭。

「他們應該不會置之不理吧？」謝文武問道。

「不大可能，這案子太敏感，他們不敢輕忽這條線索。」朱懷哲說道。

謝文武點點頭。

「只不過真的沒有想到，那個我們在街頭上見過那麼多次的楊怡，他的爺爺竟然會是退休特務，而且還可能跟周教授這件事有關。」

周慕夏沒意料到朱懷哲會突然在大庭廣眾之下講這句話，立刻出聲制止，「朱委員！」

「你說什麼?!誰？誰的爺爺是特務？楊怡嗎？你是說楊怡嗎？那天在記者會的那個楊怡嗎?!跟慕夏什麼事情有關？」周慕夏還來不及開口多說什麼，坐在他跟柳絮身邊的蔡火木就跳了起來大聲質問著。

「你這是幹嘛？是要打人嗎？」謝文武抬起手要他坐下。

「誰？誰？你們在說什麼？什麼特務？」坐在隔壁桌的李政義聽到蔡火木的大嗓門，也起身過來問道。

柳絮看了丈夫一眼，有一種會出大事的感覺，轉頭瞥了一眼謝文武跟朱懷哲，心中其實相當懊惱，當天周慕夏跟她去找朱懷哲時已經明確表達過希望可以保護楊怡，他怎會在這樣的場合直接講出來。

「你們坐下，沒事，不要在這裡大吼大叫，沒事。」謝文武起身安撫老兄弟，也注意到周慕夏相當緊繃的臉色。

「讓文武叔去處理吧，不要擔心，應該不會有事。」柳絮握著丈夫的手，看見他嚴肅的臉色知道他此刻相當不悅。

周慕夏面無表情地看了一眼朱懷哲，跟他對上眼的朱懷哲卻一臉不以為然，這個態度讓周慕夏整個人都冷淡了起來，柳絮見過他這個反應，是去年前未婚妻追去台東找他們的時候（註3），面對著傷害過他、讓他心死的人，他就是這種冷淡的態度，冰冷到讓人難以靠近。

「你說，你剛才說的人是不是楊怡?!你說！」蔡火木指著朱懷哲的鼻子問道。

「你這是幹什麼?!」謝文武壓著他的手臂要他坐下。

「你才是在幹嘛?!為什麼不讓我問清楚?!」蔡火木撥開謝文武的手生氣地問他。

註3：《向著光飛去》，遠足文化，二〇一七年出版。

「現在到底在說什麼？」李政義問道。

「我聽到阿哲說楊怡的爺爺是退休特務，還跟除夕夜慕夏受傷有關，我要問清楚，他們就攔著我。」蔡火木氣呼呼地說著。

周慕夏閉上眼睛嘆了口長長的氣，心裡既痛且怒，蔡火木火爆的個性，下次遇上楊怡肯定會出事，不禁自責自己為何要說出楊怡提供的線索，可是，不說又要怎麼釐清案情？他知道這是楊怡的命運，是他身為加害者後代終究要遇上的考驗，只是他真心希望不是在這種情況下曝光了他的身份。

「這是真的嗎？」李政義瞪大眼睛不可思議地看著謝文武跟朱懷哲，「是我們一起上街頭那個小兄弟楊怡？他爺爺是哪裡的退休特務？整過我們嗎？」

謝文武看著周慕夏，感覺到他漠然的神情下可能是極大的憤怒，眼前這件事的確出乎大家意料之外，「你們先冷靜下來，這件事不是你們想像的那樣。」鄰近幾桌的人現在也都圍過來了。

「怎麼不是？他爺爺是特務，他混進我們這個圈子是不是也有什麼企圖？」蔡火木質問著。

「想想看，那天他打了人，結果對方竟然不告他，搞不好他也是對方派來的吧？」李政義突然想到，「虧我一直把他當小兄弟，結果是派來監視我們的嗎？」

「叔叔，你們會不會想太多了?!」柳絮聽不下去站起來說道，也瞪了朱懷哲一眼，怪他嘴不緊，在這裡惹出事端也不收尾。

「小絮，妳不知道，那些特務他們有多狠毒奸險，」蔡火木說道，「他們什麼事情都做得出來！」

「我怎麼會不知道?!」柳絮說道，大家聽了她這句話才突然停下來，蔡火木知道自己一時心急對著柳絮說錯話。

「我怎麼會不知道特務有多壞？」柳絮語氣鏗鏘地說著，「我也是受害者，我知道這是怎麼一回事。」

「那妳還……」

「我還怎麼了？」柳絮看著圍在身邊的叔伯們，「我也是受害者，我應該也有資格講幾句話吧？」

大家聽見她這樣說，都沉默了下來。

「對，楊怡的爺爺是退休的特務，」柳絮不疾不徐地說著，事到如今，她知道也瞞不住了，低頭瞥了一眼仍然面無表情的丈夫，將手放在他寬闊的肩膀上，「這次的除夕夜有人到我們家鬧事，大家也都看到新聞知道是怎麼回事，我丈夫臉上的傷也還沒全好，警方一直找不到來鬧事的人。」

大家聽了也只是點點頭，紛紛看向周慕夏臉上還貼著美容膠帶的兩處傷口，安靜地等她說下去。

「楊怡有一天去找我丈夫，跟他說懷疑自己的爺爺是主使那四個人來我家鬧事的人。」這句話一說完，原本安靜下來的長輩們又紛紛交頭接耳起來，柳絮也不管他們的態度就繼續說道，「你們覺得要來跟我們承認這件事很容易嗎？你們都認識楊怡比我們久，難道你們不相信他的為人嗎？」

「但他是特務家庭出來的。」蔡火木執意地說著。

「那又怎樣？他爺爺是特務，所以他也有罪嗎？」

「他起碼脫不了干係，搞不好他都是刻意來接近我們大家的。」蔡火木又繼續說道。

「如果是這樣，那他為什麼要出來舉報他爺爺？」柳絮問道，大家又安靜了下來，「火木叔，如果他是來監視我們大家的，他幹嘛要跟周慕夏說這件案子可能是他爺爺做的？你自已說這個邏輯通嗎？」

「我不知道他為何要這樣做，但我不相信他，他是那種家庭出來的，我不相信他。」

這番話聽在周慕夏耳裡感到刺耳無比，他也嗅聞到一種危險的氣息，來自不在現場的楊怡，這條路要怎麼走下去？

「火木叔，難道你真的感覺不到楊怡的為人嗎？」柳絮問道，希望可以改變他的態度，「政義叔，你也無法分辨楊怡的為人嗎？」

除了蔡火木，站在旁邊的李政義跟其他也認識楊怡的人，此時表情都很複雜，好像無法回應這個問題。

「小絮，你太婦人之仁了，他們是害死我們的特務。」

「火木，我們說過一代歸一代。」謝文武知道今天用這種方式曝光了楊怡，場面一定無法圓滿了。

「那是你說的。」

「火木叔，不然你希望怎麼做？」一直冷著臉沒說話的周慕夏慢慢站起來，轉身面對著他問道。

「叫他說清楚他爺爺幹了什麼事，叫他爺爺出來面對我們，講清楚，跟我們還有我們枉死的兄弟道歉！」

「他不知道他爺爺幹了什麼事，他也很痛苦，要跟我們舉報他爺爺也是需要鼓起很大的勇氣才能做到，因為那是他爺爺，因為他只要舉報了，他自己的身份就會曝光，就會面臨現在這種場面，千夫所指，面對也許根本不應該要他面對的場面。」他壓抑著怒氣慢慢地說著，每個字的音量都不大，但足以傳進這些人的耳朵裡。

「你怎麼可以幫他說話？你這是怪我們嗎？」蔡火木聽懂了周慕夏話裡的責備，生氣地說著，「你根本不了解我們過去發生什麼事！」

「火木！」謝文武出聲斥責制止，知道這個火爆的老兄弟已經氣到語無倫次。

周慕夏卻笑了，但是那個笑容讓人看了很心酸，「是啊，火木叔，我的確沒有承受過你們過去受的苦難，我不曾被抓去刑求，但是，曾經因為白色恐怖受苦的人也不只你們，不是嗎？柳絮差點枉死，我失去了父母，難道我們不也是白色恐怖的受害者嗎？」

現場突然一片安靜。

「我跟柳絮會幫楊怡說話，是因為他就跟柳絮一樣無辜受害，做為家屬跟後代，他們都承受了不應該承受的傷害跟壓力，這個孩子，」周慕夏看著他們說道，「很努力的想為他的爺爺贖罪，所以他冒著自己會曝光的風險，要求我一定要跟警方說這件事，在案件釐清之前，我原本希望楊怡的身份可以保護好，因為我們根本不知道這件事是不是跟楊怡的爺爺有關，但是，」他冷冷的看了眼自始至終都坐著沒起來辯駁的朱懷哲，「我沒想到朱委員會這樣貿然講出來。」

「贖罪是嗎？」蔡火木壓根聽不進這些話，「那就叫他跟他爺爺來跟我們道歉，贖罪不是用嘴巴講的就可以了，叫他們來下跪認錯，乞求我們的原諒！」

「火木！」謝文武還想再勸他。

蔡火木生氣地擺擺手，「這飯我吃不下去了。」說罷就轉身離開，怒氣沖沖地走下樓梯，連電梯都不願意等。

「大家吃飯吧，不要再吵了。」謝文武安撫李政義跟其他兄弟回去各桌。

周慕夏轉頭看著依然沒講話的朱懷哲，忍著怒氣，低頭跟柳絮說道，「我去打個電話提醒楊怡。」留下柳絮在原處，自己走到電梯附近打電話。

「阿哲，你剛才實在不應該這樣大意講出來。」好不容易兄弟們都各自回桌了，謝文武坐下來之後忍不住責備了朱懷哲。

「我的確是有點大意，但這也是個事實，楊怡也逃避不了。」朱懷哲淡淡地說道。

「找到人了嗎？」柳絮看到周慕夏正好走回來。

周慕夏搖搖頭，「一直沒有接聽電話，我先留了訊息給他。」坐下之後，他才抬眼看著朱懷哲，「楊怡並沒有想要逃避。」原來他都聽到了。

道。

「所以我們就可以這樣把他推下懸崖嗎？」不等他說完，周慕夏便語氣冰冷地打斷他說

「他既然沒有要逃避……」

「對，這終究是他要面對的，但我希望他準備好了才來面對，不是被我們這樣硬生生地推上絕路。」他冷冷地瞪著朱懷哲，「那天我就跟你說過，我希望保護楊怡，不要曝光他的身份，你今天非但不記得我說的，還一意孤行強詞狡辯，朱委員，我希望你不要也把這件事跟他的名字拿去上政論節目。」

「這終究是他要面對的。」

朱懷哲已經很久沒有被人這樣斥罵，臉上一陣青一陣白，還想駁斥些什麼，就聽到他冰冷的聲音再度傳來。

「請保有政治受難者讓人景仰的尊嚴跟風骨。」

謝文武看著周慕夏，沒想過他會有這麼嚴厲的措辭跟態度，一時之間連自己也很汗顏。

「我們走吧。」周慕夏說完就轉頭看了眼妻子，牽起她冰冷的手說道。

柳絮點點頭，知道丈夫這麼嚴厲地斥責完朱懷哲之後，這頓飯也吃不下去了，便拿起包包跟著丈夫起身。

「文武叔，不好意思，我們先走了。」周慕夏雖然氣朱懷哲，但他知道謝文武也不想傷害楊怡，他始終是他敬重如父的長輩，只不過此刻情緒複雜，雖然語氣溫和，但臉上還是相當緊繃。

「先走吧，沒事，這裡我會處理。」謝文武起身拍拍他的肩膀，送他們兩夫妻到電梯旁。

「文武叔，對不起，這頓飯搞成這樣。」柳絮充滿歉意地說著。

「是我們不好意思，」謝文武拍拍她的肩膀，抬頭看著沉默的周慕夏，「是我們不好意思，沒能做到對你的承諾。」

周慕夏嘆息著，「對不起，文武叔，我剛才語氣很重，如果有冒犯到你，對不起。」

「沒事，沒事，他……一直都是這樣的人，只顧自己，以為他變好了，沒想到……」

他按住剛打開的電梯門讓周慕夏跟柳絮進去，「去吧去吧，去忙你們的事吧，我們保持聯絡。」

＊＊＊

「現在我們要找到一些適當的議題去進行抗爭。」

「異議性社團現在在學校裡面並沒有大家想像的那麼蓬勃，也不是那麼好生存，校方其實還是有很多的干涉，我們要申請一些活動有時候會被限制，常常為了要取得同意就要先抗爭一波。」

「我知道大家經營得很辛苦，但是異議性社團有其存在的必要跟價值，我們也可以理解，大家都會採取一些妥協，我們只希望大家在妥協的情況下也莫忘初衷，不要忘記我們存在異議性社團的原因。」

會議室裡來了北部幾所大學的異議性社團領袖聚會，討論當前台灣的政治情勢以及彼此可以做些什麼，北部學校如何串連等等議題。

「為什麼只有北部的學校？」楊怡坐在旁邊聽他們討論了四十分鐘才第一次開口。

幾位社長轉頭過來看著這位運動前輩，「你覺得還應該要串連中南部的學校嗎？」

「為什麼不？」楊怡看見這些新一代的社長們眼中還是有著跟過去他遇到的那些人相似的傲氣，「過去的運動裡也出現過同樣的問題，都是以北部為主，這樣對於台灣運動的發展真是好事嗎？」

「但是南部的學校通常也不見得會來參與。」其中一位國立大學的社長說道，「我們可以先串連北部的學校辦一些議題，之後再邀請中南部的學校來參加。」

「那結果還是跟以前一樣啊，只有北部的學校可以進入核心群嗎？中南部的學校呢？只能來聽從指揮嗎？這樣真是運動的方式嗎？」

幾位社長雖然臉上有著想要辯駁的神情，但終究還是忍住，因為他們都知道楊怡來自中部的大學。

「大家要擺脫那種菁英思維，要深入草根運動，台灣才有辦法動起來，大家不能只是妥協政治現狀，我們還是要有自己的主張跟方法……」楊怡知道他的說法並不容易被大家所接受，多年來台灣的運動已經習慣有菁英領導，每次的大運動都會製造出一些菁英英雄，但他真的不喜歡這種方式，「要串連全台的異議性社團，不要重北輕南，這樣力量會分散掉，現在視訊這麼方便，全國異議性社團開線上會議並不是困難的事情，重點在於我們是不是仍然跟幾年前一樣，只想要菁英領導，如果是這樣，那結果是可以預想的。」

「是可以考慮這樣做沒錯，我們可以每個月有固定的大會議，你們可以到這邊來，然後我們從這裡開視訊跟中南部的學校社團串連，我們也可以聯絡在中南部的友會提供像這樣的場所，讓他們聚集之後一起跟我們參與視訊會議，效果也會很好。」阿凱提出建議，他很贊成楊怡的想法，過去在學運裡面他也有同樣的感受，他的好朋友在高雄念研究所，專程找了一些伙伴來台北支持學運，結果他們的意見非但沒有被採納，根本也都沒有人想要詢問他們的意見，或是提出可以怎樣一起合作擴散運動，幾天之後，他的朋友就沮喪地跟著同學們回去高雄，從那時候開始，他就覺得菁英領導真的無法成功。

楊怡點點頭，「只要願意這樣做，那些技術上的事情都是可以安排的。」

「楊怡，」大石打開門探頭進來，也遞進了他的手機，「你的電話從半個多小時前就響個不停。」

楊怡皺皺眉頭，接過手機之後，看見周慕夏打來了四通，媽媽也打來五通，點開周慕夏傳來的訊息讓他心裡一緊，『你的身份曝光了，做好心理準備，注意安全，打電話給我。』

「我出去回個電話。」他剛跟會議室裡面的人打聲招呼要轉身出去，手機就又響了起來，是打了第六通電話的母親，他走出會議室才接起電話，「喂？什麼事一直打電話來？」

「你爺爺叫你立刻回來。」林少芬終於跟兒子通上電話，聲音有著明顯的顫抖，「你怎麼可以隨便跑去舉報你爺爺？你瘋了嗎？刑警剛才來過了，問了你爺爺除夕那晚的事情，他要你立刻回來。」

楊怡緊握著手機，他知道所謂「立刻回去」意味著什麼，爺爺對他向來寬容，這句立刻，已經是表明了他極大的怒氣與不容拒絕。從他在東區見過周慕夏之後，他就做好心理準備，這件事情爺爺一定會知道是自己檢舉的，儘管如此，此刻接到這通電話，心理的感覺還是矛盾與複雜的，「知道了。」

「你會馬上回來吧？你爺爺他很生氣。」林少芬不放心地又問了一次，「你回來好好跟他認個錯，也許他就會氣消了，你這次實在太亂來了，怎麼會認為你爺爺會做那些事呢？」

「他跟警察說了什麼？」楊怡問道。

「他說他跟那個大口是多年老友。」

「大口是誰？」

「就是除夕跟他通電話的人，你爺爺說還在調查局工作時就合作過一些事情，聽說還幫那個大口處理過一些問題，那通電話只是拜年問候而已。」

「警察沒有問他那些電話內容嗎？」

「你還在說這個，爺爺都跟警察解釋過了，警察問完就走了，警察一定也是覺得沒問題才會一下子就走了，但你這樣把老爺子給氣死了，楊怡，你怎麼會這麼離譜，跑去舉報自己家人？你是腦筋有問題嗎？你到底都在外面學了什麼？」

「他怎麼說電話內容的？」楊怡不死心又繼續問道。

「他說對方是在講自己幫派內部有人鬧事而已，根本不是你想的那樣。」

楊怡在電話這頭沉默了幾秒鐘，「知道了。」

「你今天就回來，知道嗎？」

「知道了。」電話還沒掛斷就看見受難者長輩蔡火木一臉怒氣地衝進辦公室來，腦海裡閃過剛才周慕夏的訊息。

「楊怡，你這渾小子！」蔡火木什麼都沒說就直接衝過來揪著楊怡的衣服，「你騙我們！」

在電話那頭聽見這個憤怒的聲音，林少芬緊張地一直叫著，「楊怡？楊怡？怎麼了？」楊怡直接掛斷了電話，伸手擋著雙眼發紅的蔡火木，「蔡前輩你怎麼了？」

大石連忙過來拉開蔡火木，他在街頭上也遇見過這位長輩很多次，知道他個性衝動，但今天怎麼會衝著楊怡來？印象中他們應該頗為熟識，「蔡前輩有話好好說。」

「我不是他前輩，我沒他這種晚輩。」蔡火木壓根不理會大石，仍然揪著楊怡的衣服。

「蔡前輩你……」大石還要勸，蔡火木就一把推開了他。

「枉我們這些人一直把你當小兄弟，結果你竟然是加害者那邊的人，」蔡火木憤怒地說著，「叫你爺爺出來道歉！叫他出來交代過去他都做了哪些傷天害理的事情！」

雖然自己一直都在做心理準備，但是聽見自己直接被冠上『加害者』三個字，仍然覺得像是被火烙過般的刺痛。

「蔡前輩你在說什麼？楊怡怎麼會是加害者？」大石仍然拉著蔡火木，希望他可以冷靜些。

「他當然是！你問他，他敢不敢承認他爺爺是退休特務，他不是加害者是什麼？他爺爺就是以前殘害我們這些兄弟的兇手！這麼多年來，你跑進我們圈子裡，假裝跟我們很好，一起抗爭一起上街頭，是來當抓耙仔的吧？」

大石聽見蔡火木這樣言之鑿鑿，訝異地看著共事三年的楊怡。

「我不是抓耙仔，我早就跟家裡鬧翻了。」楊怡訥訥地說著，感覺到背後有一股緊迫的目光，艱困地轉頭，看見阿凱不知道幾時打開門站在那裡看著自己，會議室裡面的年輕大學生們都帶著一種錯愕的眼光，甚至還有人夾雜著一絲的厭惡，突然發現自己再怎麼解釋都說不清了。

「鬧翻了？你如果不是回家過年，你怎麼會知道你兇手爺爺講過什麼話，還裝模作樣去舉報他，我看慕夏跟小絜家會出事，根本就是你們爺孫倆計畫好的，一個唱黑臉，一個唱白臉，想要更深入地臥底在我們身邊好監視我們吧？」

「蔡前輩，真的不是這樣。」楊怡試圖解釋，但是連他聽起來，都覺得自己的聲音好微弱，面對一個政治受難者，到底要怎樣說才能讓他接受自己雖然是加害者後代，但他從來都不是加害者？「我一直都試著要做點什麼來彌補我爺爺過去的行為。」

「那就叫他出來面對啊！你做什麼都彌補不了我那些死去兄弟的命！他是哪個單位的?!警總嗎？還是情報局？調查局？不管是哪個單位我們都有兄弟被他們害死，叫他出來面對！」

「楊怡，你先走。」大石抱著激動的蔡火木，知道眼下是有理說不清了，索性要楊怡先離開現場，避免發生更大的衝突，無論如何也不能讓老前輩過於激動出事。

「走什麼?!」蔡火木暴跳如雷地想要甩開大石。

「楊怡，你就先走吧，之後再找機會跟蔡前輩解釋清楚。」

「解釋什麼?!叫你爺爺出來認錯！」

楊怡看著大石頻頻朝自己使眼色，要自己先行離去，知道整個辦公室現在已經因為他亂成一團，只能默默回到位子上拿起自己的背包，「蔡前輩，真的不是你想的那樣。」

「叫你那個兇手爺爺出來面對！」

楊怡走出辦公室前，回頭看了一眼一直都站在會議室門口的阿凱，蔡火木進來鬧了幾分鐘，可是阿凱卻始終只是沉默地站在那裡看著自己，此刻回望他的眼神，那是滿滿的不解、困惑，甚至還有著質疑。楊怡曾經想像過，如果有一天，阿凱知道他的爺爺是退休情治人員，不知道他會用什麼眼光看待自己，沒想這一天就這樣突然地來了，而阿凱的眼神，讓他不知道應該如何面對，甚至連開口跟他說句什麼的勇氣都沒有。

屋外陽光燦爛，可是走出辦公室的楊怡卻只感覺到全身發冷，他一直以為自己做好了準備，但其實，準備永遠都無法做好。

＊＊＊

「我跟小陳刻意安排了同樣的時間，同時去問楊子農跟大口，他們兩個口徑相當一致，都表示他們是多年老友，在楊子農還在調查局任職時就認識，還有過一些合作關係，第一通電話是楊子農打電話關心大口的近況，第二通是大口打去拜年。」

「從通聯紀錄上他們有其他聯繫紀錄嗎？」

兩名刑警搖搖頭。

「楊子農怎麼解釋通話內容？」

「說的很輕鬆，就是大口在跟他抱怨手底下的事情。」

隊長抓抓鬍子，「大口跟這個人這麼好嗎？竟然會跟他抱怨手底下的事情？這不是大口的為人。」

「是，我也問了他們過去合作了什麼事情，但是楊子農表示那是過去的事情，沒有必要跟我說。」

「喔？」隊長挑挑眉，「還以為自己在調查局嗎？」

「挺有那個樣子。」劉刑警說道，「之後還放話說這次讓我進去是待客之道，下次要再去，就要帶著檢察官的搜索票。」

「這麼大的口氣。」隊長哼了一聲，「過去都是恐嚇人的份，現在調轉過來就不適應了。」

「現在看起來要不是他們從一開始就串好口供，就是他們真的跟這件事無關。」劉刑警說道。

「只不過這麼巧合的時間點，真的讓人不得不起疑。」陳刑警說道。

隊長又抓了抓鬍子，「再繼續留意一下他們兩個人。」

兩名刑警點點頭，隊長正要走出去又想到什麼，回頭問他們，「那個楊子農幾時從調查局退休的？」

劉刑警看了一下手中記錄的小冊子，「一九八一。」

「喔？算是退休得很早，一九八一……大口還沒當上老大吧？」

陳刑警搖搖頭，「隔兩年就上去了，那時候大家都覺得他崛起的很快，一個毛頭小子竟然一下子就成為幫裡數一數二的角色。」

「我記得一直有個傳聞，說大口他們過去幫政府出過不少力，他的崛起跟這個好像也不無關係，只不過大家一直不清楚是哪些事情。」隊長回憶地說著，「現在回想起早年的傳聞跟眼前這件事，好像又有那麼一點關連。」

「可是要去查將近四十年前的事情不是那麼容易，不管對調查局還是大口那邊也都師出無名。」

隊長點點頭，「楊子農是退休幹員這件事總讓我覺得有點什麼，但又說不上來，畢竟都退休那麼久了，怎麼會願意出來惹一身腥。」

「隊長還是覺得楊子農說謊嗎？」

隊長搖搖頭，「總覺得這件事複雜，一邊是白色恐怖受難者家屬，另一邊被舉報的是當年的調查局情治人員，這中間感覺上有一些牽連，可是現在沒有那個可以連結彼此的線，只有一個也幾乎退休的幫派老大，可是為什麼是楊子農？為什麼是大口？」

「這案子感覺怎麼辦都很棘手，兩邊都是現在很敏感的話題。」

「嗯，這案子上面盯得緊，得做出點什麼，連四個飆仔都沒影，顯然是計畫周全，還是要繼續查，去約幾個地頭管事的出來談一下。」

＊＊＊

揹著一只電腦包，什麼額外的行李都沒帶，楊怡站在高鐵南下的月台上，看著黝黑的鐵軌，一邊在跟周慕夏通電話。

「老師，是我。」

周慕夏聽見他的聲音，心裡暫時鬆了一口氣，「抱歉，你的身份被一些長輩們知道了。」

「沒關係，從我跟老師說爺爺那通電話開始，我就知道會有這一天。」

「我知道這一天終究會來臨，但我原本希望可以保護你，不要讓你這麼快曝光的，但是真的很抱歉，這件事情在處理上還是出了一些問題，還是被一些長輩知道了。」

「我知道，剛才蔡火木前輩來辦公室找過我了。」楊怡雖然想要強裝堅強，但語氣裡還是洩漏了一絲的沮喪與失落。

周慕夏楞了一下，他不清楚蔡火木跟楊怡熟識的程度，所以也沒想過他會在離開餐廳之後便直接去找楊怡，「你們起了衝突？」依照剛才蔡火木在餐廳裡面的火爆，恐怕楊怡說蔡火木去找過他，只是輕描淡寫了而已。

「蔡前輩很生氣，我暫時也沒辦法跟他解釋，因為他正在氣頭上，同事建議我先離開，避免前輩太過生氣，所以我就先離開了。」

周慕夏聽他有點空蕩蕩的聲音，心裡頗為擔心，「你人在哪裡？」

「我在高鐵站。」

「高鐵站？」

「我母親下午也打電話來，刑警去過老家問過我爺爺了。」

「喔？」周慕夏還沒有聽到警方任何的回覆，對於這點是不知情的。

「聽我媽說，警方沒有問出什麼，我爺爺對答如流，撇得很乾淨。」

「嗯。」周慕夏聽見這個答案也不覺得驚訝，早就預料到一個調查局退休老幹員，應該很會應付這些事情，他也沒真的多麼期盼楊怡的舉報就會找到主使人，但是如果這個消息沒有找到有價值的證據，那麼把楊怡賠進去是值得的嗎？

「他有提到是跟一個幫派老大叫大口的通電話，可是也沒講出什麼可疑的事情。」

「讓警方去查吧，暫時我們也插不上手，」周慕夏安慰他說道，「但是這件事你家裡頭知道了，應該也給你帶來麻煩了吧。」他的語氣並不是疑問句，而是肯定會有這樣的結果。

「還是那句話，從我跟老師說了，就預料到會這樣了。」

「但這不是我希望的。」

「我知道，謝謝老師，謝謝您一直都為我設想。」

「應該的。」

楊怡聽見這句話突然有點鼻酸，是想到剛才蔡火木前輩的激動，也想到母親電話中的責備，他知道自己現在真正是裡外不是人，但這也是自己的選擇，怨不得人。

「你現在要回高雄？」

「嗯，老人家要我立刻回去一趟。」

「但是你這樣回去，會不會引起更大的衝突？他們應該很生氣，你有辦法處理嗎？」

「但是老人家要我立刻回去，我不能不回去，他年紀大了，我必須要回去面對自己做的事情。」

周慕夏聽見這句話心裡一沉，這個年輕人跟他想的不一樣。原以為楊怡舉報了楊子農之後，應該會暫時有一段時間不回高雄，畢竟那是很尷尬的一件事，沒想到因為爺爺一句話，他就會回去，而且是回去面對這個對他們而言是出賣家人的沉重壓力，加上又剛剛經歷過蔡火木的洗禮，不消他說，周慕夏都可以想像得到剛才蔡火木的攻訐會有多激烈，在這樣內外交逼的狀況下，楊怡撐得住嗎？

「你自己回去嗎？」周慕夏憂慮的聲調溢於言表，也帶有一些自責。

「嗯。」

周慕夏沉默了幾秒，在這種時刻，說什麼都顯得虛無飄渺，畢竟是楊怡要自己回去面對家人的指責。

「老師，你別擔心，我沒事的，我有做好心理準備了。」楊怡聽得出周慕夏的擔心，勉強地提振精神說道，不想讓他那麼擔心。

「楊怡，」周慕夏知道他越是這樣說，就越是讓人憂心，「你不讓玟文陪你回去嗎？有個人在身邊可能會比較好一點。」

楊怡踢踢腳邊的地板，知道自己回去可能會面臨什麼，不想讓女友看見，「算了吧，她也不方便待在我家，沒事的，去去就回來了，頂多就是挨頓罵，沒事的。」

周慕夏知道如果真是這樣，他的聲音也不會這般消沉了，「楊怡，這種事情是很難準備好的。」

「嗯，大概吧。」

「謝謝你為了我們舉報了你爺爺，但是我也真心感到抱歉，讓你面對了蔡前輩的責難。」

「這也是意料中事吧，誰叫我爺爺當年就是涉及了白色恐怖呢？始終是要還的，蔡前輩說的沒錯。」

「我不知道蔡前輩跟你說什麼，但是一代歸一代。」

楊怡突然有點哽咽，之前周慕夏也是這樣跟他說的，只是，就衝著剛才蔡前輩的態度，一代永遠都不會真的歸一代，他又踢了一次地板，看見遠遠的高鐵已經逐漸接近，「老師，我要上車了。」

「楊怡，一定要照顧好自己。」周慕夏嚴肅地說著，聽出他有點哽咽，這孩子此刻承受的壓力不是一般人可以想像的。

「我會的，謝謝老師。」

「回來之後給我個訊息。」

「好。」

掛斷電話之後，周慕夏靜靜地坐在書房裡，胃有一點點痛，從抽屜裡拿出藥吃了，看著暗掉的手機螢幕，掛心楊怡回高雄不知道會發生什麼事情，也煩惱之後要面對的社會現實，思及他最後略帶哽咽的聲音，他可以撐多久？撐不下去又會發生什麼事？周慕夏再一次嗅聞到危險的氣息，胃更痛了。

「講完電話了？」柳絮走進來看見他桌上還沒丟掉的藥袋，「你又胃痛了？」

周慕夏伸手握住了她的手，輕輕地點點頭，「有點不舒服。」自從上次大發作後，他們兩個說好了有什麼都要彼此告知，「但是吃藥了，等等就好了，別擔心。」

柳絮蹲在他面前，握著他的手，凝視著他的臉色，「怎麼突然又胃痛了？」她知道中午周慕夏帶著盛怒離開餐廳就開始胃痛，還讓柳絮駕車，在車上吃了胃藥後說好多了，怎麼又痛了？

對於一直習慣自己處理一切的他來說，要說出自己身體或心理一直不舒服的狀況其實也是一種挑戰，但是他知道柳絮也是這樣的人，總是不想讓心愛的人擔心，明白如果不想柳絮再壓抑自己，那唯一的辦法就是自己也必須要學習讓對方一起承擔，「剛才是楊怡打電話來。」

「找到他了?!」柳絮眼睛一亮，她跟丈夫已經擔心了一下午，看到楊怡已經讀取了丈夫的留言卻一直沒有回應。

周慕夏握著著柳絮的手，指尖撫摸著她的手指，覺得自己可以有理解跟心愛的人在身邊是多麼幸福的一件事，「下午火木叔去找過他了。」他低聲說著。

柳絮楞了一下，「誰？火木叔去找誰？楊怡？」

「我剛才也是楞了一下，沒想到火木叔跟楊怡這麼熟，知道他在哪裡上班，竟然離開餐廳之後就直接跑去辦公室找他了。」

「火木叔鬧事了嗎？」就算他打了楊怡，她都不會吃驚，因為從她有印象以來，蔡火木就一直是個衝動的人，常常不管對方是誰，說罵人就罵人。

「他沒說得很清楚，只提到火木叔很激動，同事要他先避一下鋒頭。」

「那他現在人呢？」

「剛搭上高鐵要回高雄，刑警去問過楊子農了，但是好像沒有問出什麼有力的證據，楊子農很生氣要他立刻回去一趟。」

「他就這樣回去了？」

周慕夏點點頭，拉了她一把，「起來，別蹲著，等等腳痳走不動。」讓她坐到自己腿上，抱著她的腰，把臉埋進她的胸前，聞著她身上淡淡的香味。

柳絮任他緊緊地擁著，抬手撫摸著他濃密的頭髮，「怎麼了？」半晌之後才問道。

「擔心楊怡。」他的聲音悶悶地傳來。

柳絮捧著他的臉，看著他憂鬱的雙眸，「你今天對懷哲叔也非常嚴厲。」

周慕夏點點頭，「如果讓妳尷尬了，對不起。」

柳絮搖搖頭，「我也擔心楊怡，怕他被大家指責，但是你的憂心竟然導致你胃痛，你感覺到什麼嗎？」

「或許是因為這件事跟我們有關，所以更擔心，但是，」他凝視著柳絮的眼睛，「記得上次玟文在這裡說她高中第一次遇到我的事情嗎？」

柳絮點點頭。

「那時候我跟她說，我們對於危險都很敏感，也都會記得。」

柳絮看著他，眼裡閃過一抹憂慮，「你是說楊怡？」

周慕夏點點頭，「他等於是背叛了他的家人，我記得他說過他很氣楊子農，但他也說過他很愛爺爺，在這種矛盾的情況下，他還是選擇放棄家人，想要站在正義這方，可是今天火木叔他們聽見他是加害者後代的情況妳也看到了，他現在裡外不是人。」嘆了口氣，「我今天對朱懷哲那麼嚴厲，是因為他輕鬆隨便的認為這是楊怡的命運，是他躲避不了的命運，如果我們都是這種態度，還有哪個加害者後代願意出來說話？每個人都可以選擇，楊怡選擇了一條難走的路，我不希望我們是把他推上絕路的那雙手。」

「會嗎？楊怡會嗎？」柳絮驚訝地問著。

周慕夏刷過自己的頭髮，「我希望不會。」

「玟文，我要回高雄一趟。」坐在靠窗的座位，這時間高鐵上的人不多，稀稀落落的，已經就要入夏了，高鐵上的冷氣正冷。

「怎麼這麼突然？」正要從劇場下班的張玟文接到電話驚訝地問道，「家裡發生什麼事嗎？」她知道男友只有三節會回去，在這時候突然返家肯定是出事了。

「警察去過了，我爺叫我回去一趟。」

「會怎樣嗎？」張玟文從未見過他的家人，但是任哪個家庭都無法接受家人背叛的吧？自從知道楊怡已經跟周老師說了之後，她就總是擔心這件事會發生。

「就是挨頓罵吧，沒事，我很快就回來了，」楊怡還是一貫的說法，「就這樣，我回來再打給妳。」

掛斷電話之後，楊怡頭靠在椅背上，閉上眼睛休息，知道這趟路會很辛苦。

＊　＊　＊

楊怡回到高雄老宅已經夕陽西下了，遠遠看見那間四十年老透天厝，他今年已經三十三了，打從出生就是住在這裡，這裡的一磚一瓦他都很熟悉，可是家的味道卻變了。

距離家門口十公尺的時候，他停了下來，長長的人影直指家門口，從小他只要出門，到了返家的時間，爺爺總是會站在門口等他，此刻，他停了下來，因為他的爺爺，楊子農，也站在門口等著他，彷彿時間從未流逝。

只不過這次楊子農看見孫子後便轉身進去了，不若以往會同他一起進屋，楊怡見狀也知道爺爺的確非常生氣，但是，在這樣生氣的情況下，為何還要在門口等他呢？這麼多年來，他總是不懂爺爺為何要這樣等門，自己早就長大了，根本不需要人家等門。

楊怡一踏進門就看到爺爺坐在他慣常坐的單人沙發上，父親也坐在客廳裡看著電視，桌上一樣有著高粱酒。

「爺爺。」楊怡走到楊子農面前叫他，那語氣彷彿再平常不過，實則卻含著一絲的歉意，這個歉意不是因為後悔，只是遺憾自己傷害了最愛的爺爺。

「跪下。」楊子農不怒而威的聲音冷冷地傳來，楊東興轉頭看了父親一眼，這是他第一次聽見父親用這種語氣跟最寶貝的孫子講話，甚至連一直行為匪類的自己都不曾被父親懲罰下跪過。

楊怡什麼話也沒有解釋，把背包放在旁邊地上，就這樣咚的一聲跪了下去，抬頭挺胸地跪在爺爺跟前。

楊子農看著他堅決的神情不發一言，只是起身回自己房間，在廚房裡聽到聲音跑出來的林少芬看到兒子竟然跪在地上，驚訝地低呼著，「楊怡……爸？」

楊子農進房前回頭看了媳婦一眼，那眼神讓林少芬膽怯，不敢多言，平日可能會酸言酸語的楊東興，卻只是坐在旁邊的沙發上繼續看電視喝著酒，什麼都沒說。

到了晚餐時刻，楊怡依然跪在那裡，楊子農也沒有意思要叫他起來，三個人只是安靜地吃著飯，林少芬的目光不時來回在兒子跟老爺子之間，不敢說什麼。

「食不言，寢不語，妳幾歲的人了還不能安定地坐著吃飯嗎？」楊子農突然對林少芬說道，語氣之冷漠與嚴厲讓她心頭一凜，接下來一頓飯的時間都只是端著飯碗，低頭默默地吃著。

夜裡，林少芬趁著老爺子在睡覺，偷偷地拿了饅頭跟水要給兒子裹腹，但是楊怡仍然直挺挺地跪著，一口水也不肯喝。

「你這是幹什麼？」林少芬小聲地跟兒子說著。

楊怡一聲不吭，只是搖搖頭。

「你為什麼不跟爺爺道歉？道歉就好了。」

雖然已經跪到身子開始搖晃，但他仍然咬緊牙根撐著要抬頭挺胸地跪著。

「你為什麼這麼頑固？跟爺爺道歉就好了。」林少芬急得都要哭了，他從沒見過老爺子這樣懲罰過任何人，更何況這是他的心頭肉，「你做錯了事，為什麼不道歉？」

楊怡看著她，「妳去睡吧，不用管我。」

「你這樣叫我怎麼睡得著？」林少芬哭著說道，又哽咽又壓低著嗓音，怕驚動了老爺子。

「去睡吧，我不覺得我有做錯事，但這是我必須要被罰的，妳不要管，去睡吧。」楊怡低聲說著。

「你……」林少芬看見兒子竟然還堅持自己沒有做錯，不知道該說些什麼，也不知道這場懲罰幾時才會結束。

「去吧。」楊怡再次說道，輕輕推了母親一下，要她回去房間休息。

林少芬看著兒子，又看看老爺子關著門的房間，拭去眼淚起身，一去三回顧地上樓。

楊怡直挺挺地跪著，看著楊子農的房間，雖然他的房門緊閉，但是他知道，爺爺並沒有睡，因為他知道這樣的懲罰對爺爺來說也是痛苦的，因為他是爺爺最疼愛的孫子，也是最讓他傷心的孫子，但，反過來何嘗不也是呢？門那頭是他最愛的爺爺，卻也是讓他最失望的爺爺，這個沉默的懲罰，不單是罰在楊怡身上，他知道，其實也罰在爺爺身上，這種無法溝通、無能推心置腹的痛苦，他跟楊子農兩個人都明白，於是，當爺爺要他跪下，他便無聲的跪下，那一言不發的走開是彼此最大的痛。

早早就回到房間的楊東興，翻開一直放倒的相框，照片裡是父親抱著五歲的他，可是他自己從來都沒有抱著楊怡或其他孩子的照片，因為孩子還沒出生前他就已經是個酒鬼，或者應該說是還沒結婚前就已然如此。大學畢業沒幾年，他就已經沉醉酒鄉了，因為只有喝酒最簡單，醉了，就什麼都不用管不用想。

伸手又倒了一杯高粱飲盡，辣辣的口感早就已經習慣，但是那些午夜夢迴的場景卻怎麼也無法擺脫。大口，他還記得當年只是個毛頭卻已經在外面享有狠名，如果楊東興可以選擇，他寧可大三那天沒有因為生病而曠課在家，也就不會意外聽見父親跟大口的對話，他永遠都不會忘記，那天父親轉頭看到他站在樓梯上的錯愕表情，他也不明白，從來不曾把工作帶回家的父親，為何那天會在家裡談那件事。

想到那天父親的神情，楊東興苦苦地又喝了一杯，「幹，今晚怎麼都喝不醉。」索性拿起酒瓶直接灌進喉嚨，那天他才知道父親從來都不是他以為的英雄，因為英雄不會欺負婦孺。

楊怡這一跪直至天明，楊子農也在他的書桌前坐了一夜，多年來楊怡跟他已經走在不同的路上，他知道的，只不過再怎樣都沒想到他竟然會去檢舉自己，難道真像兒子說的嗎？過去他是個專門抓人的特務，現在卻被自己的孫子告密了，是一種天理報應嗎？

但是怎麼可能會有錯？他這一生都為了國家跟領袖盡心盡力，服從長官的指揮，盡力維持社會跟國家的穩定，怎麼可能會有錯?!那個時代容不得一點的輕舉妄動，他們已經退無可退的來到這個小島，如果沒守住，要怎麼回去大陸？儘管現在他知道回去大陸的目標已然改變，但當年，他們沒得選擇。

多年來，他戰戰兢兢地活著，總是擔心孩子們不能平安回來，換得的卻是被自己的孫子告密，被自己最疼愛的孫子背叛。楊子農嘆口氣，走到窗口看見東升的旭日，楊怡就這樣一聲不吭地跪了一夜，不道歉不求饒，他不是沒有聽到林少芬求孫子吃東西的聲音，但這孩子卻這樣倔強。

這一天，全家都起得很早，或許是沒有人曾經入睡，當楊子農七點鐘打開房門走出來的時候，向來不過午不起床的楊東興竟然也坐在餐桌旁有一搭沒一搭的吃著早點，林少芬更是小心翼翼地在廚房門口張望著，楊子農沒有理睬他們，只是瞅著跪到臉色發白，身體搖晃卻仍然抬頭挺胸撐著的孫子，他走到楊怡面前，「你走吧，」威嚴的聲音不帶著一點情感，「今年過年也不必回來了。」

「爸！」林少芬驚呼地叫著，楊東興緊緊地盯著父親，不敢置信自己聽到的。

楊怡只是咬緊牙根閉了閉眼睛，向爺爺磕了一個頭，揹起地上的背包，站起來時因為久跪無法站立又跪了下去，林少芬衝過來抓著他的手臂，激動地嘶喊著，「快向爺爺道歉！快向爺爺道歉！」

楊怡只是咬著牙一手撐在茶几上讓自己試著站起來，一句話都不肯說，林少芬打著他的手臂、打著他的臉，抓著他激動地哭著，「你這孩子為什麼不認錯?!」

楊怡推開母親的手，一跛一跛地走出家門，林少芬追到門口哭叫著他的名字，但他卻只是頭也不回地離開，楊子農一言不發地立在原地看著孫子離去的方向，坐在餐桌旁的楊東興緊緊地捏著手裡的饅頭，望著父親的眼神裡竟有著一絲的怨恨。

楊怡不知道離開了多久，楊子農才又走回自己的房間把門關上，楊東興走去廚房櫃子裡拿了一瓶高粱，拖著拖鞋走回樓上，留下在客廳不停啜泣的林少芬。

楊東興心情激躁不已，剛在杯子裡倒進一杯高粱，便用力把酒瓶擱在桌上，拖著拖鞋啪啦啪啦地衝下樓，門也不敲直接闖進父親的房間。

「幹什麼你?進屋不知道要敲門嗎?」楊子農依然坐在書桌前聽著京劇，門被突然打開，看見是經年累月都醉酒的不肖子，不禁火冒三丈。

「對，要敲門，敲門才來得及讓你不要再講那些旁人不能聽的話，是嗎?」

楊子農皺起眉頭瞪著他，這句聽起來是無厘頭，但他心裡很清楚那是什麼意思，「你要幹嗎?」

「我來問你，你也要趕走你的寶貝孫子嗎?」

「從來不關心兒子的你，現在來跟我講這句話，不覺得可笑嗎?」

楊東興瞪著他，「我是沒辦法看著他們!」咬牙切齒地說出這句話。

「你每天醉醺醺的，從沒有盡過父親的責任，自然是無法看著他們，這是你的問題，你跑來跟我鬧什麼?!」

楊東興瞪著他許久，「我變成這樣，真的都只我自己的問題嗎？」

楊子農也瞪著他，「難不成是我叫你變成酒鬼的嗎？」

「是嗎？」楊東興喉頭一哽，「是這樣嗎？我會變成這樣都是我自己要負責嗎？你連一點問題都沒有嗎？」

「我有什麼問題？我跟你媽從小讓你們三兄妹好吃好住，你兩個妹妹都成材了，就你這個唯一的男丁，竟然每天只會喝酒鬧事，差點連大學也無法畢業。」

「誰要那種好吃好住？那是昧著良心的錢！」

「那你不出去？不跟你兒子一樣出去?!說穿了不也是一輩子靠我們？現在在這裡跟我鬧什麼？」

「我問你，你存心要趕走我兒子嗎？」

「是他自己選擇的。」

「什麼都是我們自己選擇的？」楊東興憤怒地說著，「是我們可以選擇生在這個家裡嗎？」

「都走！不滿意都可以走！」楊子農不知道這個兒子今天怎麼了，鬧得他好心煩，也不像是喝醉酒後的鬧氣。

「你真的從來都沒有後悔過嗎？」楊東興問道。

楊子農看著他，他已經多久沒有問過這個問題了？自從三十幾年前打過他一個耳光之後，他就沒再問過了吧？今天是怎麼回事？

「你也要跟楊怡一樣嗎？」楊子農冷冷地看著他，今天親手推走了孫子已經讓他很難受了，沒想到連兒子也這樣。

「我比不上他，」楊東興苦苦地說著，「我比不上他勇敢。」

「那就滾回你的房間，要喝就去喝，這個家對你早就沒有指望了。」

楊東興心灰意冷地走向門口，臨走前回頭看了老邁的父親，「但你的孫子本來對你還是帶著希望的，可是你卻斷送了他對這個家的指望。」說罷就搖搖晃晃地走回樓上，一步一步的階梯突然變得好陡，喝了一整夜的酒好像到此刻才全部湧上，一回到房間就攤倒在床上。

『這件事情怎麼可能會失手？在我們監控的情況下已經把裡外的狀況都告訴你了，怎麼你派去的人還會失手？』

『那孩子的媽跟弟妹正好回來。』

『我只能往上頭回報，看好你的人，叫他嘴巴閉緊。』

『我可以親自去醫院收尾。』

『你傻了嗎？正是因為不想牽涉到我們身上才找你，你去醫院莽撞出手，只會坐實了這孩子跟我們的關係，你別妄動，看好你的人就對了。』

躺在床上的楊東興翻身將頭埋進枕頭裡，他不想再想起這件事了，可是這段記憶為何苦苦糾纏？

走在晨光裡的楊怡咬著牙一路跛行到高鐵站，上了車坐在靠窗的位置，從背包裡拿出棒球帽戴上，今天早上的高鐵比昨天更冷，楊怡抱著背包蜷在座位裡，壓得低低的帽沿幾乎遮住了他的臉，卻遮不住兩行淚水。

他，無家可歸了。

# 第十四章

「楊怡的電話還是沒人接嗎？」大石問道，實習生搖搖頭，他們已經打了幾天的電話，一直都找不到楊怡，電話一直轉入語音信箱，LINE 也沒讀取，大石走到阿凱的桌子旁坐下，那原本是楊怡的座位，「他有跟你聯絡嗎？」

阿凱搖搖頭。

大石抓抓頭，「他就這樣失蹤了算什麼？都不回來了嗎？」

阿凱沉默著，這幾天心裡的情緒一直都很複雜，看著隔壁楊怡乾乾淨淨的座位，想到那天聽見蔡火木前輩說的話仍然不敢相信，可是如果蔡前輩弄錯了，為什麼楊怡從那天之後就找不到人了？

大石坐了好一會兒才開口，「阿凱，如果楊怡真的是特務的孫子……你能接受嗎？」

「我不知道……這個消息太讓人錯愕了。」阿凱嘆息地說著，「坦白說，事情發生的隔天，如果楊怡有來上班，其實我不知道要怎樣面對他，我不確定我可以當作沒事，所以當那天發現他沒來，我其實鬆了一口氣。」

大石嘆口氣看著楊怡的桌子，整整齊齊的，沒什麼特別的東西，也沒有透露出什麼資訊，就像現在都找不到人，也不知道該怎麼辦，看著他的桌子，突然想起他們經常爭執的內容，「原來是因為他就是所謂的高級外省人，難怪每次我們講到這個的時候，他總是很激動說我們不懂，說一定要打倒高級外省人。」

阿凱又嘆口氣，「其實，他就跟我們一樣痛恨國民黨……」

大石搥了一下桌子，「這死小子到底跑哪裡去了?!」

阿凱心裡知道，雖然自己還不曉得要怎樣面對他，但他永遠都不會忘記，母親過世那天，他第一個想到的是楊怡，也很感謝他願意到台大陪他，現在回想起來，當他在講父親被刑求的那些事情，楊怡在想什麼？那天他要離開前回頭看了自己一眼，那一眼的愧疚，阿凱也是感受到的，他父親的事情，應該跟楊怡扯在一起嗎？

「楊怡，起來吃飯了。」張玟文買了便當進來，大白天的，可是楊怡卻把窗簾都給拉上了，小小的套房裡漆黑一片。

「我不餓。」楊怡的聲音從床上悶悶的傳來。

張玟文伸手拉開了窗簾，大片陽光灑了進來，楊怡只是翻身把被子拉起來擋住自己的臉，一轉身就看到小茶几上還擺著昨天她買來的便當，完全沒有打開。

「起來吃飯了好嗎？」她走到床邊蹲下問道。

「我不餓，妳別管我。」

「你這樣會生病的，起來了好嗎？你這麼多天不去上班可以嗎？」

楊怡在被子裡一聲不吭的，張玟文蹲在那裡也無計可施，她從未看過男友這個樣子，問他也不願說回高雄發生了什麼事，只說沒事，但沒事怎麼可能這樣？「那天回去，爺爺罵你了嗎？爺爺真的是主使那件事的人嗎？」

楊怡沉默地不願意回應。

「你跟辦公室請假了嗎？你上週不是說這星期會很忙嗎？」

「妳去上班，別管我了，我想一個人靜靜。」終於楊怡的聲音又從被子裡傳了出來。

「你已經一個人靜了好幾天了，你什麼都不跟我說，我很擔心。」張玟文說的是真的，楊怡總是在她面前很堅強的模樣，可是這幾天卻完全變了一個人，「起碼讓我知道那天回高雄出了什麼事情好嗎？」

「沒事沒事沒事!!」楊怡終於受不了地大吼，「妳走！別理我了，拜託！」

張玟文看見被子微微地顫抖，知道男友在哭，回高雄到底發生了什麼事？為什麼可以不去上班？辦公室也發生事情了嗎？「我晚上再過來。」

「不要了，不要過來，我要自己靜靜。」張玟文聽到男友哽咽的聲音，難過自己幫不上忙，知道他一定是受了很大的委屈。

＊＊＊

「慕夏，小絮，今天我做東請大家來吃個午飯，是希望大家不要心裡有疙瘩，希望有什麼都坦誠講出來。」為了前幾天在餐廳發生的衝突，謝文武邀請了周慕夏、柳絮、蔡火木跟李政義到家裡用餐。

周慕夏看著坐在對面的蔡火木，心裡百感交集，楊怡從高雄回來幾天了，只有淡淡給他訊息說沒事回到台北了，但是張玟文昨天卻告訴他，楊怡已經好多天都沒有去上班了。

「火木，聽說你那天離開海霸王之後就跑去楊怡的辦公室？」謝文武率先說道，柳絮跟他講了這件事。

蔡火木哼了一聲不置可否，周慕夏看著他也不是真的怪他，每次看到蔡火木，他總是會不由自主多看他扭曲變形的指甲幾眼，每一次都提醒著他，這是受過苦難的心靈。

「火木叔，我知道你很痛恨國民黨。」柳絮說道，從小被他們看著長大，完全可以理解長輩的心情。

蔡火木還是哼了一聲，「我知道你們是在怪我對楊怡那樣，」他拍了一下桌子，「但他阿公是特務這個不假吧？阿哲沒有說錯吧？」

「是的，懷哲叔說得沒錯，楊怡的爺爺的確是調查局的退休情治人員，而且他也的確涉及白色恐怖的案件。」

「那就對了，那還要說什麼？」蔡火木堅持地說著，「搞不好我們都不知道多少兄弟是被他害的，他叫什麼名字？出來讓大家指認！」

「他又不在這裡，你在這裡大小聲有什麼意義？」謝文武說道，「你這輩子就是都這麼衝動，可以好好處理的事情，常常都因為你的衝動壞了事。你這一鬧，我聽慕夏說，楊怡這幾天都沒有去上班，可能是因為你去鬧過之後，他的身份尷尬了，不知道怎麼去面對同事，你看看你是不是太衝動了？」

「那也是剛好而已，當年我們從綠島回來之後，有誰找得到工作？也是正好讓他嚐嚐我們過去受苦的滋味而已，而且他那種背景，一轉頭馬上就幫他安排新工作了，有什麼好擔心？好吃好住，哼。」

周慕夏凝視著長輩，試著理解他這一生所承受的苦難，但是楊怡也同樣無辜，他溫和地說著，並不想挑起長輩的怒火，「火木叔，楊怡並不是你想的那樣，他從大二就沒有拿家裡的錢了，一直到現在都是靠自己生活，並沒有再接受家裡的資助。」

蔡火木挑眉看著他，「這是他說的吧？他們說的話，你怎麼會相信？」

「火木叔，我記得我們初見面時，你也對我有很多的誤會，對嗎？」周慕夏輕輕地提醒他，這一說蔡火木頓時臉一紅。

「這怎麼會一樣？」

「這怎麼會不一樣？」周慕夏問道，「那時候你誤會我家人是國民黨，所以也看我不順眼，覺得我可能是壞人，直到你看過影片之後才發現你誤會了我跟我的家人。」

「但他爺爺是特務不假，這是你們自己剛剛說的。」蔡火木兀自辯解著。

「我叔公他們是國民黨高官將領也不假，」周慕夏說道，「但我是嗎？」

蔡火木瞪著他，「你為什麼非得幫楊怡開脫？」

「不是開脫，是他真的無辜。」

「無辜什麼?!」蔡火木仍然不願鬆口。

周慕夏看著他好幾秒才說道，「當我跟柳絜知道他是情治人員的後代時，他說他對台灣社會都是帶著贖罪的心情，那時候我跟柳絮還希望他不要這樣想。」

「贖罪？」謝文武插嘴問道。

柳絮點點頭，「他爺爺不肯說自己經手了哪些案件，但是楊怡一直覺得不管如何，自己都要為他的爺爺贖罪。」

「好啊，那現在就來贖罪啊。」蔡火木挑釁地說道，「他想怎麼贖罪？」

「那火木叔希望他怎麼贖罪？」柳絮問道，「希望他來這裡跪著跟大家賠罪嗎？政義叔，你是這樣想的嗎？」

一直坐在旁邊很沉默的李政義想了好久才搖搖頭，「楊怡這個年輕人我很喜歡，」他嘆口氣，「那天在海霸王聽到他的身份，我回家之後一整晚都睡不著，沒辦法想像那個一直跟我們上街頭衝鋒陷陣的孩子，竟然會是加害者的孫子。」

「是不是？搞不好他接近我們都是有目的的！」蔡火木說道。

李政義抬起手制止他，「不，我倒不是這樣想的。」

蔡火木瞪了他一眼。

「我不認為他接近我們是有目的的，我覺得他是真心想要跟我們同一邊，」他搖搖頭嘆口氣，「只是我真的想不到他阿公是特務，搞不好也真的抓過我們兄弟，這讓我心情很矛盾，但是我沒想對他怎樣。」

蔡火木生氣地拍桌子，「你們到底為什麼都要幫他說話？加害者欸！我們追查真相都來不及，要加害者出來負責都沒辦法，為什麼你們都要幫楊怡說話?!你們難道不知道那些特務有多殘暴嗎？難道你們不知道有些人領屍時發現他全身被刑求的體無完膚，全部的指甲都被拔光嗎？你們看過我的手嗎？」他顫抖地把自己扭曲變形的十根手指舉到周慕夏眼前。

「火木，這是兩碼子事。」謝文武幽幽地說著，「這不能混為一談，那些事情不是他做的。」

「我看不出來為什麼是兩碼子事！我們就該利用這個機會把他爺爺揪出來認錯！我們不是一直苦於找不到這些人嗎？」蔡火木起身憤慨地說著。

「楊怡不是已經這樣做了嗎？」周慕夏抬眼看他，淡淡地說著，「楊怡不是舉報他爺爺可能是除夕夜來鬧事的主使人了嗎？」

蔡火木看著他一時語塞。

「如果不是為了要幫我們找出主使人，保護我跟柳絮的安全，他又何必出賣的他的爺爺，冒著一定會被各位長輩知道他背景的風險舉報了他爺爺？」周慕夏嘆口氣，「刑警去問過他爺爺了，就在火木叔你去辦公室找他的那天下午，他被要求立刻回家一趟，隔天回到台北時我問過他，他只是說沒事，但是，你們真的認為他出身那樣的家庭，結果為了外人背叛家人回家會真的沒事嗎？」他環顧著坐在餐桌旁的每個人，「加上火木叔去過他的辦公室，據我了解這幾天他也沒有去上班，連一個可以轉移注意力的地方都沒有，我必須坦白跟大家說，我擔心楊怡會出事。」

「這是加害者要付出的代價。」蔡火木恨恨地說著。

周慕夏凝視著他良久才說道，「或許吧，他也一直說他做好心理準備了，如果有一天他們家要被公審，他也做好心理準備了，但是，怎麼可能做好心理準備？」

「火木叔，」柳絮哀傷地看著他，「我知道你真的很恨國民黨，但是楊怡是無辜的家屬，他就跟我和周慕夏一樣都是無辜的，」她伸出手越過桌面握著蔡火木扭曲變形的手指，「我小時候不應該被刺殺，周慕夏不應該變成像孤兒，但我們都被那個時代連累了，我跟慕夏不是盲目袒護楊怡，而是因為他也是無辜的後代。以前我們不能說話，沒有人想聽，沒有人在乎，可是現在我們都可以說了，但是楊怡卻不能說，因為他是可怕的加害者後代，說了只會被唾棄被罵，可是，我們現在在追查的真相，難道不是也需要加害者出來現身說法嗎？如果我們只有氣到想殺了他們，有誰會願意出來說真話呢？更何況是跟我和周慕夏一樣的無辜後代楊怡呢？」

「去年底，我父母過世的時候，」周慕夏輕聲地說著，「剛開始，我們只有找到柳絮那條紅緞帶，那時候，我以為我父親跟殺害柳絮的人有關，我很害怕，不敢見柳絮，不知道要怎樣面對她。」

柳絮轉頭看著他，難受地握著他的手，那段時間實在太痛苦了，被誤會分隔兩地，差點死生不復相見。

「那時候我把她丟在舊金山，自己逃去紐約躲起來，找老同學幫我鑑定那條緞帶，想盡辦法要找到跟我父親沒關係的證據，但是怎麼都找不到，直到我妹妹在父親的書房裡找到你們看到的那支影片。」他沉默了一下，「所以我知道楊怡的心情，那種覺得自己是加害人後代的心情，只是我運氣比較好，我父親終究跟加害者無關，可是楊怡他卻必須一輩子背負著他爺爺的罪行。如果他始終就只接受國民黨那套也就罷了，可是他偏偏覺醒了，要走到我們這邊來，但是他所背負的讓他不能坦白告訴大家，事實上現在他也知道被公開後會是什麼處境了，他的壓力其實我無法想像。」

餐桌邊頓時安靜了下來，蔡火木雖不服也沒有再多說什麼，只是生氣地哼了一聲。

「火木，我們要找的是當時的加害者，不是他們的家屬。」李政義說道，「當然如果他們的家屬也跟他們是一丘之貉，自然就不用多說了，一定要他們道歉，但如果不是，已經分道揚鑣了，我們就寬容一點吧。」

蔡火木不置可否地沉默著，但眼裡仍有著不能諒解的怒氣。

「剛才你說刑警去過了？有問出什麼嗎？」謝文武問道。

周慕夏無奈地搖搖頭，「似乎沒有。」心裡有一絲悔恨，沒查出真相，又賠了楊怡進去。

「火木叔個性一直都是這樣。」回基隆的路上，柳絮跟周慕夏說道，「你別太怪他。」

周慕夏轉頭看她一眼，點點頭，伸手跟她十指交握，「我知道，我也沒真的怪他，只是擔心楊怡，希望火木叔不要再去鬧。」

「經過今天這樣一講，他應該不會再去了。」

「剛才文武叔送我們出來時，我有請他再跟朱懷哲說一下，不要再四處講楊怡的身份。」

柳絮點點頭，隨即笑了一下。

「笑什麼？」周慕夏邊開車，側頭瞥了她一眼笑問。

「你知道你每次都叫他朱懷哲或是朱委員嗎？」

「我知道啊。」

「所以你是故意的。」柳絮眼中露出調皮的神情，看著周慕夏聳聳肩也不反駁，「是因為他對文心做的事情嗎？因為你從好久之前就這樣叫他了，也不像是最近因為楊怡的事情才這樣。」

周慕夏淡淡地笑了笑，「他做的事情讓我相當不以為然，所以就這樣叫他，怎麼？覺得我很不禮貌？」

柳絮搖搖頭，「你跟他本來就沒什麼關連，怎麼叫都是你的自由，只是讓我很明顯感覺到你不怎麼喜歡他。」

他點點頭，「我不喜歡他對感情以及做人處事的態度，」將車子轉了個大彎上了高速公路，「其實，我也不喜歡大家對家屬的態度。」

「什麼意思？」

「除夕那晚妳跟雨蒼講的，我很贊同，家屬有其主體性，不應該一直依附在受難者背後存活，連自己言說的機會都沒有。我也不喜歡大家只想聽家屬講受難者的故事，完全不在乎家屬在白色恐怖的生命歷程，這種情況如果不能被扭轉，家屬將很難獲得自己的正義，也很難從苦難中走出來，因為都沒人關心，久而久之，家屬會忘記自己也需要言說。」

柳絮深深地凝視著他俊美的側面，緊緊握著他的手。

「怎麼了？」周慕夏側頭看她，卻發現她眼中有著淚光。

「沒什麼，就是很感動，」柳絮拭去淚水，「謝謝你。」

「小傻瓜，」周慕夏摸摸她的臉，又繼續看著前方駕車，「我真心希望台灣的轉型正義會顧及家屬的心理需求。」

「說實在的，我覺得很難，」柳絮感嘆地說著，「應該還是會著重在受難者長輩身上。」

周慕夏嘆口氣，「家屬、後代也都逐漸老去了，他們、你們的人生已經被白色恐怖影響太久了，朱懷哲人在位置上，本來應該可以做點什麼，卻偏偏是自己帶頭打壓家屬，以自己為尊的心態，唉，實在……」正說著，放在儀表板上的手機螢幕就亮了起來。

「是玟文打電話給你，要接嗎？」柳絮拿起手機看了問道。

周慕夏點點頭，柳絮接上耳機之後遞給丈夫，「玟文？」

「老師，對不起，我又打電話來了。」

「沒事，楊怡還好嗎？」

「不好，我剛才去看他，他都不吃東西也不出門，我很擔心，問他高雄發生什麼事也不說，一直說想要自己靜靜，老師，我知道這樣要求很過份，但是，老師，你可以去看看他嗎？」

「我也有這個打算，妳把地址傳給我，我等等過去看他。」

掛斷電話之後，周慕夏捏捏妻子的手，「我先送妳回去，我要去一趟楊怡家。」

「怎麼了？」柳絮看見丈夫眼中又出現了鬱色，「楊怡怎麼了？」

他搖搖頭，「感覺不太妙，玟文說他不吃不出門，我去看看比較安心。」

「我跟你一起去？」

他很快地想過一遍，然後搖搖頭，「我自己去好了，可能楊怡會比較願意談。」

柳絮想想也是，畢竟當天楊怡是單獨找了周慕夏說楊子農的事情，也許楊怡對著自己會比較不好開口，「好吧，希望他沒事。」

「希望如此，」周慕夏嘆口長長的氣，「對楊怡這件事，我總是有著一份歉疚。」轉頭看了妻子一眼。

「因為你告訴懷哲叔跟警方嗎？」

周慕夏點點頭，「我知道那是我們應該要做的，但是我一直都感覺到楊怡並不如他自己想像的堅強，我一直都擔心他會出事情，卻又不得不告訴警方楊子農的事情，或許我當時實在沒有必要讓朱懷哲知道。如果朱懷哲不知道就不會大嘴巴，起碼楊怡只是先面對了高雄老家的壓力，而不是同時面對火木叔跟家裡的壓力，還有同事的眼光，總覺得這件事我沒有處理好。」

「這是我們一起決定的，如果說有責任的話，也是你跟我一起的責任。」柳絮握著他的手安慰著，「而且我們也考慮了三天才跟警方說。」

「雖說是一起決定的，但我比妳更清楚楊怡的狀態，應當要思考的更周全些，所以我想去看看，去確認一下他的狀態。」

「好，但是你不要太憂心，小心你的胃。」柳絮知道丈夫在戲劇治療領域是權威，明白他會這樣憂慮一定是有原因的，只是擔憂他會壓力太大又導致胃痛，前幾天他倒在浴室裡的經歷，柳絮到現在想起都還會怕。經過那天之後，她常常藉故跟丈夫一起洗澡，或是進去確認他平安，每次開門進去都很怕又看到他倒在地上。

「餐廳那天之後沒再痛過了，妳不要擔心，」周慕夏戲謔地睨了妻子一眼，「其實我很享受跟妳一起洗澡，所以妳不用每天偷瞄我洗澡，可以直接一起洗就好了。」

柳絮臉紅地打了一下他的手，在最近眾多壓力中難得聽到周慕夏爽朗的笑聲，也讓她稍稍放心。

這一整天楊怡都躺在床上，不吃不喝也睡不著，身心俱疲，突然聽到有人按電鈴的聲音，也無心下床去應門，任由來人按了兩三次電鈴也不吭聲。

「楊怡，我是周慕夏。」突然聽到這個低沉的聲音從門外傳來，讓他不得不勉強起身。

周慕夏刻意選了晚餐時刻，帶了兩個日式便當來到楊怡的租處外面，按了兩三次電鈴，楊怡都沒有應門，直到報上自己的姓名，才聽到屋內有碰撞的聲音，幾秒鐘後門開了。

「老師。」楊怡一身狼狽站在門內，幾天沒刮的鬍子，幾夜沒睡的黑眼圈藉著走廊的燈光一覽無遺，更別提全身皺巴巴的襯衫跟休閒褲，顯見幾天都沒打理自己了。

「陪我吃個便當吧，」周慕夏不是詢問而是邀請，「請我進屋坐一下。」

楊怡只得讓開，請周慕夏進來小小的套房，一眼便可望盡的屋子，周慕夏脫掉皮鞋，自在地坐在小茶几前面，把自己帶來的便當放到兩人面前。

「老師，我沒事，其實不用跑這一趟。」楊怡把中午張玟文送來的便當原封不動地拿去小流理台上放著，幫周慕夏倒了杯水。

周慕夏似笑非笑地瞅著他，「自欺欺人的話就別說了，坐吧，陪我吃個飯。」遞了雙筷子給他。

楊怡拿著筷子，其實一點食慾都沒有，只是靜靜地坐著。

「吃不下也要吃一點，」周慕夏看見他動也不動地看著便當，「陪我吃一點，我胃不好，不能餓，我也不想一個人吃，所以陪我吃一點。」伸手幫他掀開便當盒蓋，頓時香味四溢。

楊怡筷子才剛碰到烤得完美的照燒雞腿，突然眼淚就忍不住地湧上，倉皇地用手臂抹去淚水。

「很辛苦吧？」

只是這幾個字就讓楊怡幾天來的硬撐瓦解，淚水一滴一滴地掉進餐盒裡。

「我想，你回高雄應該受苦了。」周慕夏放下筷子低低地說著。

「原來我沒有自己想像的那麼堅強。」楊怡半晌才哽著說出這句話，「我一直以為我可以撐得住，當有一天……」

「沒有人可以準備好這種事情，」周慕夏溫和地說著，「同時面對家人跟受難者長輩的壓力談何容易，加上蔡前輩一鬧，連同事都知道了。」

楊怡搖搖頭，「不是的，我一直都知道……有一天，我家的事情會曝光，」努力地深呼吸讓自己可以好好地往下說，「我一直都帶著贖罪的心，盡力去做，只是，」他又吸了一口氣，「只是我沒想到會那麼……痛。」

周慕夏凝視著他，看見他一直抹去又湧出的淚水，知道這孩子撐得很辛苦，「回高雄發生什麼事了？」

楊怡搖搖頭，「我以為我從大學時代就不跟家裡拿錢，現在每年只有三節才回去，我以為那個家對我是可有可無……」說著突然又再次哽咽，「但是我沒想到……我竟然……我為什麼會這麼沒用？為什麼還會因為那個家而難過？」

周慕夏聽著，揣測著楊子農到底跟他說了什麼，「傻孩子，那是你從而所出的地方，就算你們再怎麼爭吵，那裡始終是你的歸處，你會在乎是正常的，你怎麼可能完全割捨得了呢？」

楊怡突然苦苦地笑了，用手臂再次抹去淚水，「沒關係，割捨不了也割捨了。」

周慕夏心頭一驚，雖然還可以兀自鎮定，但是這句話透露的絕望意味太明顯了，「什麼意思？」

這晚離開楊怡家之後，周慕夏心情很沉，沒有直接回家，而是繞路去了九份，開到半山腰停下來俯瞰遠處的水湳洞灣口，待了好一會兒之後打電話給妻子，「是我。」

「楊怡還好嗎？你在回家路上了嗎？」

周慕夏沉默了幾秒。

「怎麼了？楊怡出事了嗎？」柳絮敏感地問道。

「對不起，我覺得很悶，所以開車到九份來走走，等等就回去了，妳保全先設定好。」

「怎麼了？」柳絮一聽就知道有事，他已經很久沒有自己跑去九份了，以前她住在那裡的時候，周慕夏曾經說過有壓力的時候，站在半山腰看水湳洞很能減壓。

「他回高雄後，他跟他爺爺什麼也沒說，楊子農只讓他在客廳跪了一整夜，隔天早上叫他走，也叫他今年過年不必回去了。」周慕夏悶悶地說著。

「啊？」柳絮驚訝地不知道要說什麼，楊子農竟然會這麼決絕？「就這樣把他趕出來？」

周慕夏看著遠方的灣口，點點燈火映襯得極美，「這孩子，無家可歸了。」

＊＊＊

『日前叛亂犯柳敏實的女兒柳絮在家中遭強盜搶劫殺害，經過醫生十幾個小時的搶救，目前已經轉入加護病房觀察。據警方調查，該案是強盜企圖進屋搶奪財物，正好遇到柳絮下課返家，才會遭逢不幸，強盜下手後因為柳絮的母親帶著弟弟妹妹回家，因此匪徒倉皇逃逸。昨日柳絮小妹妹已經清醒，根據警方訊問，殺害她的是一名全身黑衣打扮，戴著黑頭套的男子……』

楊東興楞楞地看著三台的新聞，轉頭看見父親站在房門口看著電視機，臉上面無表情，他起身走到父親面前，『是你嗎？那天我聽到的就是這件事嗎？是你嗎？』

『不要胡扯。』

『那你告訴我，那天那個人在這裡，他說的小女孩的媽跟弟妹正好回來是什麼？這不是跟新聞上講的一模一樣嗎？』

楊子農冷冷地看著他，『你不要胡亂攀扯。』

『如果不是，那麼那個人說的是誰？』年輕的楊東興一直以為自己的父親是大英雄，總是威風凜凜，總是有很多人供他使喚，怎麼會去殺害小女生？

『你不要再鬧了。』楊子農嚴肅地說著。

『你怎麼會殺害小女生？』楊東興終於還是說了出來，這幾天這個疑問一直折磨著他，這個真的是他的父親嗎？

『我一直以為我的父親是英雄，但是英雄怎麼會欺凌婦孺？你不是一直教導我們要正直誠實嗎？一個正直誠實的人怎麼會叫人去殺害小女生？那個小女生犯了什麼錯？是你的長官嗎？是你的領袖叫你做的嗎？』

『住口！』楊子農警覺地望了一下大門。

『這是什麼長官跟領袖?!』

『閉嘴！』楊子農反手一個耳光打得楊東興嘴角都沁出血來。

楊東興突然嗆著似地驚醒了過來，嘴巴裡有著鹹腥的氣味，他伸手抹了一下嘴巴，手上竟也有著一絲的血痕，是剛才那個夢境讓他緊咬著牙根，咬到牙齒都出血了，起身走到桌邊又給自己倒了杯酒一口飲下，他也曾是個成績優秀的青年，只不過那個耳光之後，他再也不知道自己要相信什麼。他當年也沒有兒子勇敢，膽敢反叛父親，願意過著粗茶淡飯的日子，他不如自己的兒子，很久以前他就知道了，但，樓下那個是他的父親，他又能怎麼辦？

想到那天楊怡在樓下跪了一夜，那一夜，他第一次感到為父的心痛，他無能做到的，只能遁入酒鄉的，他的兒子做到了，但是，他知道楊怡再也不能回來了，想到這裡，他的心揪成一團，幾十年來，從來都不知道自己的心還是有知覺的。他起身走出房間，走到對面幾十年來幾乎都不說話的妻子房間門口，抬起手想要敲門，卻覺得這一切都這麼陌生，為什麼當年會娶她？喔，是了，是母親幫他挑選的，是個溫柔賢慧的女性，他還是敲了門。

夜半時分，門上傳來了敲擊的聲音，這些天一直無法好好入睡的林少芬馬上從床上坐起，是誰？老爺子嗎？是他要叫自己聯繫楊怡嗎？林少芬匆忙套上拖鞋跑去門口，沒想到一開門，看到的卻是形同陌生人的丈夫，她不自覺地往後退了一步，儘管這些年來，丈夫已經甚少打她，偶爾找她也不過是為了發洩性慾，曾幾何時還會敲門？從來都是直闖進來，不由分說地硬上宣洩，此刻見他站在面前，而且還是大半夜，仍然讓她不由自主地呼吸加快，手心冒汗，「什麼事？」緊張地問著。

楊東興一直都知道妻子怕他，打從結婚沒多久，林少芬就成了他的出氣包，不能對父親發怒的全一股腦砸在她身上了，對於這個沒有多少感情的妻子，他不是沒有歉意，只是太難了，這一切都無法解開了，從她嫁進這個家開始，就是個錯誤的命運，「我要楊怡的地址。」

「你……你要幹嘛？」林少芬以為一直看兒子不順眼的丈夫會跑去找他算帳。

「給我他的地址。」楊東興也不想解釋，現在才對被他打了幾十年的老婆說一切都是因為他跟父親之間的問題，恐怕已經太遲也沒有用了。

「你不要去找他……他……」林少芬每次面對丈夫總是無法好好講話，總是害怕一講錯話又會吃一記耳光。

楊東興沒有多說，只是推開她走進房間，直直往梳妝台去，打開抽屜果然看到一疊郵局的收執聯，抽走最上面那張，轉身就要走，林少芬鼓起勇氣拉住他，「你要他的地址幹嗎？你想做什麼？」

「放手。」楊東興看著也不再年輕的妻子，但是她緊緊抓著自己的手，猛烈地搖頭，他知道妻子以為他要去修理楊怡，他嘆口氣，知道會有這種想法也是正常的，畢竟這一輩子，他都沒有好好跟妻兒說過話，此時也不必解釋了。

林少芬仍然死命地抓著他，楊東興看著她，知道自己這一輩子都對不起他的妻兒，「放手。」他又說了一次，最後用力甩開了妻子的手。

＊＊＊

「爸，東興他半夜拿走了楊怡的地址，一早出門去了。」

坐在書房聽京劇的楊子農聽了只是皺著眉頭，不發一語。

「爸，我知道楊怡做錯事又不道歉惹您生氣，但是我很怕東興去找他不知道會做出什麼激烈的事情。」

「我已經管不著楊怡了，不用再跟我說他的事了。」楊子農淡淡地說著。

「爸，您真的……」語末畢便聽到傳來電鈴聲，這個家訪客極少，最近是怎麼了？林少芬走去開門，看見門外是個相當眼熟的中年男子，雖僅身著襯衫牛仔褲跟皮鞋卻難掩高大俊美的氣質，「請問您要找誰？」

周慕夏看著眼前的初老女性，猜想應該是楊怡的母親，正要報上姓名就聽到屋內傳來一個蒼老卻沉穩的聲音，「周慕夏教授。」

放眼望去，屋內客廳站著一位高瘦老人負手而立，望著自己的雙眸目光如炬，周慕夏對他頷首道，「楊老先生。」

楊子農凝視著他好一會兒，這是他第一次面對面看見周慕夏，沒想過他有膽量獨自上門，特別是在楊怡已經跟他說過懷疑自己主使了除夕夜的破壞事件，瞥了一眼他臉上仍然貼著美容膠帶的兩處傷口，「請到我書房。」說罷便自顧自轉身走進書房。

周慕夏對林少芬點頭微笑，大步跨過門檻，踏進楊家的老客廳，他瞥了一眼單人沙發跟地板，隨著楊子農進到他有著豐富藏書的書房，他也沒想過一個退休的情治人員會有這麼多的藏書。他從沒見過情治人員，眼前的楊子農雖然已經年邁，但是整個人仍然精神矍鑠，看著自己的眼神也武裝得很好，沒有顯露出任何的訊息。

置。

「請坐。」楊子農與他相對而坐，中間隔著他的大書桌，那是他平日練字跟聽京劇的位置。

周慕夏點點頭坐下，「謝謝。」

楊子農伸手關掉了廣播，書房立時陷入一陣詭異的沉靜，兩個人都在打量對方，顯然彼此都很清楚對方的存在。半晌，楊子農先開了口，「周教授來訪，是因為除夕夜那件事嗎？」

周慕夏知道自己的演員身份不難被認出，但他的確質疑這位黨國老將會觀看他出演的白色恐怖影集，可是剛才他卻能一眼認出自己，何況他還站在背光的門口，這老人對自己是熟悉的，不禁讓他懷疑也許除夕那事的確跟他有關，「不，那件事已經交由警方處理了，如果刑警來都問不出什麼，那我也不可能比他們更厲害。」

「但你還是懷疑？」楊子農淡淡問道。

周慕夏不置可否，「我來，是為了楊怡。」

一直面色不改的楊子農挑了挑眉，這人與自己的孫子關係如此密切？「楊怡已經離開這個家了。」他淡淡地說著。

周慕夏看著他，也淡淡地回應，「是嗎？」

楊子農觀察著眼前高大的男人，心裡猜不透他所為何來，說是為了楊怡，為什麼？「楊怡在外面做些什麼，都已經與這個家無關了，我已經管不著了。」

「是嗎？」周慕夏再次問道，聲音又低又輕，楊子農那句話裡的無情像一把刀砍向在遠方的楊怡，但這是他的真心話嗎？

楊子農再次挑眉，他這樣說是什麼意思？

「或許楊老先生應該要在意的，」周慕夏說道，「我來不是因為除夕夜的事情，但我來，是因為你過去的身份。」

「我相信楊怡應該也跟你說過，我過去是從調查局退休的情治人員。」楊子農毫不避諱地回應著。

周慕夏點點頭，「是的，我知道。」

「那麼，周教授來訪是來探究我的過去？」

「我與楊老先生素昧平生，楊老先生怎麼會跟我說起過去的事情，我來是因為我看見楊怡身上散發出危險的訊號。」

楊子農皺了皺眉頭，這是從周慕夏進門到現在第一次露出關心的訊息。

「我也是個戲劇治療師，服務過許多的個案，」周慕夏緩緩地說著，「我們對於危險都很敏感。昨天我去看楊怡，我在他身上看到了這個訊號，所以我不得不來，因為只有你能解開這個危險訊號，」他看著眼前的九旬老人，「相對的，這個訊號也可能因為你而變得更危險。」

楊子農盯著他，試圖理解他話裡的含意，楊怡回台北之後發生什麼事了嗎？他知道林少芬這幾天一直很焦慮聯絡不上楊怡，但他也狠著心不去管顧這件事，因為楊怡已經踩到了他的底線。

「我自己的叔公也是國民黨的將領，他死前是少將，他從來都不認為台灣有白色恐怖，他一生都相信自己服從蔣介石父子是正確的。我理解你們都非常相信自己的作為是為了穩定當年的國家，不管我是否贊同，我可以理解你們的想法，我也不是來批判這件事的對錯。」周慕夏說道，「但是，如果你了解你的孫子，那麼你應該知道，這麼多年來，他一直都對於你過去的作為感到困惑跟恐懼，他一直想要試圖了解過去你在白色恐怖期間經手過哪些案子，因為對他而言，那是他與生俱來的原罪。」

楊子農面無表情地聽著，這是他聽楊怡說過的，此時更加確定眼前的周慕夏跟楊怡關係匪淺，「那是他的想法。」

「我想這是很多人的想法，」周慕夏看著他，知道他不會喜歡自己的言論，「不管你們如何認定自己沒有錯，走在轉型正義的路上，這件事是必須要被公評的，可是在你被公評之前，楊怡已經在受苦了，他一直帶著贖罪的心情面對台灣社會，他一直以為自己可以做好心理準備面對社會公評，但其實他沒有自己想像的堅強。」

楊子農沉默不言，只是端坐著。

「他冒著背叛家人、被政治受難者、被周圍的人知道他背景的風險，還是舉報了你，這件事或許徹底的激怒了你，所以你把他趕出家門，用一種殘酷的方式將他驅逐出去，他此刻不但面對著外面的壓力，同時也無家可歸，楊老先生，我覺得你應該要在意這件事。」

「那也是他自己選擇的，」楊子農強硬地說著，「是他自己選擇不要這個家的。」

「是嗎？」周慕夏冷冷地反問。

楊東興昨天對他的指責突然在這一刻閃進腦海，但是他很快地將這個念頭甩在腦後，「這一輩子我所作所為都無愧於心。」楊子農說道。

「是嗎？」周慕夏看著他，低而輕地再次反問，「那麼為何不能對楊怡坦承相告呢？既然如此的無愧於心，為何不能出來面對社會的公評呢？」

楊子農瞪著他，不發一語。

周慕夏起身看著楊子農，似乎準備要離去了，但是他突然望了望天花板，「昨天楊怡跟我說，他的房間天花板有著楊老先生陪他一起裝飾的星座圖，每個夜晚睡覺時都可以看見它們微微發光，他也說你總是在門口等他回家。」他深深地凝視著楊子農那不帶情緒的雙眸，「他從沒有真的背棄過這個家，他昨天哭著說，他的贖罪是為了拯救這個家族，如果有一天這個家族被公審，他希望可以告訴大家，你們已經在贖罪了，他的贖罪是為了這個家族以後還是可以抬頭挺胸走下去。」

楊子農覺得自己胸口像被搥了一拳，這些話除夕那晚他是聽過的，只是此刻再聽見竟覺得如此心痛。

「楊老先生，楊怡現在正在受苦，只有你可以解除那個危險訊號，希望你可以記住我這句話，」他從口袋裡拿出一張學校的名片放在楊子農面前，「如果你願意說點什麼，這是我的電話，」他意義深遠地凝視著他，「雖然我知道楊老先生可以輕而易舉地拿到我的電話。」說罷，周慕夏便轉身離去。

「為什麼你會為楊怡跑這一趟？如果楊怡跟你說過除夕夜可能是我主使的，你單槍匹馬的來，你不擔心嗎？」

手剛觸摸到門把的周慕夏回身看著他，「因為楊怡是個了不起的年輕人，我佩服他的正直誠實，更重要的是，他兩次都是為了我跟柳絮，我必須要來，我不能眼睜睜看著他走進危險裡。」

楊子農的表情不再平靜無波，卻仍然無法應承些什麼，周慕夏凝望著他，「而且我記得他說過，正直誠實是你們的家訓，他做到了，楊老先生，換你了。」

# 第十五章

這一天，楊怡還是沒有去上班，坐在小小的套房裡已經記不得是第幾天，也想不起來是第幾天變成無家可歸的人，他從沒有想過自己會如此在乎有爺爺的那個家，昨天，周慕夏跟他說那是他最終的歸處，怎麼可能？從大學之後就已經是無法再溝通的家庭，為什麼自己要這麼在意？

門口的電鈴響起，坐在床邊地上的他不想去回應，他怕是大石找來家裡，要怎麼面對同事質疑的眼光？原來自己始終是沒有準備好的，原來他還是畏懼那些鄙視的眼光。

電鈴再次響起，楊怡看著大門，會是周慕夏嗎？他知道自己讓周老師很擔心，勉強起身，正準備要去開門時，卻聽到一個陌生又熟悉的聲音，「是爸爸，楊怡，開門。」

楊怡整個人頓住，父親多久沒有自稱是爸爸了？這種溫和的嗓音更是記憶所及不曾出現過的。

「楊怡，是爸爸，開門。」楊東興提著一袋食物又按了一次電鈴，「你在嗎？」他拿出手機才悲哀地發現自己也沒有兒子的手機號碼。

半晌之後，門緩緩地開了，那個一直看來英姿颯爽的兒子怎地變得如此狼狽？突然一陣鼻酸。對楊怡而言，門口這個服裝儀容整齊的男人也是從未見過的，他訥訥地問著，「你來幹嘛？」

楊東興被這麼一問，突然啞口無言，是啊，他來幹嘛？兩父子就這樣僵持了好一陣子，楊怡才說道，「我不想吵架，你走吧。」伸手就想把門關上。

楊東興伸手擋住門，「我有事想跟你說。」這輩子都沒有跟兒子正面對過話，這一刻好困難。

楊怡看著他，「我們沒有什麼好說的，我不知道你來幹嘛？如果你是想來看我被爺爺趕出來的樣子，好，你看到了，你回去吧。」伸手又要拉門。

「我……是來看你的。」楊東興困難地說著。

楊怡瞪著他，這個一輩子醉酒的父親到底要幹嘛？直到這一刻他才發現，楊東興此刻似乎神智很清醒，他瞥了一眼父親手上的袋子，好像也沒有酒。

「我買了一點食物。」楊東興注意到兒子看了一眼手上的袋子，馬上說道，「我也有些事情想跟你說，我們先進去吧。」

楊怡猶豫了一會兒才退後讓父親進門，楊東興站在稱不上是客廳的地方看著這間套房，這就是兒子不接受家裡資助之後住的屋子嗎？這整間屋子甚至沒有楊東興在高雄的房間大。

「你要講什麼？」楊怡坐到茶几另一頭，心煩地問道。

楊東興在楊怡的對面盤腿坐下，那袋食物礙眼地擱在小茶几上，便又把袋子放到地板上，從袋子裡拿出兩瓶果汁放到彼此面前，兩隻手無措地搓著，原來沒有喝酒，沒有握著酒杯，兩隻手就不曉得該放到哪裡。

「你到底要講什麼？」楊怡又問了一次，真的無心應對這個一輩子失職的父親。沉默了好久，楊東興才開始說話，「我知道你一直看不起我這個父親。」

楊怡沉默著沒有回應。

「我也不是自願想要變成這樣的。」楊東興訥訥地說著。

「我不知道你想說什麼，從我有記憶開始，你就是每天喝醉酒，一有不爽就只會打我媽，我不知道你到底是有什麼原因，是年輕時遇到挫折還是怎樣，但你到底要幹嘛？」

「你真的想要知道你爺爺以前做過些什麼嗎？」楊東興突然說道。

楊怡楞了一下，「你知道？」

楊東興看著自己顫抖的手，不知道是沒有喝酒的關係，還是因為要跟兒子坦承這一切，半晌，他才鼓起勇氣看著楊怡，「我年輕的時候也曾經跟你一樣，對未來充滿抱負，因為我有個了不起的父親，所以我更相信我要做什麼都不是問題，那時候你爺爺很多同事的孩子都去美國唸書了，我原本也是如此打算，如果我去了，可能現在一切都會不一樣。」

楊怡看著父親，這是他第一次聽到楊東興清醒又認真的講話，他今天怎麼了？家裡發生什麼事了嗎？他想著，又不禁心裡一陣刺痛地想到，那已經是他不能回去的家了。

楊東興看著眼前的果汁許久都不言語，像是在思考著要怎麼開口，楊怡也只能帶著滿心的疑問等著，如果父親一直都知道爺爺的作為，為什麼從來不說？過去這十來年，當他每每在家中想要尋根究柢，父親也經常責罵他，為什麼今天會不同？

「我不知道你爺爺做了多少事，但是起碼有一件事我是知道的，自從知道這件事之後，我再也不懷疑你爺爺可能做過很多可怕的事情。」過了好久，楊東興終於開口，但是他沒有勇氣看著兒子。

楊怡盯著父親，為什麼他這樣吞吞吐吐？

「只是我不知道如果我告訴了你，你可以接受嗎？」

楊怡凝視著他，「我一直都在等這一刻，」他思及這幾天自己的心情，「我不知道我是否接受得了，但這不是我能選擇的，我只能接受。」

楊東興抬頭苦苦地笑了，「但是你爺爺始終認為我喝酒，你離家都是我們自己選擇的。」

楊怡偏了一下頭，他到底在說什麼？

「我不知道為什麼你會認識柳絮跟周慕夏，」良久，楊東興幽幽地說著，「也不知道你為何會因為他們而出賣了你爺爺。」

楊怡沒想到他一開口便提及了柳絮跟周慕夏，不知為何，心裡有一陣不祥的預感襲來，全身汗毛直豎，沒來由的想要逃避，他握著兩隻拳頭緊緊地貼著膝蓋，直直地看著也回望自己的父親。

「我知道大口是誰。」楊東興低聲說道，「我在家裡見過他，三十七年前。」

楊怡瞪大眼睛看著父親。

「柳絮被殺之後幾天，你爺爺……在家裡見了大口，他從不把公事帶回家，那天偏偏在家裡見面，而我偏偏那天生病請假在家。」

楊怡臉色死白地看著父親，震驚的無法言語，『他是在說爺爺涉及了當年柳老師被殺的案子嗎？』

楊東興看著一臉灰白的兒子，「這就是你想要的真相，我父親，你的爺爺當年找了大口去安排殺害柳絮，其實除夕夜那晚，當你說聽到爺爺的電話，我一點也不懷疑，只是，我不想再去面對這件事，我不想再去面對我的父親竟然是幹下這等齷齪事情的人。」楊東興說著眼淚忍不住上湧，突然很後悔自己沒有買酒來，「媽的，我需要喝酒。」兩隻手抖得不像話，只能緊緊扭絞在一起，起身焦慮地去翻著楊怡的冰箱跟櫥櫃，一瓶酒都沒有，沮喪地跌坐在地上，「我需要喝酒。」

楊怡呆坐在原地，耳朵裡是巨大的耳鳴，再也聽不到父親的自責與碎念，怎麼事實的真相是這樣？『該負責的是當年下令要殺我的人，不是你。』柳絮那天說的話猛地跳上腦海，但，竟然是他最愛的爺爺，那個跟他一起貼星星的爺爺，每天在家門口等他回家的爺爺，安排人去殺害柳老師？一個七歲的小女孩？他的爺爺？他最愛的爺爺？

* * *

「這是我們第一次聚集了北中南三地的大學異議性社團會議，感謝大家的參與，現在我們要就重大議題的選擇開始討論，訂定一些大家今年度可以合作的議題，也讓各地可以開始推展……」會議室裡擠著北部大學異議性社團的領袖們，正在透過視訊會議與台灣各地的大學社團討論，擔任主持人的阿凱正在進行開場，桌上的手機就開始震動起來，他瞄了一眼發現是失去聯絡多日的楊怡，連忙結束致詞，「對不起，我有一通很重要的電話，接下來我請大石協助會議進行。」

看了一眼坐在另一邊的大石，打了個嘴型告訴他是楊怡的電話，大石立刻起身走到他的位置接替他主持，擦身而過的時候小聲地說道，「叫那個死小子快滾回來，我們快忙死了。」

走出會議室，阿凱立刻接聽了電話，唯恐楊怡會掛斷電話再次失去聯絡，「楊怡？你在哪裡？」

「阿凱，」楊怡坐在昏暗的套房裡悶悶地說著，「對不起。」

阿凱聽見他毫無生氣的聲音很憂慮，雖然他還不知道自己是否真的已經完全準備好面對他，但這樣的語氣不是他希望聽到的，「說什麼對不起？你人在哪裡？大石也很擔心你，幾時要回來上班？今天我們召開了北中南三地的大學異議性社團會議，就像你上次講的，現在大家很忙，都在等你回來。」

楊怡聽著阿凱溫厚的聲音，一陣眼淚上湧，「對不起。」

阿凱聽見他哽咽的聲音，心裡也難受，「你快回來吧，沒事的，謝文武前輩來過辦公室了，跟我們說了你的事情，我們都知道了，那是你爺爺的事情，跟你沒關係。」

楊怡用手臂抹去淚水，他們畢竟不知道爺爺做過了些什麼，如果知道了，還能這麼雲淡風輕的接受自己嗎？「我不回去了，我是打電話來跟你道歉的，」他深呼吸了幾次，希望自己可以好好的說話，「謝謝你那天願意跟我說你家裡的事情，可是那時候我卻沒辦法跟你坦白，我覺得很抱歉。」

阿凱嘆口氣，「如果我是你，我想我也沒辦法跟人坦白，但是楊怡，謝前輩說的對，那跟你無關，我們都希望你回來。」

「雖然是我爺爺做的，但是我們一輩子都還不了，」父親早上說過的話一直迴盪在耳邊，「我一直以為我可以做點什麼來彌補，但是現在我知道原來都不可能，他犯下的錯，我們都要承擔，阿凱，對不起，讓你跟家人受苦了。」

「楊怡……」

「阿凱，對不起。」楊怡說完電話就掛斷了。

「楊怡？」阿凱聽到猛然收線的聲音抽倒了一口涼氣，最後那語氣讓他心驚，猛地回想起母親走的那天，他衝到會議室，「大石！」

「玟文，對不起，我想我不能跟妳去紐約了。」楊怡的聲音空蕩蕩的，坐在樓梯間悶悶地說著。

「楊怡？你在說什麼？為什麼不能？」張玟文心頭一驚，他在說什麼？「不是存好錢就可以來紐約找我了嗎？」

「玟文，還好妳爸爸沒有做什麼，過去是我太自以為是了，逼著妳也要贖罪，這一切都太難了，還好妳爸爸是清白的，對不起，我之前不應該那樣逼妳的，根本沒人可以做到。」

「楊怡，你在哪裡？」張玟文緊抓著手機，聽出男友絕望的語氣，雙手顫抖的幾乎連手機都要拿不住。

「順利嗎？」柳絮看見剛上車的周慕夏一臉倦色，知道他這幾天夜裡其實都睡不好，經常翻來覆去，有時候還徹夜獨坐書房，「見到人了？」

周慕夏點點頭，伸手跟她十指交握，「是個精明幹練的老人。」

「他願意聽嗎？」昨夜裡丈夫跟她說要去見楊子農時，她其實不知道該支持還是反對，如果楊子農真的是除夕夜主使人，丈夫自己送上門豈不是羊入虎口？但是周慕夏卻堅持只有楊子農才能解除楊怡的心結，無論如何也得一試。

「我試過了，要給他一點時間思考。」

「夏，他看起來……」

「我看不出來，」周慕夏知道妻子要問什麼，「我沒見過情治人員，我不知道他像不像，但他是個厲害的角色，言詞態度都防備的很好，他不否認過去的角色，也不否認自己做過一些事情，只不過他就跟其他黨國體制下的人一樣，對自己所作所為深信不疑，」他嘆了口氣，「我只能對他動之以情，希望他明白，他的坦白是唯一可以拯救楊怡的方式，唯有他願意自己出來自白跟道歉，楊怡才有辦法從那個原罪的深淵出來。」

「但是我也擔心如果楊子農真的說出自己做了哪些事情，楊怡會不會承受不了？」柳絮擔心地問著。

「這是雙面刃，」周慕夏又嘆了口氣，「我想楊怡可能會受不了，但是比起現在什麼都模糊不清，只有楊怡自己在承擔一切，如果楊子農願意出來承擔，楊怡的壓力其實還是會緩解的。現在因為當事人都隱匿不說，反而只有他們的家屬跟後代背負一切，還記得阿亮的個案跟玟文嗎？」周慕夏伸手壓了壓胃部，柳絜雖然在開車還是眼尖地發現了這個小動作。

「胃又痛了嗎？」

周慕夏點點頭，「有點，可能太累了。」

「我袋子裡有備藥。」

周慕夏正要轉身往後座拿袋子，擱在儀表板上的手機就響了起來。

「老師！」

「什麼事？妳好好說。」接起電話就聽到張玟文哭泣的聲音，讓周慕夏心頭一驚，整個人坐直起來。

「誰？」柳絜問道。

「是玟文。」

「老師，我找不到楊怡，他一定出事了，老師，我找不到楊怡。」張玟文站在空無一人的套房裡哭著說道。

「發生什麼事？」周慕夏問道，「妳在哪裡？」

「我在楊怡家，可是他不在，他剛才打電話給我，跟我說不能跟我去紐約了，他一定是出事了。」

周慕夏低聲要柳絜開去楊怡家，一邊繼續問道，「他還跟妳說什麼？」

「他說一切都跟他想的不一樣，然後就一直道歉，說不能跟我去紐約了。」張玟文哭得厲害，幾乎無法好好把話說清楚，「老師，怎麼辦？我找不到他。」

「妳在那裡等我，我現在過去。」周慕夏掛斷電話後，胃部一陣抽痛，他彎下身子抱著上腹部好一會兒。

「夏！」柳絮見狀連忙把車開向路邊。

「別停，快走，」周慕夏抬起身子抓住柳絮的手催促她，「我沒事，一下就好了，快點，快去楊怡家，要出事了。」

柳絮一咬牙又重新把車子開上快車道，抓著丈夫的一隻手顯得好冰涼。

周慕夏打了電話給楊怡沒人接聽，轉身往後座拿了妻子的袋子，翻出一包備藥吞了，閉上眼深呼吸要自己冷靜下來，胃痛才稍稍緩解，「玟文說楊怡打電話跟她道歉說不能陪她去紐約了。」

柳絮握緊方向盤加速車行，趕往萬華，就在快抵達楊怡家前，周慕夏的手機響了。

「楊怡，你在哪裡？」周慕夏強自鎮定地問道，可是卻聽到電話那頭只有蕭蕭的風聲跟一些若隱若現的人聲，「不管發生什麼事情，都等我去了再說，你在哪裡？」

「老師，你說得對，我沒有辦法準備好去接受這一切，過去的我只不過是自以為是地相信我只要願意贖罪，我的家族就可以獲得救贖。」楊怡的語氣是那麼蒼涼，讓周慕夏聽了心裡直發毛，這種語調他聽過。

「楊怡，發生在你身上的事情，本來就不是任何人可以準備好的，要贖罪也應該是你的爺爺，不是你。」隨著車子轉彎，周慕夏跟柳絮驚訝地看見楊怡住的那間舊公寓前面的廣場聚滿了人，大家都仰頭對著上空指指點點，周慕夏往上一看倒抽了一口涼氣，站在屋頂邊緣的正是楊怡。

楊怡看著萬里晴空，這世界如此明亮，只有自己一身污穢，「老師，這一切都太難了。」

柳絮的車子被人群擋住無法通過，周慕夏解開安全帶奔下車，「楊怡，我知道你的心情，相信我，我也曾經有過跟你一樣的心情，我跟你說過我曾經以為自己的父親是殺害柳絮的人，那段時間我也覺得自己無法面對這個世界。」他邊跑上樓邊安撫著楊怡，跑到四樓時，胃部又一陣抽痛，痛得他彎下腰，但是他知道楊怡不能等，一咬牙又繼續跑上樓。

「老師，但您的父親終究沒有殺害柳老師，您的父親是個英雄，但我不一樣。」

「都一樣的。」

「不，不一樣！」楊怡難受地說著，「老師，我這條路沒有盡頭了。」

周慕夏衝到六樓屋頂的時候，看到張玟文跟消防隊員都在現場。

「老師！」張玟文看到他又哭了，氣恨自己除了哭，什麼忙也幫不上，剛才她想要勸下楊怡，卻只逼得他更往屋簷外圍靠近。

周慕夏沒有理會她，只是掛斷電話，慢慢地靠近楊怡，「楊怡。」雖然喘著氣，仍然試著穩定聲音叫他。

「這位先生，很危險，不要逼近他。」一位消防隊員靠近低聲說道。

周慕夏只專注在幾公尺外的楊怡身上，對於其他人置若罔聞，「楊怡，會有盡頭的。」

楊怡轉頭看著慢慢靠近自己的周慕夏，「老師，您別過來。」他又往後踏了一步，樓下的尖叫聲幾乎傳到了六樓屋頂。

周慕夏停下腳步，「楊怡，那條痛苦的路一定會有盡頭的。」

楊怡搖搖頭笑的好蒼涼，「老師，您的父親沒有殺害柳老師，您知道是為什麼嗎？」

周慕夏困惑地搖搖頭，他為什麼這樣問？

「那是因為殺害柳老師的人，是我爺爺。」

周慕夏愣住地看著他，不確定他說的是真的還是假的，卻聽得後面傳來倒抽一口涼氣的聲音，尾隨著跑上樓的柳絮剛抵達屋頂就聽到楊怡這番話，著實震驚不已。

「當年刺殺柳絮的是一個黑道份子，不是你爺爺，那個黑道份子後來也被處決了。」

「媽！妳快看我給妳的連結，大哥出事了！媽！」楊愉哭著打電話給林少芬，傳送了一條連結給她。

林少芬緊張地點開連結，看見螢幕上有人正在直播，小小的螢幕上出現一棟老公寓的屋頂，屋頂邊站著一個人，一樓好多人在圍觀，她仔細一看，跌坐在椅子上，認出站在屋簷邊的正是她的寶貝兒子，「楊怡！」

她的房門虎地被打開來，剛從台北回到家的楊東興在自己房間聽到妻子尖叫的聲音，連忙趕過來，看見她正緊握著手機死盯著螢幕一邊哭叫著兒子的名字，走近前去，錯愕地認出屋頂邊上的人，一把搶過手機衝到樓下父親的書房。楊子農也聽到了媳婦的尖叫聲，正打算要出房門查看，兒子就撞進門來。

「你就要逼死我兒子了！你甘願了嗎?!」楊東興把手機螢幕對著父親，手卻是不停地顫抖著。

楊怡又哭又笑地說著，「是我爺爺，老師，是我爺爺當年找了大口，派人去殺害柳老師。」

「楊怡，你確定嗎？」周慕夏恢復冷靜地問道。

「當時我跟您說可能是我爺爺主使了除夕夜的事件，您就問過我，我爺爺已經退休那麼久了，又那麼老了，就算真的是有人要警告你們，為什麼會是他？現在真相大白了，因為從頭到尾都是他，」楊怡抬起手臂抹去流也流不盡的淚水，「從頭到尾都是他，我爸今天早上跟我證實了。」

「其實，這件事我們早就懷疑過了。」周慕夏想起謝文武曾經的提醒，原來是今天早上又發生了這麼嚴重的事情，接二連三的打擊，這個正義的孩子怎麼撐得住呢？

楊怡看著他，懷疑他只是為了要勸慰自己。

「我跟謝文武前輩都想過這個可能性，只有當年這件事跟你爺爺也有關係，才會現在還是由他出手。」周慕夏說道，又往前走了一步，「我們之所以沒有跟你說，是因為就算我們的猜測是真的，那也是你爺爺要出來承擔，不是你，你已經做得夠多了。」

「我什麼也做不了。」楊怡悲傷地搖搖頭。

「那你現在這樣算什麼呢？」周慕夏突然生氣地責罵著，「你之前不是一直在我跟柳絮面前說要贖罪嗎？你現在這樣是哪門子贖罪？你現在這樣是要我們有罪惡感嗎？你要玟文跟你的母親以後怎麼辦？你是想要用這種方式報復你爺爺嗎？」

「爺爺？」楊怡苦苦地笑了，「如果他永遠都只是我最親愛的爺爺就好了，如果他連小女孩都能殺害，那還有什麼事情做不出來呢？我不敢想，也不能去想。」

「楊怡，我知道你活著的路會很艱辛，」周慕夏轉而低聲勸慰著，「我知道我們都沒有辦法準備好去面對這麼大的痛苦，但是你有你的路，相信我，這條路真的會有盡頭的。」

楊怡搖搖頭，臉上只是悲傷絕望的一笑，「或許吧，但是太辛苦了，」抬頭望了一眼依然無雲的晴空，「老師，我已經無家可歸，無處可去了，我以為我可以不要那個家，原來我不行，那些罪惡也不會離開我，我無路可走了。」

周慕夏心知已經勸不下來了，不禁心跳加速，胃部也因為極度緊繃而一陣劇烈的抽痛，讓他不由自主地彎了一下身子。

「柳老師，對不起，妳曾說過是當年誰下令殺妳的人要負責，」楊怡對著站在不遠處的柳絮說道，也瞥見剛剛跑上來的阿凱，「阿凱，對不起，我們家的罪孽，只能用我的命來還了，玟文，對不起。」再望一眼天空，「好藍。」

隨著一陣尖叫聲，周慕夏衝上前去拼了命地抓住往下墜的楊怡，卻連他自己也翻落屋頂，右手抓住楊怡的手，左手僥倖攀住了屋簷。

「夏！」

「楊怡！」

消防隊員衝上前準備救援，但周慕夏的胃痛卻讓他無法施力，在尖叫聲中，兩人雙雙摔落。

看著心愛的丈夫在眼前自屋頂摔落，柳絮一陣暈眩跌坐在地，「夏……」

「楊怡!!」隨著小螢幕上看見兩個人自六樓翻落，林少芬激動地昏死過去，楊東興緊緊地握著手機，雙手顫抖得無法控制，半晌才抬起發紅發狂的雙眼瞪視著跌坐在書桌椅上的父親，咬牙切齒地說道，「你害死了我兒子。」

# 尾聲

「楊怡？楊怡？」

『是誰在叫我？』全身疼痛的楊怡隱隱約約一直聽到有人在叫自己，有人在搖自己的手，『是誰在叫我？原來人死了之後，還是會痛的嗎？』

「楊怡啊，你一定要沒事啊。」林少芬抓著兒子的手不停地哭喊著。

「媽，妳讓大哥休息吧。」楊愉拉著母親的手安慰著，「醫生都說沒事了，大哥會醒的，還好摔在救生氣墊上，大哥會沒事的。」

「可是怎麼昏了那麼久都沒醒？會不會撞傷了腦部再也醒不過來？」林少芬哭著說道。

「妳不要在那裡詛咒楊怡。」楊東興沒好氣地說道，「他會醒的。」站在窗台邊看著躺在床上一臉蒼白的兒子，他不敢說出口的是，會不會是因為自己昨天早上去跟他說了父親的事情，才會導致他想不開。

「你說，你是不是昨天去跟楊怡說了什麼？才害他變成這樣？」林少芬想起丈夫搶走了一張楊怡的地址，衝到他面前拉著他的衣服質問著。

楊東興拉開她的手，不願去回應這個讓人心痛的問題，這也是他一直在自問的。

「你到底為什麼要楊怡的地址，還失蹤了整個上午？你是不是逼兒子去死？」

「妳瘋了嗎？他也是我兒子！」

「你什麼時候把他們當成過你的兒女？我嫁給你之後，你打我罵我不理我都沒關係，你怎麼可以這樣對待楊怡？」說著說著又哭倒在一旁的椅子上，楊愉過去摟著她安慰，一旁的張玟文像個陌生人似地待在角落，只是目不轉睛地看著床上的楊怡，又因為擔心周老師而哭個不停。

「爺爺真的不來嗎？」楊愷問道，沒想到這幾天家裡竟然發生了這麼多事，昨天妹妹通知他看直播時，他怎麼都不敢相信一直堅強勇敢的大哥竟然會走上絕路，更不能相信爺爺會把他趕出去，甚至不到醫院來看他，這個家怎麼了？而一直酒醉不醒的父親為什麼會在這裡？一直討厭大哥的父親為何會變了一個人似的？

楊東興寒著一張臉沒有回應楊愷，他終究還是錯看了自己的父親，以為楊怡自殺這件事情會改變老爺子的態度，但他竟然可以絕情至此，楊怡如果醒來要怎麼面對這麼殘酷的真相？自己能怎麼辦？幾十年來不曾是個父親的角色，一出現卻差點害死兒子，接下來到底還能怎麼做人？

昏睡了一日一夜的楊怡，慢慢地張開了眼睛。

「楊怡?!」守在床邊的張玟文瞥見楊怡張開了眼睛，「你醒了！」

楊怡眨眨眼睛，原本模糊的視線逐漸聚焦，看見他的眼前擠滿了家人焦慮的臉，還有滿臉淚水的張玟文，「我……我在哪裡？」他試著轉頭發現自己竟然在醫院裡，怎麼自己竟然沒有死嗎？

「你這個混蛋！」楊東興憂慮了好久，此時再也忍不住地流下眼淚。

「你怎麼可以做這種事情？」林少芬抱著他大哭，「你怎麼可以這麼狠心要丟下我們？爺爺不要你，我們要啊，你怎麼可以?!」

「楊怡……」張玟文難過地泣不成聲。

楊怡看見一旁的弟妹眼眶也都發紅泛淚，好像這才確定自己竟然還活著，「我怎麼還會在這裡？」他啞啞地說著，心裡是一種巨大的失落跟痛苦，一張開眼，所有的一切全都湧上腦海，那通電話、過去爺爺做的事、蔡前輩的眼神、阿凱……，為什麼自己還會活在這個世界上？

「你一定還要活在這個世界上。」突然一個聲音出現在門口，全部的人霍然轉身，發現是柳絮，她紅腫的眼睛顯然已經哭過很久了，楊東興則是百感交集地凝望著她，心裡交雜著羞愧與難以面對。

「柳老師，我……」柳絮走到他床邊，猛然出手用力地打了他兩個耳光，全部的人都吃了一驚，張玟文連忙拉開柳絮，林少芬則是緊緊地護住自己的兒子。

「妳幹什麼妳？」

「第一巴掌是為了我丈夫，」柳絮哽咽地說著，「第二巴掌是因為你竟然不愛惜自己的生命！」

楊怡驚慌地坐了起來，這一刻才想起自己墜樓的最後一刻被周慕夏緊緊抓住手，「周老師呢？周老師呢？」

「你如果還在乎他，你就給我好好的活著，這是你欠他跟我的，你要好好給我們活著。」

＊＊＊

「爺爺，大哥醒了。」楊愷走到醫院大廳偷偷打了電話給楊子農，他始終不相信爺爺會如此狠心。

「好，好。」楊子農緊緊握著電話筒，再怎麼偽裝也掩飾不了雙手的顫抖。

「大哥掉在救生氣墊上，所以沒事，醫生說再住院一兩天，確定沒有其他問題就可以出院了。」

「好，好。」

雖然楊子農只有短短的幾個字，但是楊愷聽出了爺爺的哽咽，他從來不曾聽過爺爺如此，他終究還是疼大哥的，「但是有提到因為大哥是自殺，建議我們讓他轉住精神科休養幾天。」

「好，好。」楊子農吸吸鼻子，「你們好好照顧他，等他出院了，帶他回來。」

「爺爺願意讓大哥回家了嗎？」楊愷鬆了口氣問道。

「帶他回來吧。」

楊愷聽了，卻又有一絲的猶豫，「可是大哥還很激動，我怕……」

「我明白，」楊子農嘆口氣，「帶他回來就對了。」

「好。」

「楊愷，那位周教授平安嗎？」楊子農問道。

「好像還沒醒，剛才看見周太太哭的眼睛都腫了。」

掛斷電話之後，楊子農沉坐在椅子裡，桌上擺著前兩天周慕夏留下的名片，回想起那天他來給自己的示警，當時還懷疑他為何會關心楊怡，結果卻竟然為了一個沒有血緣關係的人捨命相救。想起昨天看見手機螢幕上，兩個人從六樓摔落的那一刻，他以為自己也會跟著楊怡死去，他怎麼會把自己最疼愛的孫子逼上了絕路？到底有什麼比自己的子孫更加重要？楊子農端起桌上的水杯，手卻顫抖的連杯子都握不好，水杯裡的水灑在周慕夏的名片上，他連忙放下杯子，拿起一旁的紙巾仔細地擦乾這張名片。

『逼得楊怡如此，難道我這輩子都錯了嗎？可是那個時代我們有選擇嗎？』楊子農走到窗邊，看著對面鄰居的孩子正在門口玩耍著，心裡一緊，因為只有他自己知道，長久以來，他總是在門口等候兒子跟孫子返家，不是大家以為的慈愛，而是他心底的某個角落很清楚地知道，所有的人都不安全，雖然不信鬼神，午夜夢迴時，他也唯恐自己的家人會莫名消失，所以他總是在門口等候，直到他們的身影出現，他才能安心，可是如今，他最寶貝的孫子卻用自己的生命向他抗議。

他這一生，終究是錯的嗎？

當年，副處長原本要求制裁全戶，才能達成殺雞儆猴的最大效果，他一度猶豫過，那是一個年輕母親跟三名稚子啊，最後只下達了向柳絮下手的命令，即便如此，這個命令也讓他好多個晚上都睡不好，他知道必須要這樣做，在那個混亂的年代，匪諜跟台獨份子都把台灣弄亂了，長官跟領袖的考量是對的，犧牲一個家庭讓其他人知難而退，算是比較少的犧牲，不是嗎？更何況他最終只決定犧牲一個小女孩而已。

楊子農走回書桌邊，從抽屜裡拿出那團揉皺了的信紙，讀著楊怡那晚寫給他的信，讀著讀著，楊怡工整的字成了模糊的視線。再次望向周慕夏的名片，『如果這一切都是對的，我的人生都是對的，為什麼我隔年就申請提早退休了呢？自己總在門口等門，除了怕家人莫名消失，會不會也是怕報應不爽呢？』這段他一直都不願意面對的記憶，終究隨著楊怡用生命抗議而全面的反撲了。

『只有你能解除楊怡的危險訊號，而且我記得他說過，正直誠實是你們的家訓，他做到了，楊老先生，換你了。』楊子農目光再次投向窗外，周慕夏離去前最後的話語浮現腦海。

＊＊＊

周慕夏從渾沌的知覺裡慢慢清醒過來，聽見旁邊有儀器在運作的聲音，眨眨有點模糊的視線，右手臂一陣劇烈的疼痛襲來，頓時讓他整個人都醒了，看見柳絮趴睡在他的床邊。轉頭看見自己劇烈疼痛的右手臂從手掌到肱骨，幾乎是整隻右手都被打上了石膏，此刻正不斷抽痛著，伸出左手摸了摸妻子的手，「絮？」

支撐了兩日一夜才睡著的柳絮迷糊中聽見丈夫的聲音，立刻驚醒過來，「你醒了?!」看見丈夫清醒過來忍不住崩潰大哭，緊緊摀著自己的嘴巴，唯恐哭出聲音來。

周慕夏只記得他怎麼也拉不住往下墜的楊怡，雖然瞥見消防隊員已經出現在屋簷邊緣，但是他的胃好痛，一陣一陣的痛讓他的手再也攀不住屋簷，失去支撐往下墜的那一刻，他只想到柳絮怎麼辦？他伸手拉著柳絮的手，「對不起。」因為手術麻醉，聲音沙啞難辨，這場景彷彿是去年在紐約朗格尼醫院。

柳絮上前緊緊摟著他，「你怎麼可以……」抽噎得無法說話。

「楊怡呢？」他被突然的抱緊，手臂疼痛不已。

「他醒了，在隔壁病房。」柳絮拭去淚水坐起身來。

「他沒事嗎？」周慕夏皺著眉頭想要坐起身來，伸手按了遙控器，也按下呼叫鈴。

柳絮吸吸鼻子搖搖頭，「他比你運氣好，他沒事，可是你的橈骨跟尺骨都斷了，」說著又哽咽起來，「還好不是開放性骨折，醫生說打兩三個月石膏就好了。」

「別哭，對不起。」

醫師跟護理師進來檢查之後，撤去附在身上的一些儀器貼片，因為疼痛也開了止痛針劑，當醫師交代醫囑時，周慕夏看見柳絮退到門邊頻頻拭淚，這一刻恍若隔世，竟然讓她再一次經歷了生離死別，自己終究沒有守住承諾而自責不已。

「過來。」醫護人員離開後，周慕夏向她伸出手，柳絮拭去眼淚坐到他身邊，伸手握著他的左手，「對不起。」

可是他一說，柳絮好不容易止住的淚水又流了下來，「你奮不顧身衝上去救楊怡，難道都沒有想過我嗎？」

周慕夏輕輕點點頭，「我知道有消防隊員在屋頂，樓下應該就會準備了救生氣墊。」

「但是……」

「但是救生氣墊承載不了兩個人同時落下，」周慕夏說道，「我知道。當時我曉得對楊怡是勸不下來了，可是我不能眼睜睜看他就這樣跳下去，我也不知道樓下準備好沒有，我只能……試試看。」

柳絮又哭了起來。

「我撐不住墜下去的那一刻，我腦海裡面只有妳，對不起。」他緊緊地用一隻手摟抱著心愛的妻子。

「不要再這樣了，」柳絮緊緊地抱著他，「請記得我在等你，好嗎？」

周慕夏點點頭，抬起她的臉，深深地吻了一下她的雙唇，「不會了。」伸手用指尖拭去她臉上的淚水，看見她哭腫的雙眼跟紅紅的鼻子，知道自己真的很該死，又親吻了一下她的額頭。

兩個人靜靜地在床上擁抱了一會兒，「絮，妳還好嗎？」周慕夏問道。

「當然不好，你這樣我怎麼會好？」柳絮不明白他在問什麼，這是需要問的問題嗎？

「不是我，」他深深地凝視著妻子，「我知道妳在屋頂上有聽到楊怡說的話。」

柳絮點點頭，這兩天以來她一直只掛心著丈夫，並沒有其他心情去想楊怡在屋頂上說的話，但她自己知道，或許她也是刻意地不想去回憶。

「妳還好嗎？」他又問了一次。

「我不知道。」柳絮誠實地搖搖頭，「原來這一切都跟楊怡的爺爺有關，我不知道我該怎樣想這件事，這兩天我也沒心思去考慮這件事。」

周慕夏知道她的意思，「對不起。」

柳絮握著他修長的手，「我不知道要怎樣去想這件事情，但是，我說過罪不及妻孥，如果楊怡說的是真的，那便是我們跟楊子農的事，不是楊怡，但是我很生他的氣，又很難過他這樣做。」

「陪我去看看楊怡？妳可以嗎？」

「你剛醒，可以下床了嗎？」

周慕夏點點頭，「應該沒問題，畢竟也不像上次那樣的大刀。」

柳絮扶著他先坐在床邊好一會兒，才讓他慢慢起身，推著點滴架走到門口時，她突然停下腳步。

「怎麼了？」周慕夏轉頭看她。

「昨天楊怡醒了之後，我打了他兩個耳光。」

周慕夏驚訝地看著她，一直溫和待人的妻子怎會出手打人，一時之間講不出話來。

「我跟他說這是他欠我們的，要他好好活著。」

他看著柳絮好一會兒才笑出來，「或許也是個激發他生存的手段吧。」

楊怡的房間裡面只有林少芬、楊東興跟張玟文，楊愉跟楊愷都回去上班了，但是兩夫妻不放心留兒子一人，又跟兒子女友不熟，怕他又做傻事，便留了下來，就算要外出買食物，也總是有一人可以陪著，可是楊怡醒來這兩天，若不是只看著窗外，便是在睡覺，幾乎連張玟文也不理會。

「楊怡。」周慕夏跟柳絮敲門進來，看見楊怡只是發呆地看著窗外也不理會有人敲門，周慕夏溫和地喚他，一如既往，彷彿兩人兩天前不曾一起墜樓。

「老師！」原本看著外頭的楊怡聽見這聲音猛然回頭，一看見周慕夏一手裹著石膏，一手打著點滴整個淚水便湧上，自己竟然連累了周老師。

「周教授，謝謝你救了楊怡。」楊東興跟林少芬立刻起身過來，張玟文看見周老師的傷又哭了起來。

「沒什麼，」周慕夏轉頭看了一下柳絮跟另外三人，「我想跟楊怡聊聊。」

四人意會他的意思，柳絮讓他坐在病床旁的椅子上，把從病房裡攜出的外套披在丈夫身上，朝楊怡點點頭便跟著三人一起離開病房。

楊怡掀開被子翻身下床，咚地一聲跪在周慕夏跟前，他嚇了一跳連忙彎身拉他，卻扯動了右手臂，頓時疼痛難當，臉色慘白，但還是把楊怡給拉了起來。

「你這是在幹什麼？」

「老師對不起。」

「我跟柳絮說對不起，你跟我說對不起，我們都衝動了。」

「我想死沒死成，卻連累老師受傷，萬一您發生什麼事情……」楊怡難受地說著。

周慕夏凝視著他，屋頂上的一切對話歷歷在目，「楊怡，我們終究都還活著，不是嗎？」他靜靜地說著，「我記得你說過你的父親很不成材，總是每天酗酒，但剛才我看見他，似乎很清醒。」

楊怡抹去淚水，「他跟我說了為什麼他會酗酒。」

「喔？」周慕夏看著他，「是因為你爺爺嗎？」

楊怡看著他，「您怎麼知道？」

周慕夏嘆了口氣，「對很多人來說，酒精是解決問題的方法，但其實我們知道那並不是真的，終究還是要面對問題本身。」

楊怡咀嚼著這句話，還想不清楚自己應該如何看待父親。

「楊怡，我們終究都還活著，我說過我知道你活著的路會很艱辛，但我也請你相信我，這條路一定會有盡頭的。」

他低而輕的語氣像是一劑溫暖的安慰，讓楊怡這兩天以來混亂的心緒竟似有了一絲的安定，「真的會有盡頭嗎？」

「會的，楊怡，每個生命的存在都是有意義的，你受的苦，都會有意義的，但是你要好好地活下來，你父親或許變了，跟以前你所認識的人不同了，你要好好活著，也許在路的盡頭，你會看到爺爺還是你最愛的爺爺，也許他也會跟你的父親一樣，發現終究要面對自己的過去。」

楊怡聽了點點頭，淚水也隨著落到他緊握的拳頭上。

「你不會無家可歸，也不會無處可去，更不會無路可走，我跟柳絮會陪著你一起看到路的盡頭，」他看到楊怡驚惶的眼神，「是的，我跟柳絮會一起，我們早就跟你說過，一代歸一代。」

走出楊怡的病房，柳絮迎上來扶著他，「他應該沒事的。」溫和地對著楊東興還有林少芬說道，然後又轉頭看著一直掉淚的張玟文，「沒事的，玟文，楊怡跟我都沒事，觀察兩天就都可以出院了，妳別一直在他面前哭，陪著就好了。」

張玟文猛點頭，一邊拭去淚水。

「柳女士……」柳絮扶著丈夫要離去時，楊東興突然叫住了她。

柳絮跟周慕夏轉身看他。

「柳女士，」楊東興頓了頓，「對不起。」

柳絮凝視著他滿是羞愧的臉龐良久，才點點頭，繼續扶著丈夫往前走。走了幾步，周慕夏低頭看見妻子泫然欲泣，伸手摸了摸她的臉，柳絮拭去淚水，抬頭對他一笑，眼裡是複雜的情緒。

「楊怡真的沒事嗎？」回到病房後，周慕夏有點疲憊地躺回床上，手術麻醉的副作用還沒有完全散去。柳絮調整了情緒問道。

「還要多注意，但目前應該是勸住了，畢竟我跟他一起從六樓摔下來了，僥倖兩人都沒死，他應該會想想的。」

柳絮握著他的手，撥去他掉落在額頭的頭髮，「你要休息一下嗎？」

周慕夏點點頭，「嗯，有點累。」

柳絮幫他調整好坐臥高度的床，墊好枕頭，在他臉上親吻了一下，「醫生說後天如果沒有其他墜樓的後遺症就可以出院了。」

周慕夏點點頭，想起什麼似地張望著。

「找什麼？」

「我的手機。」

柳絮從床旁的抽屜裡拿出他的手機，「你在等電話嗎？」

周慕夏滑開手機看到裡面有數十通未接來電跟訊息，他一一滑開都不是他期盼的，「沒什麼，我只是以為……」正說著，手機就在他手裡震動起來，上面是一個陌生來電，他滑開來，聽到一個期盼中的聲音。

「周慕夏教授？我是楊子農。」

第二部完

20200921 於林口

【謝辭】

# 為了更美好而明亮的未來

本書得以完成，仰賴許多人的協助，從資料、資訊的提供，無日無夜被我發問的各類疑難雜症，以及探究白色恐怖的各種經歷與歷史，多次的長訪談：感謝曾郁雯小姐、繼父蔡寬裕先生、林傳凱博士、卓浩右博士、莊程洋先生、葉奕瑄先生、黃雅雯女士、許皓哲小姐、劉寶華小姐、周培文小姐以及鑑識隊的打工仔先生，沒有大家，我將無法完成二部曲，接下來還有三部曲，屆時還要麻煩大家了，如果本書有任何謬誤一定是我的疏失，因為大家都提供了相當詳盡的資訊與資料。

感謝我的女兒王芃，總是忍受著這個寫作時對人有點冷淡的母親，謝謝寶貝一路的支持，這輩子有妳是我最大的幸福。

感謝國立虎尾科技大學王文仁教授、國家人權博物館陳俊宏館長、國史館陳儀深館長以及促進轉型正義委員會楊翠主委願意在百忙中撥冗閱讀這本二十三萬字的新書稿件，並且耗費時間撰文推薦，這份感動與情意永在心中，同時感謝資深音樂人南哥——蔡振南大哥具名推薦，因為有五位老師的文字與魅力讓本書增添了更多的風采。

特別感謝王文仁教授不只撰寫推薦序，同時也積極參與了本書的出版過程，從封面、封底文字、書店文宣到行銷宣傳都不遺餘力提供了寶貴的協助，讓我除了總編之外還有一位諮詢對象，對於學校工作繁忙的教授來說，願意如此大力協助真是我的幸運與福氣，未來還有很多要麻煩王教授之處，還請多多指教。

這幾年，我總是在挑戰一些艱澀的議題，嘗試用易讀好懂的文字說故事，期盼可以在這樣的閱讀中讓讀者有不一樣的思考空間與契機。二〇一七完成二十七萬字的《向著光飛去》，當時我並無把握會有出版社願意出版如此厚重的小說，所以儘管有著三部曲的想法，卻仍然沒有把握。僥倖的是，《向著光飛去》順利在遠足文化出版了，與遠足韓總編首次會面，她即問我幾時要開始寫續集，那時我知道，我可以真正地規劃三部曲了，但是我想說什麼呢？如果我要用三部曲，我要呈現的是怎樣的一段白色歷史與台灣的未來？

這期間，我在斑馬線文庫出版了《寒淵》，在愛情、親情與兄弟情所包裹的謀殺案件裡直面了我們對加害者的想像，加害者應該被單純妖魔化嗎？加害者是怎樣變成加害者的？誰該為這些負起責任？誰又沒有責任？

承襲著這樣的核心概念，迎來了《向著光飛去》二部曲——《光的闇影》，這不是當前社會的主流論述，當大家都還在關注受難者的時候，我想跟大家談談所謂的加害者，特別是加害者的後代，他們如何面對這個台灣社會，我想跟大家說說我對轉型正義的想像。我要特別感謝國家人權博物館提供了本書的創作補助，讓我可以在忙於生活細軟間稍稍緩解了壓力。更要感謝陳俊宏館長，在我們二〇一八年初見時知道了我這個寫作計劃，便給予巨大的支持，在嚴苛的社會條件與不蓬勃的書市裡要進行非主流論述的小說創作，心裡的壓力不可謂不大，但是由於陳館長自始的支持，並且在期間不斷地鼓勵與催促，讓我可以更好地進行本書的創作，特別感謝。同時也要感謝斑馬線文庫總編榮華，對於我的創作始終如一的信任與支持。

本書創作期間，考入臺北大學社會所，展開忙碌的小研究生生活，搬家，也遭遇了一場不算小的手術，取出身體裡的異物等待檢驗的過程中，擔心的是我的女兒還有《光的闇影》尚未完成，還有三部曲尚未開始，有時候生命的時間壓力會讓我們更清楚對自己而言，最重要的是什麼。

首部曲《向著光飛去》描述的是四位受難者第二代女性的感情故事，她們掙扎奮鬥的生命故事以及白色恐怖無遠弗屆的影響，二部曲《光的闇影》延續了受難者二代的故事，加入了加害者後代，讓這兩者之間展開對話，面對台灣社會當前的氛圍與對未來的想像，未來的三部曲將回到當事者的年代，直面受難者與加害者的故事，系列故事將以此為終點。

然而終點並非終結，而是未來的起點。《光的闇影》所書寫的其實是我對台灣美好未來的想像，因為我是如此確信台灣整體社會心靈可以提升，我們可以更好地面對過去的歷史並且看向未來，是因為這樣的相信，才會有《向著光飛去》三部曲的規劃，希望以非典型的白色恐怖小說筆法跟鋪陳提供給讀者們一個不同的視角，甚至是理解或想像。

所有的書寫都是為了更美好而明亮的未來，因為我們都渴望光，追逐著光，而那光，終究會灑落在台灣每個人的身上，我真心如此相信。

國家圖書館出版品預行編目（CIP）資料

光的闇影 / 施又熙著 . -- 初版 . --
新北市 : 斑馬線出版社 , 2020.12
面； 公分

ISBN 978-986-99210-4-6（平裝）

863.57 109017902

# 光的闇影

作　　者：施又熙
總 編 輯：施榮華
封面設計：MAX

發 行 人：張仰賢
社　　長：許　赫
出 版 者：斑馬線文庫有限公司
法律顧問：林仟雯律師

斑馬線文庫
通訊地址：235 新北市中和區景平路 101 號 2 樓
連絡電話：0922542983

製版印刷：龍虎電腦排版股份有限公司
出版日期：2020 年 12 月
ISBN：978-986-99210-4-6
定　　價：380 元